Original
Honeymoon

오리지널
허니문

오리지널 허니문

초판 1쇄 찍은 날 | 2014년 2월 19일
초판 1쇄 펴낸 날 | 2014년 2월 26일

지은이 | 은세명
펴낸이 | 예경원

편집 | 유경화

펴낸곳 | 예원북스
등록번호 | 제396-2012-000132호
등록일자 | 2012. 7. 25
YRN | 제1-0055호

주소 | 경기도 고양시 일산동구 무궁화로 8-28 삼성메르헨하우스 712호 (우) 410-837
전화 | 031-819-9431 팩스 | 031-817-9432
http://cafe.naver.com/yewonromance
E-mail | yewonbooks@naver.com

ⓒ 은세명, 2014

ISBN 979-11-5630-036-6 03810

YEWONBOOKS ROMANCE STORY

은세명 장편 소설

Original
오리지널
허니문
Honeymoon

C O N T E N T S

프롤로그

[Hey! Brother, congratulation!]

오른쪽 소매에 매달린 커프스 버튼을 잠그고 있을 때 개인적 용무에 사용되는 휴대전화가 벨을 울렸다.

중동에 제2의 건설 붐이 일었고, 두진건설 역시 그 틈바구니에서 경쟁이 한창 치열할 때 진웅은 중동지사로 발령을 받았다. 사랑에 크게 데인 상처를 치료할 틈도 없었다. 아버지는 후계자인 아들을 단단하게 만들기 위해 혈혈단신일 수밖에 없는 그곳으로 생때같은 자식을 과감하게 투입시켰다.

아버지의 예상대로 2년 만에 진웅은 달라졌다. 현지 고용인들의 종교를 이유로 한 느린 일 처리, 뜨거운 날씨, 뼛속까지 파고드는 고독을 견뎌낸 남자의 피부색은 2년 전과는 확연히 대조적이었다. 여자들이 좋아할 만한 자연스러운 구릿빛이 귀공자 같기만 하던 남자의 이미지를 강인하게 만들어주었다.

"형, 오랜만이야."

과도한 업무 스트레스를 내려놓고 휴식과 건설적 혜안을 넓히기 위해 한국으로 돌아가기 전 유럽에서 휴식 기간을 가지고 있는 진웅은 여전히 전화벨이 울리면 신경이 곤두섰다. 하지만 개인적 용도로 쓰이는 전화벨이 울리고 상대방을 확인하자 순간적으로 밀려들었던 긴장감은 스르륵 녹았다.

[전무로 승진했다면서?]

"소식도 빨라. 아직은 상무입니다. 한국 돌아가서 취임식 후 애기지."

[겸손하기까지. 준비된 후계자는 역시 달라.]

이십대 중반쯤에 진웅은 배다른 형의 존재를 알게 되었다. 그것도 백인 혼혈의 그. 이든 챔프먼.

정략결혼까지는 아니었지만 아버지와 어머니는 선을 보고 결혼을 했다. 각별한 부부의 정을 쌓을 시간도 없이 아버지는 경영수업을 위해 미국으로, 어머니는 새 신부로서 배워야 할 것들이 많다며 한국에 남았다.

미국에서의 생활이 외로웠던 아버지는 금발의 여인과 사랑에 빠졌다. 하여, 그 결과가 진웅의 이복형인 이든이었다. 이든의 어머니는 아버지와 헤어진 후에야 뱃속에 들어선 이든의 존재를 알았다고 한다. 하지만 그 사실을 아버지에게는 알리지 않은 채로 홀로 이든을 키우다 현재의 남편을 만나 가정을 이루며 살고 있다.

언제나 단정한 아버지의 치부라면 치부라고도 할 수 있을 것이다. 하지만 이상하게도 형의 존재를 알았을 때, 거부감보다는 안심이 되었다. 힘들 때 기댈 수 있는, 절반의 같은 피가 흐르는 피붙이.

데면데면하던 초반과 달리 형제는 '피는 물보다 진하다'라는 말을 증명해 주었다. 어린 시절부터 유복하고 화목했던 진웅에 비해 인생의 험난한 고비를 많이 겪은 이든이 처음에는 진웅에게 거리를 두었다. 하지만 점차 진웅의 진심을 깨달았고 지금처럼 허물없이 지낼 수 있게 되었다. 그 중심에는 형수인 오솔길이 있었다. 본인 또한 아내 덕분에 사람답게 살아갈 수 있게 됐다고 여전히 버릇처럼 말하곤 했다.

애처가 같으니라고.

"형수님은 잘 계시지?"

[당연하지. 유럽에만 있지 말고 미국도 좀 들러. 솔길이가 너 보고 싶어 해.]

"그러지 말고 형네가 이쪽으로 좀 와."

[지금 어디야?]

"밀라노."

이든이 당장이라도 그가 있는 곳으로 달려올 기세로 묻는 것과는 달리 진웅은 담백하게 내뱉었다. 예정에 없이 밀라노의 일정이 길어진 것이 별스러운 일이 아니라는 듯.

[지금쯤이면 포르데 데이 마르미 해변을 거닐고 있을 줄 알았는데.]

"그렇게 됐어."

[수상한데 이거.]

전화기 너머로 이든의 표정이 심각해져 가는 모습이 그려지자 진웅의 입가가 부드럽게 풀려갔다.

"형이 형수님을 만났을 때 나이가 서른이었지?"

[그렇지. 그리고 그대가 지금 서른이라지?]

"호기심이 가는 여자가 있어. 아니, 소녀라고 해야 맞을까?"

사랑하는 여자가 몰락해 가는 과정을 고스란히 지켜보았다. 욕심과 탐욕에 이용당하는 줄도 모르고 사랑이라 여기며 그녀에게 속았던 지난날 때문에 진웅은 의식적으로 여자들에게 곁을 내주지 못했다. 그런 그에게 호기심을 불러일으킨 여자가 나타난 것이 듣던 중 반가운 말이었다. 딱 한 가지. 소녀라는 말을 듣기 전에는 그랬다. 무작정 기뻐할 수도, 응원할 수도 없는 노릇에 그의 형은 답답하기만 했다.

[언제 로리타 쪽으로 취향이 바뀐 거지?]

"그 정도는 아니고. 밀라노 시내 퍼브에서 아르바이트를 하는 사람이 미성년자는 아니겠지. 내 말은 진짜 소녀라는 게 아니라 소녀 같다는 거야, 이미지가."

[그럼 다행이고. 잘해봐. 국제결혼…… 아니, 연애인가?]

"한국인이야. 교포 아니면 유학생일 거야, 분명. 무튼 단순한 호기심이야. 너무 앞서 가지는 말아줘."

[흠…… 진웅아, 2년이면 됐어. 더 이상 널 외롭게 하지는 마.]

진짜 소녀가 아니라는 말에 한시름을 놓았다. 기우였던 것이다.

그러나 진웅은 여전히 신중했고 좀처럼 틈이 보이지 않는다.

"형, 우스갯소리로 하는 '일과 결혼했다' 라는 말. 내가 그래. 형이 예쁜 조카를 만들어준다면 내가 또 결혼할 맘이 생길지도……. 형 어디 문제 있는 거 아니지?"

[멀쩡해. 지극히, 아주. 지금도 밤마다 몇 번을…….]

이든의 관심을 다른 곳으로 돌리려면 이 방법이 최고였다. 결혼을 한 지 2년이 넘은 두 사람이 아이를 가지지 않는 이유는 뒤늦은 형수님의 꿈을 위한 형의 일방적인 배려 때문이었다. 급기야는 자신의 건재함을 알리기 위해 형이 부부 사이의 은밀한 이야기를 꺼내려고 하자 옆에서 형수님이 '이든 씨!' 하고 소리를 빽 질렀다. 단아하고 우아한 형수가 화들짝 놀란 것이다.

[죄송해요, 도련님. 이든 씨가 꼭 도련님과 통화를 하면 수다쟁이가 되네요. 쉬셔야 하는데…….]

더 이상은 못 들어주겠던지 형과 바통 터치를 한 형수님의 목소리가 들려왔다.

"괜찮아요, 형수님. 지금도 충분히 쉬고 있습니다. 학기 중이라 이쪽으로 날아오시라는 말도 못하겠네요. 많이 보고 싶습니다, 형수님."

[곧 한국에도 한 번 들어가야죠. 그때 얼굴 봐요, 도련님.]

"네, 형수님. 그때는 좋은 소식 가지고 오시면 더 좋고요"

[네에. 공평하게 도련님도 좋은 소식 준비해 놓으셔요.]

서로를 만나기 전, 힘든 일을 많이 겪은 두 사람은 서로를 위로하고 사랑했다. 결혼을 한 후에도 형 내외의 사랑은 식을 줄을 몰랐다. 오히려 더 불타오르고 있었다. 형에게 사랑을 건네준 요정 같은 형수님. 밀라노에서 그런 형수님을 닮은 사람을 만나게 될 줄이야.

콧대 높고 세련된 도시인 밀라노에서 오래 머물 계획은 없었다. 너무 정형화된 느낌이라 진웅에게 그다지 영감을 주는 도시는 아니었다. 밀라노에서의 계획은 이틀 정도였다. 두오모 성당 같은 굵직한 건축물들을 돌아보다가 두진건설 소유의 리조트와 일가의 사유해변이 있는 포르데 데이 마르미로 이동을 하려 했다. 그런 그가 한 여자에 대한 호기심 때문에 밀라노에서의 일정이 조금 늘어진 것을 형과의 전화통화로 깨닫게 된 것이 있을 수 없는 일이라는 듯 '피식' 웃었다.

운명 같은 만남이 있었던 그날. 두오모 성당을 둘러본 후, 밀라노의 자존심이라 할 수 있는 이탈리아 최대 규모의 산 시로 스타디움을 찾았다. 모두가 축구 경기의 열기로 들떠 있는 그곳, 누군가에게는 성지로 불려지는 그곳에서 진웅은 건설회사 후계자답게 시설물 곳곳을 훑어 내렸다. 그러다 승리의 환호성에 매료되었다. 사람 사는 냄새가 느껴졌다. 그 진한 냄새를 따라 진웅 역시 승리에 취한 인파들에 휩쓸려 퍼브까지 흘러들었다. 맘껏 취할 수 있는 곳이라면 묵고 있는 호텔의 지하에 위치한 Bar가 적당하다는 것을 알고 있었지만 개의치 않았다.

중동에서의 생활은 오직 일에만 열중했다. 그 결과 두진의 중동 건설 성과는 대단했다. 진웅은 그곳에서 긴장하고 또 긴장했다.

유들유들하고 자유분방했던 성격이 사라지고 날카로움과 묵직함을 지닌 경영인의 모습만이 존재했다.

이곳, 유럽에서는 그럴 필요성을 느끼지 못했다. 한국으로 돌아가면 어차피 후계자의 자리를 지키기 위해 더 강해져야 했기에 쉬는 동안이라도 예전의 진웅으로, 상무라는 또 다른 이름을 가지기 전의 이진웅으로 돌아가고 싶었다. 그래서 물 흐르듯이 인파에 그리고 시간에 몸을 맡겼다.

세련되고 화려한 밀라노의 외양과는 달리, 거리를 굴러다니는 오물과 쓰레기들이 나뒹구는 골목길을 지났다. 상투적인 여행루트를 따르며 명품 쇼핑을 즐기는 여행객이 아닌 밀러니즈가 된 기분이 그를 자연스럽게 퍼브로 인도한 것이었다.

혼자서 테이블을 차지하는 것이 미안해 진웅은 카운터 석에 몸을 맡겼다. 편안하게 앉아 테이블을 손가락으로 가볍게 두드렸다. 자칫 무료해질 수 있는 순간이었다. 그러다 낯선 곳에서 혼자인 자신을 눈치챘다. 괜히 어색해져 호텔로 돌아가려는 그때, 그의 발목과 이목을 자그마한 체구의 한 사람이 강하게 사로잡았다.

그 순간이었다, 진웅이 늪에 빠진 것은.

"흠, 한국인인가?"

갑자기 몰려든 손님들로 인해 찡그릴 만도 한데 맥주 디스펜서에서 황금색의 액체를 뽑아내는 동양인 여자의 얼굴은 웃음으로 가득했다. 서비스를 위한 억지웃음과는 그 종류가 달라 보였다.

하얀 얼굴에 웃음 지을 때마다 숨김없이 드러나는 희고 가지런한 치아와 손가락을 찔러 넣고 싶은 볼우물, 복숭앗빛 홍조, 단아한 이마와 깊고 맑은 눈, 앙증맞은 콧망울과 버선코 같은 자연스러운 콧날, 마지막에는 민트향의 치약 냄새가 풍길 것 같은 상쾌해 보이는 입술.

그녀의 외모보다 더 그의 이목을 잡아당기는 건 활기에 가득 찬, 살아 있어 자유를 만끽하는 것처럼 보이는 날렵하고 경쾌한 몸짓이었다.

발목까지 꽉 잡아주는 스키니한 청바지, 과하게 파이지 않은 검정색 브이넥에 허리에는 리본을 묶은 에이프런을 두르고 머리를 하나로 틀어 올린, 멋 부리지 않은 어쩌면 초라해 보일 수도 있는 한 여자의 모습을 보고 시선을 빼앗긴 것에 스스로 고개를 젓는 순간 자연스럽게 눈이 마주쳤다. 그리고 그녀가…… 웃었다. 입으로도 웃고 눈으로도 웃는, 이상하게 기분 좋아지는 그 소녀가 나를 봤다.

그것이 시작이었음을.

그의 심장은 여전히 살아 있었다.

chapter 1. 어쩌다 마주친 그대

"응, 할머니."

일주일에 3일은 퍼브에서 아르바이트를 했다. 그 덕에 저녁까지 일을 한 다음날은 여유롭게 일어나 오후에 시작되는 아카데미 수업을 들었다. 행여나 할머니가 아르바이트를 하는 걸 알았다가는, 그것도 주로 맥주를 취급하는 퍼브에서 아르바이트를 하는 걸 아는 날에는 할아버지를 앞세워 밀라노로 들이닥치고도 남을 일이었다.

이제 밀라노에서의 생활도 얼마 남지 않았다. 워킹홀리데이비자가 만료되는 날짜가 점점 다가왔다. 유종의 미를 거두기 위해 모니는 떠지지 않는 눈을 하고 애써 목소리를 밝게 하여 전화를 받았다.

[아가, 우리 모니. 잘 잤어?]

"그럼. 이제 아카데미에 갈 준비하는 중이지요. 오후 3시 30분 정도 됐겠다, 한국은."

[그래, 네 할아버지는 지금 오수를 즐기는 중이시란다. 모니야, 아직도 네가 표류하는 유빙 같다고 생각하는 게지?]

"할…… 머니."

모니가 한국으로 돌아올 시간이 가까워 오자 정수경 여사는 궁금했다. 한때는 제 손으로 키운 자식 같은 손녀인 모니의 거취가. 분명 제 부모와 함께 살았던 집으로는 가지 않으려 할 게 뻔했으니 당신 댁에 잡아두고 싶은 심정이 고스란히 전달되었다.

[아비, 어미 용서해라. 처음 한 달은 널 찾느라 혈안이었어. 이혼도 안 하겠대.]

"나, 이제 원망 같은 거 안 해. 나 때문에 견뎌준 거잖아. 오죽하면 부모 자식을 다 속였을까?"

[모니야, 네가 없는 동안 정말 달라졌어. 믿어봐. 정말 이혼 안 할 거야.]

"또 날 위해서라고 하겠지. 나 마지막으로 효녀 노릇이나 할까?"

효녀 노릇이라는 말에 반색하던 정수경 여사는 잠시 주춤했다. 마지막이라니. 손녀의 미묘한 말에 숨을 죽였다.

[애야, 마지막이라니?]

"내가 결혼을 하면 두 사람, 완전히 끝낼 수 있겠지?"

모니가 말한 효도는 결국 자신의 결혼이었다. 수화기를 든 채로 알 수 없는 절망감에 손이 절로 이마를 향해 갔다가 툭 떨어졌다. 결국엔 주름진 눈가의 눈시울이 붉어졌다.

[그게 무슨 말인 게야? 할미 심장 떨려 죽는 꼴 보고 싶어? 설마 이태리에서 외국인이라도 만난다니?]

"확 그래 버릴까 보다. 오늘부터 잘 살펴봐야겠어. 할머니, 코쟁이 손녀사위도 괜찮아?"

[인석아, 결혼은 그렇게 하는 게 아니야!]

행여나 손녀가 부모에 대한 원망으로 인해 덜컥 아무나 붙잡아 결혼이라도 하게 되는 날에는 그녀의 인생이 끝나 버리는 걸 잘 알았다. 물론 손녀가 아무나 붙잡아 결혼을 할 만할 위인이 못 된다는 걸 잘 알면서도 정수경 여사는 모니에게 호통이었다.

"농담입니다."

[에구, 불쌍한 내 새끼. 어찌 그리도 철없는 부모 밑에서…….]

손녀가 가여워 잠깐 눈물이 흐를 뻔했지만 이내 모니의 부모를 생각하자 화가 치밀어 오른 정수경 여사는 말을 채 잇지 않고 혀를 끌끌 찼다.

"그래도 나는 조부모 복은 넘쳐 났잖아요. 외할아버지 외할머니 살아 계셨을 때, 할머니 할아버지랑 얼마나 잘 지냈어? 그 덕에 난 어렸을 때 네 분 유럽여행 하는 데 껴서 잘 돌아다녔지. 그래서 내가 이탈리아로 온 거잖아."

[그때만 해도 그래, 우리 여행 가는데 굳이 널 데리고 가라고, 둘이서 오붓한 시간 보내겠다고 닭살을 떨더니. 오붓한 시간은 고사하고 엄청 싸워댔을 거야. 그때 알아봤어야 해. 우리는 다들 네

동생이라도 볼 줄 알고 내심 사돈분들이랑 얼마나 기대를 했는데?]

"동생까지 있었으면 아마 더 힘들었을 거야. 그거 하나는 감사하네."

[늙으니 주책이지, 그래도 내 자식들인데…….]

손녀에게 제 부모 흉을 본 것이 민망해진 할머니가 그만 전화 통화를 마무리했다.

[돌아오면 바로 여기로 와. 응?]

"그럴…… 게요, 일단은. 몸 건강하게 지내셔요. 사랑해요. 이 하모니 어디서든 씩씩하고 당당하니까 내 걱정은 마셔요."

아직도 품 안에서 고물고물대는 어린아이 같은 하모니의 애교스러운 마지막 인사가 그나마 위로가 됐는지 '너나 조심하라'는 마지막 말을 남기고 전화를 끊었다.

저널리스트 아카데미의 마지막 수업이 끝났다. 이로써 모니의 타국 생활은 거의 끝을 맺었다. 그녀에게 마지막 일정은 여행만 남은 셈이었다. 아르바이트를 하던 퍼브 사장님의 조언을 듣고 계획한 여행이 이틀 앞으로 다가왔다.

"하여튼, 여대생이 무슨 명품가방이람."

밀라노를 떠나기 전 해야 할 일이 생각났다. 단짝인 지원의 부탁으로 대행구매원이 된 모니는 밀라노 명품거리에 오게 되었다.

별것 아닌 것처럼 보이는 토트백 하나의 가격은 중산층의 한 달 생활비에 버금가는 가격이었다. 대신 구입을 했다지만 명품로고가 찍힌 쇼핑백은 들고 있기에도 부담스러웠다. 그렇게 모니는 명품 숍 직원의 환대를 받으며 돌아섰다.

『어, 파비오…….』

다니고 있던 아카데미의 강사였다. 별다른 감정은 없었지만 워낙 바람기가 다분해 보여 여느 여자아이들처럼 선뜻 그에게 다가가지는 않았다. 모니에게 그는 그저 강사일 뿐이었으니까.

모니를 비롯한 몇몇 수강생들의 마지막 수업을 기념하며 간단하게 송별회를 가진 지 채 두 시간도 되지 않았다. 그동안 얼마만큼 마셔댔는지 모니를 발견한 그가 곁으로 점점 다가오자 코끝으로 알코올의 냄새가 풍겨왔다.

『이게 누구야. 콧대 높으신 하모니?』

『취했어요?』

꼭 술 냄새 때문만이 아니었다. 모니의 몸에 그의 손이 닿자 어깨를 움츠려 그에게서 한 발자국 떨어졌다.

『이런, 이런. 아가씨, 어때? 내가 가방이라면 두 개는 더 사줄 수 있는데, 밀라노에서의 마지막 밤을 나와 보낼 텐가?』

『뭐라구요?』

아카데미에서 수업을 할 때만 하더라도 파비오의 영어발음은 꽤 괜찮았었다. 만취 상태라 파비오의 영어발음이 뭉개진 것이라 믿고 싶었던 모니는 못 알아들었다는 표정으로 고개를 들어 올려 그를 바라보았다.

『순진한 척, 도도한 척해도 난 알지.』

『뭐라는 거야? 취했으면 어서 집으로 돌아가요. 못 들은 걸로 할게요. 어차피 다시는 볼 일도 없을 테니.』

똥이 무서워서 피하나? 더러워서 피하지.

아무리 자신을 컨트롤하지 못할 정도로 취했다고는 하지만 값싼 여자 취급에 적잖게 불쾌해진 모니가 돌아서자 파비오는 모니의 한쪽 팔을 아프게 휘감았다. 술에 취한 상태라 그런지 그의 힘은 모니가 이기기에는 평소보다 몇 배나 버거웠다.

『이거 놔요.』

해가 거의 진 시간에다 밀라노 주경기장에서 중요한 더비매치가 진행되고 있어서인지 거리에는 사람들이 보이지 않았다. 게다가 사사로운 커플의 사랑싸움에 끼어들고 싶지 않다는 눈초리로 도움을 요청하는 듯한 하모니를 흘겨보며 지나갔다. 지독한 차별과 안하무인 식의 반응에 눈물이 핑 돌았다. 별것 아닌 동양 여자를 이탈리아 남자가 폭력을 가한다 하더라도 하등의 관심은 없다는 태도.

『매일 밤, 네 집 앞에서 지켜봤지. 커튼으로 비치는 너의 실루엣은 정말…….』

파비오가 귓가에 속삭인 말은 충격이었다. 그것이 사실이든, 모니를 위협하기 위함이든 간에.

"변태! 스토커!"

『조용히 못해?』

모니의 언성이 높아지자 급기야 파비오는 황급히 그 입을 막았다. 다급해진 그녀가 한국어로 떠들어봤자 들어줄 이는 없었다. 그녀는 그의 정강이를 힘껏 걷어찼다.

"더러운 놈! 비겁한 놈! 이거 놔!"

『이, 이 망할 동양 계집애야. 내가 놀아준다는데 감히.』

정강이를 어루만지던 손길을 거두고 돌아서려는 모니의 뺨을 향하여 파비오의 큰 손이 공중에 들려졌다. 평소의 매너 좋던 파비오는 다 거짓이었다. 상대의 뺨을 내리칠 생각이라는 것은 불보듯 빤한 것. 모니가 반사적으로 두 눈을 감았다.

하지만 시간이 지나도 뺨에 충격은 느껴지지 않았기에 살짝 눈을 뜬 모니의 눈앞에 믿을 수 없는 일이 일어났다. 시간이 멈춰 모든 것이 정지된 공간에서 혼자만이 움직일 수 있는 마법을 부린 것 같은 착각이 일었다.

『뭐, 뭐야?』

파비오의 손은 다른 어떤 남자에 의해 저지당했다. 팔이 하늘에 높이 들려진 우스꽝스러운 자세였다. 폼생폼사 파비오의 얼굴이 일그러졌다. 지금 이 자리에 아카데미의 학생들이 없다는 사실이 조금 아쉽기는 했지만 위기를 벗어난 모니는 그저 감사할 따름이었다.

『숙녀에게 무슨 짓입니까?』

한없이 낮았고, 평정심을 유지했지만 남자의 목소리는 불호령보다 더 싸늘하고 맹렬하게 느껴졌다.

"퍼브에서?"

이틀 전, 퍼브에 온 사람이었다. 밀려드는 손님으로 인해 눈코

뜰 새 없이 바빴던 터라 그에게서 받은 주문이 잘못 전달되었다. 엉뚱한 메뉴를 받아 들고도 클레임을 걸지 않았던 점잖았던, 기분 좋았던 손님이었다. 뒤늦게 알고 사과를 하자 웃으면서 괜찮다고 말해준 그. 모니가 그를 기억해 내자 그는 고개를 끄덕였다. 모니는 냉큼 그의 뒤로 가 숨어버렸다.

"도와주세요. 스토커예요."

그의 등에 딱 붙어 한국말로 속삭이자 그가 안심하라는 듯 손을 뒤로 돌려 모니를 다독였다. 파비오의 팔을 놓아준 그는 이제 파비오의 멱살을 잡았다. 그는 비슷한 체격의 파비오가 쉽게 이기지 못하는 완력을 소유했다.

『밀라노가 언제부터 이렇게 치안이 불안했지? 안 그래도 요즘 외국인을 상대로 한 범죄 근절에 힘쓴다던데 이대로 경찰서로 가겠어?』

『윽. 그건 안 돼.』

외국인을 상대로 한 성추행 혐의가 인정되면 유학생들이 즐비한 아카데미에서 잘리게 될 걸 알고 있는 파비오는 멱살잡이에 목이 졸리면서도 밥줄이 끊길지도 모른다는 공포에 휩쓸려 고개를 흔들었다.

『다시는 저 여자 앞에 나타나지 마.』

『그, 그럴게.』

파비오의 마지막 눈빛은 섬뜩했다. 어차피 두 번 다시 볼 사이가 아니라고 느낀 파비오도 그에게서 풀려나자 갑갑하게 잡혀 있던 목을 매만지다 침을 뱉고 저 멀리 달아났다.

"괜찮습니까?"

아직도 자신을 의지해 숨죽인 채 뒤로 숨은 여자는 두려움과 안도감이 뒤섞인 눈물을 흘리고 있었다.

낮에 유명 이탈리아 건축사무소 방문을 마친 후, 그의 발은 며칠 전 들렀던 퍼브에 멈춰 섰다. 가게의 특성상 저녁에 오픈할 줄 알았는데 손잡이를 잡자 문은 쉽게 열렸다. 낮에는 칩스 종류와 간단한 스낵, 런치를 즐길 수 있는 분위기였다. 하지만 어디를 둘러봐도 자신이 찾던 사람은 없었기에 아쉽게 돌아서서 나왔다. 그걸로 끝이라고 여겼다. 그녀는 그렇게 그에게는 환상에 지나지 않는, 호접몽에 불과한 것이라 믿었다. 그녀를 만나지 못한 것이 어쩌면 다행이라 여기며 자신을 다독였다. 이제는 그녀에 대한 잡념에서 벗어날 수 있으니까.

호텔에서 저녁 식사를 한 후, 밀라노에 도착했을 무렵 수리를 맡겨둔 명품 시계 판매점에서 시계를 찾아서 돌아가려 했다. 그때, 한 여자가 눈에 들어왔다. 퍼브에서 본 여자는 외국인 남성과 실랑이를 하는 모습이었다. 연인 같아서 저도 모르게 완전히 포기한 마음으로 거리를 벗어나려는데 점점 분위기는 심상치 않았다. 도저히 연인들의 사랑싸움이라 보기는 어려웠다. 지나가던 사람들도 무심하게 지나가는 걸 지켜보다 몸이 먼저 반응을 하고 움직였다.

그녀를 안심시켰을 때 스토커라는 단어를 듣자 진웅의 피는 심하게 요동쳤다. 만약 자신이 지금 이 광경을 보지 못했더라면 끔찍한 상황이 펼쳐졌을지도 모르는 일이었다.

"괜찮아요?"

"네, 고맙습니다."

통성명도 하지 않았다. 서로가 서로를 한국인으로 이미 알고나 있었던 것처럼 한국어가 절로 나왔다.

"내가 장지원 이 인간 때문에."

찔끔 흐른 눈물을 훔친 모니는 저만치 떨어뜨려 둔 쇼핑백에 다가갔다.

"정말, 감사해요. 언젠가 다시 만나면 이 은혜 꼭 갚겠습니다."

"어디 가요?"

"네?"

자라 보고 놀란 가슴 솥뚜껑 보고 놀란다고 설마 그도 파비오처럼 그녀에게 이상한 요구를 하는 건 아니겠지 하며 살짝 돌아봤다.

"스토커라면서요?"

"네…… 저도 오늘 알았지만."

"갑시다, 집까지. 함께 갑시다."

"아저씨가 왜요?"

아저씨라는 말보다 더 듣기 어려운 건 그녀의 입에서 나온 '왜요?'라는 말이었다. 완전히 남으로 선을 긋고 있는 그녀를 느끼자 저도 모르게 가슴은 선득해졌다.

"그러니까……."

과유불급이라는 말이 있듯이 자신의 친절이 오지랖으로 변할지도 모른다는 생각에 마땅한 변명의 말을 찾지 못한 채 그가 머뭇거렸다.

"저야 감사하지만 괜히 죄송해서요. 구해주신 것도 감사한데 성가시게 하는 건 아닐지……."

양손의 검지를 뻗어 마주 대고 톡톡 건드리는 그녀의 모습이 귀여웠다. 영 맘에 없는 건 아닌 모양이었다. 단지 염치가 없다는 말을 하고 싶은 눈치였다.

"갑시다."

구구절절 말하기보다 진웅은 한마디로 응축했다. 그녀가 자신의 집 방향으로 발걸음을 옮기자 진웅 역시 그 뒤를 따랐다.

"유학생?"

"워킹홀리데이비자 받아서 왔어요. 아르바이트도 하고 저널리스트 아카데미도 다니고. 오늘이 마지막 날이었어요. 아까 그 사람은 아카데미 강사 중 한 명이구요."

"흠."

씁쓸해졌다. 어쩌면 그녀의 스승이라고 할 수 있는 사람에게 그 꼴을 당했으니, 비단 그녀에게 관심이 있어서만은 아니었다. 혹 유색인들을 이렇게 비참하게 만드는 차별사상이 여전히 백인들에게는 알게 모르게 존재한다는 것을 확인하자 절로 한숨이 쉬어졌다.

"하모니…… 입니다."

"네?"

"제 이름이요."

"아."

"언젠가 또 어떻게 만나게 될지 모르잖아요. 이름 정도는 알려 드리는 게 도리일 듯해서요."

"예쁜 이름이네요."

예쁜 이름일까? 어려서부터 이름이 특이하다는 건 지극히 평범한 이름보다 더 안 좋은 것이라는 걸 경험했다. 놀림감이 되기도 일쑤였고, 크면 좀 나아지려나 했었는데 여전했다. 그녀의 이름을 듣는 순간 사람들의 '핏' 하고 웃는 웃음소리는 그녀에게 거슬리는 소리 중 하나였다. 그럴 때마다 아주 조금은 부모님을 원망했었다. 하원진과 모현경 사이에서 태어난 '너'라는 뜻의 하모니. 그래서 종종 가명을 썼다. 하지은이라는 가명을.

"제이슨 리입니다."

여성과 소녀의 한가운데 정점에 있는 듯한 그녀에 대한 호기심을 이쯤에서 정리하려 했다. 어차피 서로에게는 허상과 같은 존재일 것이다. 그녀의 이름은 마치 이 세상의 것이 아닐 것이라는 착각을 불러일으키기 충분했다.

'하모니'라니.

한 여자에게 철저히 이용만 당하고 버려진 후에 생겨 버린 습관은 지금처럼 자신을 철저히 숨기는 것이었다. 다시는 만나지 못할 사람이라는 걸 아는 진웅은 유학 시절 사용했던 미국 이름을 말했다. 두진건설의 후계자라는 또 다른 자신을 숨기는 일에 이제는 익숙해졌다.

"아까 그놈 아닌가요?"

집 근처로 들어서는데 그가 소리쳤다. 파비오가 설마 집 앞에 와 있을 줄은 몰랐다. 두 사람은 몸을 숨기고 파비오를 지켜보다 신고를 하기로 했다. 파비오는 몇 초간 어슬렁거리더니 피우고 있던 담뱃불을 제 발로 신경질적으로 비벼 끄고 사라졌다.

"이제 됐어요. 가볼게요. 정말 데려다 주셔서 감사해요. 또다시 당할 뻔했어요."

생각만으로도 두려웠던지 그녀가 몸을 부르르 떨었다. 한 번 구해준 그가 내민 손을 잡지 않았더라면 또다시 보기 좋게 당할 뻔했다.

"안 되겠어요. 어차피 내일 떠나기로 했으니 짐 들고 당장 나와요. 하모니 씨를 혼자 두고 갈 수 없네요. 도저히."

"괜찮아요. 파비오는 돌아갔잖아요."

"보면 모릅니까? 어서 짐 가지고 나와요. 내가 묵고 있는 호텔 레지던스로 갑시다."

"아저씬…… 어떻게 믿어요?"

"못 믿습니까?"

그의 눈빛은 확고했다. 그 한마디가 그를 증명해 보였다. 사실 믿지 못하는 것은 아니었다. 타인에게 이토록 친밀한 도움을 받아도 되는 것인지, 계속해서 요행을 바라게 될 자신이 겁이 난 것이었다. 모니는 정든 집과의 작별을 그렇게 끝내 버리고 그를 따라 나섰다.

"걱정 말고 편히 쉬어요. 모니 씨는 2층을 쓰도록 해요. 2층에도 욕실이 있으니까 불편한 건 없을 겁니다."

외모로 보거니와 짧은 시간 보고 느낀 그의 성품으로 봐서 보통의 사람은 아닐 것이라 예상했지만 웬만한 사람은 묵을 수 없는 급의 레지던스였다.

"감사드려요. 하루만 신세를 질게요. 내일이면 저, 밀라노를 떠나거든요."

"저도 내일 일찌감치 밀라노를 떠날 예정이니 편히 쉬다가 체크아웃 해요. 아마도 내가 먼저 떠날 것 같군요."

"아, 그렇군요."

"잘 자요."

진웅이 나선형 계단을 오르는 모니를 향해 말했다. 그러자 모니는 계단에 털썩 주저앉았다.

"아저씨, 참 좋은 사람 같아요."

"왜 그렇게 생각하죠?"

진웅이 계단 근처로 다가왔지만 저만치의 거리를 유지했다. 먼 거리이지만 정면으로 서로를 바라보았다.

"내가 훨씬 어린데 존중해……."

"훨씬 어리다?"

진웅이 서서히 계단을 밟고 올라왔다. 그러자 모니 역시 계단을 마저 오르기 시작했다. 때문에 둘의 사이는 좁혀지지 않았다.

"저는 아직 여대생이에요."

"그건 성인이라는 말이지. 적어도 결혼할 때 부모 동의 따위는 필요가 없는."

진웅이 멈췄던 계단을 오르자 그들의 거리는 이제 겨우 계단 한 칸.

"날…… 원하죠? 그렇죠? 오늘 우리가 처음 만났던, 내가 일하던 퍼브에 들렀어요. 마지막 인사를 하러 갔죠. 그런데 뜻밖의 소리를 들었어요. 동양인 남자가 날 찾았다고. 그 사람, 아저씨 맞죠?"

대답을 원하는 그녀에게 진웅은 살며시 고개를 들어 올려 이마에 입을 맞추었다.

"여기까지야. 어서 들어가서 자도록 해."

선을 그었다. 어른이라는 것을 알게 해주려고 존대하던 것을 그만두었다. 낭만에 빠진 여대생은 타국에서 만난 남자와의 로맨스를 꿈꾸겠지만 사회를 경험한, 그것도 기업을 이끌어 나가야 할 중대한 임무를 맡은 남자는 달라야 한다는 것을 스스로에게 자각시키는 것이기도 했다.

"언젠가, 우리가 다시 우연히 만난다면 그때는 서로의 소원을 하나씩 들어주기로 하는 건 어때요? 다시 만난 기념으로."

"이 아가씨야. 책임질 수 없는 말은 하는 게 아니야. 그러다 내가 곤란한 소원이라도 말하면."

"우리가 다시 우연히 만나는 건, 그럴 일은 없을 거니까."

모니는 진웅의 입술에 굿나잇 키스를 남기고 방으로 사라졌다. 진웅은 오랜만에 열에 들뜬 자신을 발견했다. 그의 입술에서는 열이 오르기 시작했다. 오래도록 여자를 안는 일을 금했었다. 중동에서 생활을 할 때에도 몇 번은 진웅에게 잘 보이기 위한 사람들이 모델 같은 훌륭한 외모의 여인들을 그의 집으로 보냈었다. 하지만 진웅은 거절을 했다. 그런 것들이 다 귀찮았고, 거기다 순수한 사랑 따위는 진즉에 버렸었다. 한국으로 돌아가면 기업을 위한 정략결혼의 수순을 밟을 터인데 왜 갑자기 저런 어린 여자가 신경이 쓰이는 걸까?

밀라노에서의 마지막 밤이 이렇게 쓰고 달 줄은 생각도 하지 못했다. 하마터면 몹쓸 파비오에게 험한 꼴을 당했을 생각을 하니 앞이 캄캄했다. 하지만 그를 다시 만나게 되었다. 사실 퍼브에서 그를 처음 본 순간 그녀 역시 그에게서 눈을 떼지 못했다. 모델에 뒤지지 않을 만한 신장에다 슬림하면서도 단단한 몸매를 지닌 그는 부드럽지만 날렵한 인상이었다. 양면의 얼굴을 지닌 느낌이 그녀를 단박에 사로잡았다. 그 덕에 그에게 실수로 주문이 잘못 가긴 했지만 그는 그만한 일로 클레임을 걸거나 화를 내는 남자가 아니었다. 그런 그를 마치 영화처럼 다시 만날 수 있게 된 건 파비오의 공이 컸다. 거기다 집 앞에까지 어슬렁거려 준 덕분에 이런 상황까지 연출되었으니 쓰다가 달아졌다는 것이 맞는 말일 터.

마지막 입맞춤은 도발적이지 않았다. 서로가 알고 있었다. 현실이 아니라는 것을. 모니는 그것으로 충분했다. 내일이면 자신은 아마도 이탈리아의 해변을 맨발로 걷고 있을 것이다. 그는 내일 어디로 떠난다는 것일까? 한국? 모니는 감히 상상을 했다. 그와 다시 만나는 상상을.

chapter 2. 해변의 연인

　지중해의 푸른 파도가 잔잔하게 넘실거리는 풍경과 음식은 완벽한 앙상블이었다. 진웅에게 있어서는 토스카나 주의 아름다움을 자랑하는 해변 휴양도시인 포르데 데이 마르미에서의 시간이 진정한 휴식일 것이라 예상했다.

　이곳은 특히 진웅에게 결핍이라는 것이 없게 했다. 물리적으로나 정신적으로나 그랬다. 두진건설이 운영하는 작은 규모이지만 내실 있는 리조트와 그의 일가를 위해 마련된 사생활을 완벽히 보장해 주는 한적한 곳에 위치한 풀빌라, 그곳에서 몇 발자국을 걸으면 만날 수 있는 사유해변이 갖추어져 있기 때문이었다. 그러나 도착하자마자 먹은 음식은 쓰기만 했다.

　밀라노에서 떠나오기 전 레지던스를 나설 때, 마지막으로 그녀의 방으로 향하는 계단에서 서성였다. 하지만 잠든 그녀의 얼굴을 보고 떠나는 것을 포기하고 이곳으로 오는 비행기에 몸을 맡겼다. 그녀와 마주치지 않기 위해 너무 일찍부터 움직인 탓인지 이상하리만치 모든 일에 집중이 되질 않았다.

"저녁 식사는 몇 시에 준비할까요?"

풀빌라를 관리하는 한국인 리조트 직원이 물었다.

"나가서 먹을 겁니다. 굳이 준비하실 필요는 없겠어요."

"알겠습니다. 또 필요하신 것은 없으신가요?"

매번 이곳에 올 때마다 리조트를 벗어난 적이 없었던 진웅의 휴식패턴과는 달라 직원은 의아해하면서도 자신의 책임을 다하려 했다.

"풀빌라 앞의 사유해변에는 사람들이 오지 않겠죠?"

"그럼요. 아무런 시설도 없고 인적이 드문 곳이라, 게다가 이렇게 웅장한 풀빌라가 버티고 있으니 염려하지 않으셔도 됩니다. 전에는 결혼식을 올리는 커플들이 기념촬영을 하려고 이곳까지 흘러 들어오기는 했으나, 작년부터 우리 리조트에서 웨딩 패키지를 운영하고 있어 이제 그런 걱정은 하지 않으셔도 됩니다."

"알겠습니다."

"따로 필요한 것이 있으면 콜 하십시오. 그럼 이만 가보겠습니다. 편히 쉬십시오."

"감사합니다."

직원이 떠나자 진웅은 다이닝룸에 사무용으로 마련된 월넛 테이블에 노트북을 켜고 앉았다. 노트북 옆으로는 멋스럽게 색이 바랜 두툼한 페이지를 자랑하는 건축도감이 자리했다. 정면으로 보이는 해변과 풀빌라에 묵는 사람만이 사용가능한 메인 수영장의 풍경을 바라보고 있으면 건축 디자인 역시 술술 풀릴 것이라 생각했지만 그마저도 쉽게 풀리지 않았다.

건설과 경영과는 별개로 진웅이 가장 즐기는 일은 건축 디자인이었다. 이곳에서 오랜만에 작업을 하려 했지만 헛수고였다. 진웅은 일찌감치 자리에서 일어섰다. 슈트를 벗어 던지고 편안한 차림이 된 그는 눈앞에 펼쳐진 사유해변을 바라만 보는 일을 멈추고 그곳으로 다가갔다.

아침에 일어나 보니 그는 없었다. 덩그러니 메모 하나가 잠들었던 방 문 앞에 남아 있었다. 친절하게도 그는 그녀 몫의 룸서비스까지도 계산을 마친 상태였다. 덕분에 모니는 배를 든든히 채우고 밀라노를 떠날 수 있었다.

밀라노 역에서 기차를 타고 피렌체에 도착해 마치 '냉정과 열정 사이'의 주인공이 된 마냥 즐기다가 포르데 데이 마르미 해변에 도착했다.

쏘렌토나 카프리 해변에 머무를 수도 있었지만 퍼브 사장님의 조언을 받아 사람이 많이 붐비지 않는 이곳을 휴양지로 정했다. 한 번쯤은 유러피언처럼 휴가를 보내고 싶었다. 여기저기 다리가 아프도록 돌아다니는 것이 아닌 한가롭게 해변에서 썬베드에 누워 책을 본다거나 오일을 바르고 테닝을 즐기는 그런 휴가를 즐겨보고 싶었다.

미리 부킹을 해둔 미니 호텔에 짐을 푼 모니는 슈트케이스를 열었다. 티셔츠와 반바지들 사이로 가지런히 접어둔 아이보리 색의 원피스를 꺼내 들었다. 당장에 모니는 그것으로 갈아입었다.

"너무 야한가?"

걱정스러운 목소리 뒤로 혼자만의 코웃음이 지나갔다. 무릎까지 오는 드레스 소재의 민소매 아멜리에 원피스는 분명 앞쪽으로 본다면 얌전하기 짝이 없었다. 하지만 문제는 뒤였다. 요즘은 뒤태가 중요하다는 지원의 꼬드김에 못 이겨 충동구매를 했지만 입지 못하여 묵혀둔 원피스였다. 뒤쪽은 허리선이 절개가 되어 등허리의 한 뼘 정도가 넉넉하게 드러나 있었고 단추 역시 뒤쪽에 달려 있어 청순하면서도 관능적인 매력이 돋보이는 옷이었다. 절개된 부분으로 모니의 희고 부드러워 보이는 살결이 드러났다. 전신 거울로 차림새를 정리한 모니는 시원한 패턴의 여름 스카프가 장식된 밀짚모자를 손에 들고 해변으로 향했다.

"앗, 차가워."

드문드문 많지 않은 수의 사람들이 해변에서 휴식을 취했다. 아직은 7월 초, 태양이 달궈지긴 했지만 비성수기였다. 모니는 한적한 해변을 걸어다니다 샌들을 벗어 던졌다. 손가락에 샌들을 걸고 물 쪽으로 살금살금 다가갔다. 발가락 사이사이로 모래들과 투명한 바닷물이 섞여들었다가 떠나가기를 반복하자 기분 좋은 간지러움이 이어졌다.

밀려들어 오고 다시 돌아가는 물결 위에 가만히 서 있던 것을 멈추고 모니는 앞으로 걷기 시작했다. 포르데 데이 마르미 해변의 궤적을 돌면서 해변의 끝과 끝을 맞닿게 할 작정인 것처럼 자신의 발자국을 남겼다. 그러다 정신을 차렸을 때에는 너무 멀리 와 있는 자신을 발견했다. 이곳부터는 누군가의 사유지인지 '프라이빗 비치'라는 표지판이 세워져 있었다. 사람들이 일광욕을 즐기는 모습과 샤워시설과 썬베드들이 놓여 있던 곳이 점처럼 작게 보였다.

"너무 멀리 와버렸네."

인적이 드문 곳으로 깊숙이 들어와 버렸다는 것을 알았지만 그다지 두렵지는 않았다. 몸을 돌려 왔던 길을 다시 걸어가면 되니까. 사람의 인생이라는 것도 몸을 돌리고 방향을 바꾸면 되돌아갈 수 있는 일이 가능하다면 좋겠다는 생각을 했다. 그러면 아빠의 몸속에서 작은 씨앗으로 존재했을 때, 엄마의 몸속에 자리 잡으려 노력하지 않을 것이다. 무슨 부귀영화를 누리자고 약 3억분의 1이라는 어마어마한 경쟁률을 뚫고 그 자리에 머물렀을까?

해변 끄트머리에 있는 잘 지어진 건물은 누군가의 개인적인 공간인 것 같았다. 건축학적으로 뛰어난 감각을 자랑하던 할아버지가 보셨으면 감탄을 하셨을 것 같았다. 미리 준비한 챙 넓은 모자 덕분에 오래도록 그 집을 감상하던 하모니는 갑자기 밀려드는 그리움에, 이곳에서의 여행이 끝나면 할아버지를 만날 수 있다는 생각에 조금씩 눈물이 고여들었다.

"하모니?"

직진하던 것에서 방향을 틀었다. 자그마한 발을 움직여 스무 걸음 정도를 걸었을 땐, 환청이라고 해도 좋을 정도로 근사한 남자

목소리가 자신의 이름을 불렀다.

"하모니?"

한 번 더 부르는 목소리의 뉘앙스로 봐서는 확신을 하지는 못한 모양이었다. 세상 참 좁다더니 이런 곳에서 아는 사람도 다 만나고. 모니가 상대방을 확인하기 위해 뒤를 돌았다.

"어?"

그를 보자 순간적으로 스친 단어는 '소원'이었다. 그리고 그가 점점 하모니에게로 다가왔다. 해변과 어울릴 만한 편안하고도 근사한 차림의 그가 마치 자신을 기다리고 있었던 사람처럼 이곳에 먼저 와 있었다. 하모니를 위한 선물상자같이.

"너지?"

사유해변을 가져봤자 필요가 없었다. 그저 바라보는 것으로 충분해서, 일가의 땅이긴 하지만 진웅은 다른 가족들과는 달리 그곳의 모래를 밟지 않았다. 풀빌라에 떡하니 차려진 근사한 메인 수영장이 있기 때문에 찝찝한 바닷물에 몸을 담그지 않아도 충분했다. 하지만 너울대는 파도가 자꾸만 자신을 불러대는 통에 어쩔 수 없이 저녁 식사 전까지만 해변의 모래를 밟아보려 했다.

이상하리만치 설계에 집중을 할 수 없었다. 그럴 땐 자연을 벗삼아 보라던 어떤 분의 조언이 생각나기도 해서 해변에 가까이 다가갔다. 순전히 그게 이유였지만 모래를 밟으니 영감이 떠오르는 것도 같았다. 계속해서 조금씩 앞으로 걷자 자신 쪽으로 다가오다

다시 몸을 돌려 돌아가려는 여자가 보였다. 앞으로 몇 발자국 움직이기는 했지만 그래도 여전히 사유해변이었다. 어떤 여자가 이 깊숙한 곳까지 혼자서 떠돌고 있는 것인지 궁금하기도 하여 들여다보았다. 체구나 몸짓이 눈에 익은 여자였다. 본능적으로 그녀의 이름이 떠올랐다.

하모니.

저도 모르게 입을 달싹였다. 입모양만 취하려 했지만 성대의 울림이 절로 느껴졌다. 어느 정도 노출이 있는, 그렇지만 이 해변과 어울리는 여자는 자신을 향해 몸을 다시 돌렸다. 그리고 확인했다. 진웅의 입가에 진동이 일었다.

"아저씨?"

"하모니……?"

두 사람이 서로를 향해 움직이자 그 간격은 급격히 좁아졌다. 그리고…… 만났다.

"어떻게 이래요?"

다시 만난 기쁨을 주체하지 못한 듯 맨발의 그녀는 소리도 나지 않을 부드러운 모래바닥을 쿵쿵 굴렀다.

밀라노의 밤거리가 아닌 한낮의 해변에서 만난 그녀는 마치 햇살가루를 뿌려놓은 착각을 불러일으킬 만큼 눈이 부셨다.

"그렇게 기뻐?"

하모니라는 것을 확인한 순간부터 진웅의 가슴은 터질 듯이 뛰고 있었다. 그래서 오히려 더 점잔을 뗄 수 있었다. 사실은, 그는 너무 떨려서 얼떨떨한 정도였으니까.

"그럼요. 뭔가 영화 같잖아요. 기대되지 않아요?"

"뭘 기대해야 하는 걸까? 너의 그 아저씨 소리만 빼면 나도 어느 정도는 기뻐할 수 있을 거야."

순간적으로 하모니의 입에서 '쯧' 하고 혀를 차는 소리가 들려왔다.

"원빈의 아저씨 몰라요? 내가 아저씨를 아저씨라고 부르는 건 이미 원빈느님과 동급이라는 건데……. 최상급의 표현이라구요."

"그런 거야?"

"네에. 그나저나 아저씨는 왜 이렇게 깊숙한 곳까지 왔어요? 설마 저기 저 집이 아저씨의 집이라고만은 하지 마세요. 그럼 진짜 영화잖아요. 현실감이 떨어지니까요."

그녀가 손가락으로 가리키는 방향을 쳐다보았다. 모니의 말은 사실이었기에 진웅이 다시 모니를 바라보고 웃었다.

하모니의 뇌가 회전하는 소리가 진웅의 귓가에까지 전달되었다. 알 듯 말 듯한 진웅의 웃음을 증거로 딴에는 유추를 해보는 것이었다.

"진짜 아저씨 집인가요?"

"게다가 네가 밟고 있는 이 땅, 통행료라도 내시는 게 좋을 겁니다. 아가씨."

"히익."

하모니가 두 손으로 자신의 입을 가렸다.

"대체 어느 정도로 부자인 거죠?"

진웅이 어깨를 한번 으쓱하고 올렸다가 다시 내렸다.

"매력이 조금 떨어졌어요."

두 눈을 가늘게 뜬 모니가 그를 향해 소금 한 꼬집 정도의 손가락 모양을 해 보였다.

"흠, 왜일까?"

"너무 완벽하면 재미없잖아요."

두 사람은 주거니 받거니 대화를 하면서 해변을 거닐기 시작했다. 나란한 방향으로 두 사람의 발자국이 모래사장 위로 늘어서기 시작했다.

겨우 세 번째 만남이었지만 그들은 다시 만났다는 이유만으로 눈에 보이는 서로의 거리만큼이나 마음의 거리도 순식간에 가까워지고 있었다.

"그런데 정말 신기해요. 다시는, 죽어서도 못 만날 줄 알았는데."

"네가 남긴 마지막 말 때문이야."

"소원?"

모니가 제대로 짚어내자 진웅이 고개를 끄덕였다.

"서로의 소원이 무엇일까 궁금해서 우리 두 사람이 자신도 모르게 서로를 끌어당긴 게 아닐까 해. 아무리 우리가 동시에 이 지역에 머물렀어도 한 번도 스치지 못할 수도 있었어. 난 말이야, 기본적으로 이곳에 오면 내 집을 한 발자국도 벗어나질 않거든."

정말 신기한 모양인지 하모니가 우뚝 멈춰서 그를 올려다보았다. 챙이 넓은 모자 아래에 감춰진 하모니의 얼굴은 누가 뭐래도 아름다웠다. 소녀와 여인의 한 정점에서 오롯이 피어오르는 미의 여신이 지중해를 등지고 서 있는 모습은 한 폭의 서양화였다. 다만 그녀의 등이 반쯤 드러나 있는 것은 거슬리는 일 중에 하나였지만.

살랑이는 치맛단 허리 위의 절개된 부분 때문에 진웅의 심기가 불편해졌다. 투명해 보이는 살갗에 자꾸만 손이 닿으려 했다. 그것만으로도 적응이 안 되는데 사유지를 벗어나 점차 몇몇 사람들이 보이는 해변 가운데로 나오자 그녀의 옷차림이 더욱 신경이 쓰였다.

"모자에 둘러진 스카프라도 풀어서 좀 가리지 그래?"

"응? 어딜요?"

등허리가 드러났다는 걸 잊고 있었다. 그가 계속해서 드러난 속살을 지켜봤을 생각을 하니 그 부분이 벌겋게 달아오르고 있을지도 몰랐다. 그가 신경을 쓰고 있었다는 말투는 어딘가 모르게 맘에 들지 않는다는 표현으로 들렸다.

"이게 이 옷의 포인튼데."

"그래? 뭐 상관할 일은 아니지만 지나가는 남자들이 다들 널 보면서 무슨 상상을 할까? 남자들의 시선, 그다지 즐기는 타입은 아닌 것 같은데."

"일탈이죠. 이곳에서 난 일탈이 가능해요. 그건 아저씨도 마찬가지예요."

"왜 그렇게 생각하는 건데? 적어도 난 아니야."

"둘뿐이니까. 우리 서로를 아는 사람은."

그녀의 눈빛은 너무나도 도발적이었다. 자제력을 잃은 진웅은 자신을 가르치려 드는 그녀의 입술을 자신의 입술로 막았다. 일탈의 다른 의미는 본능에 충실한 것이라는 사실을 잘 알고 있는 '그'라서 일탈이라는 단어를 듣자 그는 몸이 움직이는 대로, 시키는 대로 하고 말았다.

지금 그는 세이렌의 미혹에 걸려든 보통의 사람이었다. 계속해서 신경이 쓰였던 그녀의 드러난 낭창한 허리를 드디어 손에 쥐었다. 한 팔로 감싸 안아서 벗어나지 못하게 만들고 다른 한 팔로는 작은 얼굴을 감싸 안았다.

상쾌한 향이 날 것 같았던 입술은 미치도록 달착지근했다. 절여 놓은 체리와 같은 맛에 참지 못하고 그는 과육을 맛보는 사람처럼 그녀의 아랫입술과 윗입술을 차례로 맛보았다. 진득하게 입술과 입술이 맞닿고 진웅이 막 그녀의 입술 속으로 들어가려던 그때, 지나가던 남자들의 짓궂은 휘파람 소리에 두 사람은 퍼뜩 정신을 차렸다.

어색함에 헛기침이 일었다. 어색함의 이유는 두 사람 사이에서 일어나지 않아야 할 일이 일어난 것에 대한 민망함이 반, 나머지 반절은 서로를 더 깊이 느낄 기회가 사라진 것에 대한 아쉬움이었다. 하지만 둘 사이의 침묵은 오래가지 않았다. 하모니의 배꼽시계가 작동을 하느라 꿀렁대는 소리가 들리자 진웅은 오랜만에 허리를 접고 소리 내어 웃기 시작했다.

"그만 웃어요."

부끄러워진 모니가 쏘아붙이더니 모자를 한껏 아래로 당겨 얼굴을 가렸다.

"미안."

웃느라 아팠던 자신의 배를 한 번 쓰다듬은 진웅은 모니의 얼굴을 가린 모자를 벗겨냈다.

"정말, 못 살아."

"배고프면 못 살지. 저녁 식사 초대에 응하시겠습니까?"

진웅이 모니에게로 손을 내밀자 못 이기는 척 그 손을 잡았다. 그렇게 해변의 연인은 모래사장을 지나갔다. 저 멀리 수평선 사이로 붉게 물든 노을은 말없이 그들을 배웅했다.

"아저씨, '냉정과 열정 사이' 본 적 있어요?"

"영화와 책 모두."

해변을 벗어난 그들은 호텔이 늘어선 거리들을 지나 미슐랭 가이드에서 스타를 받았다는 이탈리안 식당으로 들어왔다. 테라스에 위치한 테이블에는 그들뿐이었기에 모니가 맘 놓고 그의 앞에서 재잘거렸다. 진웅은 모니의 말을 들으면서 그녀의 접시에 놓인 문어샐러드에 레몬 즙이 흥건히 흐르게 했다. 이제 그녀의 입에서 나오는 호칭인 '아저씨'가 어느샌가 익숙해졌다.

"역시. 못 봤다고 하면 실망했을 거야."

모니가 포크를 이용해 문어를 찍어서 입안으로 넣었다.

"피렌체에 다녀왔구나?"

"와, 아저씨 돗자리 깔아도 될 듯."

포크를 물고 자신을 바라보는 모니를 향해 진웅이 아프지 않게 꿀밤을 주었다.

"여기 도착한 지 몇 시간 안 됐다면 분명 어디로 샜다가 왔을 거란 말인데 '냉정과 열정 사이'가 어쩌고 하니 다 알지."

"그런가? 아무튼 아저씨는 피렌체, 당연히 가봤겠죠?"

"오래됐어."

"아, 밀라노의 두오모는 여성 같다면, 피렌체의 두오모는 남성 같았어요."

"제법인데?"

"피렌체의 두오모에서 준세이 같은 남자를 만나게 해달라고 기도했는데, 두오모 성당으로 가는 길이 어찌나 좁고 가파르던지, 힘들어서 혼났죠."

"그래서 준세이 같은 사람이 '짠' 하고 나타나서 손을 잡아주던?"

"아뇨, 준세이는…… 해변에서 날 기다리고 있던걸요."

"그럼 네가 아오이?"

진웅의 물음에 웃음을 가득 담은 채 고개를 끄덕인 그녀가 어찌할 수 없을 정도로 사랑스럽게 느껴졌다.

너와 내가 정말 소설 속의, 영화 속의 주인공이 될 수 있을까?

"수영이라도 했으면 좋겠다."

저녁 식사를 하고 헤어지려는데 모니가 아쉬운 듯 파도가 철썩이는 해변 쪽을 바라보며 혼잣말로 중얼거렸다.

"안 돼. 위험하고 아직 물이 차."

진웅은 혹, 그녀가 자신과 헤어지면 바닷가로 달려나갈 것이라 생각했는지 진지하게 말했다.

"그렇겠죠. 그래도 좀 아쉽다. 여기까지 와서 발만 담그기엔."

아쉬워하는 그녀를 달래 그녀가 묵는 호텔 앞까지 에스코트를
했다. 헤어지는 순간이 다다랐다. 진웅은 저도 모르게 주워 담지
못할 말을 내뱉었다. 그 순간, 그는 어느새 일탈을 즐기는 남자가
되었다.

"내가 있는 곳에 풀장이 있어. 괜찮다면 그곳에서 수영이라도
할래?"

"정말, 정말 그래도 돼요?"

신이 난 그녀는 묻고 또 물어 재차 확인을 했다. 진웅이 고개를
끄덕이자 수영복을 가지러 간다며 호텔로 들어가 버렸다. 진웅은
작은 로비에 앉아 휴대전화를 꺼내 리조트로 전화를 걸어 메인 수
영장에 온수를 채워달라는 부탁을 하고 그녀를 기다렸다. 좀 오래
걸린다 싶어 조바심이 일었다. 시간을 확인하자 겨우 십여 분이
조금 넘게 흘렀다. 그렇게 오 분 정도를 더 기다린 후에 그녀가 나
타났다.

"왜 이렇게 오래 걸렸어?"

"잠깐 고민 좀 하느라요. 어서 가요."

수영복이 들어 있는 것으로 보이는 반투명한 비치백을 한쪽 어
깨에 둘러멘 모니가 그를 이끌었다.

"무슨 고민을 한 건데?"

"그냥 반팔에 반바지를 입을 것인가, 수영복을 입을 것인가에
대한 고민이요."

"결론은?"

"아저씨랑 단둘인데 어떻게 비키니를 입겠어요."

일탈이 어쩌고 하던 한낮의 대담함은 사라지고 결정적인 순간에 그녀는 수줍어했다. 실은 그녀의 비키니 입은 모습을 기대라도 했던 것인지 안타까움이 밀려들었다. 그렇다고 그녀가 하얀 속살을 다 드러내는 비키니를 입었다고 해도 제대로 바라볼 수나 있을는지. 어찌 됐든 결론은 도착지를 확실히 알지도 못하면서도 저보다 먼저 앞서 가는 그녀는 그에게 있어서는 범상치 않은 존재임이 확실했다. 잔잔한 호수에 물수제비를 뜨는 아이처럼 동그란 파문을 일으키고 있었다.

"여기가 아저씨가 지내는 곳이구나."

진웅이 지내고 있는 곳에 들어서자 모니는 이곳저곳을 둘러보았다.

"어서 준비나 하시지요, 하모니 씨."

진웅이 모니에게 미리 준비된 전신타월을 건네주면서 말했지만 모니는 계속해서 집을 둘러보았다.

"꼭 아랍 쪽의 궁전에 와 있는 기분이에요. 술탄 황제가 이 카펫 위에서 한쪽 팔로 머리를 지탱해 비스듬하게 누워 있을 것 같아요. 되게 방탕한 자세로."

"이 풀빌라, 내가 설계한 거야."

"어머, 정말요? 건축 쪽 사람인가 보네요."

"뭐, 그렇다고 볼 수 있지. 그런데 하모니 너, 뭘 좀 아는데…….

아마추어라고 하기엔 수준이 꽤 있으시군요. 혹시 건축학도?"

"아뇨, 그런 건 아니지만……. 어? 이 책은, 하인호……."

거실의 테이블 위에는 노트북과 나란히 두 권의 책이 올려져 있었다. 두 권의 책 모두 모니가 잘 알고 있는 책이었다.

"하인호 교수님의 건축도감, 알아?"

오래 두고 본 책인지 책의 제목처럼 묵직한 벽돌 두께의 건축도감은 색이 바래고 멋스럽게 때가 묻어 있었다.

"알다마다요."

누구 할아버진데.

"경제학 하면 맨큐, 건축학 하면 한국에선 하인호 교수잖아요."

"말이 통하는군. 내가 존경하는 분이기도 해."

"그래요? 어, 아저씨. 이 책은…… 응큼해. 남자들이란."

모니가 소스라치게 놀란 건 19금의 딱지가 떡하니 붙은 또 다른 책 때문이었다. 현재 한국에서 한참 선풍적인 인기, 어쩌면 대박 가십거리인 오정은 전 아나운서의 쓰레기 같은 자서전. 사람들은 두 가지 반응이었다. 오정은 아나운서의 마지막 발악이자 쓰레기로 여기거나, 그녀의 은밀한 성생활을 알고 싶어 하는 관음증을 가진 듯 흥미로워하거나. 모니는 당연히 그 책을 쓰레기라고 말하고 싶은 사람 중에 한 명이었다. 그는 과연 전자와 후자 중 어느 쪽에 선 사람일까? 후자는 아닐 거라고 믿고 싶었다.

"너, 그 책 내용을 알아?"

"알죠. 한때는 내가 동경하던 사람인걸요. 내 또래의 여자아이들에겐 그랬어요. 당당하고 세련된 사람인 줄 알았는데……."

진웅의 낯빛이 한없이 흐려졌다. 그는 이 책에 대해 흔한 두 가지 반응, 그 어디에도 속하지 않는 사람이라고 그의 눈빛이 말하고 있었다. 그는 말이 없었다.

"엄마와 한통속이 되어 고아가 된 사촌동생을 괴롭힌 것도 모자라서 한 남자의 인생을 망쳤죠. 그녀를 진심으로 사랑해 주던 남자를 버렸잖아요. 그는 끝까지 그녀를 믿어줬는데…… 이용당했어요. 그저 신분 상승의 도구로만 여겼죠. 게다가 아버지뻘의 남자와 결혼을 한 걸로 모자라 그 남자를 복상사하게 만들었어요. 또 돈이 궁해지자 텐프로로에."

"그만!"

"네?"

이제껏 진웅과 함께 한 시간은 턱없이 짧았지만 그가 언성을 이렇게 높이는 건 처음 있는 일이라 모니가 얼어붙어 버렸다. 그러자 그가 가까이 다가와 얼음을 녹이듯 모니의 얼굴을 두 손으로 쓰다듬고 자신에게로 시선을 고정시켰다.

"하나도 안 어울려. 이 책에 대한 내용 그 어느 하나도 어울리는 구석이 없으니까, 그만해. 그리고 넌…… 닮지 마라."

강압적인 힘에 지배당한 사람처럼 모니는 그의 말에 기계적으로 고개를 끄덕였다.

"어서 준비해. 옷 갈아입고 바로 앞에 보이는 풀장으로 나와. 따뜻한 물로 채웠으니까……."

과민반응.

책의 저자와 그가 분명히 관계가 있는 게 틀림없었다. 그녀가 떨고 있다는 것을 알아차린 후 부드럽게 닿았다가 떨어진 그가 화제를 돌렸지만 그의 눈빛은 그녀의 머릿속에서 맴돌았다.

　단순한 모양이긴 했으나 비키니는 비키니였다. 매혹적인 붉은색은 유난히 하얀 피부인 모니를 더욱 투명하게 만들었다. 제 자신이 부끄러워 진웅이 전해준 타월로 몸을 감싸고 나갔다. 이럴거면 처음부터 반팔에 반바지 차림이 아니라 비키니를 가져왔다고 이실직고를 하는 건데. 나름대로 그 앞에서 도발적이고 싶은 욕망은 연기처럼 사라지고 없었다.

　"뭐야. 아저씨는 수영 안 해요?"

　조금 전과 같은 차림으로 썬베드에 앉아 와인을 옆에 두고 태블릿 PC를 들여다보고 있었다.

　"그럴…… 걸?"

　"반칙."

　"수영하게 해준댔지 같이 한다는 소린 한 적 없는 것 같은데?"

　"그…… 그래도."

　"대신 내일은 사유해변에서 할 거야. 시간 되면 놀러 오던지."

　악마의 속삭임. 그는 내일도 함께 하자는 말을 이런 식으로 했다. 억울하게도 오늘은 그녀만이 헐벗어야 한다는 것이었다. 모니가 그를 흘겨보더니 몸을 가렸던 전신타월을 그의 옆자리 썬베드에 가만히 내려놓자 타월 속에 가려두었던 비키니를 입은 몸매가 훤히 드러났다.

　갑작스러운 습격을 당한 사람처럼 그는 아무런 방어를 하지 못한 표정이었다. 모니의 비키니 입은 모습이 드러나자 그의 눈은 더없이 커져 갔다. 그의 반응에 아랑곳 않고 모니가 더 당당한 걸음으로 물속으로 뛰어들었다.

설마 전신타월 안의 모습이 헐벗었으리라고는 생각지 못했던 진웅은 한참 동안이나 바보처럼 멍하니 그녀를 바라보았다. 모니의 몸은 그가 보기에도 아찔했다. 희고 탄력이 넘치는 피부와 아름다운, 갖고 싶은 몸을 가졌다. 육감적인 몸은 아니었지만 적당하게 봉긋 솟은 가슴이 특히나 손에 닿고 싶게 만들었다. 진웅은 그 마음을 들키지 않기 위해 전자메일로 온 기획서에 더 집중하려 했다.

모니라는 아이는 정말 못하는 게 없어 보였다. 마음만 먹으면 뭐든지 할 수 있는 그런 아이라는 것을 진웅은 알게 되었다. 수영을 하느라 물속에서 나올 생각이 없어 보이는 모니의 몸짓은 유려했다. 물결을 타며 과녁을 맞추는 화살과 닮아 있었다. 한참 동안 그녀 몰래 감상하는데 그녀가 물 밖으로 얼굴을 내밀었다.

"재미없어요."

불퉁한 얼굴을 하고 서서히 그가 있는 쪽으로 다가왔다. 풀장 가장자리에 두 팔을 걸쳐 두더니 이내 자신의 팔짱을 꼈다. 그는 말없이 웃으면서 모니 몫으로 준비된 와인잔을 내밀었다. 모니가 와인을 마시기 위해 물에서 올라와 가장자리에 걸터앉아 종아리까지만 물에 담그며 물장구를 쳤다.

"아저씨."

"너, 몇 살이야?"

"1월생. 22살. 학교 친구들은 거의 23살. 빨리 학교에 들어갔으니까요."

"겨우 여덟 살 어린 여자에게 아저씨 소릴 들어야겠어?"

모니는 와인을 음료수 마시듯 한입 가득 넣어 볼을 빵빵하게 만들었다. 그가 퉁명스럽게 받아치자 모니는 할 말이 있는지 입안에 있던 와인을 꿀꺽 삼켰다. 그 모습이 보기만 해도 버거워 진웅의 얼굴이 찌푸려졌다.

"아저씨, 몇 살에 군 입대를 했죠?"

"21살. 왜?"

"그럼 난 13살이었단 소린데, 아저씬 이미 그때도 군인 아저씨였으니까 아저씨 맞네."

"억지다."

하모니의 억지스러운 논리였지만 진웅은 수긍할 수밖에 없었다. 진웅에게서 아저씨라는 호칭 논란을 잠재우기에 충분했다. 그녀가 허밍을 하기 시작했다. 진웅 역시 잠잠해진 모니 옆으로 다가와 모니와 똑같은 자세로 앉아 발을 담갔다. 아무런 반응이 없는 모니였기에 진웅은 성마르게 다리를 움직여 모니 쪽으로 물보라를 만들었다.

"취했어?"

"아뇨."

"그런데 왜? 술 취하면 우울해지는 타입?"

"아저씨, 사랑이란 뭘까요? 또 결혼이란 뭘까요?"

"가끔 아프도록 공허한 눈빛을 하는 거 알아?"

"내가 그래요?"

"나 봐."

진웅이 모니의 고개를 돌려 자신을 바라보게 했다. 조금은 추워진 듯 안쓰럽도록 푸르스름하게 변하려는 모니의 입술을 엄지손가락으로 감질나게 어루만지다가 결국엔 입술에 내려앉았다. 해변에서 나눈 입맞춤처럼 시작은 모니의 윗입술과 아랫입술을 차례로 머금는 것이었지만 모니가 살짝 물기 있는 손끝으로 그의 허리를 잡자 참지 못하고 모니의 안으로 들어갔다. 입안 곳곳을 훑어 내리다 숨바꼭질처럼 술래를 피해 숨고 도망 다니기 바빴던 모니의 붉은 살을 기어이 찾아내 휘감았다.

아직은 익숙지 않은 듯 모니의 얕게 앓는 숨소리가 그를 더욱 자극적으로 만들었다. 순식간에 열기가 오른 그의 피가 끓어넘치는 것 같았다. 오랜만에 갖고 싶은 것이 생겼다. 결코 가질 수 없는 것이라는 생각에 열망은 더욱 크게 부풀어 가슴을 뻐근하게 만들었다.

키스에 집중하던 둘 중 먼저 눈을 뜬 건 모니였다. 아직 눈을 감고 자신을 소중하게 감싸고 있는 진웅을 끌어당겨 동시에 물에 빠지게 만들었다. 갑작스러운 기습에 진웅이 놀란 것을 지켜보다 모니가 물속에 잠겨 잠수를 하자 진웅 역시 거추장스러운 윗옷을 벗어 던지고 물속에 잠긴 모니를 찾아 나섰다.

하지만 도망 다니기 바빴던 모니는 물속에서마저 그에게 잡혀버렸다. 물속에서 서로를 끌어안았다. 그리고 다시 입맞춤은 시작되었다. 모니는 그의 벗은 어깨를 두 손으로 감싸 안았다. 산소가 부족했던 두 사람. 모니는 그의 어깨를 끌어안은 채 물 밖으로 얼굴이 내밀어졌다. 서로에게서 거친 숨소리가 들려왔다.

"아저씨, 나 소원이 있어요. 우리…… 결혼해요."

 chapter 3. 웨딩? 웨딩!

고작 키스 몇 번 했다고 결혼하자 당당하게 말하는 모니가 귀엽기도 하면서 당황스러웠다. 사춘기 소년처럼 감정의 절제를 모르고 그녀에게 다가가는 마음에 브레이크를 걸기란 힘든 일이었는데 그녀가 결혼하자는 말을 해버리자 진웅은 비로소 자신이 무슨 짓을 벌인 것인지 알게 되었다. 이제부터는 침착해야 했다. 도대체 모니에 대한 자신의 감정은 무엇인지부터 스스로 파악해야 한다는 원치 않은 과제를 떠안았다.

"지금 이 상황에서 내가 할 말은 '헐' 이야."

어디선가 들은 것 같았다. '헐' 이라는 한 음절로 지금 진웅이 하고 싶은 말이 표현되었다.

"헐."

모니 역시 진웅의 반응에 똑같은 단어를 내뱉고 그의 어깨에 둘렀던 팔을 풀고는 그를 바라보았다.

"진짜 결혼을 하자는 게 아니라⋯⋯."

"아니라?"

"웨딩사진."

"웨딩사진?"

진웅의 물음에 모니는 크게 고개를 끄덕였다.

"웨딩사진은 왜?"

"역시 곤란하겠죠? 나 같아도 그렇겠어. 아저씨, 내가 괜한 얘기 했어요. 그냥 신경 쓰지 마요."

풀이 죽어 보이는 게 신경이 쓰였다. 자신은 물에서 한 발자국도 움직이지 못하고 생각을 하는 중인데 저 혼자서 물 밖으로 걸어나가는 게 보였다.

"인마, 넌 사람을 이렇게 신경 쓰이게 만들고 어딜 가는 거야?"

얼른 모니를 뒤쫓아간 진웅이 모니의 팔을 붙들었다.

"아저씨도 쉬셔야죠. 저도 그만 갈래요. 아저씨가 너무 잘해주니까, 그래서 나도 모르게 그런 말이 나왔나 봐요."

"이유는? 웨딩사진을 찍어야 하는 이유."

장난으로 웨딩사진을 찍자고 할 아이가 아니라는 것을 알기에 분명한 이유가 있을 것이라 생각했다. 소원이라는 거창한 타이틀을 붙여가면서 결혼을 하자고 말했을 때 모니의 표정은 복잡했다. 사랑이 뭘까요? 결혼이 뭘까요? 질문한 녀석이 다짜고짜 결혼하자는 어울리지 않는 말을 꺼냈을 때, 진웅의 마음이 서걱거렸다.

"쳇. 찍을 생각도 없으면서."

"이유는 알아야 생각이라도 할 거 아냐?"

"우리 아빠, 엄마. 이혼할 수 있게 해주려고……."

모니를 붙들었던 손에 힘이 스르륵 풀리자 모니는 쉽게 그의 곁을 벗어났다. 더 이상 모니에게 깊은 것까지 물을 수 없었다. 모니가 가끔 공허하고 슬픈 눈빛이었던 이유를 생각보다 더 빨리 알게 됐다.

"아저씨, 저는 이만 갈게요."

옷을 갈아입었던 방에서 입고 왔던 옷으로 갈아입고 돌아갈 준비를 마친 모니가 그에게 인사를 한다.

"내가, 네 소원…… 들어주지 않으면, 다시는 널 볼 수 없겠지?"

그녀는 말이 없었다. 어쩌면 그는 모니를 다시 한 번이라도 더 보기 위해 모니의 소원을 들어줄 작정이었다. 단지 그 이유라면 너무 무모하고 바보 같지만 지금 심정이 그랬다. 그가 여자를 만날 때, 이토록 공들인 적은 없었을 것이다. 다시는 만나지 못할까 봐 안절부절. 그녀의 숨소리 하나하나에 신경이 곤두서 있었다.

"내일 오후 2시에 요 앞 해변에 있을게요. 아저씨가 나오지 않아도 좋아요."

모니가 마지막으로 그에게 웃어 보이며 돌아섰다. 어째서 그에게 그런 무리한 요구를 한 것일까? 마음속 깊은 곳에는 그라면 들어줄지도 모른다는 확신이 생겼다. 부모님의 결혼생활 자체가 순탄치 못했다. 사랑해서 결혼했다고는 하지만 두 사람의 주도권 싸움과 가치관이 충돌하여 서로에 대해 불신과 미움만이 남은 상태.

그래도 부부라는 것이 그런 것인 줄 알았다. 싸우다가도 금세 화해하고, 정 또는 의리로 살아가는 것이라고. 하지만 자신의 결혼을 위해 두 사람이 이혼을 미루었다는 것을, 결국 모니는 알게 되었다. 그녀는 부모님이 남겨둔 최후의 보루였던 것이다.

반항심에 물든 사춘기의 십대처럼 무모한 결정을 내렸다. 보란 듯 보여주고 싶었다. 그래서 웨딩사진이라는 것을 찍으려 한 것이었다. 적당한 사람을 물색하여 찍으려던 것을 그에게 부탁하게 될 줄이야. 그에게 큰 산과 같은 선택의 부담을 주고 돌아서는 모니의 마음도 편치만은 않았다.

내 소원을 들어주지 않아도 난 상관없어요. 오늘까지의 일들만으로도 충분히 고마웠어요. 이제 볼 수는 없는 거죠? 안녕.

일찌감치 해변에 나와 있는 모니가 보였다. 풀빌라의 사방이 유리재질이라 앞에 펼쳐진 해변이 한눈에 들어왔다. 어제와 같은 옷. 유독 그가 신경이 쓰인 그 옷을 입고 다시 해변으로 온 모니를 발견했다. 혼자서도 잘 노는 아이처럼 밀려들고 나가는 파도에 발을 담그기도 하고 모래 위에서 글자를 쓰는 모습이 꽤 평화로워 보였다. 그에게는 어려운 숙제를 내준 주제에 혼자서 노는 걸 보니 은근히 배가 아프면서도 피식 웃게 되었다.

"나의 문제적 그녀. 하. 모. 니."

두 팔을 교차시켜 팔짱을 낀 그는 아직도 답을 찾지 못한 것인지 선뜻 그 자리를 뜨지 못하고 있었다. 보통의 사람도 아닌 장차 한 기업을 이끌어 나가야 할 본인이 이런 일에 휘말리게 될 줄이야. 한국으로 귀국하면 본격적으로 선자리가 밀려들어 올 것이고, 일이 잘못되어 가짜 웨딩사진이 유출이라도 되는 날에는 추문을 피할 수 없는 것은 잘 알고 있는 사실이었다. 물론 그녀를 믿지 못하는 것은 아니다. 다만 그는 세상을 믿지 못할 뿐.

"웨딩 팀에 예약 부탁합니다. 게스트 이름은 하모니입니다. 웨딩사진만 찍을 테니 그렇게 준비해 주십시오. 모든 것은 최고급으로 부탁드립니다. 어디로든 새어나가는 것은 원하지 않습니다. 단독적으로 준비해 주십시오."

충동, 혹은 일탈. 이곳에서만은 일탈이 가능하다는 모니의 음성이 귓전을 때렸다. 걸어볼 만했다. 모니와의 만남과 그 끝이 어디까지일 것인가는 감히 예상하지 못했다. 밀라노에서 우연히 마주치고 또 이곳에서까지 마주친 걸 보면 보통의 인연은 아닌 것이다. 신이 두 사람을 우연히, 그것도 두 번이나 마주치게 해주었다면 나머지 시간은 오롯이 두 사람이 헤쳐 나가야 하는 것. 만들어 나가야 한다. 진웅이 과감하게 결정을 내렸다. 오직 본능에 충실한 결과였다.

그녀를 갖고 싶다.

역시 그는 오지 않을 거라는 예감이 맞았던 걸까? 이쯤에서 포기하려 했다. 오늘따라 햇볕이 따갑게 느껴졌다. 이제 그만 기다리자 하면서 끝내 돌아가지 못하고 기다리길 이십여 분. 그때 익숙해져 버린 인기척이 느껴졌다. 등 뒤로 시원한 그늘을 만들어준 그가 버티고 서 있었다.

"아저씨."

몸을 굽히고 앉았던 자리에서 얼른 일어난 그녀가 그에게로 다가갔다.

"내가 오지 않으면 돌아갔어야지."

"이렇게 와주었잖아요."

모니의 믿음이 느껴지자 참을 수 없었다. 눈물을 흘리는 것은 아니었지만 물기 어린 눈으로 자신을 올려다보는 모니의 허리를 끌어당겼다.

"널, 어떻게 하면 좋을까? 난 지금 너 때문에 미치겠어. 적응이 안 돼. 나란 인간이."

"곧 적응할 거예요. 인간은 적응의 동물이잖아요."

"그래, 네 말이 전부 맞다."

널 안 지는 고작 며칠인데 이렇게 널 품에 안는 게 익숙해졌어. 네 향기도, 체온도, 느낌도, 모두.

"내 소원…… 들어주러 온 거죠?"

품에 안겨 있는 모니가 고개를 들어 그를 보았다. 그는 나지막한 목소리로 '그래' 하고 속삭였다.

"이젠 되돌릴 수 없어. 알지? 그리고 중요한 건, 내 소원은 아직 말하지 않았어. 넌 어쨌든, 내 소원이 뭐가 됐든 무조건 들어줘야 할 채무자가 된 것이나 마찬가지야. 알아?"

"이를테면 메콩 강을 건너 버린 거죠?"

"루비콘 강이겠지. 그나저나 웨딩사진을 찍는다면서 준비는 됐겠지? 사진기사나 의상 같은 것들도 모두."

자신 있게 고개를 끄덕인 모니는 꽤 큼지막한 보스턴백을 열어 주섬주섬 준비한 것들을 꺼내기 시작했다. 카메라와 삼각대, 부케로 보이는 조화묶음이 나타났다. 게다가 머리에 쓸 화관까지도 어디서 구했는지 모두 준비된 상태였다.

"사진기사는 저입니다. 이래 봬도 교양수업으로 사진 촬영의 기법 과목에서 A+을 받은걸요. 그리고 보조는 이 카메라 삼각대가 해줄 거구요. 음, 의상은 말인데요. 아저씨 밀라노에서 입었던 슈트 중에서 아무거나 입으면 안 될까요? 아저씨는 워낙 옷걸이가 좋아서 턱시도 안 입어도 충분히 멋져요."

"난 그렇다 치고, 넌?"

"난…… 이 옷이면 충분하지 않나? 뒤태만 찍지 않으면."

"이럴 줄 알았지. 따라와."

모니가 자랑스럽게 꺼내 보인 것들은 진웅의 손에 의해 다시 보스턴백 속으로 들어가게 되었다. 한 손에는 모니의 손을 잡고 나머지 한 손에는 모니의 가방을 들고 진웅은 다시 풀빌라로 향했다. 아마 지금쯤이면 웨딩 팀이 도착했을 것이다.

"아저씨, 이 사람들은 다 뭐예요?"

그저 그의 팔짱을 끼고 머리에는 화관을 쓰고서 커플사진 같은 사진을 몇 장 찍으려 한 게 다였는데 생각보다 일이 커졌다. 몇몇 사람들은 의상을 체크하기도 하고, 사진 찍을 곳의 데커레이션을 준비했다. 또 어떤 사람은 카메라 렌즈를 몇 번이나 갈아 끼우며 카메라 테스트를 하고 있었다.

"알아둬. 난 뭐든 시작하면 확실하게 하는 성격이야."

모니가 뭐라고 항변을 하려는데 의상 팀의 여자들이 모니를 이끌고 어디론가 데려갔다. 다짜고짜 옷을 벗기고 모니에게 입힌 옷은 결혼을 앞둔 신부가 친구들과의 브라이덜 샤워에서나 입을 법한 크림핑크색의 미니 튜브톱 드레스였다. 그와 어울리게 모니의 한쪽 팔에는 실크 플라워로 제작된 팔찌가 둘러졌다.

옷을 갖춰 입고 나가자 진웅 역시 가벼운 세미정장의 옷을 입고 있었다. 서둘러 사진기사는 셔터를 누르기 시작했다. 딱히 포즈를 취한 것은 없지만 두 사람의 자연스러운 모습을 찍으려는 시도를 하는 것처럼 보였다. 마침내 사진기사의 요구에 따라 두 사람은 따스한 눈빛으로 서로를 마주 보고 서 있었다. 억지로 연기하지 않아도 두 사람의 모습은 자연스러웠다. 그 뒤로도 그들은 여러 벌의 옷을 갈아입고 여러 가지 콘셉트로 사진을 찍었다.

마침내 웨딩드레스. 이제껏 장난 같던 촬영이 웨딩드레스를 입은 그녀의 등장으로 인해 숙연해졌다.

"아저씨, 이…… 이건 좀 그렇죠? 저랑 안 어울리죠?"

모니가 수줍게 어깨를 옹송그리고 진웅 앞에 섰다. 코르셋 바디 디자인에 풍성한 치맛단이 매력적인 순백의 웨딩드레스를 입고 나타난 모니의 모습은 완벽한 여자였다. 진웅은 모니에게로 다가가 중세의 기사처럼 무릎을 꿇고 모니의 손등에 입을 맞추었다. 그 순간을 놓칠 리 없는 사진기사는 다시금 바쁘게 셔터를 눌러댔다. 어색했던 웨딩촬영도 이제는 익숙해져서 두 사람의 자연스러운 포즈는 누가 시키지 않아도 잘 드러났다. 아무것도 모르는 웨딩 팀은 두 사람이 진짜 커플인 줄 알았는지 박수와 감탄을 멈추지 않았다.

"완벽해. 자, 이제 가실까요?"

웨딩 팀과 함께 해변으로 나가는 중에도 모니는 혹, 드레스가 모래 때문에 얼룩이라도 질세라 조심하는 눈치였다. 마치 영화의 한 장면처럼 해변에서의 결혼식을 흉내 내고 있었다. 걷기 힘든 해변에서 급기야 모니는 슈즈마저 벗어 던지고 웨딩촬영에 임했다. 그 덕에 그와 키 차이가 조금 나 보였지만 오히려 맨발이라 더욱 로맨틱한 사진이 완성되었다.

"우리 형이 말이야. 형수님의 맨발을 좋아해서, 너무 예뻐해서 그림으로까지 그린 적이 있거든. 전에는 그걸 이해하지 못했는데 이제야 알 것 같아. 하모니, 너도 발이 참 예뻐. 이 발로 부지런히 다녔겠지? 그리고 또 나에게로 와준 발이지."

"나 지금 너무 행복해요. 그런데 너무 행복해서 조금 무서워졌어요."

모니의 모래가 묻은 발을 털어주면서 진웅은 고개를 끄덕였다. 분명 이건 가상인데, 마음 깊숙한 곳으로부터 행복감이 흘러나와 제 자신이 당황스러웠던 그녀는 다가올 현실이 두려워졌다.

"사실은 나도 조금은 두려워져."

"뭐가요?"

"어디까지가 현실이고 어디까지가 허상인지 알아차릴 수 없다는 사실이 말이야."

어느새 해가 뉘엿뉘엿 지고 있었다. 웨딩사진을 찍는 일은 경험자들이 말하는 것처럼 많이 피곤하지는 않았다. 꼭 필요한 사진들로만 찍었고, 또 웨딩 팀이 워낙 베테랑이라 생각한 것만큼 스트레스를 받지는 않았다.

"저기……."

"말해."

"이렇게 고급스러운 것도 좋은데요. 나, 아저씨랑 딱 사진 한 장 더 찍고 싶어요."

"어떤 사진?"

"애초에 내가 준비한 것들로만 찍고 싶은데……."

돌아가려는 웨딩 팀을 붙잡으려는 진웅을 말렸다. 처음부터 모니 자신이 사진을 찍으려 했기 때문에 굳이 그들의 도움은 필요하지 않았다.

"단둘이서만 찍어요."

"알았어."

"아저씨, 귀찮게 해서 미안해요."

정말 미안해서 찌푸리기보다는 바스스 웃어 보이는 모니의 머리를 쓰다듬은 진웅은 모니가 하자는 대로 할 요량으로 그들을 돌려보냈다.

화려하고 아름다운 드레스에서 자신의 옷으로 다시 갈아입은 모니는 가방에서 화관을 꺼냈다. 스스로 쓰려 했지만 진웅이 다가와 화관을 씌어주었다.

이제야 하모니다운 순간이었다.

"고마워요."

"별말씀을."

카메라 삼각대에 다가가 이리저리 설정을 맞추고 타이머까지 설정한 모니는 그가 해변을 등지고 서 있는 쪽으로 얼른 뛰어가 그의 팔짱을 꼈다. 찰칵찰칵. 몇 번의 셔터 소리가 들렸다.

"정말 잘 나왔다. 그쵸?"

"그러게. 소질이 있어."

금세 우쭐해진 모니는 카메라를 들고 그가 해변을 걷는 사진을 몇 장 더 찍어두었다. 그를 간직하기 위해, 기념하기 위해.

"이제 정말 끝. 아저씨, 배고프지 않아요?"

잊고 있었다. 그녀와 행복한 시간을 보내느라 배가 고픈지도 몰랐다. 모니가 수고한 그를 위해 손수 요리를 해주겠다며 풀빌라로 돌아와 소매를 걷어붙였다.

"원 참. 안 꾸던 꿈을 연달아 두어 개를 꾸었어."

오수를 즐기던 노마님은 생생한 꿈을 꾸고 일어났다.

"무슨 안 좋은 꿈이라도 꾸셨어요, 어머님?"

나이가 들수록 정신은 더 영민해지는 법. 혹, 외국에 나가 있는 아들들에게 무슨 일이라도 일어날까 싶어 이화가 시모를 바라보았다.

"진웅이 녀석, 올해는 꼭 장가들 거야. 에미, 걱정 마."

"어머, 어떤 꿈을 꾸셨길래요? 어머님, 자세히 좀 말씀해 주세요."

"꿈에서 진웅이가 결혼을 하더구나. 어떤 처자인지는 내 알지 못하지만 고왔어."

"정말이세요?"

이화가 손뼉을 마주치면서 기뻐하는 모습에 노마님도 작게 소리를 내어 웃었다.

"고얀 계집애 때문에 진웅이가 결혼을 포기라도 했으면 어쩔 뻔했어?"

"어머님, 그래도 다행인 건 결혼하기 전에 알았잖아요. 저는 그것만으로도 감사해요."

소령 역시 다 알고 있다는 표정으로 며느리의 말에 다시금 편안한 표정으로 돌아왔다.

"둘째 아기는 말이야, 품 안에 안겨들고 귀염성 있는 아기였으면 좋겠구나. 솔길이가 차분하고 고아한 기상을 가졌으니 손자며느리 둘이나 그럴 필요는 없지 않겠어?"

소파의 팔걸이를 경쾌하게 두들기는 노마님의 손가락이 춤을 추는 듯 보였다. 아직 일어나지도 않은 일을 상상하느라 고부간의 웃음이 끊이질 않았다.

"저도요, 어머님. 그나저나 또 다른 꿈은……?"

"그래, 새벽녘에 흰 눈이 소복이 쌓인 곳에 말이다. 눈을 뚫고 탐스러운 봉오리가 진 분홍 장미 한 송이가 필 준비를 하더구나."

"그건 무슨 꿈일까요?"

"태몽이지 싶어."

"어머, 그럼 솔길이가 드디어?"

"아마도 겨울 즈음이야. 아직은 아니야. 엊그제도 솔길이와 통화를 하는데 그러더구나. 아기가 간절한데도 이든이가 씨를 주지 않는대, 제 안사람 공부하느라 힘들다고 졸업할 때까지는 절대 안 된다는 게지. 그렇지만 어디 그런 것이 지들 마음대로 된다니? 황새가 겨울에나 물어다 줄 테지. 암."

더워진 날씨가 실감이 난 노마님은 부채로 연신 바람을 만들어 냈다. 두 손자들에게 연이어 좋은 일이 생길 것이라는 확신에 찬 기대감에 냉랭했던 피가 뜨거워지는 것을 느꼈다.

"그럼, 진웅이 혼처 자리를 알아봐야겠어요."

"자연스러운 인연이라면 좋으련만."

"어머님, 애비랑 저도 선봐서 결혼했어요. 이 정도면 잉꼬부부 아닌가요?"

"허긴, 에미 말이 맞다, 맞어. 다 운명인 게지. 뭐가 어찌 됐든 우리 진웅이를 진심으로 위해주는 아이면 더 바랄 것 없다. 내가 편히 눈감겠어."

"어머님, 증손주 결혼하는 것까지 보실 거예요."

며느리의 말에 생각만으로도 흐뭇한 노마님은 다시 한 번 꿈을 되새겼다. 그러니 진웅의 안사람이 조금은 또렷이 기억나는 것도 같았다. 예감처럼 귀염성 있고 밝은 아이가 들어오길 간절히 바란 노마님은 두 손을 모았다.

❖

"어때요?"

요리라면 진웅 역시 일가견이 있었다. 중동에서 혼자 버텨낸 2년간의 시간으로 진웅의 요리 실력 역시 많이 늘었다. 모니가 요리를 해준다는 말에 얼마나 잘하는지 두고 보다 바통을 이어받으려 했지만 그럴 필요 없어 보였다. 음식 냄새가 더없이 훌륭했다. 각종 요리 기구들도 막힘없이 사용하는 모니에게 요리를 온전히 맡기길 잘했다는 생각이 들었다. 보기 좋게 구워진 스테이크와 아스파라거스를 넣은 볶음밥의 색감이 진웅의 식욕을 자극했다.

"식욕을 엄청나게 자극하는걸. 일단 냄새 자체가 훌륭해. 빛 좋은 개살구는 아니겠지?"

"그럼요. 나름 요식업 종사자였다구요."

"퍼브?"

"네."

"일단은 먹고 평가하자."

음식을 눈앞에 두고 구구절절 말하기보다는 맛을 보는 게 급선무였다. 그녀가 처음으로 자신에게 해준 요리를 앞에 둔 진웅은 더 이상 참을성을 발휘하기가 힘들었다. 포크와 나이프를 들고 음식을 맛보는 진웅을 바라보다 모니는 와인까지 따라주는 완벽한 서비스를 제공했다.

"입에 맞아요?"

스테이크도 적당하게 잘 구워졌다. 하지만 정작 그가 반한 것은 아스파라거스가 들어간 볶음밥이었다. 아삭아삭하게 씹히는 맛이 일품이었다.

"너, 도대체가."

"왜요? 맛, 없어요?"

볶음밥을 입에 넣더니 '탁' 소리가 나도록 수저를 내려놓은 그의 눈빛은 날카로워 보였다. 뭔가 잘못된 것일까?

"하모니. 너 못하는 게 뭐야?"

"네?"

"완벽해. 삼시 세끼 이 볶음밥만 먹고 싶을 정도로."

"정말요? 다행이다. 아, 기분 좋아. 아저씨 많이 드셔야 해요. 이것밖에 답례를 할 수 있는 게 없지만요. 아, 아저씨 소원으로 이 볶음밥 삼시 세끼 해드려요?"

"뭐? 어디서 구렁이 담 넘듯 넘으려고. 나는 네 웨딩사진 소원에 버금가는, 아니, 한 차원 높은 소원을 빌지도 모르지. 각오해 둬."

"넵."

모니가 장난스럽게 거수경례를 해 보였다. 진웅은 모니에게 얼른 식사를 하라는 의미로 손에 수저를 쥐어주었다. 한 손에는 수저를 든 채로 와인으로 목을 축인 모니 역시 식사를 시작했다.

진웅의 설거지가 끝이 났다. 진웅은 디저트를 준비해 얌전히 소파에 앉아 있는 모니에게로 다가왔다. 모니에게 디저트 접시를 건네더니 스피커독이 있는 곳으로 발걸음을 옮겨 스마트폰을 안착시켰다. 그들 주위로 보이지 않는 아름다운 선율의 느긋한 음악이 흐르자 그들의 몸은 순식간에 밀착되었다. 모니의 허리에 두 팔을 감은 진웅과 진웅의 어깨를 두 팔로 짚은 모니. 그러다 모니 역시 그의 허리에 팔을 둘렀다. 시공의 개념이 사라진 그곳에는 어둑해진 푸른 바다가 빛이 나기 시작했다.

"하모니."

"응?"

그에게 몸을 맡긴 채 두 눈을 감고 있는 모니의 이름을 진웅이 나지막하게 되뇌었다.

"네가 욕심이 나. 이러면 안 되는 줄 알면서도 자꾸 상상하게 돼."

"무슨······."

"널 안고 싶어. 지금 당장이라도."

그의 말이 무슨 뜻인지 알아차릴 수 있었다. 그의 눈빛은 한 여자를 원하는 완벽한 욕망을 품고 있었기에 경험이 없는 모니라도 그 눈빛의 절절함을 읽는 일이 가능했다.

"소원으로, 널 원해도 될까? 웨딩 다음은 허니문이야."

진웅이 두려워하는 모니의 이마에 입술을 살며시 가져다 댔다. 이렇게 하면 못된 욕망이 사그라질 것이라 예상했지만 계속해서 마음은 선을 넘고 있었다. 이마에 짧은 입맞춤만 하기로 했는데 어느새 진웅은 모니의 뺨을 두 손으로 감싸 안고 아직 와인향이 남은 모니의 입술을 머금었다. 이렇게 해야 모니를 보내줄 수 있을 것 같았다. 진웅에게 소원의 빚을 진 모니에게 비겁하게 소원을 운운하며 그녀를 가질 생각은 없었다.

"이제 돌아가도 돼. 내겐 이것으로도 충분해."

한동안 괴롭겠지만 이것으로도 충분해.

그녀를 애써 외면했다. 쥐고 흔들고 두렵게 해놓고는 아무런 선택도 하지 못하고 서 있는 그녀에게 위선자처럼 고개를 돌리고 말했다. 거절당하기 전에 먼저 거절을 했다. 패배가 뻔한 체스판을 아무렇게나 어질러 놓고 '무효'라고 생떼를 쓰는 비겁한 사람.

"아저씨⋯⋯."

"어서. 늦었는데 바래다주지는 못할 것 같아. 내일부터는 돌아갈 때까지 한 발자국도 움직이지 않을 테니 자유롭게 포르데 데이마르미를 만끽해."

널 마주치기라도 한다면 견딜 수 없을 테지.

그저 술에 취해 잠들고 싶었다. 모니에게 괜한 말을 한 것 같아서 그녀의 얼굴을 이제 다시는 볼 수 없게 될 것이라는 결론을 내린 진웅은 모니의 돌아가는 뒷모습을 보지 않으려 했다. 애써 와인이 진열된 곳으로 다가가 손에 잡히는 한 병을 골라잡는 사이 모니가 돌아갔는지 문이 '꽝' 하고 닫히는 소리가 들려왔다.

"결국 돌아갔구나. 하모니는."

사랑이 무엇인지도 모르는 아이. 결혼이라는 단어를 입에 올리는 것에도 현실감이 부족한 아이에게 어른남자인 자신은 무시무시한 욕망을 내비쳤다.

미친놈. 어쩌자고.

물론 그녀가 좋아서 사랑을 시작할 수도 있지만 이건 도저히 있을 수 없는 일이었다. 어쩌면 그녀에게는 큰 상처가 될지도 모르는 일. 이제껏 짧다면 짧은 인생을 살아오면서 그 누구에게도 피해를 주지 않으려 노력해 왔다. '배려'라는 단어가 몸에 밴 사람이라 자신했었는데 왜 그녀 앞에서는 본능적으로 행동을 하는 것인지가 아이러니였다.

붉은 와인 두 잔을 연거푸 비워내자 답답함이 그를 뒤덮었다. 그녀를 다시는 볼 수 없게 될 거라는 안타까움이 오래된 와인처럼 짙어졌다.

"아저씨."

"너, 뭐 두고 갔어?"

문이 닫히는 소리가 들린 지 5분도 지나지 않아 모니가 돌아왔다. 제발 돌아가라고, 돌아가라고, 나에게서 달아나 버리라고 마음속으로 외친 것은 역설과도 같은 것이었는지 그녀가 그 앞으로 다가오자 그 역시 자리에서 일어서 그녀를 바라보았다. 그리고 어디에도 갈 수 없도록 가느다란 그녀의 손목을 쥐었다.

"아뇨. 그런 것 따윈 없어요."

"그럼 왜?"

"아저씨, 얼른 내게 소원을 빌어요. 어서요."

그에게 떠밀리듯 밖으로 나왔었다. 아직 대답하지 않았는데…… 저를 갖고 싶다는 남자의 말이 징그럽지 않았다. 그것은 마치 구름 위를, 아니, 무지개다리를 건너는 동화처럼, 심장이 간지러운 아름다운 사랑고백을 받는 장면과 마찬가지였다. 모니에게는.

모니의 대답도 듣지 않고 엄청난 범죄를 저지른 사람마냥 자괴감에 빠진 그의 표정을 뒤로하고 밖으로 나오기는 했지만 서러웠다. 남겨진 그의 모습이. 그래서 서둘러 그가 있는 곳으로 돌아온 것이다.

당신은 나에게 위험한 존재가 아니라고, 지금 이 순간이 한순간의 꿈과 같다고 해도 나는 행복할 수 있다고 말해주기 위해.

"안 돼."

"얼른요."

목소리를 높여 외쳐 대는 모니의 어깨를 위협적이게 양손으로 짚고 그녀의 눈을 들여다보았다.

"널, 안고 싶어. 이곳에서 너와 허니문을 보낼 거야."

다시 돌아온 그녀는 이미 돌아갈 생각이 없는 기세로 그의 앞에 서 있었다. 한 번 놓아준 물고기가 다시 돌아왔을 때에는 운명으로 받아들이고 잡아야 하는 것이다.

"내겐 아름다운 슬립이나 매혹적인 허니문 속옷 따윈 없어요. 그래도 괜찮……."

쓸데없는 소리를 하는 모니의 마지막 항변을 그가 입술로 막았다. 모니의 몸은 그와 함께 식사를 했던 테이블 위에 앉혀지고 그는 선 채로 이전에는 경험하지 못한 깊은 키스가, 마치 영혼을 나누는 듯한 키스가 시작되었다.

허벅지에 닿은 테이블의 서늘한 감촉이 느껴지지 않을 정도로 그의 키스는 뜨거웠다. 그는 이제껏 참아온 것들을 한꺼번에 토해 내듯 그녀를 깊이 가지려는 소유욕을 분출했다. 모니도 적극적으로 그의 목에 팔을 두르고 두 눈을 감은 채 그를 느꼈다. 조금 버겁다고 느껴질 때 그의 키스는 감미롭게 변했다. 치열을 어루만지다가 모니의 붉은 살덩이를 조심조심 당길 때, 그의 손은 모니의 치마를 걷어 올려 허벅지를 살살 달려주듯 어루만졌다. 그 손이 닿자 모니가 새된 소리를 냈지만 그는 멈추지 않았다. 그의 몸이 말을 듣지 않았다. 머릿속에서는 그녀가 감당할 수 없을 거라고, 그만 멈추라는 사이렌을 보냈지만 멈출 수 없었다. 모니의 머리 뒷부분을 감싸던 손과 허벅지에 닿았던 손을 거두어 모니의 등 뒤 단추 서너 개를 서둘러 풀기 시작했다.

"이게 나야."

어린 상대에게 욕망을 감추지도 제어하지도 못하는 자신을 직시하라는 말투로 키스를 멈추고 어둠 속에 숨죽이고 있는 모니를 바라보았다. 마지막 기회였다. 그녀가 도망갈 수 있는 마지막 기회.

"아저씨는, 위험하지 않아요."

"지금이 마지막 기회야."

"나는 돌아가지 않을래요. 두려워하지도, 후회하지도 않을래요."

수줍은 고백 후에 모니가 차마 그를 정면으로 바라보지 못해 그의 가슴 안으로 얼굴을 숨겼다. 그는 그녀를 가볍게 안아 들었다. 모니의 다리는 자연스럽게 그의 허리에 둘러졌고 그들은 그의 침실로 들어갔다. 불이 꺼진 방 안으로 밤새 메인 수영장을 밝혀줄 작은 빛이 새어 들어왔다.

"두려워하지 않을 거라면서?"

웃옷을 벗은 진웅이 시트를 살며시 걷어내자 모니가 두 눈을 꼭 감았다. 어깨를 잔뜩 움츠린 모양 때문에 모니의 탐스러운 가슴은 잔뜩 모아졌다. 속옷을 입은 채였지만 모니의 몸짓은 서툴면서도 관능적이었다. 어제저녁, 비키니를 입은 모습을 보았지만 속옷과는 다른 느낌이었다. 흰 바탕에 작은 들꽃이 촘촘히 박혀 있고, 레이스로 장식된 속옷은 그녀의 매력을 그대로 보여주는 듯했다. 소박하면서도 화려하고 순수한 느낌을. 진웅은 두 팔로 몸을 지탱하고 그녀를 내려다보았다.

"고백, 아니, 사죄할 게 하나 있어."

"뭔데요?"

그가 베개 위에 펼쳐진 모니의 머릿결을 쓰다듬다가 이마에 내려앉은 잔머리들을 넘겨주었다.

"널 속였어."

"뭘……."

"이름, 내 이름은 이진웅이야."

"이.진.웅?"

모니가 진짜 그의 이름을 가만히 읊조렸다.

"화, 나지 않아?"

"이유가 있었겠죠? 그리 유쾌하지는 않지만 지금이라도 말해줘서 고마워요."

그의 입술이 모니의 이마로 내려앉았다. 사죄, 안도감, 행복, 사랑. 말로 표현할 수 없는 갖가지 감정들이 하나로 모아진 입맞춤을 선사한 그는 붉게 상기된 모니의 뺨을 두 손으로 식혀주었다.

"떨려요. 무척."

긴장을 붙잡으려 천천히 호흡을 가다듬는 모니의 가슴이 서틀게 부풀어 올랐다가 다시 내려앉기를 반복했다.

"알아. 내 신부는 처음이라는 걸. 다치지 않게 할 거야."

다짐을 한 그는 모니의 속옷 라인을 따라 손끝을 움직이며 가슴을 부드럽게 스치고 지나갔다. 입술은 모니의 쇄골에 닿아 그녀에게서 야릇한 소리가 나도록 지분거리기 시작했다.

"으음."

모니가 참지 못하고 소리를 내자 그가 곧 모니의 등 뒤로 손을 돌려 속옷을 풀어냈다. 그 순간 속옷이 아래로 떨어지고 가슴이 그의 눈앞에 훤히 드러났다. 오직 밖에서 안으로 들어오는 빛에 의지한 그들이었다. 어둠은 있었지만 은은한 어둠 속에 모니의 살결은 더욱 빛이 났다. 그리고 모니의 탄력적인 가슴을 손안 가득 쥐는 순간, 가장 값진 보석을 손에 넣은 기분을 느끼게 해주었다. 부끄러운 모니는 계속해서 눈을 감았다. 그가 입술을 내려 모니의 정점을 입안에 가득 차게 했다.

"읏."

생경한 느낌. 간질거리면서도 예리하게 찌르는 그 느낌 때문에 모니가 그의 팔목을 꽉 쥐었다. 어린 잎이 바람에 나부끼는 모습처럼 그녀에게 떨림이 일었다. 숨을 내쉬느라 오르락내리락하는 몸체가 그에게는 아련하게 다가왔다.

"눈을 떠. 눈을 감고 느끼면 더 참을 수 없을 거야. 눈을 뜨고 날 봐."

서서히 모니의 눈이 떠졌다. 그는 잘했다는 뜻으로 모니의 입술에 가볍게 입술을 부딪쳐 왔다. 새들이 부리를 맞부딪히는 친밀하면서도 가벼운 키스에 긴장이 녹은 모니가 크게 한숨을 쉬어보았다.

그가 희미하게 웃어 보이더니 타액이 묻어 있지 않은 쪽의 가슴을 맛보았다. 모니가 수줍음을 벗고, 수치심을 느끼지 못하도록 밀어붙일 작정으로 그는 모니의 가슴을 강하게 흡입하면서 반대쪽은 손으로 쥐고 오소소 소름이 돋은 것처럼 일어난 정점을 두 손가락을 이용해 비틀자 모니가 허리를 틀어댔다. 진웅이 기다리던 반응이 드디어 시작된 것이다.

"아저씨. 그, 그만해요."

들어줄 리 없는 진웅의 손은 모니의 아랫배를 거쳐 점점 더 아래로 내려가기 시작했다. 아래 역시 속옷 라인을 따라 감미롭게 천천히 움직이는가 싶더니 그의 손은 제 자리를 찾아가듯 모니의 속옷 안을 침범했다. 까슬까슬하게 스치는 숲을 걷어치우고 쾌락의 샘을 찾아 더듬어갔다. 도톰한 살을 벌려 마침내 찾은 쾌락의 핵심을 손가락의 지문 쪽을 이용해 건드리자 모니의 허벅지가 흔들리기 시작했다. 자극으로 인해 점점 습윤해지기 시작하자 그가 원을 그리며 속도를 높였다. 모니의 숨이 빨라지고 미간이 모여들었다.

"못…… 못 참겠어. 어떡…… 하면 좋아."

"괜찮아."

"이상해. 웃. 머리가…… 심장이…… 달아나 버릴 것 같아."

아무것도 할 수 없게 된 모니가 처음으로 쾌락을 경험했다. 몸이 떨려오고 아래가 젖어 들어가는 게 생생해졌다. 그사이 그는 몸을 겹쳐 왔다. 입술에 또다시 깊은 키스를 선사한 후에야 그는 모든 옷을 벗어 던졌다. 공들여 만들어진 보기 좋은 잔근육들이 잔뜩 일어난 그의 몸을 만지고 싶었던 모니가 손을 뻗어 가슴 쪽을 손끝으로 더듬었다.

"아저씨 심장이 튀어나갈 것 같아요."

속삭이는 모니의 손 위로 진웅의 손이 겹쳐졌다. 모니에게로 전달된 심장의 떨림이 그에게도 고스란히 전달되었다.

"진웅. 이진웅."

모니의 목소리로 듣고 싶었다. 자신의 이름을.

"진웅…… 씨."

그가 서서히 아래를 맞추기 시작했다. 자신의 중심으로 모니의 깊은 곳을 더듬기를 몇 차례. 다시금 뜨거워지는 몸을 어쩔 줄 몰라 하던 모니가 신음성을 질렀다. 놀란 모양인지 퍼뜩 정신을 차린 후에는 두 손으로 입을 가리기 바빴다.

"소리 내도 돼. 듣고 싶어."

마침내 그가 모니의 안을 비집고 들어가는 시도를 시작했다. 아파할 게 뻔한 그녀가 걱정돼 그는 땀을 흘려가며 천천히 진입을 시도했다.

"아파?"

"아…… 아."

처음에는 작게 이물감이 느껴지던 감각은 그가 몸을 움직여 깊이 들어올수록 날카로운 아픔만이 선명해졌다.

"조…… 금만 참아줘. 힘을 빼."

굳어진 허벅지를 손으로 만져 주자 잔뜩 힘이 들어간 모니의 허벅지가 풀려갔다. 그사이 그는 완전히 모니의 안으로 들어갔다. 꽤 오랜 시간이 걸렸다. 그도 힘이 들었는지 굵은 땀방울들이 모니의 가슴 한가운데로 한 방울씩 떨어지기 시작했다.

"이제, 된 거예요? 이게 끝……."

참지 못한 진웅이 작게 움직이기 시작했다. 지독한 따뜻함. 모니의 안은 그랬다. 모니의 아픔이 가실 때까지 안에서 가만히 참은 덕분에 작게만 움직여도 모니가 아픔과 희열이 동반된 쾌락의 흐느낌을 내뱉기 시작했다.

"너, 지독하게 따뜻해. 이대로 녹았으면…… 싶을 정도야."

"하아. 난…… 어떻게 해야 돼요?"

처음으로 느끼는 남녀 사이의 쾌락은 모니에게는 대단한 것이었다. 한 번쯤 상상은 했지만 이런 것일 줄은 몰랐다. 아무런 판단도 아무런 몸짓도 할 수 없는 대단한 상태. 그러면서도 갈구하고 싶은, 그것을 표현하고 싶은데 어떻게 해야 하는지를 몰라 답답함이 밀려들었다.

"날, 잡아."

모니가 그의 허리를 붙잡았다. 그가 드나듦을 반복할수록 모니가 잡은 그의 허리도 생채기가 날 정도로 발갛게 달아올랐다. 서로의 살이 마찰하는 소리와 질척거리는 소리, 서로의 숨이 섞여드는 소리, 날숨과 들숨은 이제 의미가 없었다.

쾌락이 지속될수록 자신의 일부를 집어삼키는 모니 때문에, 오히려 조절할 수 없는 그녀의 미숙함이 그에게는 엄청난 쾌감을 불러일으켰다. 어떻게 해야 할지 모르는 쪽은 오히려 진웅이었다.

"너는, 하모니는 정말 대단해!"

그는, 신음을 내질렀다. 컨트롤하지 못했다. 소리를 내지 않으면 어디론가 보내져 버릴 것 같았다. 모니의 흔들리는 가슴을 가득 손으로 쥐던 것을 포기하고 그녀의 양쪽 골반을 잡았다. 몸이 흔들리는 그녀를 붙잡았다. 빠르게 달리기를 포기하고 느리지만 깊게 그녀의 안으로 들어갔다. 전진과 후퇴를 반복하던 것을 진득하게, 감질나게 원을 그리며 움직이자 그녀는 더 참지 못했다. 그의 등을 작은 주먹으로 쳐댔다.

"아저…… 씨."

"이진웅."

"읔. 진, 진웅……."

애처로운 모니의 간구에 화답해 진웅은 빠르게 움직이기 시작했다. 서로의 아래가 틈 없이 닿았다. 모니가 그를 꽉 끌어안았다. 그도 모니를 안았다. 마침내 그의 안에서 참고 참았던 따뜻함이 모니의 몸 안으로 흘러들어 갔다. 급격하게 오르락내리락하던 두 사람의 심장이 점점 잦아들어 충일한 아늑함이 서로를 공유했다. 아직도 연결된 두 몸은 열기가 식지 못했다.

"굉장해."

"내가요?"

모니의 잔뜩 쉰 음성이 나른하게 잠을 불러왔다. 모니를 빠져나와 그녀의 몸을 따뜻한 손길로 쓰다듬었다.

"피가 많이 나고 있어."

"처음…… 이니까요. 자전거도 많이 타고 뜀틀도 잘해서 이미 사라진 줄 알았는데."

모니의 처음이 자신이라는 사실을 이미 몸을 나누기 전부터 예감했다. 눈앞에서 그 사실을 확인하자 눈물이 쏟아질 것만 같은 진웅은 그녀에게서 겹친 몸을 떼어내고 축 늘어진 그녀의 몸을 일으켜 자신의 허벅지 위에 앉혔다. 어떤 말로도 표현되지 않는 행복함. 모니가 그의 어깨에 머리를 기대었다.

"손 하나 까딱 못하겠어요. 자고 싶어. 나, 지저분하죠."

"아니, 전혀."

잠이 온다는 모니를 다시 눕히고 그는 사라졌다. 따뜻한 물수건을 준비해 온 그는 그녀의 허벅지 사이의 혈흔을 조심스럽게 닦았다.

"부끄러워."

모니가 자신의 팔로 길게 두 눈을 가렸다.

"이따가 일어나서 씻자."

시트를 걷어내고 모니의 누운 자리에 전신 타올을 임시방편으로 깔아주었다. 곁에 누워 모니가 잠들기를 기다렸다가 그는 간단히 몸을 씻고 돌아왔다. 죽은 듯이 조용히 잠든 모니의 몸을 옆으로 돌려 자신에게 향하게 했다. 모니는 저항 없이 간단하게 진웅의 품 안으로 들어왔다. 진웅은 처음 보는 모니의 잠든 모습을 구경했다. 이마부터 눈, 코, 입을 그림 그리듯 손가락 하나로 건

드렸다.

"모든 것이, 진짜였으면 좋겠다."

모니가 잠결에도 작게 하품을 하자 진웅 역시 전염이 된 듯 잠이 쏟아져 두 눈을 살며시 감았다.

아래로 통증이 밀려왔다. 그의 품에서 벗어나 욕실로 향하려 했지만 곧 붙잡혔다.

"같이 씻자."

"어떻게 그래요?"

"원래 허니문은 그런 거야."

그녀가 모로 누워 그를 바라보았다.

"아저씬, 어떤 여자와 결혼을 할까?"

엉뚱하면서도 기분 나쁜 모니의 질문. 몸은 가졌지만 마음은 가질 수 없는 것일까?

"김새게 꼭 그런 말을 하고 싶어?"

"그냥. 궁금해서요."

"아나운서만 아니면 돼."

모니가 눈을 굴리기 시작했다. 생각을 하는 게 빤히 눈에 보였다.

"생각하지 마."

"내 꿈이 아나운서인데?"

"메콩 강이랑 루비콘 강도 헷갈린 널 누가 아나운서로 받아줄까?"

"그런 건 좀 잊어요. 내가 한 밥 얻어먹을 땐, 뭐 못하는 게 없다면서요?"

더 이상 실랑이를 하기는 싫어 진웅이 몸을 벌떡 일으켰다. 모니의 몸을 안아 들고 그는 욕실로 향했다. 욕조에다 모니를 내려놓고 따뜻한 물로 채우기 시작했다. 두 사람이 앉아도 넉넉한 욕조라 진웅은 마지막으로 입욕제를 풀고 모니와 함께 몸을 담갔다. 욕조에 앉아서도 바깥은 은은한 조명으로 인해 훤히 보였다. 저 멀리 칠흑 같은 어둠이 둘러싼 바다였지만 파도가 철썩이는 소리가 듣기 좋았다.

"내가 꿈꾸던 허니문이에요. 완벽히."

넉넉한 형편임에도 사치를 부리지 않는 모니지만 여느 여자들처럼 허니문은 상상을 해보았다. 근사하고 멋진 곳에서 화려하게 보낸 후, 이렇게 신랑과 야릇하게 욕조에서 사랑을 나누는 낭만적인 상상을 해본 적이 있었다.

"내일 짐 옮겨. 돌아갈 때까지 함께 있자."

둥근 욕조 둘레에 팔을 기대고 앉아 바다를 바라보던 모니의 몸이 저절로 진웅 쪽으로 옮겨졌다. 진웅의 말에 부정하는 것처럼 고개를 저은 그녀를 들어 올려 허벅지에 내려앉게 했다. 울긋불긋 사랑의 꽃이 피어오르기 시작하는 모니의 몸 구석구석을 눈에 담았다.

"내가 말했지. 난 뭐든 확실히 한다고."

"소원은 한 번으로 끝 아닌가?"

"난 한 번이라고 한 적 없어. 허니문이랬지."

"약았어. 어린애를 상대로."

"너 이제 어린애 아니야."

"못 말려."

그의 일부가 단단해진 것이 여실히 느껴졌다. 그가 모니의 엉덩이를 살짝 들어 올려 다시 그녀의 안으로 들어갔다.

"또 해요?"

"이대로 있을 거야."

"이진웅, 씨?"

"응?"

"왜 진짜 이름 말해주지 않았어요?"

"익숙해졌어. 날 숨기는 일에."

진웅이 자신의 어깨에 기댄 모니의 등을 쓰다듬었다. 등이 식었음을 느끼자 진웅은 물을 끼얹어주기를 반복했다.

"인터넷에 아저씨 이름 검색하면 나오는 그런 사람이죠?"

"왜? 검색해 볼 거야?"

"아뇨. 나만이 아는 이진웅으로 남길 거예요. 난 진짜 이진웅을 아니까."

나란히 샤워가운으로 갈아입었다. 진웅은 모니의 젖은 머리를 말려주느라 바빴다. 헤어 드라이어 소리를 뚫고 모니가 길게 하품을 하는 소리가 들려왔다. 모니를 재워야겠다고 생각한 진웅이 드라이어를 껐다.

"아저씨에게 제일 소중한 물건은 뭐예요?"

"갑자기 그건 왜?"

"그냥, 궁금해서……."

그가 일어나더니 침실에 마련된 책꽂이 맨 위 칸에서 철제로 된 라탄 박스를 가져왔다. 비밀번호로 된 잠금장치를 풀자 작게 축소된 건축물 모형이 들어 있었다.

"와, 이거 여기 맞죠?"

"아마도."

피곤이 몰려오긴 진웅도 마찬가지였다. 건축모형을 구경하는 모니를 채근해 모형을 원래 있던 자리에 두고 모니를 침대에 눕혔다.

"아저씨, 잘 자요."

이미 눈을 감고 아무런 말이 없는 진웅을 바라보았다. 결혼상대로 아나운서만 아니면 된다는 그의 말을 들었을 때, 모니는 알 수 있었다. 오정은 아나운서의 자서전에 등장한 순애보의 남자가 진웅이라는 것을.

"불쌍한 진웅 씨."

모니가 진웅보다 몸을 조금 위로 하여 그를 감싸 안는 것처럼 했다. 그를 한 품에 안기에는 턱없이 부족한 몸이지만 그를 안아주고 싶었다.

"그 여자는 잊어요. 기억조차 하지 마요."

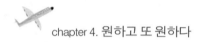

chapter 4. 원하고 또 원하다

하룻밤을 그와 보내기로 마음먹은 일은 어느새 그의 말처럼 허니문이 되어 있었다. 신랑 신부가 떨어져서 보내는 허니문은 어디에도 없다는 그의 말에 모니는 허물어졌다. 작은 호텔에 있던 모니의 짐들은 진웅이 묵는 곳에 마치 객식구처럼 있었다. 두 사람의 관계를 말해주듯.

"정말 질리지도 않아요?"

아침부터 진웅은 모니표 아스파라거스 볶음밥을 주문했다. 그제 저녁과 어제저녁에도 같은 메뉴였다. 민망해진 모니가 단호박을 넣은 부드럽고 촉촉한 이탈리아식 오믈렛 프리타타를 곁들이자 근사한 아침 식사가 완성되었다.

"그랬잖아. 삼시 세끼 먹어도 좋다고."

묘한 중독성. 특히 아삭아삭한 식감이 돌아서면 생각이 났다. 세 번째 맛보는 모니의 아스파라거스 볶음밥은 그가 질리지 않도록 재료를 조금 바꾼다던지 지금처럼 다른 음식을 곁들여 준 배려 덕분에 더 맛이 있었다.

"나야 편하지만. 그건 그렇고 아저씨는 허니문에서 하고 싶었던 일 없었어요?"

"하고 싶었던 일이라…… 보통 그런 건 여자들이, 넌 없어?"

"나, 난 다 이루어진걸요."

얼굴을 붉히며 고개를 숙인 모니는 그를 바라보지 못했다. 지난 이틀을 돌이켜 본다면 첫날밤에 그녀를 가진 뒤로 그 다음날은 그저 피곤함에 종일 잠을 자다가 어제저녁 늦게 해변을 산책한 게 다였다.

"고개 좀 들어보지, 새 신부님?"

"창피해. 이럴 땐 그냥 안아주면 되는데……."

진웅의 입가가 활처럼 휘었다. 모니의 말대로 할 작정으로 그는 자리에서 일어나 모니가 앉은 자리 옆으로 다가가 그녀를 안았다.

"하고 싶은 일이 있긴 해."

"뭔데요?"

"남들이 평범하게 보내는 일상을 보내고 싶어. 둘이서 청소도 하고 빨래도 하고, 네 무릎을 베고 누워서 책도 보고…… 해변에서 같이 수영도 하고 싶어. 수영하는 도중에 해변에서 사랑을 나누는 일도 내가 꿈꾸던 일 중의 하나야."

"너무 과감해요. 해, 해변……."

모니가 급히 그를 밀쳐 냈다.

"마지막은 생략해요."

아직은 남녀가 몸을 섞는 일이 즐거울 리는 없었다. 너무 과감한 발언을 한 것이 아닌지 후회가 밀려오기 시작한 진웅은 붉어진 얼굴을 식히기 위해 일어나 멀어지는 그녀의 뒷모습을 바라보았다.

"난 설거지할 테니까 아저씨는 문이란 문을 다 열고 환기부터 해요. 청소의 기본은 환기니까."

"알았어."

모니가 하고 싶었던 일에 대해 물었을 때, 문득 이런 일들이 떠올랐다. 어린 시절부터 기업의 후계자가 될 것이라는 운명을 타고 난 남자. 그래서 그는 일상적인, 평범한, 보통 등의 단어들은 어울리지 않는다 생각했었다. 어쩌면 어울리지 않는다기보다는 철이 든 후 깨달았다. 불가능이라는 것을. 많이 가진 것이 어떨 때는 적게 가진 자들보다 포기할 것이 더욱 많았다. 그럴 때마다 진웅은 자신을 다독였다. 많은 것을 가진 것이 복이라고, 감사해야 할 일이라고.

그런데 사람의 인생이란 것은 그랬다. 진웅은 많은 것들 중에서도 진실한 사랑을 포기해야만 했다. 그리고 체념하고 살아왔는데 모니라면, 그녀와 함께라면 불가능이란 없을 것만 같았다. 진짜 이진웅. 이진웅조차 몰랐던 이진웅의 모습을 발견한 자신이 신기하기만 했다. 억눌려 온 심연의 끝에서 그는 진짜 자신과 마주하고 있었다.

문이란 문, 창문이란 창문은 죄다 열어두었다. 그는 콘센트에 청소기를 꽂아 바닥을 쓸고, 모니는 함께 잠들었던 침대를 정리했다. 집 안 구석구석을 정리한 다음 창문을 닦기 시작했다.

 "아저씨, 불편하잖아요."

 "난 이게 편해."

 모니의 등 뒤로 딱 달라붙어 몸을 겹친 진웅은 모니에게서 떨어질 줄을 몰랐다. 모니가 투정을 하든 말든, 타박을 하던 간에 진웅은 모니의 곁에 꼭 붙어 있었다. 몸을 움직이는 통에 헐렁한 모니의 티셔츠는 자꾸만 한쪽 어깨가 내려가 오프 숄더 티셔츠를 입은 것 같았다. 그가 새겨놓은 파문 같은 사랑의 흔적이 어느새 붉은빛에서 푸른빛으로 변하고 있었다.

 "많이 아팠어?"

 "응?"

 같은 집 안에 머무는 것으로 부족해 모니의 뒤꽁무니만 쫓아다니는 새끼 병아리처럼 굴더니 뒤에 바짝 붙은 그의 목소리는 조금 전보다 한 톤이 낮추어졌다. 모니가 창을 닦던 것을 멈추고 뒤를 돌았다.

 "이 상처들 말이야."

 진웅이 쇄골 아래로 보이는 생채기를 엄지손가락으로 어루만졌다.

 "아저씨 때문에 비키니도 못 입겠어."

 대수롭지 않게 티셔츠를 벌려 자신의 몸에 새겨진 상처들을 바라보던 모니가 툭 내뱉은 한마디에 진웅은 웃음이 터졌다. 미안했다고, 처음인 너에게 배려 없이 네가 부서지도록 안은 탓에 그 뒤로는 널 가지지도 못할 정도로 걱정이 되어 안아주지 못했다고 말하려 했었는데. 진웅이 모니를 품 안에 가두었다. 뒷머리를 쓰다듬으며 그녀의 심장과 자신의 심장이 맞닿을 정도로 두 몸을 맞붙였다.

"괜찮아. 사유해변에는 아무도 오지 않아. 메인 수영장도 그렇고. 둘 중에 어디든 오늘은 꼭 함께 수영을 하자."

"정말요?"

"그럼."

두 사람의 사랑의 흔적이 남겨진 시트까지 발로 밟아서 빨자 깨끗해졌다. 풀빌라 안의 모든 물건들은 햇살을 머금어 따뜻한 향기가 흘러넘쳤다.

나른해진 진웅은 소파에 앉은 모니의 무릎을 베고 눈을 감았다. 모니는 말없이 그의 머리를 만져 주었다. 그러다 참지 못하고 모니는 그의 이마에 입을 맞추고 말았다. 이마에 입을 맞추던 것은 점점 아래로 내려가려는 욕심을 부리기 시작했다. 코끝에 닿은 입술은 이제 그의 입술을 머금고 말았다. 그가 입술을 벌리려 하자 모니의 입술은 그의 턱으로 내려갔다. 면도를 한 지 몇 시간 안 된 그의 턱은 까슬까슬했지만 그가 사용한 에프터쉐이빙의 향기는 근사했다. 눈을 감고 그의 턱의 매력에 빠진 모니는 한참이나 입을 맞추었다. 진웅의 눕혀진 몸이 어느새 소파에 앉혀졌다. 그리고 모니를 허벅지에 앉혀 정면으로 바라보았다.

"모니야."

"네?"

"이 모든 것이 진짜였으면 좋겠어."

모니가 무어라 말할 사이도 없이 그는 모니의 입을 막았다. 키스를 하면서 그는 모니를 소파에 뉘었다.

"아저씨가 좋아요. 그렇지만 좋아하는 감정만으론……."

"알아. 불가능…… 이겠지?"

진웅이 모니의 바지를 조금 거칠게 벗겼다. 허벅지를 쓰다듬던 손길을 거두고 급하게 팬티까지 벗겨 버리자 모니가 부끄러움에 누운 자리에서 일어나려 버둥거렸지만 소용없었다. 이미 깊은 키스 때문에 흠뻑 젖어버린 아래를 그의 눈이 확인하자 모니는 제 손으로 급히 아래를 가리기 시작했다.

"지금, 여기 이곳에서만 널 갖는 게 가능하다면, 나는 질리도록 널 가질 거야. 네 몸에 인이 박히도록 널 가지고 또 가질 거야."

"아저씨……."

진웅의 입술은 모니의 가장 깊은 곳에 닿았다. 혀가 닿고 그의 숨결이 아래에서 느껴지자 모니가 급히 그를 말렸지만 소용이 없었다. 은밀한 곳을 그가 맛보기 시작했다. 아래에서는 처음 그와 사랑을 나눌 때와 비슷한 노골적인 소리가 들리기 시작했다.

"으으응. 진웅……."

모니의 가느다란 음성이 끊임없이 이어지자 그는 그녀의 옷 위로 솟아 있는 가슴을 움켜잡았다. 차라리 모든 옷을 훌훌 벗어 던지고 두 사람의 아래를 맞추는 그 행위가 더 낫다고 생각한 모니는 진웅의 어깨를 주먹으로 내리쳤다.

"하모니, 이곳에서만큼은 넌 내 여자야. 사랑…… 해."

욕망에 취한 것이 아니었다. 무작정 그녀를 갖기 위한 입에 발린 소리도 아니었다. 노골적인 행위에 의한 쾌락 때문에 두 눈이 글썽한 모니의 얼굴을 쓰다듬었다. 사랑한다는 말이 거짓은 아니었다. 단지 첫눈에 반한다는 말, 운명이라는 말을 믿지 못한 채 살아왔기에 눈앞에 나타난 운명을 인정하지 못한 것이었다.

몇 해 전, 자신의 형이 그랬다. 형수에게 첫눈에 반했노라고, 첫눈에 반하는 운명은 있다고. 겉모습 때문에 반하는 것이 아닌 영혼을 끌어당기는 무엇인가가, 스파크 같은 것이 저도 모르게 찾아와 가슴을 찌르는 순간이 있을 것이라고 누누이 말해왔었다. 이제 그것이 무엇인지 진웅은 확실히 알았다.

"아저, 진웅 씨. 미안해요."

진웅의 바지 역시 아래로 사라져 버렸다. 진웅은 그녀의 위에 몸을 맡겼다. 모니의 헐렁한 티셔츠가 말아 올라가 속옷에 감싸인 두 가슴이 드러났다. 속옷을 벗기는 일도 지금 진웅에게는 점잖은 일에 속했다. 마침내 해방된 그녀의 가슴으로 입술을 내렸다. 입을 벌려 가득 머금었다.

"모니야."

그녀의 이름을 부르고 그녀의 안으로 들어갔다. 그를 받아들이느라 힘겨웠던지 미간을 잔뜩 찌푸리자 그의 입술이 그녀의 미간을 어루만졌다. 절제하지 못하고 속절없이 그녀에게 빠져들어 가는 일이 두렵지 않았다. 아직은 사랑의 행위가 익숙지 않은 그녀가 즐거움을 느낄 수 있도록 전진과 후퇴를 느긋하게 반복하면서 애처롭게 붉어진 쾌감의 정점을 손가락을 이용해 문지르자 모니에게서 솔직한 교성이 새어 나왔다.

"하아. 제발, 제발요."

"뭘 원하는 거야?"

그의 몸도 숨 막히는 쾌감으로 인해 땀범벅이 되어가고 있었다. 모니의 어깨를 연신 쓰다듬으며 따뜻한 손길을 보내는 반면 그의 묻는 음성이 서늘했다.

"내가, 흐윽. 무얼…… 원하면…….."

"그냥, 몸이 말하는…… 그대로를 말해."

그 역시 한자 한자 말하는 것이 힘겨워 보였다.

"모르겠어요."

땀이 배인 그의 머리카락에 손을 넣고 그녀가 해소되지 않은, 해결되지 않은 괴로움에 몸을 비틀었다. 그는 아랑곳하지 않고 여전히 느리게 움직였다. 그것이 서로에게 얼마나 달콤한 고문인지를 잘 알면서도.

"흐으응. 그만해요."

진웅의 시선이 계속해서 서로가 결합된 부분에 머물렀다. 수치스러움과 짜릿함이 동시에 이어지자 그녀가 참지 못하고 그의 허리를 하얀 다리로 감아버렸다.

"하아. 나빠요. 정말."

"네가…… 너무 예뻐."

"이제 알아요. 더 빨리. 더 깊게."

모니의 요구에 그는 허리에 둘러진 그녀의 다리를 풀었다. 더 빠르게 내지를 줄 알았는데 그의 움직임은 멈추었다. 의아한 눈빛을 하고 깊이 숨을 들이마신 모니의 가슴은 오르락내리락했다. 모니가 숨을 돌리는 사이 진웅은 모니의 허리를 감싸 안아 들어 올리고 그녀를 엎드리게 했다.

"원하는 걸, 줄게."

갑자기 두려워졌다. 모니가 엎드린 자세에서 뒤를 돌아보자 그가 자신의 허리를 잡고 들어오는 것이 보였다.

"이, 이건. 짐승 같아."

그 역시 처음 시도해 보는 자세였다. 모니가 원하는 것을 주기 위해 그가 모니의 낭창한 허리를 잡고 다시금 그녀의 안으로 들어갔다. 더욱 깊이 그녀 안을 지나자 온몸의 피가 한곳으로 집중되었다. 몇 배는 더한 쾌감에 서로의 몸을 부딪는 소리는 마치 파도가 철썩이는 소리 같았다. 힘에 부치는 듯 모니가 두 팔로 지탱하던 몸이 소파에 거의 맞닿았다.

"힘들어?"

"으응."

"다, 됐어."

그가 마지막 힘을 다해 달리다 그녀의 안에서 빠져나와 그의 정수는 그녀의 엉덩이와 다리를 타고 흘러내렸다. 끝임을 안 그녀는 그대로 소파에 엎드렸다. 진웅 역시 그녀의 등허리의 움푹 패어 있는 곳을 따라 입을 맞추고 곧 그녀 위로 쓰러졌다.

"무지막지했어요. 방금은."

"알아."

그의 중심이 서서히 줄어드는 것이 느껴졌다. 여전히 두 사람의 심장은 거칠게 뛰기만 했다.

"이제는, 조금 알 것 같아요. 왜 이런 행위를 원하는지. 즐거워하는지를."

모니가 몸을 돌리려 하자 그가 몸을 일으켜 조금 물러났다. 일어나는 줄 알았는데 몸을 바로 하고 누워버렸다.

"아저씨 얼굴 보고 싶어서요."

땀에 젖은 모니의 머리칼과 복숭앗빛으로 달아오른 뺨이 한없이 사랑스러웠다. 다시 그녀에게로 내려앉아 두 팔로 몸을 지탱하고 바라보기만 했다.

"청소했는데, 소파가 더러워졌잖아요."

"괜찮아."

"응."

"샤워하자."

"조금만 더 이러고 있어요, 아저씨. 나에게 기대요."

온전히 진웅만을 위한 부탁이었다. 나지막한 모니의 목소리에 온몸이 녹아서 흐물흐물해졌다. 이상했다. 이렇게 어린 여자가, 제 또래 아이들보다 훨씬 넓고 사려 깊은 마음을 가질 수가 있는 것일까? 자신의 이름처럼 하모니는 온 세상과 조화롭게 살아가는 작은 요정이었다.

"아저씨, 아픈 사랑을 했죠? 난 다 알아요. 알아버렸어요."

"뭘 알아?"

"티 되게 많이 났는데."

"그랬어?"

"응. 이젠 괜찮을 거예요. 모두 다."

모니가 진웅의 머리끝을 건드렸다. 끝만 매만지던 손길이 어느새 머리 전체를 덮었다. 숨죽이던 그의 숨소리가 차츰 물기에 가득 찼다. 소리 없이 그의 눈동자에서 눈물이 떨어졌다. 모니의 어깨를 지나 진웅의 눈물이 쇄골에도 몇 방울 고여들었다. 모니의 가슴 안에 얼굴을 묻고 있는 그였기에 다행이었다. 그의 얼굴을 보면 모니는 참을 수 없었을 것이다.

"아저씨는 강해요. 신은…… 그 사람이 감당할 수 있는 시련만 주시거든요."

그녀가 진웅의 등을 톡톡 두드렸다.

괜찮아요.

괜찮아요.

여자 앞에서 울 수도 있다니. 그 후에도 이렇게 아무렇지 않게, 부끄럽지 않을 수 있는 건 하모니, 그녀 앞이라 가능한 것이었다. 힘들어하는 모니를 씻겨주려 했는데 서로가 씻겨주는 꼴이 되어버렸다. 자그마한 손이 샤워 볼에 거품을 내고 꼼꼼히 씻겨 내려가는 게 야무졌다. 거품을 사이에 두고 계속해서 두 사람이 장난스럽게 입을 맞추느라 샤워 시간은 예기치 않게 길어졌다. 샤워를 하고 나와서 사랑을 나눈 흔적을 바라보는 모니는 이제 와서 제가 한 행동들이 곤란해졌는지 어디론가 숨어버렸다.

"하모니, 이제 나와."

"아, 창피해."

"웨딩사진, 나왔나 봐."

현관문 바로 앞에 쇼핑백이 놓여 있었다. 열어보니 며칠 전에 찍은 웨딩사진 앨범과 파일로 담긴 CD와 USB까지 함께 전달되었다.

"정말요?"

웨딩사진이라는 말에 모니가 후다닥 뛰어나왔다. 말끔하게 옷을 갈아입은 두 사람은 머리를 맞대고 앉아 웨딩사진을 감상했다.

"근사해요."

"그러게."

찍을 땐 몰랐는데 인화를 해놓으니 꼭 한 컷, 한 컷이 영화 속의 한 장면처럼, 영화 속의 연인처럼 아름다웠다. 특히 해변에서의 결혼식을 콘셉트로 찍은 사진은 황홀함 그 자체였다.

"우린, 제법 잘 어울려."

모니가 수긍한다는 표정으로 고개를 끄덕였다.

"네가 찍은 사진도 한번 봐."

"아, 참. 내가 찍은 사진도 있었지."

"연결 잭이랑 있지?"

"있긴 한데. 이 사진들에 비하면 너무 초라할 것 같아요. 옷부터 카메라 기법까지 모두 다."

"답지 않아."

그가 눈을 가늘게 뜨고 모니의 코를 손가락으로 살짝 거머쥐었다.

"네?"

"하모니답지 않다고."

그가 채근하는 바람에 자신의 미러 리스 카메라와 연결 잭을 가져왔다. 그의 노트북에 카메라를 연결해 저장된 사진들을 컴퓨터 화면으로 확인했다.

"이 사진들과는 다른 매력이 있어. 네 사진은 왠지, 따뜻하고 진실만을 말하는 것 같아. 내가 너 소질 있다고 했지?"

"고마워요."

그의 칭찬에 마음이 놓인 듯 모니가 환하게 웃었다. 소박하지만 아름다운 사진이었다. 슈트 차림과 미니드레스 풍의 원피스를 입은 피사체 두 남녀의 서로를 향한 마음이 보이는 그림 같은 사진이었다.

"인화하자. 인화지가 어디 있을 거야."

"와, 여긴 정말 없는 게 없네요."

"물론이지. 나 말고도 우리 형이나 다른 가족들이 한 번씩 머물기도 하는 서로가 공유하는 장소거든."

인화지를 프린트 용지 지급대에 올려두고 그의 손가락이 무선 마우스를 몇 번 클릭하자 곧 프린터는 종이를 집어삼켰다가 다시 화려한 색을 뱉어냈다.

"인화하니까 더 멋있다."

진웅이 따끈따끈한 사진의 모서리 부분을 살며시 잡아들었다. 그가 사진을 감상하는 사이 똑같은 사진이 한 장 더 나왔다.

"나, 이 사진들도 인화할래요."

"내 사진을 이렇게 많이 찍었어?"

그가 태양을 등지기도 하고, 바라보기도 하면서 해변을 거니는 사진이 여러 개였다.

"스토커."

"꼭 그렇게 말할 필요는 없잖아요."

"사랑스러운 스토커야. 넌."

볼을 부풀리고 뾰로통해진 모니를 대신해 진웅은 모니가 원하는 자신의 사진들도 인화를 했다.

"눈 좀 붙이고 일어나서 해변에 가서 수영을 하든, 메인 수영장에서 하든 물놀이 하자. 어때?"

"좋아요. 아니다. 안 할래. 아저씨 혼자 해요."

"왜?"

"또 해변에서의 사랑 어쩌고 할 거잖아요. 오늘은 더 이상 안 돼요."

모니가 자신을 보호하기 위해 두 팔을 교차시켜 스스로를 감싸 안았다. 그런 모니의 곁으로 진웅이 다가와 귓가에 속삭였다.

"진정한 허니문은."

"허니문은?"

"신부가, 내도록 천장만 구경하는 거래."

"뭐야! 징그러워요."

오수를 즐기기에 딱 좋았다. 사랑을 나눈 후, 미온수에서 샤워를 하고 점심식사까지 끝내자 졸음이 쏟아졌다. 마주 보고 누워 서로를 바라보기만 해도 좋은 시간이었다. 잠들기 전까지 이렇게 있을 수 있는 현실은 낙원이었다.

"너무 방탕해요. 우리."

"왜?"

"밥 먹고, 하는 일이라곤······."

"우리가 하는 일이 뭔데?"

차마 몸을 섞는 행위라고 당당히 말하지 못하는 모니가 시트 안으로 얼굴을 숨겼다. 진웅은 시트 안에 숨어버린 모니를 시트째로 끌어당겼다.

"청소도 했고, 빨래도 했고, 나름대로 할 일은 했어. 죄악 아니야. 이런 날이 있으면 저런 날도 있고······. 아, 우리 하모니는 새나라의 어린이였지? 일찍 자고 일찍 일어난다는."

진웅이 놀리는 말에 모니가 시트 안에서 얼굴을 내밀었다.

"어린이 아니거든요?"

눈이 세모꼴로 변한 모니가 귀여워 진웅이 또 입을 맞추었다. 심장을 간지럽게 만들었다. 그녀의 말 한마디, 행동 하나하나가 진웅의 심장을 들뜨게 했다. 말은 하지 않았지만 확실히 그랬다.

"알았어. 미안해요, 하모니 씨. 어서 눈 좀 붙여, 체력보충해서 수영하려거든."

"맞아요. 난 새 나라의 어린이였어."

모니가 쭉 뻗은 그의 팔을 베고 그에게 등을 보이고 돌아누웠다. 그가 겹쳐진 스푼처럼 모니의 바로 등 뒤로 심장 소리가 들릴 정도로 틈 없이 몸을 붙였다. 자연스럽게 모니의 허리를 든든한 팔로 감싸 안았다.

"말해."

나직하게 속삭이는 진웅의 말에 대답도 없이 그저 자신의 허리를 감싸 안은 그의 팔을 쓰다듬기만 했다.

"다 들어줄게."

"있죠."

"응."

"사람이 기억이라는 걸 하는 나이는 5살부터라는 말이 있어요. 그런데요, 4살 무렵인가? 그때 기억이 좀처럼 잊혀지지가 않아요."

"무슨 기억이기에?"

"부모님이 심하게 다툰 것 같았어요. 나는 그게 익숙한 듯, 고성이 오고가는 사이에서도 혼자서 잘 놀았어요. 그러다 아빠는 현관문을 '쾅' 소리가 날 정도로 닫고 나가 버리셨어요. 엄마와 난, 단둘이었어요. 그때…… 엄마가 그랬어요. 너만 생기지 않았어도…… 그래서 자연스럽게 새 나라의 어린이가 됐어요. 혼자서 뭐든 알아서 하고, 혼자서 밥 챙겨먹고, 숙제하고, 씻고, 공부하고…… 부모님이 싸우는 이유는 순전히 나 때문이라고…… 그러니까, 내가, 내가 더 잘……."

그녀는 고개를 떨구었고, 그는 숨을 깊이 들이마셨다. 부모님을 이혼시켜 주겠다는 말을 했을 때부터 짐작할 수 있었지만 밝기만 하던 그녀의 아픔이 서러웠다. 진웅은 아무런 말을 하지 못했다.

손등 위로 모니의 뜨거운 눈물이 닿아서.

"캠퍼스 커플이었어요. 음대의. 둘 다 유복한 집안의 외동이었어요. 얼마나 귀하게 자랐겠어요. 대한민국의 뮤지컬이 불모지였을 시절부터 음악 감독을 했었어요. 처음엔 엄마가 더 잘나갔죠. 그러다 덜컥 내가 생겨 버려 결혼을 했어요. 물론 열렬히 사랑도 했죠. 하지만 날 키우느라 커리어를 쌓지 못한 엄마는 뮤지컬계로 돌아가는 날부터 아빠와 심하게 싸우고 경쟁하고, 원수 아닌 원수가 되어버렸어요. 참 우습죠. 그냥 남들보다 우리 부모님은 좀 자주 싸우나 보다 그렇게만 알고 자랐는데, 1년 전에 알아버렸어요. 두 사람은 내가 결혼할 때까지만 참기로 결정을 했나 봐요. 다 꺼져 가는 깜부기불보다 더 가능성 없는 게 우리 아빠 엄마예요. 그런데 왜 날 자꾸 미안하게 만드는 거야. 왜 또 나야. 두 사람이 이혼하지 않은 이유……."

숨이 차오르는 모니의 배를 살짝 두드렸다. 그 옛날 할머니가 자장가를 불러주시면서 만져 주는 것처럼. 진웅이 목소리를 가다듬기 위해 뜨거운 무엇인가를 목으로 삼켰다.

"그랬구나. 하모니가 아픈 이유. 괜찮아. 괜찮을 거야. 누구에게나 아픔은 있어. 그게 공평하잖아. 부자이면서도 건강을 잃은 사람이 있거나, 공부는 엄청 잘하는데 집이 찢어지게 가난하거나, 죽고 못 사는 부부 사이에 아이러니하게 자식이 없거나. 다들 아픔은 하나씩 있어. 마치 금기 사항 같지. 그게 인간이거든. 그렇지만, 아프지만, 곁에 누가 있느냐가 중요해. 위로해 줄 수 있는 사람이 있으면…… 된 거야. 진심으로 위로하고 아픔을 나눌 사람

말이야. 네가 내게 위로가 됐듯이, 내가 네게도 그래. 괜찮을 거야, 아마."

어설프게 달래주기보다는 진실되게 말했다. 그리고 기억하기를. 지금 이 순간에 함께 하는 사람이 진웅, 자신임을.

아픔을 무조건 덮는 게 능사는 아니었다. 아픈 걸 인정하는 순간부터 치료를 할 수 있다는 섭리를 아는 진웅이기에 그녀를 위로할 수 있었다. 조금 전 모니의 위로가 그랬었다. 아픔을 인정하고 그녀에게 내보이는 순간 조금씩 상처는 옅어지고 있었다.

"위로가…… 됐어요. 고마워요."

목소리에 힘이 없었지만 그녀가 몸을 움직였다. 보는 사람마저 아프도록 한참을 들썩이던 등이 잦아들고 마침내 돌아봐 주었다. 진웅은 모니의 흐트러진 머리칼을 넘겼다.

"내게도 아픔을 보여줘서 고마워, 모니야."

"잘래요."

"그래. 한숨 자고 나면 기분이 괜찮아질 거야. 나는 그래도 밝은 하모니가 좋아."

"나라고 마냥 밝을 수는 없는 거예요."

울었던 얼굴을 보여주기는 싫은지 그녀가 진웅의 품 안으로 파고들면서 퉁명스럽게 받아쳤다. 그제야 그의 얼굴이 환해졌다. 아무래도 안심이 됐다. 말은 그렇게 했어도 자신을 의지하는 것이 틀림없었다. 그 증거로 모니의 팔은 이제 조금 전과 반대로 그의 허리에 둘러져 있으니까.

진웅은 모니가 잠이 들 때까지 기다렸다. 모니의 잠든 모습은 두고 보기 아까울 정도로 예뻤다. 아마 앞으로도 습관이 될 것이다. 그녀보다 늦게 잠들기. 그녀보다 일찍 깨어나 잠에서 깨어나는 그녀의 모습 바라보기.

"아저씨……?"

모니가 잠에서 깨어 일어나 보니 곁에 그는 없었다. 거울을 보지 않았어도 눈이 부어 있다는 사실을 알 수 있었던 모니는 서둘러 그의 방에 있는 거울을 찾았다. 다행히 추하도록 많이 부어 있지는 않았다.

부스스한 자신의 모습을 정리하고 그가 있는 곳을 찾았다. 그는 거실의 긴 사무용 테이블에 앉아 안경까지 꺼내 쓰고 어딘가에 몰두한 모습이었다. 그의 이름을 부르는 것조차 미안할 정도로. 한참이나 그가 일하는 모습을 넋 놓고 바라보다 먼저 그에게 들켜버렸다.

"미안. 거기 앉아서 조금만 기다릴래?"

일단은 그의 말에 고개를 끄덕이고 말 잘 듣는 아이가 되어 그를 기다렸다. 그는 급히 어디론가 전화를 걸면서 회의 아닌 회의를 진행하는 것 같았다.

"이번 입찰 건이 아주 중요합니다. 차별화를 두어야 해요. 특히 어린아이들의 놀이 공간에 승부를 걸어야 할 겁니다."

"아저씨, 많이 바쁘죠?"

"갑자기 일이 터져 버렸어. 전국에 아동센터가 의무적으로 설립되어야 하는 건 알지? 우리 회사도 입찰에 참여하기로 했는데 그게 좀 앞당겨졌어."

"그렇구나. 아저씬 역시 대단한 사람이었어."

"우리 이제껏 놀고 먹은 거. 이제 죄악 아니다. 일이 산더미처럼 많아졌어."

그는 자신의 말에 스스로 증거를 대듯 곧바로 서류들에 고개를 파묻었다.

"그럼 뭐 해요. 난 놀고 있잖아요."

"미안한데, 혼자서 물놀이 할래? 난 괜찮아."

"아저씨 없이 무슨 재미로. 언제는 자기가 먼저 해변에서 사랑이 어쩌고 하더니."

"설마, 하모니? 학을 떼더니 은근히 기대한 거야?"

"뭐, 뭘요? 에잇. 쇼핑이나 가야겠다. 아저씬 일해요. 난 여기 리조트 지하의 아케이드에서 쇼핑하고 올게요."

"끝나면 전화해."

"괜찮은데…… 일하는 남자, 방해하기는 싫어요. 염치없게."

"염치없는 거 아니야. 내가 좋아서 그런 거니까."

그가 모니의 전화를 빼앗아 자신의 번호를 입력시켰다. 익숙하게 업무용 전화번호를 누르던 그는 순식간에 번호를 지우고 가까운 지인들과 통화를 하는 다른 번호를 모니의 휴대전화에 저장시켰다.

직업이 주부로 변한 것처럼 모니는 그와의 저녁 식사가 고민이었다. 온전히 그들만의 허니문을 즐기기 위해 두 사람은 다른 사람들의 도움을 받지 않기로 해, 풀빌라로 출입을 하는 직원은 거의 없었다. 하여, 가장 기본적인 것들도 그들 스스로가 하기로 했다. 식사 문제 역시 그랬다.

갑자기 쇼핑을 하겠다고 한 것도 그가 편히 일을 하게 할 겸해서 나온 것이었다. 얼추 저녁 식사 거리를 구입하고, 저녁 준비가 다 되기 전에 출출할 그를 위해 간단히 내놓을 간식 종류도 빠뜨리지 않았다. 메모지에 적어둔 목록은 거의 모니의 손에 들려졌다.

마지막으로 모니가 들러야 할 곳. 모니는 화려한 속옷들이 마네킹에 입혀져 있는 속옷 가게 앞을 서성이다 과감하게 그곳의 문을 열었다. 작지 않은 속옷 가게는 다행스럽게 손님이 아무도 없었다. 가장 가까운 곳에 있는 점원에게 허니문을 보내기 위한 속옷들을 보여달라고 수줍게 말하자 순식간에 점원들이 모여들었다. 신비스럽고 아리따운 동양 여자가 보낼 허니문에 되레 자신들이 들떴는지 이것저것 꺼내 들어 모니의 겉옷에 대어보았다.

『이, 이건 너무…….』

화려하고 야해 보이는 속옷들에 거부감이 든 모니가 몸을 뒤로 뺐다.

『역시, 그래요. 아가씨에게는 순수하면서도 사랑스러운 느낌이 어울려요.』

그나마 좀 보는 눈이 있는 점원 한 명이 자신과 섹시함은 거리가 멀다는 소리를 이렇게 돌려가면서 하자 모니는 마음이 놓였다. 차라리 섹시하지 않은 게 나았다. 그녀들이 추천한 속옷들은 하나같이 성인용품점에서나 구경할 만한 것들이었다. 팬티마저도 중요한 아랫부분이 갈라져 있는, 그 행위를 할 때 팬티를 벗길 필요가 없어 남자들의 판타지를 충족시켜 준다나. 머리가 지끈지끈 아파올 찰나에 모니를 구해준 점원의 추천으로 결국은 순백의 레이스가 촘촘히 박힌 속옷과 한 세트인 슬립까지 구입하고 떠들썩한 그곳을 빠져나왔다.

"휴우."

겨우 아케이드를 빠져나왔을 때, 모니를 향해 검은색의 자동차가 다가오다 멈췄다. 차창이 매끄럽게 내려가자 안에서는 사람의 목소리로 자동차 클랙슨을 흉내 내는 '빵빵' 하는 소리가 났다.

"타시죠, 아가씨."

모니가 어리둥절하게 서 있자 진웅은 차에서 내려 짐을 뒷좌석에 싣고 모니를 보조석에 앉혔다.

"어떻게 왔어요?"

"네가 전화 안 할 거 예상하고 나와봤지. 역시나."

"일은 잘 끝났어요?"

"아직. 골치 아픈 부분이 남았어."

골치 아픈 일이 남았다고는 하지만 그의 표정은 편안했다.

"오늘 저녁은 바비큐 어때요?"

"좋지요."

"시원한 맥주도."

"이러니까, 진짜 부부 같다. 보통의 부부."

점점 더 욕심이 난다. 억누를 수 없을 정도로. 몸만 가져서는 해결 안 될, 어쩌면 마음까지도 욕심이 났다. 모니는 무슨 생각을 하는지 아무런 말이 없었다. 그저 달리는 창밖을 바라보는 일 외에는 하지 않았다.

"고마워."

다시 돌아와 자신은 일에 몰두했고 모니는 모니 나름대로 죄악에서 벗어나려는 듯 열심히 식사를 준비했다. 뚝딱뚝딱 하며 칼질 소리가 나더니 진웅 앞으로 허니듀 멜론이 예쁘게 잘린 접시가 내밀어졌다. 모니가 포크로 한 조각을 찍어 직접 진웅의 입안으로 넣어주었다.

"당분이 부족하면 머리가 잘 돌아가질 않잖아요. 그런데 도대체 뭐가 문제예요?"

"어린이들의 놀이 공간 말이야. 요즘 유행하는 키즈 클럽이나 그런 놀이 공간이 아닌 아이들의 감성을 만져 주고 오감을 자극할 만한 특별한 놀이 시설 없을까?"

"아저씨! 아저씨! 섬유 놀이터 어때요?"

"섬유 놀이터?"

모니가 직접 검색하여 보여준 섬유 놀이터. 언뜻 보기에는 그물 같기도 했지만 그물이라 하기에는 알록달록한 색감이 진웅을 사로잡았다. 뜨개질하듯 대형 루프를 짜서 만든 놀이터. 마치 엄청나게 큰 주머니 형상 안에서 아이들이 뛰어노는 사진은 진웅이 원하던 그것이었다. 아이들의 상상력을 자극하고, 모험을 떠나는 기분이 들게 하는, 진웅의 의도 그대로. 가려운 곳이 있었지만 도통 그곳이 어디인지를 몰라 답답하기만 한 가슴을 모니가 활짝 열어 주었다.

"이, 이건 좀 아닌가? 미안해요, 방해해서."

풀이 죽어 돌아가려는 모니를 돌려세워 얼굴을 잡고 빈틈없이 입맞춤 세례를 하자 모니가 기겁을 하고 놓아달라고 소리쳤다.

"완벽해. 너란 여자는 진짜. 이제 됐어. 밥 먹자. 밥 먹어도 돼. 고기는 내가 구울게."

"정말, 내가 도움이 된 거죠? 그렇죠?"

진웅이 믿으라는 듯 고개를 크게 끄덕이고 다시 전화기를 들어서 섬유 놀이터의 내용을 누군가와 이야기했다. 통화를 하면서도 모니를 바라보는 눈길은 마치 쾌거를 이룬 듯 자신감에 들뜬 모습이었다.

"잠 안 오지?"

저녁까지 먹고 누웠는데 모니가 뒤척였다. 고기를 먹은 뒤 느끼하다고 커피를 마실 때부터 알아봤다. 모니가 뒤척이는 통에 진웅 역시 잠들지 못하고 있었다.

"나 원래 잠자리 바뀌면 잘 못 자요. 예민해."

"퍽이나."

"진짠데. 아저씨가 날 얼마나 안다고."

"너 지난 이틀 동안 내리 잠만 잘 잤어."

"그거야, 아저씨가 날 좀 피곤하게 했어야죠."

"그래서?"

"또 엉큼해지려고. 그냥 억지로라도 눈 감을래요. 아저씨, 잘 자요."

"어딜 또 등을 돌려?"

진웅이 돌아누우려는 모니를 제 곁으로 바짝 당겼다. 진웅 역시 오늘은 그냥 잘 생각이었다. 갑자기 일이 터지는 바람에 정신적으로 피곤하기도 했고 또 모니 덕에 문제가 급히 해결되는 바람에 한순간에 긴장이 풀린 그는 굳이 모니를 안지 않아도 잠이 올 것 같았다. 오늘은.

"내일은 날씨가 뜨겁대. 해변에서 즐기자."

우리 역시 뜨거울 거야.

모니. 하모니.

이제는 이렇게 익숙해져 버렸다. 곁에 누운 그녀라는 존재가.

chapter 5. The last night

언제나 그는 모니보다 일찍 일어났다. 밀라노에서 1년간 빠듯하게 시간을 쪼개듯 살았던 것이 이유일까? 여행지에서의 모니는 좀처럼 하루를 일찍 시작하지는 못했다. 해는 이미 한낮처럼 뜨거워만 보였다. 기분 좋은 늦잠. 한참을 뒤척였던 것이 무색할 정도였다. 그와 장난스럽게 티격태격했던 것까지도 기억이 가물가물했다.

그는 또 일찍 일어난 것이겠지. 그는 지금 무엇을 하고 있는 걸까? 모니는 방문을 조심스럽게 열었다. 그러자 식욕을 돋우는 음식 냄새가 확 풍겨져 왔다. 순간적으로 배가 고파져 위액이 흘러나오는 것처럼 속이 쓰렸다. 고소하고도 짭조름한 냄새 때문에 견딜 수 없었다. 그는 레인지 앞에서 집중을 하는 중이었다.

뒷모습도 근사한 당신.

모니가 그의 곁으로 살며시 다가간다.

"뭐 해요?"

걷어붙인 소매 때문에 드러난, 불 앞에서 웍의 손잡이를 쥔 손부터 강인해 보이는 팔이 모니의 눈에 들어왔다.

"앗! 떡볶이?"

그가 자신을 위해 해주는 첫 요리는 다름 아닌 떡볶이였다. 반색하는 모니의 목소리를 듣자 요리를 하는 진웅의 손은 바빠졌다.

"자면서 떡볶이, 떡볶이 노래를 하더라."

"내가 그랬어요?"

"그랬어."

붉은 떡볶이가 아닌 일명 궁중 떡볶이. 한국으로 돌아가면 할머니댁에서 가장 먼저 먹고 싶은 음식이 바로 간장으로 맛을 낸 궁중 떡볶이였다. 저도 모르게 지난밤 무의식중에 잠꼬대를 했나 보다.

"아쉽지만 매운 떡볶이는 아냐."

"아니요. 최고예요. 나는 빨간 떡볶이보다 간장 떡볶이를 더 좋아하거든요."

"어쩌지? 간장은 구하지 못해서 우스터소스랑 굴소스, 데리야끼소스를 넣었거든. 색은 그럴듯한데 말이야."

맛은 장담할 수 없었다. 그래도 조금 전에 떡이 익었는지 맛을 보는데 재료가 완벽하지 않은 것치고는 꽤 맛이 있었다. 진웅은 떡볶이를 뒤적이던 스패튤러로 떡 하나를 건져 올려 모니의 입 앞에 가져다주었다.

"뜨거우니까."

진웅이 경고의 말도 잊지 않았다. 모니는 웃으면서 호호 불어가
며 떡볶이를 입안에 넣었다.

"마시서요. 하 뜨흐거."

뜨거워서 말도 제대로 못하면서 눈도 찡긋거리면서 그를 향해
엄지손가락을 치켜세웠다.

"다행이네."

진웅이 인덕션을 끄고 떡볶이를 파스타 접시에 담아냈다. 모니
는 재빠르게 포크 두 개를 꺼내 들고 식탁으로 다가가는 진웅의
뒤를 따라갔다. 어제는 진웅이 모니를 졸졸 따라다녔는데 상황이
역전되었다. 불현듯 어제의 자신이 생각난 진웅의 입가에 미소가
떠나질 않았다.

"먹읍시다."

"잘 먹겠습니다."

우렁차게 외친 모니는 색이 잘 밴 양파와 떡 하나를 동시에 포
크로 찍어 입안으로 가져갔다.

"진짜 맛있어요. 아저씨가 처음으로 해준 요리가 떡볶이라니."

"영광입니다."

"여긴 주인이 한국인이라 그런지 이탈리아 같지 않아요. 떡도
있고, 수저통에 젓가락도 보이고. 아무튼 너무 좋다. 한국 가기 전
에는 이런 떡볶이 못 먹을 줄 알았는데. 그런데 정말 나, 잠꼬대했
어요?"

진웅이 고개를 끄덕였다. 떡과 야채 사이로 보이는 해산물들도 진웅이 포크로 찍어 모니의 입안으로 넣어주자 모니는 모이를 받아먹는 아기 새마냥 입을 벌렸다. 이 모든 것이 자연스러웠다. 어느덧 서로에게 익숙해졌다. 요 며칠 사이에.

"실은 오늘 아침 요리는 내가 하려고 했지. 근사한 요리로. 한데 새벽녘에 네가 떡볶이 잠꼬대를 하는 바람에 메뉴 변경."

"조금 창피하네요. 잠꼬대라니."

"충분히 귀여웠으니까 걱정 마."

"뭔들."

"무슨 말이야?"

"뭔들, 아저씨 눈에 내가 안 예쁠까?"

공주병 환자라고 놀려주고 싶었는데 모니의 말을 부정할 수가 없었다. 아직은 모니보다 자신이 훨씬 더 모니를 원한다는 사실을 들켜 버렸는데도 마냥 좋기만 했다. 분명 억울해야 하는데.

"그래. 다 예쁘다, 예뻐."

모니가 진웅이 한 것처럼 음식을 포크로 찍기 시작했다. 떡 하나, 새우 하나, 단호박 하나. 종류별로 찍어서 진웅의 입안으로 밀어 넣었다.

"그런데 그 아저씨 소리는 이제 좀 안 하면 안 될까?"

"좋아요, 진웅 씨. 오늘 하루는 아저씨 말고 진웅 씨로 가실게요."

"오늘 하루만?"

"오늘 하루만."

단호한 모니의 표정에 하루만이 어디냐는 마음으로 진웅이 이
내 체념해 버렸다. 어찌 됐든 20대와 30대는 다르다. 그걸 경험해
본 진웅이었기에, 20대 시절 결코 자신에게는 30대가 오지 않으
리라 생각한 시절이 진웅에게도 있었다. 진웅은 도합 2번의 연애
를 했었다. 한 번은 유학 시절에 잠깐 만난 금융재벌의 딸. 또 한
번은 진웅에게 독만 남긴 여자와의 연애. 두 명의 여인 모두 정숙
했으며 여인의 향기가 물씬 풍기는 그런 여자들이었다. 하지만 그
와 정반대인 모니. 운명이란 건 참 기묘하다. 사랑에 다쳐서 사랑
따윈 하고 싶지 않은 30대의 남자와 연애 한 번 해보지 않은 20대
초반 여자의 사랑은 이런 것이었다. 자신에게 처음을 내준 모니이
기에 진웅은 오늘 하루만이라는 사실조차도 감사했다.

"좋아. 오늘 하루만. 그래도 약속엔 충실해 줘. 아저씨의 '아' 만
나와도 키스 한 번."

"아……."

그런 법이 어디 있냐고 따지려는데 아저씨가 입에 붙어서 진웅
의 말이 끝나자마자 입맞춤을 하게 생겼다.

진웅이 다음 말을 이어가지 못한 채 어버버 입만 벌리고 있는
모니의 입에 '쪽' 소리가 날 정도로 입을 맞췄다.

"조심해."

다음번에 실수를 할 때면 이 정도의 입맞춤으로는 끝나지 않겠
다는 엄포였다.

"모니야, 이리로 좀 와."

드디어 해변에서 그와 망중한을 즐기기로 했다. 배도 꺼졌겠다, 계획대로 슬슬 밖으로 나가자는 말을 하려는데 그가 모니를 소파에 앉히더니 어디론가 사라졌다가 두 손 가득 짐을 들고 나타났다.

"아, 진웅 씨."

또 아저씨라는 말이 나올 뻔하자 모니의 발치에 중세의 기사처럼 무릎을 꿇은 진웅이 모니를 올려다봤다. 모니는 두 손으로 입을 가렸다.

"이번에는 패스."

진웅이 주섬주섬 커다란 쇼핑백에서 헝겊 파우치에 한 번 더 덧싸인 물체를 꺼냈다.

"플랫슈즈?"

"어제 나도 아케이드에 갔었어. 꼭 사주고 싶었거든. 퍼브에서 아르바이트를 하는 널 처음 본 날, 열심히 움직이는 네 신발이 많이 닳아 있더라."

"그래서 불쌍해 보였어요?"

"아니. '참 열심히 사는 예쁜 아이다' 했어."

모니의 실내용 슬리퍼를 벗겨 플랫슈즈를 신겨주는 일에 진웅이 집중을 했다. 모니는 그의 손길을 가만히 받아들이며 그 모습을 지켜보았다.

"내 발 사이즈 어떻게 알고……."

"그제 저녁에 너 잠들고 재봤지. 어때? 맞아?"

물론 진웅이 선물한 플랫슈즈는 딱 들어맞았다. 그의 세심한 준비에 모니의 심장이 뜨거워졌다. 크게 한숨을 쉬어봐도 가슴은 벅차올랐다. 명품이라서가 아니었다. 진웅의 마음이 점점 깊어지는 게 보였다. 끝을 향해 달리는 허니문이라고 생각했는데 그가 자꾸만 모니의 마음을 붙잡아두려 한다.

"너무 예뻐요. 고마워요, 진웅 씨."

"형이 형수님에게 신발로 청혼을 했거든."

"신발로? 보통 사랑하는 사람들은 신발 선물 안 하는 거잖아요."

"그렇지. 형은 세 켤레의 신발을 준비했어. 부부의 신발과 똑같은 모양의 아기 신발까지. 아기 신발 안에는 청혼의 반지가 준비되어 있었고."

그제야 이해가 된 모니가 고개를 끄덕였다.

"감동적이네요. 그나저나 나 이거 신고 도망가 버리라고 주는 거죠?"

"아니, 내 곁에 없는 동안 발 아프지 말고 편하게 다니라고. 너…… 곧 떠날 생각이잖아."

"진웅…… 씨."

"그리고, 이건 돌아올 때 신을 신발."

뒤꿈치 부분에 포인트로 큐빅이 촘촘히 박힌 리본이 달려 있는 베이지 핑크빛의 하이힐이었다. 색이 워낙 옅어 웨딩슈즈로 신기에도 안성맞춤이었다.

"아저씨…… 정말 이러면 어떡해요? 난 아저씨에게 해줄 게 없어요."

"그새 잊었어? 진웅 씨."

"그런 거 상관없어요. 키스하고 싶어요. 어서 키스해요. 내게."

떠나려는 걸, 먼저 떠나려는 걸 그가 알아버렸다. 그런데도 그는 그녀를 위한 선물을 준비했다. 붙잡으려는 그 마음보다 그녀를 위한 마음이 더 많이 느껴지는 선물. 온전히 마음을 주지 못한 그녀인데, 그는 온 마음을 다해 고백하는 순간이었다. 기다림. 그의 대답은, 그녀를 향한 마음은 기다림이다.

그녀가 눈물이 그렁그렁한 채로 그를 바라보았다. 아무런 행동도 하지 못하고 그녀를 올려보는 그의 목에 팔을 둘렀다. 격정적으로 그의 품에 매달린 후 그녀가 먼저 그의 입술을 열고 들어갔다. 처음이었다. 그의 속살을 그녀가 휘감아 버렸다. 작은 힘으로 그를 빨아 당기고 또 빨아 당겼다. 그녀의 움직임에 가만히 따라가기만 하던 그가 서서히 일어났다. 그는 깊은 키스 대신 그녀의 윗입술과 아랫입술을 번갈아가며 입안에 담았다. 너무 소중하다는 걸 알게 해주고 싶었다. 몇 번을 닿았다가 떨어졌다를 반복한 연인의 키스는 애가 닳는 키스였다. 마지막 밤을 위한 전야제.

"무화과나무 알지?"

수분간 이어진 로맨틱한 입맞춤이 끝나자 그는 어울리지 않게 무화과나무 이야기를 꺼냈다.

"알아요."

"무화과는 꽃이 피지 않아서 무화과야. 없을 무. 꽃 화. 열매 과."

"그런데요?"

"우린 무화과야."

"응?"

"네가 걱정하는, 우리에게는 꽃이 피는 일련의 과정은 없었어."

"이를테면 우리가 함께 보낸 시간이 길지 않다거나, 연애의 과정을 말하는 거죠?"

더 이상 설명이 필요 없었다. 모니는 답을 알고 있었기에 그는 긍정의 의미로 약간의 침묵을 지켰다.

"우린 꼭 열매를 맺을 거야. 사랑의 열매. 어차피 과실나무는 열매가 중요해. 꽃은 지기 마련이야."

"무화과……."

그녀가 마음에 새기길 바랐다. 무화과라는 단어를. 그것이 그들을 보여주는 정확한 단어였다. 그녀가 떠나든, 혹 마음을 돌려 그에게 정착하든, 중요하지 않았다. 시간은 그들을 행복으로, 사랑으로 데려다 주리라는 것을 그의 심장은 알고 있었다. 그녀의 선택을 존중해 줄 것이지만 그녀를 포기하지는 않을 것이다. 그는.

마침내 바라고 바라던 해변. 사유해변이라 단둘뿐이었다. 마치 무인도에 표류한 연인처럼 그들은 자유로웠다. 해변 한적한 곳에 지어진 오두막 모양의 카바나에는 안에서는 밖이 보이지만 밖에서는 안이 보이지 않도록 고급스러운 커튼이 둘러져 있었다. 커다란 침대와 쿠션, 비치가운까지 카바나 안에 준비가 되어 있어 그가 말한 것처럼 어느 때고 사랑을 나눌 수 있었다. 수영복을 입은 두 사람은 아직은 카바나에 들어가지 않았다. 자연을 만끽하기 위

해 손을 맞잡고 푸른 물결이 밀려들어 왔다 빠져나가는 바닷물에
서서히 몸을 담갔다.

"소원 풀었네, 하모니. 춥지 않아?"

"아뇨. 진웅 씨 말이 맞았어요. 정말 오늘 햇볕이 뜨거워."

그들을 위해 허락된 날씨처럼 해변에서 보내기에 안성맞춤이었
다.

"넌, 살 태우지 마. 백옥처럼 하얀 피부가 아름답거든."

"맞아. 난 테닝은 안 어울려요."

두 사람 모두 수영은 수준급이었다. 저만치 멀리 헤엄을 쳐 왔
다 갔다 하니 모니는 금세 기진맥진했다. 몸이 꼭 물먹은 솜처럼
무거워져서 물이 허리 정도에 닿는 곳에 도착했을 땐 그의 허리에
장난스럽게 매달려 있었다. 꼭 고목나무에 매미가 달라붙은 것처
럼.

그가 자신의 허리에 다리를 두르고 두 팔로 목을 감싸 안은 모
니의 턱에 몇 번 입을 맞추자 삽시간에 둘 사이의 공기는 뜨거워
졌다. 그는 그녀의 골반 양옆에 끈으로 리본이 묶인 비키니 팬티
의 끈을 당겼다. 모니가 적잖게 놀라 눈이 몇 배로 커졌다.

"그랬잖아. 해변에서의 사랑을 하고 싶다고."

물속에서 다 벗겨진 모니의 팬티는 그의 손에서 구겨져 가슴을
감싸주고 있는 비키니 윗부분의 가슴 한가운데로 잃어버리지 않
게 보관되었다.

"진짜 야해. 이건."

진웅이 아랑곳하지 않고 모니의 가슴에 입을 맞췄다. 모니의 허

리에 둘러져 있던 그의 팔 중 하나가 떨어져 나가 모니의 엉덩이를 감싸 안았다. 수영복 위로 팽창한 그의 중심부가 느껴졌다. 모니의 상체가 그에 의해 뒤로 젖혀지고 그의 몸도 모니의 위로 기울어졌다. 모니의 가슴골에 그의 입술이 내려앉았다. 그가 자신에게 매달려 있는 모니를 다시 한 번 고쳐 안고 물에서 벗어나 카바나를 향해 갔다.

혹시라도 사람이 지나갈지도 모른다는 걱정 때문에 모니가 그에게 필사적으로 매달리자 그는 그녀의 엉덩이를 두 손으로 감싸 안았다. 카바나의 커튼을 거칠게 젖힌 진웅이 바닷물에 젖어 끈적한 두 몸을 곧장 침대에 뉘었다.

"하고 싶어."

모니의 입에서 나온 말에 놀란 진웅이 그대로 모니의 가슴을 감싸고 있는 비키니 윗부분까지 끈을 풀어 벗겨 버렸다. 너무나 쉽게 해방된 두 가슴을 손에 쥐었다가 붉은 정점을 비틀었다. 그와 동시에 모니의 입에서 흐느낌이 흘러나오고 몸을 틀어댔다. 그녀가, 완벽한 여자가 되어간다. 오직 그 앞에서만.

진웅은 모니의 열망을 채우기 위해 손을 아래로 내렸다. 이미 흠뻑 젖어버린 그곳을 손바닥을 펴서 쓰다듬고 둥글게 원을 그리자 모니가 흐느끼는 신음을 내뱉었다.

"아, 흐응. 진웅…… 씨."

"사랑해. 모니야. 널, 사랑하게 됐어."

"좋…… 아해요. 진웅 씰."

그의 손의 속도가 빨라지고 모니의 온몸이 떨려왔다. 그는 자신의 욕망을 해결하지 않은 채 모니의 비키니를 다시 입혀주었다.

"왜……. 괜찮아요?"

"남겨둘 거야. 열망으로. 다음번엔 절대 그냥 넘기지 않을 거야. 누가 보든 간에 그땐, 저 해변에서 널 가질 거야. 이 카바나가 아닌."

"아범, 진웅이는 언제 들어온다는 말 없었어?"

바로 어제, 회사의 입찰 건으로 계속해서 회사 사람들과 통화상으로, 인터넷상으로 바쁘게 진행된 프로젝트에서 진웅이 또 후계자의 면모를 잘 보여주었다는 후일담을 들은 이경수 회장이 아들과 통화를 했다는 걸 알고 있는 사람처럼 어머니가 묻자 경수는 마시던 찻잔을 내려놓았다.

"휴식을 취하는 아이에게 미안해서 묻지 못했습니다. 어제도 급박하게 돌아가는 사안을 처리하는 데 한몫했답니다, 어머니. 기발한 아이디어를 냈더군요."

"오호, 그래?"

작은 건설회사로 시작한 이경수 회장 외할아버지의 회사는 경제개발계획과 중동건설과 맞물려 그 몸집이 커졌다. 그것을 발판으로 오늘날의 두진건설이 탄생했다. 지금은 집안의 최고 어른으로 쉬고 계시지만 노마님인 윤소령 역시 아버지의 뒤를 이어 건축대학을 졸업하고 건설업계의 일선에서 삶을 바친, 뼈가 굵은 사람이었다. 진웅이 후계자로서의 면모를 보였다는 것이 흥미로워진 노마님의 눈빛이 빛났다.

"진웅이가요?"

이화 역시 아들의 활약을 알고 싶었는지 목소리가 높아졌다. 두 여인네들이 궁금해하는 모습을 본 이경수 회장의 표정은 근엄했지만 진웅을 향한 자랑스러움이 배어 있었다.

"전국구의 아동센터 설립 건 입찰이 갑자기 앞당겨졌지 뭡니까. 모든 건설회사의 예상과 달라져서 우리 역시 허둥지둥이었습니다. 그때 진웅이가 아동 놀이시설에서 판가름이 날 거라고 예측을 하고, 그에 따른 대안 역시 내놓더군요. 흔한 놀이터 개념이 아니라 아동들의 감성과 상상력을 자극할 만한 것이어야 한다고."

"그래서?"

"섬유 놀이터라는 기발한 아이디어가 나왔습니다."

"섬유 놀이터?"

"네, 어머님."

이경수 회장이 얼른 스마트폰을 꺼내 섬유 놀이터에 대한 이미지를 보여주자 노마님 역시 유심히 들여다보았다.

"참, 좋은 세상인지고."

스마트폰이 있어도 귀찮고 머리가 아파 사용하지 않고 세컨 폰으로 만들어놓은 피처폰을 여전히 더 많이 사용하는 노마님은 또 감탄을 했다. 아무리 경수가 차근차근 스마트폰에 대한 사용법을 가르쳐 드려도 잘 사용하지 않는 어머니였다.

"어머니도 스마트폰 사용하셔요. 계속 쓰셔야 늘어요."

안타까운 이화가 소령에게 과일을 건네며 말했지만 소령은 손을 저었다.

"머리 아파, 저것들 사용하다가는 외려 내가 노망이 들겠어."

"어머님도 참."

"그나저나 올해 안으로 둘째 며늘아기를 봤으면 죽어도 여한이 없지."

"적적하시죠?"

2년 동안 중동에 나가 있던 진웅은 단 한 번도 짬을 내 집에 오지 않았다. 고독에 파묻힐 생각이었는지 가끔 전화통화도 하기 힘들었다. 2년을 잘 참아온 어머니는 진웅이 돌아올 날이 코앞으로 다가오자 어쩐지 더 견디기 힘이 드시고 조바심이 나신 모양이었다.

"아, 어머님. 며칠 전에 진웅이 마땅한 혼처자리가 들어왔어요."

"어디? 어디라니?"

"유 장관이요. 그 딸이 유명한 피아니스트인 유혜리 양인데, 단아하고 곱고 나이도 올해 28살이면 진웅이와도 어울리고. 어떠세요?"

"진웅이에게 먼저 물어봐. 그런데 왜 하필 피아니스트인고."

혀를 차는 소령은 먹던 과일을 내려놓고 거실에서 일어나 천근만근인 몸을 이끌고 방으로 들어가 버렸다. 갑자기 언짢아진 소령을 보니 이화의 기분이 찜찜해졌다.

"피아니스트…… 싫어하셔요?"

"그게…… 피아노 선생 때문에 첫사랑에 실패하셨지. 차이셨어."

"어머."

행여나 어머니의 귀에 들릴까 경수가 들릴 듯 말 듯한 소리로 믿지 못할 말을 하자 이화 역시 입을 막고 웃었다.

"그나저나 피아니스트가 내조를 할 수 있어?"

"그게, 진웅이와 결혼만 성사된다면 당장이라도 그만두겠대요."

"아니, 왜?"

"진웅이 미국 유학 시절에 같은 학교였나 봐요. 그때부터 마음에 둔 모양이에요."

"흠. 당신은 마음에 들고?"

"어머님 말씀대로 어디 내 맘에 들어서 되나요? 진웅이 짝인데. 저가 데리고 살 사람인데. 제 스스로 짝을 찾아오면 좋으련만. 이제 그러기는 쉽지 않죠. 그래도 나는 너무 얼토당토않은 아이만 아니라면 누구든 괜찮아요. 아, 아나운서만 아니면 된다."

이제 지난 일이라 이화의 마지막 말에 부부는 웃을 수 있었다. 그래도 그것은 쓴웃음이었다.

"따가워?"

꽤 오래도록 해변에서 시간을 보냈다. 잠자리에 들 시간이 되자 시큰시큰 모니의 달아오른 피부가 열을 내면서 성질을 부렸다. 진웅이 급한 대로 오이와 알로에를 가져와 모니의 몸을 식혀주었다.

"시원해요. 진웅 씨는 별로 안 탔네."

"나는 조금 구릿빛이었잖아."

"올해는 바닷가에 안 가도 되겠어요. 실컷 놀았네."

"다 스며들었다. 조금 있다가 미온수에 살살 씻어내."

"알았어요."

"좀 쉬고 있어. 나는 서재에 있을게. 급한 기획서 메일이 도착했어. 검토해 보고 결재도 해야 하고."

"그래요. 씻고 좀 누워 있을게요. 피곤해."

진웅이 대답 대신 모니의 눈가에 입을 맞추고 서재로 들어갔다. 진웅의 모습이 사라지자 피곤함에 때꾼함을 흉내 내던 모니의 눈은 말똥해졌다. 무슨 일을 꾸미는 것인지 걸음이 바쁘게 이리저리 종종거렸다. 샤워를 급히 마친 모니는 진향 향수보다는 시원하고 청쾌한 느낌의 샤워코롱으로 몸을 코팅시켰다. 진짜 첫날밤을 준비하는 신부처럼 모니의 마음이 들떠 있었다. 그와 잠이 들 방에 꽃잎을 떼어놓고 은은한 향초까지 밝혀놓고 불을 껐다. 거기다 아케이드에서 구입한 웨딩드레스 같은 순백의 속옷 위에 슬립까지 입었다. 모니는 들키지 않기 위해 시트를 목 끝까지 덮고 잠이 든 척을 했다.

"모니야, 이게 다 뭐야?"

"으응……?"

서재에 들어가고 두 시간 만에 침실로 돌아왔을 땐, 믿을 수 없는 광경이었다. 모니는 그를 기다리다 잠들었는지 모로 누워 있었다. 아슬아슬하게만 보이는 슬립은 모니의 허벅지 위까지 말려 올라가 있었다.

"몇 시죠? 아저씨, 이렇게 늦게 오면 어떡해요? 아이참, 다 망쳤어."

"날 위해서 준비한 거야?"

누워서 고개만 끄덕이는 모니의 위로 진웅이 몸을 겹쳐 왔다. 조금 서늘하게 식은 것 같은 모니의 피부를 확인했다.

"이제 좀 서늘해졌네. 피부가 진정이 됐어."

모니가 자신을 걱정하는 진웅의 얼굴을 아무 말 없이 두 손으로 감싸 안았다.

"이 속옷은 뭐야?"

"어제…… 샀어요. 당신을 위해서."

모니가 그대로 그에게 입을 맞췄다. 그는 자신의 옷을 벗고 다시 모니의 입술을 맛보기 시작했다. 슬립 위로 봉긋한 모니의 가슴을 손에 가득 쥐다가 모니의 드러난 허벅지를 연신 쓰다듬었다. 실크로 된 슬립과 모니의 피부 감촉은 거의 흡사해서 구분이 되지 않을 정도였다. 진웅이 모니의 슬립을 머리 위로 벗겨주고 잠시 감상하던 모니의 속옷도 마침내 침대 아래로 떨어졌다.

"예쁘지만…… 미안하게 됐어. 속옷 따위는 중요하지 않아."

배 위로 얌전히 겹쳐진 모니의 손을 치우고 진웅이 입술로 몸

곳곳을 탐했다. 마침내 쾌락의 근원에 다다른 진웅이 모니의 깊은 곳 위에 입맞춤을 했다. 그녀를 비집고 들어가 수줍게 돋아 있는 열매를 혀를 세워 자극했다.

"하아. 빨리이."

"넌, 너무 쉽게 달아올라."

아직은 그녀 안으로 들어갈 생각이 없는 것인지, 죽도록 참고 있는 것인지 모를 진웅의 인내심.

모니가 참지 못하고 여린 손길로 시트를 꽉 붙잡았다. 숨을 쉴 수 없을 정도로 몸이 나른해져서 녹아 사라질 것만 같은 쾌락은 지속되었다. 아래에서 흥건하게 젖어드는 것이 느껴지는데도 그는 멈추지 않았다. 오히려 흐느끼는 모니의 가슴을 쥐고 살살 달래기까지 했다.

"그만."

모니가 그의 어깨를 치고 다리를 움직이자 그가 멈추었다. 쾌감으로 수축하고 이완하는 그곳을 바라보는 그였다. 마침내 그가 모니의 안으로 들어올 준비를 했다. 몸을 맞추고 모니의 뒷머리를 끌어안았다. 그의 가슴에 모니의 입술이 닿을 정도로 맞붙었다. 그가 서서히 움직임을 냈다. 모니의 안으로 들어와 한참을 가만히 머무른 그는 모니가 적응할 수 있도록 매번 천천히 움직였다. 지금도 마찬가지였다. 모니는 그가 주는 자극을 참지 못하고 처음으로 그와 함께 아래를 움직여 보았다. 저도 놀란 몇 배나 더한 쾌감이 모니를 휘감았다. 아무것도 모르는 모니가 조금씩 움직일수록 그가 더욱 깊이 삼켜졌다.

"모, 모니야. 멈춰. 윽."

이대로는 타버릴 것만 같았다. 모니는 그의 신음성을 듣고 멈출수 없었다. 다리를 들어 그의 허리를 감았다. 도발의 시도에 모니는 그의 눈을 바라볼 수 없어서 눈을 질끈 감았다. 그의 속도가 더빨라졌다. 마침내 그는 모니의 다리를 풀고 자신의 어깨에 모니의다리를 걸었다.

"아…… 아!"

그가 더 깊게 들어왔다. 약간의 통증이 수반되었지만 이내 사라졌다. 그가 깊어진 자세를 감안하여 감미롭게 움직였다.

"윽, 못 참겠어."

"나는, 나는 괜찮아요."

그가 정상을 향해 숨이 차오를 정도로 밀고 들어왔다가 빠져나가기를 반복하자 모니가 눈물을 흘렸다. 마침내 그가 자신을 쏟아냈다. 힘없이 모니 위로 떨어졌다. 처음이었다. 이런 쾌감은. 그녀를 기절 직전까지 밀어붙일 만큼 대단한 해일이 밀려들었다.

"하, 잊지 못할 거야. 오늘 밤을."

진웅이 모니의 눈물을 입술로 닦았다. 그녀가 누운 채로 그의목을 끌어안았다. 이제야 심장이 정상적으로 뛰고 시야가 조금 트였다. 몸을 일으킨 그는 모니의 몸도 일으켜 세워 앉은 자세를 만들었다. 아직은 연결되어 있는 아래였다.

"힘들지 않아?"

"좋아요. 당신과 하나가 된 느낌이."

모니가 슬쩍 아래를 내려다보았다가 놀라 딸꾹질을 시작했다.

아직 그의 중심부를 태연하게 볼 정도는 아니었다. 진웅의 목 울림이 부드럽게 떨려오고 조금은 쉰 듯한 음성으로 모니의 정수리 위에서 숨을 내쉬고 웃었다.

"천천히, 할 수 있는 데까지만 움직여."

그가 모니의 엉덩이를 잡아주었다. 모니가 그의 어깨에 손을 얹고 천천히 움직이기 시작했다. 하늘의 별이 촘촘히 수놓은 그날 밤. 해변의 모래알처럼 딱 붙은 두 사람이 만들어내는 몸의 곡선이 아름다웠다. 이제 서로만 원하기를, 다른 사람은 바라보지 않기를, 진웅이 창을 통해 보이는 별을 바라보며 기도했다.

너뿐이야.

이제.

 chapter 6. 작은 이별

그녀는 떠나고, 그는 남았다.

지난밤은 뜨거웠다. 연인은 그 밤을 하얗게 불태웠다. 두 번의 열락의 시간을 보내고 욕실에서 몸을 씻어내면서 또다시 서로를 가진, 이성이 본능을 넘어설 수 없었던 지난밤을 그는 또렷이 기억했다. 그리고 그녀는…… 마법을 부린 것마냥 사라졌다. 끝을 예상했지만 그래도 서글픈 것이 이별임을 그는 알아버렸다. 가장 아름다운 시간에 떠나 버린 그녀.

"하모니."

그녀의 향기가 아직도 남아서 다시 올 것 같은 기대감을 가지게 만드는 시트를 만지면서 그는 쓴웃음을 삼켰다.

그래서 지난밤에 그리도 그를 받아주었던 것일까. 지독하게도 밀어붙였다. 그녀는 흐느낌을 그대로 토해내면서 그를 받아주었다. 세 번의 사랑. 어쩌면 그녀가 떠나지 못하도록, 조금 더 곁에 머물도록 하고 싶어서, 그녀를 주저앉히기 위해 밀어붙인 것일지도 모른다. 하지만 소용없는 일이었다는 걸 깨달은 그는 곧 후회했다. 임이 떠나는 길이 지난밤으로 인해 더 고달프고 지칠지도 모른다는 미안함에 그는 한동안 자리에서 일어나지 못했다. 그녀가 떠나가는 모습을 사실 그는 고스란히 지켜보았다. 두 눈을 감고서.

"꼭 찾아낼게. 내가 너를."

그때는 우리 사랑만 하자. 나는 이미 마음을 정했어. 이별은…… 너무 아프잖아. 너도, 나도.

저 문을 열고 나가면 모니가 있을 것만 같았다. '아저씨' 하고 웃으면서 재잘거릴 것만 같았다. 어둠이 물러가고 이슬이 맺힐 무렵이었을 것이다. 그녀가 벗은 몸을 일으켜 거뭇하게 턱수염이 올라오는 턱과 아랫입술에 입을 맞추었다. 한참 후에 그녀는 잠든 그의 품을 다시 찾았다. 이미 떠날 준비를 끝내고 옷까지 차려입은 그녀는 그가 지난밤의 열정으로 인해 마치 기절한 것처럼 잠에 빠졌으리라 굳게 믿고 있었던 것 같았다. 떠나는 발걸음이 쉽지 않았는지 그녀는 그의 팔을 벌려놓고 그의 품 안에 한참을 머물렀다. 그 기억을 떠올린 진웅은 그 순간 그녀를 잡지 못한 것을 몹시 후회하는 중이었다. 하지만 그녀를 잡았어도 언젠가 또 그녀는 그의 곁을 떠났을 것이다. 그녀가 품 안에 있으면서 속삭인 말들을 기억한다.

아저씨, 정말 행복했어요. 내 평생에 아저씨 같은 사람을 다시 만날 수는 없을 거예요. 하지만 우리는 이 꿈에서 반드시 깨어나야 해요. 그러기 위해서는 한 사람이 떠나야 해요. 내가, 떠나요. 아저씨, 고마웠어요. 이제는 현실이에요. 각자의 생활로 돌아가는 거예요. 꼭 행복하세요. 좋은…… 사람 만나요. 나 같은 애송이는 잊고, 이곳에서의 우리들의 허니문도 잊어요. 아저씨…… 사랑해요. 지금 이 순간만큼은 정말로 사랑해요.

그녀의 마지막 고백을 받았다. 그것이 그녀를 다시 만나는 날까지 그를 살게 할 달콤하고도 슬픈 고백이었다.

"벌써 네가 보고 싶어."

그가 몸을 일으켜 침대 헤드에 기대었다. 고개를 옆으로 돌려 크게 난 창을 바라보았다. 그녀와 함께 한 해변을 바라보았다.

아마도 넌, 멈춰야 했겠지. 멈출 수밖에 없었겠지. 너를 이해하기로 했어. 사랑하게 됐으니까. 네가 날 보고 싶어 견딜 수 없을 때까지. 내가 없이는 살아갈 수 없다는, 피가 마르고 간절한 그 순간이 될 때까지 나도 너와 같은 마음으로 너를 기다릴 거야. 그렇지 않으면 넌 우리의 사랑을 인정하지 않을 테니까. 애써 외면할 너라는 걸 나는 이미 알아버렸어. 그래서 너를 기다릴 거야. 열매 맺는 일은 꽤나 고달프거든. 모진 비바람과 때때로 살을 태우고도 남을 볕을 몇 번이고 감내해야 열매가 돼.

서로에게 아프지만 나는…… 이 모든 것이 우리에게 필요한 과정이라는 걸 알게 됐어. 모래 위에 지은 성은 파도가 밀려오면 곧 무너져 버린다는 진리를, 지혜로운 너는 그 사실을 염두에 두고 있겠지.

너무나 잘 알아서. 너의 생활이 그랬었잖아. 사랑해서 부부의 연을 맺은 사람들이 매일 싸움을 반복하고, 서로를 사랑한 일을 후회하는 넋두리를 너는 어렸을 적부터 감당했어야만 했지. 그래서 나는, 가여운 너를 위해 기다리기로 했어. 어디에 있는지, 잘 지내고 있다는 신호만 보내줘. 너를 지켜볼 거야. 네가 준비가 되는 그날 나는 너와 발걸음을 맞춘 다음, 비로소 그다음 다시 걷기 시작할 거야. 아니, 그때는 걷고 뛰는 것으로는 부족해서 날아갈 거야. 우리가 떨어져 지낸 시간을 보상받아야 하니까.

그는 무거운 몸을 이끌고 그녀와 행복한 시간을 공유했던 공간을 둘러보았다. 서로를 위한 음식을 만들기도 했던 거실과 그녀를 가졌던 소파를 바라보자 그녀의 기억들이 생생해졌다. 업무에 시달린 그날, 그녀가 기지(機智)를 발휘해 그를 구해주던 일을 기억했다. 서로를 바라보고 웃었던 테이블.

진웅이 모니가 손을 짚고 서 있었던 테이블 어딘가에 손을 짚었다. 순간적으로 알아버렸다. 건축도감과 나란하던 쓰레기 같던 책은 사라졌다. 끝내 지울 수 없던 상처였는데 그녀가 그곳을 극진히 치료해 준 것처럼 아물었다. 그녀는 그의 상처를 가지고 떠나버렸다. 버릴 수 없었던 것을 버리게 해주었다.

"하모니, 너는 알고 있었던 거야?"

아픈 사랑을 했느냐고 물었을 때, 그녀가 눈치를 챘다고 했을 때. 그녀가 알고 있는 것이 이 정도일 줄은 몰랐다. 그저 사랑 때문에 입은 내면의 상처가 어두워진 얼굴에 나타나 있어서 그런 말을 한 것이라 생각했었다. 그녀는 그가 어떤 위치에 있는 사람인가를, 어느 곳으로 가면 그를 만날 수 있는가를, 어떤 사랑을 한 것인지도 모두 알아버렸다.

혼자서 머물러도 완벽했던 이곳은 이제 그녀가 없다는 이유 하나만으로도 진웅에게는 허무한 곳이 되어버렸다. 그도 이제는 이곳을 떠날 준비를 했다. 더 머무르려 했던 일정이지만 그는 마음을 접었다. 마음은 이미 그녀를 따라갔으리라. 그녀에게 마음을 보냈다. 그가 없는 곳에서도 안전하길 바라며, 찾아낼 때까지 무사하길 바라는 마음과 그녀의 옆자리를 그 누구도 차지할 수 없도록 만들기 위해 그는 마음을 그녀에게로 보냈다.

그가 부지런히 짐을 꾸렸다. 2년 만에 한국으로 들어가는 그의 마음은 떠나올 때와는 사뭇 다른 마음이 되어버렸다. 중동에서의 2년조차 비할 수 없는 단단한 마음이, 단 며칠 만에 동화 속에서 마구마구 자라나는 콩나무처럼 자라나 버렸다. 그가 꾸린 마지막 짐에는 그녀가 찍은 그들의 사진이 차지했다. 전문가가 찍은 그럴싸한 사진이 담긴 앨범은 그들이 함께 돌아올 그날을 추억하기 위해 허니문을 보낸 곳에 남겨졌다.

마지막 발을 떼어내기 전 그는 다짐했다. 꼭 이곳에 그녀를 다시 데려오리라. 그녀와 했던 약속들을 지킬 것이다.

❖

그는 끝내 단잠에서 깨어나지 않았다. 모니가 떠날 때까지도. 다행스러우면서도 눈물이 날 것만 같은 그의 마지막 잠든 모습. 그 모습이 뇌리에 깊이 남았다.

한국으로 돌아가기 위한 공항은 한산했다. 한국행 비행기를 타기 위해 공항에 도착하는 날이 되면 기쁠 것이라 믿었다. 할머니 할아버지를 볼 수 있고, 친구들도 볼 수 있고, 또 모니에게는 아픔이 더 많지만 그래도 부모님을 볼 수 있으니까. 하지만 그 예상은 산산이 부서지고 조각났다. 예측 불허한 것이 인간의 삶이라지만 단 며칠 만에 모니의 모든 것은 변해 버렸다. 몸도 마음도 그에게 예속된 사람처럼 벌써 그가 그리웠다.

이곳에서 비행기를 타면 자동적으로 그를 잊어야 함을 모니는 잘 알고 있었다. 결코 그를 욕심내서도 안 되고, 떠올려서도 안 된다는 사실을 모니는 마음속에 깊이 새겼다. 그와의 추억만으로도 괜찮으니까. 영화처럼 만난 그와 영화처럼 멋있게 헤어지면 된다고 자신을 다그쳤었다. 철없게도 지금 이 모든 상황은 영화라고, 연기라고 그녀는 그녀 자신을 달랬다.

"다시는 아저씨 앞에 나타나지 마."

그를 힘들게 했던 여자가 만들어낸 산물. 모니는 그의 집에서 훔치듯이 들고 나온, 보기만 해도 불쾌한 제목을 달고 있는 쓰레기 같은 그 책을 지옥불에 던지는 마음으로 공항 귀퉁이에 설치된 스테인리스 쓰레기통에 직행시켰다. 그녀가 마지막으로 남긴 말은 두 사람 모두에게 해당되었다. 책을 쓴 여자와 단 며칠 동안 그를 가진 모니 자신. 두 사람 모두에게 해당하는 말이었다.

그녀는 뒤를 돌아보지 않았다. 자신이 가야 할 게이트를 향해 갔고, 마침내 이역만리를 떠나게 해줄 기체에 몸을 실었다.

이탈리아의 마지막 하늘을 바라보았다. 어딘가에 아저씨는 아직 남아 있겠지. 아저씨, 내 마지막 당부처럼 행복해야 해요. 나 같은 건 잊어요. 아니, 벌써 잊었을지도 모르죠. 눈앞에 보이지 않으면 나 같은 건 금방 잊을 수 있을 거예요. 그래야만 해요. 그래야 아름다운 거니까.

모니는 기내용 안대를 쓰고 눈을 감았다. 지난밤 숱하게 그에게 안긴 몸의 기억 때문에 고단함이 한꺼번에 모니를 잠식했다. 모니는 깊은 수면을 취했다. 그러면 그를 잊을 수 있을 것이라 생각했다. 하지만 그녀는 몰랐다. 이 순간부터가 시작임을. 그녀가 그를 잊기에는 너무 멀리 와버렸다는 사실을.

그녀의 몸에 그가 새겨놓은 사랑의 열꽃은 쉽게 사그라지는 것이 아니었다. 육안으로 보이는 상처가 아물수록 그녀의 뼛속까지 깊은 열병을 만들어낸다는 것을 몰랐다. 그녀는 처음 하는 사랑의 미숙함 때문에, 경험치 못한 일이었기에 이겨낼 수 있을 거라고 믿었다. 그때는.

"잘 있었냐, 한국? 내가 돌아왔다. 하모니 님이 돌아왔다."

이국의 땅처럼 1년간 떠나 있었던 한국은 새롭게만 느껴졌다. 이탈리아의 햇살과 한국의 햇살은 사뭇 달랐다. 공항에 내려 공기를 들이마신 모니가 목소리에 힘을 주었다.

"잘해보자."

주먹을 굳게 쥔 모니는 의식적으로 진웅의 생각은 하지 않았다. 부모님의 이혼, 그리고 동경했던 선망의 대상이며 모니가 바라보는 미래의 기준점이기도 했던 여자 아나운서의 몰락과 실체를 알게 되면서 실망을 해 이탈리아로 떠날 때가 엊그제라고 생각했는데 1년간 타국에서의 생활은 꽤 긴 것이었다. 1년 만에 첫발을 내디디며 모니는 기운차게 다짐했다.

"여보, 하 교수님. 좀 나와보셔요."

뜻밖의 선물. 초인종 소리에 인터폰으로 모니의 얼굴을 확인한 정수경 여사는 숨이 넘어가도록 남편을 불러댔다. 문을 열어줄 생각조차 못한 채로 애가 타도록 남편을 불렀다.

손녀와 약속을 했다. 한국으로 돌아오면 이곳으로 오라고 신신당부를 했었다. 손녀 역시 그렇게 하겠노라 약속을 해주었고, 대신 마지막으로 이탈리아 곳곳을 여행하고 다음 주 즈음에 입국을 하겠다고 했는데 그녀의 일정이 조금 일찍 막을 내린 게 분명했다. 조모의 입장에서는 그것이 더 반가웠다. 얼른 품 안으로 데려오고 싶었는데 깜찍하게도 모니는 아무런 연락을 취하지 않고 불현듯 나타났다.

"임자, 왜 그래? 어디 불이라도 났어?"

다급하게 부르는 부인의 목소리에 하인호 교수는 서재에서 박사과정 제자들의 논문을 검토하던 것을 멈추고 안경을 고쳐 쓰며

부인이 있는 곳으로 왔다.

"글쎄. 모니, 우리 아가가 돌아왔어요."

"뭐, 뭐야? 참말이야?"

인터폰 화면에서 미소 짓고 있었다. 손으로 V자까지 그리면서 두 사람을 보고 손을 흔드는 품을 보아하니 손녀가 맞았다.

[문 좀 열어줘요. 할마마마, 할바마마. 하모니가 왔어요.]

"에구구. 내 정신 좀 봐."

하 교수가 부인을 대신해 부지런히 손을 움직이자 대문이 열리는 소리가 들렸다. 노부부는 현관문을 열어두고 정원으로 나가 모니를 맞이했다.

"할아부지. 할머니."

양손에 끌고 오던 캐리어는 정원 어딘가에 던져진 지 오래였다. 인터폰으로 조부모에게 신고를 하고 문을 열고 들어올 때만 해도 뭔가 자신이 서프라이즈한 일을 해낸 성취감에 사로잡혀 있었는데, 두 분이 버선발로 자신을 맞아하자 그 얼마나 철없는 생각이었는지 눈물이 다 났다. 모니가 두 분에게로 뛰어들었다. 마치 사람을 찾아주는 TV 프로그램처럼 드라마틱한 지금 상황에 맞게 감동적인 배경음악이 흘러나오는 분위기였다.

"고얀 놈. 제멋대로야. 떠날 때도 돌아올 때도."

제 부모가 아무리 속이 상하게 했어도 자신에게는 말을 했어야 했다. 고작 편지 한 장 달랑 남기고 떠난 손녀딸에게 섭섭한 마음이 컸었다. 그만큼 모니는 하 교수와 정수경 여사에게는 뒤늦게 본 늦둥이 막내딸 같은 존재였다.

모니를 낳은 부모가 그 모양이니 그럴 수밖에 없었다. 손이 귀한 집이었다. 그중에서도 여자아이는 더욱 귀했다. 그래서 하 교수는 아들 원진에게 그랬듯이 손수 업어주기도 하며 사랑으로 키워온 하모니였다. 예고도 없이 떠났었기에 더 보고 싶었던 하모니.

이제나저제나, 앉으나 서나 타국에서 몹쓸 일 당하지 않고 그저 무사히 돌아오게만 해달라고 빌었었다. 날이 갈수록 명예교수로 재직하고 있는 대학교에 출근을 하는 일이 곤혹이었다. 직장의 특성상 주변에는 온통 모니 또래의 아이들이 수두룩한 일터가 하 교수에게 한순간도 손녀딸에 대한 걱정을 그칠 수 없게 만들었다. 오늘에야 하 교수는 두 다리 뻗고 잘 수 있을 것이다. 그것은 부인 정수경 여사도 마찬가지일 터.

"할아버지, 화 푸세요. 네? 저 이렇게 무사히 돌아왔잖아요."

할아버지까지 내치시면 저는 이제 못 살아요.

모니가 하 교수의 품에 안겨 얼굴을 비벼대자 하 교수가 모니를 쓰다듬었다. 잘 돌아왔다고, 와주어서 고맙다는 말 대신 하 교수와 정수경 여사는 오래도록 손녀와의 해후를 만끽했다.

"시장하지?"

짐을 풀고 밀라노에서의 생활을 조부모님께 미주알고주알 이야기하던 모니는 배를 두드렸다. 1년의 시간을 수십 분으로 압축하는 일은 엄청난 에너지 소비를 하게 만드는 일이었다. 정수경 여사는 모니의 상태를 눈치채고 두런두런 이야기를 나누던 안방에서 일어났다. 모니를 위한 요깃거리를 준비하기 위해서였다. 모니도 도울 기세로 일어서자 하 교수는 모니를 자리에 앉혔다. 정수경 여사도 모니에게 도울 것 없다며 손사래를 했다.

"할아버지, 어디 전화하세요?"

이야기를 하다 말고 유선 전화기의 꼬인 선을 풀고 하 교수는 전화기의 숫자 버튼을 눌렀다. 숫자를 더할수록 익숙한 번호였다. 모니의 집. 모니가 하 교수의 팔목을 잡고 애처로운 눈빛으로 고개를 저었다.

"못난 놈."

"천천히요."

아직은 제 부모에 대한 원망과 미움이 가시질 않은 모양이었다. 그것도 아니라면 몰래 떠난 미안함이겠지.

"부모 걱정 끼치는 게 제일 큰 죄야. 알긴 아느냐?"

하 교수가 모니의 코를 두 손가락으로 잡고 흔들자 모니의 입에서는 비명 소리가 나왔다.

"아, 할아버지. 너무해요. 나 이제 돌아왔는데. 혼내시는 건 너무하잖아요."

"어디서 다 큰 처녀가 몰래 짐을 싸서 집을 나가? 그것도 1년씩이나. 하원진과 모현경이 한 십 년은 늙었을 거다. 네놈 때문에. 이제는 싸울 힘도 없을 테지. 그네들도 다 내 자식이다. 내 자식 눈에 눈물 흐르는 거, 나는 못 봐."

모니가 떠나고 그들은 소강상태였다. 오히려 모니가 떠나자 자신들의 결혼생활을 뒤돌아보는 계기가 되었을 것이다. 반대를 위한 반대. 싸움을 위한 싸움을 해왔던 그들이 잃어버렸던 본질을 돌아보게 되었을 것이다.

"할아버지, 모르겠어요. 아직도."

"그럴 게야."

회피.

모니는 지금은 잠시 모든 걸 회피하고 싶었다. 여독을 풀기도 전에 그런 생각을 먼저 할 기운이 모니에게는 남아 있지 않았다.

할아버지의 음성이 부드러워지자 모니가 바짝 들었던 군기를 풀고 양반다리를 한 할아버지의 단단한 무릎에 머리를 괴고 누웠다.

"다 늙어서 기력도 쇠한 할애비 무르팍에 돌덩이를 얹어놓은 놈이 누구인 게야?"

"호랑이 하인호 교수님이 제일 사랑하는 모니요. 하모니."

"잘 돌아왔다, 모니야. 이제는 이 할애비와 할미를 그저 네 부모라고 생각하고 의지하고 살자꾸나. 하원진이 모현경이가 이혼을 하건 말건."

"맞아요. 이혼을 하건 말건."

"여기가 네 집이다."

할아버지가 손수 지으신 신식한옥을 모니는 아꼈다. 어린 시절부터 부모와 사는 집보다는 할아버지의 집을 더 좋아했다. 그래서 자연스럽게 조부모와 더 가깝게 지냈고, 제집에는 가지 않는 밤이 허다했다. 모니로 인해 오랜 도시생활을 청산하고 한적한 교외로 나가려던 하 교수의 계획은 틀어진 지 오래.

"네."

"집 나가면."

"개고생이요."

모니가 눈을 감고서 하 교수가 하는 말에 답을 했다. 하 교수는 오랜 비행으로 인해 곤할 모니를 위해 말을 아꼈다. 모니가 스르 륵 잠들자 베개를 머리에 대어주고 얇은 이불을 배 위로 덮어주었 다.

"딱한 것."

"어…… 떡볶이?"

식탁 위는 진수성찬이었다. 몸에 좋다는 음식부터 지극히 한국 적인 음식들 사이로 눈에 띄는 음식은 궁중 떡볶이. 집에 돌아와 서 행복감과 안도감에 그를 잊은 줄 알았는데 떡볶이를 보자 그날 의 기억이 선명해졌다.

아저씨는 지금 뭘 할까? 내 생각은 할까? 아니야, 나 같은 건 벌 써 잊었을지도 몰라. 아저씨는 사사로운 감정에 휘말리는 사람이 아니야. 큰일을 하는 사람이잖아. 나와는 스케일이 다른. 그러니 까 이제는 생각하지 말자. 하모니 너만 손해야.

"통화할 때마다 제일 먹고 싶은 음식이 떡볶이라더니 왜 손을 못 대?"

할머니가 떡볶이 접시를 모니 앞으로 바짝 당겨주자 모니가 고 개를 떨궜다.

"너무 감격스러워서."

"별난 놈."

모니를 별스럽게 바라보던 할아버지도 말랑한 떡을 하나 집어 모니의 앞 접시에 놓아주었다.

"너무 맛있어, 할머니."

"밥상머리에서 울지 마."

할아버지의 심기 불편한 잔소리마저도 사실은 잘 들리지 않았다.

"네."

왜 눈물은 흐르는 걸까?

모니가 급히 눈물을 훔쳤다.

❖

"고생 많았다. 생각보다 일찍 돌아왔구나."

집에 돌아와 우선 피곤한 몸을 뉘었다. 진웅의 방은 2년 전 그대로였다. 무엇 하나 변한 것 없었고, 매일 청소를 한 것처럼 깔끔하게 정리가 되어 있었다. 그 방에서 무작정 잠들었다. 진웅이 돌아오는 날을 알지 못했던 식구들은 다들 외출을 한 모양이었다. 집에는 여전히 집안일을 봐주는 아주머니가 먼저 그를 반겼다.

진웅은 식구들이 돌아올 때까지 한참이나 잠에 빠져 있었다. 아버지가 오신 늦은 저녁에야 겨우 일어났다. 윤소령 여사도 진웅을 부러 깨우지 않았다. 당장이라도 보고 싶은 마음이 굴뚝같았다마는 곤히 잠든 손자의 얼굴만 봐도 좋았다. 돌아온 것이 실감이 났다.

"고생은요. 아무래도 이쪽 일이 급해서 일찍 돌아왔습니다."

이경수 회장이 흡족한 얼굴을 했다. 진웅은 2년 전보다 더 강해졌다. 기업을 책임질 줄 알았고, 제 임무가 무엇인지를 확실히 자각하고 돌아온 모습이 역력했다.

"진웅아, 할미가 조바심이 나서……."

"네, 할머니. 말씀하세요."

"올해가 가기 전에는 꼭 결혼을 하거라. 이 할미는 둘째 며늘아기가 보고 싶어."

"그래, 진웅아. 안 그래도 적당한 혼처를 물색 중이야. 혹, 유혜리…… 라고 피아니스트, 아니?"

진웅의 표정을 보니 금시초문이었다. 이화는 아들에게 밀어붙일 작정인지 유혜리라는 이름을 꺼냈다.

"유혜리?"

"미국에서 같은 학교에 다녔다던데. 널 안다더구나. 한국인 유학생 모임에서도 종종 네 얼굴을 봤다고 하던데?"

아, 그 유학생 모임? 시답잖은 모임이었다. 아무짝에도 쓸모없는.

금수저를 물고 태어났다는 유학생들은 다 모였다. 부모 잘 만난 줄은 모르고 지들 세상인 양 한국에서 하던 몹쓸 버릇을 버리지 못한 잡종들은 다 모여들었었다. 열심히 공부하고 도전하는 평범한 집안의 유학생들을 제 발밑에 두고 실컷 씹어대던 그 모임. 그

싸구려 모임의 정체를 알지 못하고 발을 들였다가 단 하루 만에 질려 버렸다. 그런 모임을 아직도 자랑스럽게 말하고 다니는 유혜리라는 여자는 굳이 확인하지 않아도 어떤 여자인지를 쉬 짐작할 수 있었다. 그때의 기억으로 언뜻 진웅의 입가에는 어른들이 모를 조소가 스치고 지나갔다.

"올해 안으로 결혼, 하겠습니다."

여섯 쌍의 눈이 하나같이 같은 곳을 바라보았다. 적당히 튕긴다든지 버틸 줄 알았던 진웅이었는데 의외의 대답이었다.

"제가 원하는 사람과 결혼하겠습니다."

새벽녘부터 으스스 한기가 들던 몸이었다. 오늘부터는 아침에 할아버지와 아침운동을 함께 다니기로 했는데 눈을 뜰 수 없을 만큼 빡빡했다. 눈뿐만이 아니라 온몸이 쑤셔대고 기운이 없었다. 목구멍은 타들어가는 것처럼 아파왔다. 급기야는 식은땀까지 흘리고 정신을 잃었다. 아래층에서 할아버지가 소리를 지르는 것이 들렸지만 아프다는 말 한마디를 못했다. 얼마 후, 쿵쿵거리며 누군가가 계단을 오르는 소리가 들려왔다.

"이 녀석이……."

늦잠을 자느라 약속을 잊은 것이냐며 몇 번의 노크 후 문을 열었지만 손녀는 그야말로 시름시름 앓고 있었다.

"모니야. 이 녀석아."

"할아버지……."

겨우 실처럼 가느다랗게 뜬 눈으로 모니는 뺨을 두드리는 사람의 얼굴을 확인했다.

"임자, 얼른 박 박사 불러요. 어서."

"왜 그러세요? 어디 안 좋아요?"

남편을 찾아 위층으로 온 정수경 여사 역시 모니의 상태를 보고 눈이 커다래졌다.

"얘, 모니야. 이게 무슨 일이야."

"아직 여독이 풀리지 않았어. 걱정 말게나. 좀 심한 몸살이니."

하 교수의 오랜 친우 박 박사가 이른 아침부터 전화를 받고 달려왔다. 지척에 살고 있어서 시간의 지체함이 없었다. 박 박사가 모니의 몸속으로 들어가는 주사 수액을 조절하면서 부부를 안심시켰다.

"이 주사 맞고 곤히 자고 일어나면 아마 개운해질 걸세. 꽤 고단했나 봐. 외로웠을 테지. 아무도 없는 곳에서 용을 쓰고 살지 않았겠어? 누구 손녀딸인데. 암, 그랬겠지."

모니의 사연을 알고 있는 박 박사 역시 잠든 모니를 측은하게 바라보았다. 그래도 노부부는 마음이 아파 한마디도 하지 못했다.

"모니는 말이야. 얼른 제 짝을 지어주는 것도 방법인 것 같아. 이른 나이기는 해도."

박 박사가 하 교수의 어깨를 툭툭 쳤다. 이만 손녀딸의 방에서

나가자는 의미였다.

"정말 괜찮아지겠는가? 따로 병원에 가지 않아도 되겠지? 자네만 믿어."

"푹 자고 일어나면 저 좋아하는 찜질방에나 데려가서 몸 좀 지지게 하는 것도 방법이지."

"고맙네."

"이른 아침부터 부산스럽게 해드려서 어떡합니까, 박 박사님?"

"아침이나 얻어먹고 갈까 합니다."

"네, 네. 그러세요."

"마누라가 늦바람이 나서 제주도로 날랐지 뭡니까."

"네. 식사 꼭 하고 가세요. 준비하겠습니다."

세 사람이 모니의 방을 빠져나가면서 미약한 목소리가 들려왔다.

'보고 싶어. 보고 싶어.'

하지만 너무나 작은 목소리였기에 아무도 듣지 못했다.

"이제야 정신이 들어?"

정수경 여사가 미음을 끓여 모니의 방으로 가져왔다. 이제야 정신을 차린 손녀딸의 얼굴은 조금 파리한 구석이 있었다.

"응. 할머니. 걱정시켰지?"

"말이라고."

"죄송해요."

"아니야. 우리는 괜찮아. 저녁에 찜질방 갈까?"

어제저녁 잠들기 전, 샤워를 하면서 확인했다. 온몸에 그가 남긴 붉은 꽃들이 옅어져 갔다. 온통 보랏빛 몸이었다.

"아니, 안 갈래. 할머니, 다음에 가요."

정수경 여사는 모니가 미음 그릇을 다 비우는 것을 확인한 후에 모니를 다시 침대에 뉘어주고 조용히 방을 빠져나갔다.

방에 달린 문과 반대 방향의 벽으로 돌아누운 모니는 정수경 여사가 여며준 이불을 머리끝까지 올렸다. 모니의 얼굴이 뜨끈한 눈물로 적셔지고 있었다.

"아프면 엄마 생각이 나야 하는데 왜 그 사람이 먼저 생각나는 거야."

당신은 지금 어디에 있나요? 혹시 나처럼 아픈 건 아니겠죠? 당신이 아픈 건 싫은데 당신도 나처럼 아팠으면 좋겠어요. 나, 정말 이기적이죠? 그래도 어쩔 수 없어요. 내가 지금 당신을 그리워하는 만큼 당신도 아파줘요. 그래야 공평하잖아요. 내 처음을 다 가진 당신이니까.

누군가를 향한 내 첫 마음도, 키스도, 몸도. 다 가져가 버린 당신이니까.

다시 만나기를 바랄 수도, 다시는 만나지 못하기를 바랄 수도 없는 나는 어떻게 하면 좋을까요?

그냥…… 당신이 내게로 오면 안 되나요? 그럼 모른 척, 져주는 척, 당신을 사랑할 텐데.

몸과 마음의 아픔으로 인해 지친 모니는 잠드는 일 외에는 할 수 있는 일이 없었다.

그날 꿈에 정말로 그가 와주었다. 단지 그녀가 기억하지 못할 뿐이었지만 다정하게 다가와서 안아주었다. 너에게 가고 있노라고, 달아나지만 말아달라고 그가 그날 밤 약속을 했다.

chapter 7. 뜨거운 여름은 그렇게 지나갔다

여름의 초입에 시작된 사랑은 짧았지만 뜨거웠다. 모니는 그 기억으로 인해 여름 내내 골골했다. 유난히도 여름을 좋아하고, 여름의 바다를 좋아하던 아이가 올해는 바다마저 건너뛰었다. 모니의 뜻에 따라 여름휴가도 조용하고 고즈넉한 곳에서 조용히 휴식을 취하고 돌아온 것이 다였다. 나이가 들수록 번잡하고 수선스러운 것이 싫었던 노부부 입장에서야 좋은 휴가였지만 젊디젊은 아이가 자연을 보면서 마음을 비우겠다는 말을 들은 조부모는 차라리 모니를 억지로라도 끌고 물 반, 사람 반인 바닷가로 갔어야 하는 것이었다고 두고두고 후회를 했다. 모니가 침울해하는 이유를 그저 유달리 더운 여름 날씨와 제 부모에 대한 생각 때문이라고 의심 없이 믿는 눈치였다. 타국에서 무슨 일이 있었는지는 모르겠

지만 어딘가 모르게 모니는 성숙해져 갔다. 그것이 더 노부부의
마음을 아프게 했다.

"비가 오네. 가을이 오려나 봐."

잠에서 깨어 일어나 보니 아무도 없었다. 두 분 모두 외출을 한
모양인지 조명들도 꺼져 있었다. 식탁 위에는 모니를 위한 아침
식사가 차려져 있었다. 모니가 좋아하는 치즈케이크 몇 조각도 케
이크 돔 안에 보관되어 있었다. 음식들을 보고 식탁으로 다가가는
모니의 발걸음을 잡은 것은 여름의 끝을 알리는 비였다. 모니가
커다란 창문으로 다가가 창문을 열었다. 손끝부터 적셔주는 빗물
을 받았다.

이 계절이 지나가면 그를 잊을 수 있기를 바랐다. 새롭게 다가
올 계절이 반가워 모니의 얼굴에는 미소가 걸렸다. 모니가 창문을
닫고 소파에 앉았다. 두 다리를 가슴 앞으로 모아 몸을 동그랗게
말았다. 예전보다 조금 마른 듯, 몸은 한없이 작아 보였다.

"아저씨. 보고 싶어."

처음 알았다. 마음이란 놈은 의지라는 놈과 따로 논다는 사실
을. 모니의 의지와는 달리 마음은 여름 내내 그를 간직하고 싶어
했다. 몇 번이나 그를 꿈에다 불러놓았다. 그렇게 마음이란 놈은
모니에게 끊임없이 희망의 고문을 가했다. 한 번만 더 그의 품 안
에 안길라 치면 어김없이 모니를 깨웠다. 그는 하얀 연기처럼 사
라지고 없었다. 밤새 울기만 한 밤도 있었다. 아케이드에 혼자서
쇼핑을 하러 갔을 때 그가 찍어준 번호를 지워 버린 것이 후회스
러워서 울면서 밤을 지새웠다.

차라리 그가 자신을 그저 하룻밤을 보낼 파트너로 대했다면 아무런 미련은 없었겠지. 그는 진심으로 그녀를 사랑해 주었다. 그를 떠난 순간에 그 사실을 인정했다. 그리고 자신 역시 그에게 안기는 순간부터, 그를 사랑했음을 뒤늦게 알아버렸다.

"이젠 잊어야 해, 하모니. 안 그럼 네 생활은 뒤죽박죽이 될 거야."

울었던 얼굴을 닦았다. 두 발을 땅에 내렸다.

"먹고 힘내자. 하모니 넌, 뭐든지 다 잘할 수 있어. 그 사람 잊는 일도 이제 할 수 있어."

모니가 음식을 덮어둔 밥상보를 걷고 늦은 아침 식사를 하기 시작했다. 모니가 머릿속에서 오늘의 할 일들을 줄 세웠다. 이렇게 하다 보면, 삶에 집중하다 보면 그는 어느새 기억 저편에 묻어둔 추억이 될 날이 온다고, 마음보다는 의지를 앞세웠다. 의지로 마음을 억눌렀다.

"여보세요."

[야, 너 이번 학기도 휴학한다면서?]

모니의 단짝 지원이도 모니의 긴 휴학 소식을 듣자마자 전화를 걸었을 터. 지원의 목소리는 걱정스러움이 묻어났다. 이번 학기를 끝으로 졸업을 하게 되는 지원은 자신의 마지막 학기인데다 학교에서는 더 이상 모니를 볼 수 없다는 사실이 아쉬웠을 것이다.

"어떻게 알았어?"

[졸업사정 때문에 학과 사무실 갔어. 조교 선생님이 그러시

더라.]

"응. 그렇게 됐어. 원주 방송국에 인턴자리가 났던데 한 학기 동안 도전해 보려고."

[그래? 무슨 일 있는 건 아니지?]

"없어. 아무 일도. 이 언니 스펙 좀 쌓아보려고 그런 거니까 걱정 마. 곧 학교에 갈 거야. 휴학계도 처리해야 하고, 지도 교수님과 상담도 해야 하고……. 아 참, 그때 학교에서 만나. 네가 부탁한 가방. 고이 모셔놓았으니까."

[알았어. 그때 봐, 끊어.]

빗방울을 바라보았다. 집무실의 블라인드를 걷었다. 방울방울 창에 달라붙어 맺히는 빗방울이 가을 소식을 전해주었다. 계절도 알아서 소식을 전하는데 대체 그녀는 어디로 숨어버린 것일까? 참, 그녀에 대해 아는 것이 없었다. 이름과 나이. 그리고 아픈 사연. 손가락으로 꼽을 수 있을 만큼 적었다.

진웅이 한 손에는 머그컵을, 나머지 한 손으로 허리를 짚고 서서 가을비를 바라본다. 짙은 갈색의 액체를 한 모금 들이마시자 씁쓸함이 목을 타고 넘어갔다.

너 역시 어딘가에서 이 비를 바라보고 있겠지. 같은 하늘 아래 사는 게 맞을까 의심이 들 정도로 너를 찾는 일이 힘들고 괴로워. 고작 두 달이 지났지만 이제 견딜 수 없을 것 같아. 자신만만했던 너를 찾는 일인데. 조바심이 생겨. 누가 널 채가면 어쩌지? 보고 싶다, 하모니. 네가 보고 싶어서 미칠 지경이야. 그리워서 눈이 짓무른다는 말을 너 때문에 실감하고 있어.

한강대학교 정치언론홍보학과 하. 모. 니.

한국에 들어와 하모니에 대해서 알아갔다. 어쩔 수 없이 인맥도 동원했다. 워낙 드문 이름이라 그녀를 찾는 일은 꽤나 수월했다. 무작정 학교엘 찾아갔다. 한 학기 더 휴학신청을 했다는 얘기에 이유도 알지 못하면서 심장이 덜컥 내려앉았다. 한국에 들어와서 또 안 좋은 일이 생긴 건 아닐까? 그녀의 집안 사정을 대충 알고 있는 그로서는 온갖 추측이 가능했다.

어렵게 얻은 주소를 받아 매일 밤 그녀의 집 앞을 서성였다. 잠복근무를 하는 형사처럼 집 근처에 차를 세우고 지켜봤지만 그녀는 없었다. 그녀의 그림자조차도 나타나지 않았다.

"어디에 있니?"

이국의 땅 그 넓은 곳에서는 우연히도 몇 번이고 마주치더니 정작 이 좁은 땅덩어리 대한민국에서는 왜 마주치지 않는 것일까?

숨소리라도 들려줄래? 내가 널 찾을 수 있게.

우연히 몇 번이고 마주치는 건 영화에서나 가능한 일이었다. 진웅은 교만하게도, 어리석게도 그들의 강한 운명을 믿고 있었다. 더듬고 더듬어 그녀를 찾는 일이 가능하리라 믿었지만 이제는 사람을 동원해서라도 그녀를 찾아야 하는지를 고민했다.

새로운 가을이 오면 너를 만날 수 있겠지, 모니야. 내 사랑. 너를 만지고, 너를 안고 싶다. 너만 사랑하고 싶다.

진웅이 서랍에서 잠들어 있는 사진을 꺼내 들었다. 둘만의 웨딩 사진. 모니는 그 사진 안에서 그를 바라보며 환하게 웃고 있었다.

무너져 내릴 것 같은 기분에 진웅이 마음을 추스르기 위해 휴대 전화를 들었다. 몇 번의 신호음이 들리고, 세상의 모든 행복을 가진 남자가 밝은 목소리로 전화를 받았다.

[진웅?]

"형."

[더위 먹었어? 한국 엄청 덥다면서?]

진웅의 처진 목소리를 확인한 이든은 심상찮은 진웅의 상태를 수화기상으로 알아챘다.

"더웠지, 아주. 지금 가을비가 내리고 있어."

[그래? 목소리가 안 좋아.]

형의 말에 그저 '핏' 웃어버렸다. 피는 물보다 진하다더니.

"형, 뭐 하고 있었던 거야?"

[솔길과 영화 보고 있지. 집에서.]

통화는 엉켜 버렸다. 형이 형수에게 '솔길, 누워서 팝콘 먹으면 큰일 나' 하고 사랑이 가득 담긴 충고를 하자 형수는 '알았어요, 이든 씨. 이든 씨 무릎베개가 너무 좋아서 일어나기 싫어' 하고 투정하듯 말했다.

"서러워서 살겠나."

[무슨 일이야, 진웅? 설마, 그 소녀 같은 여자 때문이야?]

무심코 내뱉은 형의 말이었다. 하지만 너무도 정확하게 짚어내는 통에 진웅은 아무런 말을 하지 못했다. 침묵이 이어졌다.

[진웅?]

"그 여자를 찾고 있어. 이탈리아에서 우리는 사랑했어. 고작 며칠이었지만."

[그게 정말이야?]

"그녀를…… 다시 만날 수 있을까?"

[물론. 서로가 간절히 바란다면.]

"단 한 번이라도 꿈에 나타나면 좋겠어. 매일 밤 자각몽이라도 꾸고 싶어서 자기 전에는 꼭 그녀 생각을 해. 하지만 단 한 번도 나타나 주지 않아."

[흠……. 진웅, 널 믿고 그녀를 믿어봐.]

점심 약속이 있었다. 비가 오고, 그녀 생각으로 마음도 가라앉았다. 대충 회사식당에서 때우고 싶었지만 상대는 어머니였다. 약속 장소로 가기 위해 차에 오른 후부터 신호가 멈추면 차 창밖을 바라보았다. 그러다 신호가 바뀌어 뒤차가 클랙슨을 울리는 일은 이제 예삿일이 되어버렸다. 그녀를 찾기 위한 습관이었다. 오늘도 어김없이 뒤차는 귀에 따가운 소리를 냈다.

"어머니?"

약속 장소에 다다르고 주차장에 차를 세우자 그의 휴대전화가 진동을 했다. 비가 와서 차가 좀 밀리는 경향이 있었다. 그래도 도착시간에 딱 맞춰왔는데 어머니는 빗길 운전을 하는 아들이 걱정이었던 모양이다.

[진웅아.]

"네, 말씀하세요. 아직 도착 못하셨구나."

[그런 게 아니라······.]

곤란해하셨다. 어떤 상황인지 대충 짐작이 갔다. 드라마는 원래 잘 보지 않지만 그런 비슷한 냄새가 났다. 당사자 모르게 마련된 자리. 원치 않는 만남.

"설마, 전에 말씀하셨던 그 여자인가요?"

[진웅아, 혜리 양이 자리를 마련해 달라고 사정을 하잖니. 내게 직접 전화를 할 줄은 나도 몰랐다. 그런데 어떻게 내가 내칠 수가 있겠니? 일단은 한 번 만나봐.]

멀리서도 여자를 알아봤다. 시계를 바라보며 초조해하는 게 멀리서도 느껴졌다. 긴 생머리에 전형적인 미인상의 여자는 은근히 고집스럽게 보였다. 미국에서 같은 학교에 다녔다고 들었다. 그녀가 자신을 알고 있다면 진웅 역시 그녀가 어느 정도 낯설지는 않아야 하는데 일면식도 없었다. 진웅이 한발 한발 다가가자 어쩔 줄을 몰라 하는 게 역력했다.

"유혜리 씨?"

"선, 선배님."

선배?

진웅의 눈썹이 잠시 비뚤어졌다가 곧 제자리를 찾아갔다. 조금이라도 그와의 거리를, 관계를 좁혀보고 싶은 마음이 그를 부르는 호칭으로 여실히 드러났다. 불편하고 벗어나고 싶었지만 여자에게 확실히 선을 긋기 위해 진웅이 일단은 자리에 앉았다.

"우리가 아는 사인가요?"

"제가 두 살 아래예요. 학년은 한 학년 아래였어요."

"그래요? 그건 아무래도 상관없고."

"왜…… 모임은 나오지 않으셨어요?"

"무슨……. 아, 그 역겨운 모임 말씀하시는 겁니까? 졸부에 온갖 잡쓰레기가 모인? 아직도 유혜리 씨는 그 모임의 멤버였다는 게 자랑스러우신가 봅니다."

"선배를 볼 수 있다면 어떤 모임이든 상관없었어요. 선배가 오길 기다렸으니까. 이제는 제게 기회를 줘요. 오래도록 선배를 지켜봤어요."

"내가 오길 기다렸다?"

진웅의 뇌까리는 말에 여자가 가느다랗게 고개를 끄덕였다.

"나는 지혜로운 여자가 좋습니다."

"그럼, 저는 지혜롭지 않다는 말이세요?"

"적어도 지혜로운 여자 같으면 우리 어머니께 직접 전화해 이런 불편하고도 불쾌한 자리를 만들지는 않았겠지요. 아니다, 근본적으로 말도 안 되는 그 모임에서 날 보기를 원했다는 생각 자체가……. 어쨌든 그쪽과 나는 어울리지 않습니다."

"어차피 선배는 집안에서 지어주는 짝과 결혼을 해야 하는 거잖아요."

"왜 그래야 하죠? 나는 그렇게 생각하지 않습니다."

"오정은 아나운서와 그렇게 되고도 그런 말이 나오나요?"

무반응에 무감정적인 태도로 목소리에 높낮이의 변화조차 없는 그를 어떤 방법으로든 움직이게 하고 싶었던 여자는 진웅의 민감한 부위를, 하지만 이제는 옅어져서 보이지 않는 그 상처를 건드렸다.

"당신 참 구제불능이군. 날 계속 바라봤다는 여자치고는 너무 하는군. 그래서 내가 쉽게 보였나? 그 정도 일로 내 값이 떨어져서 당신과 잘될 거라는, 확률을 높이는 게임을 하고 싶다면, 너무 바보 같아 당신은. 다이아몬드가 땅에 떨어졌다고, 흠집이 조금 났다고 금으로 변하는 건 아니거든. 잘 들어. 당신도 마찬가지야, 그 아나운서와. 이유는 간단해. 당신 집안이 차지한 명예에 걸맞는 화려한 왕관이 당신에게 필요하겠지. 허울 좋은 결혼. 그게 당신이 바라는 최종 목표겠지. 안 그래?"

"나는 성공한 피아니스트죠. 능력 있는 여자가 그 정도 바라는 건 당연한 거 아닌가요? 그리고 선배 말대로 우리 집이 차지한 명예 정도면 허울 좋은 결혼, 욕심내도 괜찮다고 생각하는데요."

"연습은 하지 않는 피아니스트가 얼마나 오래도록 성공을 유지하는지를 지켜봐야겠군요. 손톱, 너무 길다고 생각하지 않나? 그것보다 너무 화려하군."

검붉어 보이는 다즐링이 찰랑이는 투명한 찻잔을 든 여자의 손이 안으로 굽어 들어갔다. 이제 와 숨겨보려 했지만 치부 아닌 치부는 쉽게 감추어지지 않았다. 그의 앞에서는.

"나는, 이미 숨겨진 다이아몬드를 찾았습니다. 잘 다듬으면 나와 같은 모양이 될 그 다이아몬드를. 더 이상 이런 일로 시간 낭비를 하고 싶지는 않습니다. 내 다이아몬드를 아름답고 정교하게 다듬기도 부족한 시간이라서. 세계 최고의 피아니스트가 되길 바랍니다. 국내는 너무 좁거든요."

그는 그 옛날과 마찬가지로 변함이 없었다. 언제나 여자에게는 이질적인 존재. 어설픈 성공을 거두었어도 그를 가지기에는 힘에 부쳤다. 또다시 병적인 안타까움과 알 수 없는 집착이 여자를 둘러싸려 했다. 가지고 싶은 남자. 그렇지만 가질 수 없는 남자. 모두가 그녀를 떠받들어 주지만 그에게만은 예외일 수밖에 없는 현실. 그렇기에 더 가지고 싶은 욕망은 끝이 없었다.

휴학계를 처리하고 지도 교수님과 간단한 상담을 하고 여러 곳에 도장을 받으러 다니는 절차를 밟자 또 한 번의 휴학은 승인이 났다. 그리고 곧 통보의 전화가 들어왔다. 지방 방송국 인턴 합격의 소식이. 모니가 발을 바삐 움직여 주민등록상의 주소지에 도착해 초인종을 눌렀다.

"하모니!"

"엄마?"

제집이면서 제집 같지 않았다. 열쇠를 가지고 있음에도 초인종을 눌렀다. 1년여 넘게 떨어져 있던 집이었다. 아무도 없는 집이 아니길 바라면서 기다리자 현경의 목소리가 들렸다.

"모니야, 돌아왔구나."

1년 만에 나타난 딸이 반가워 다가가 안으려 했지만 매몰차지는 않았지만 그녀의 품을 거부했다. 사춘기 시절에 부모의 사이에서 힘들었을 시간에도 하지 않던 반항을 지금에서야 해 보이는 딸이 엄마는 오히려 다행스러웠다. 지금 이렇게 하지 않으면 훗날제 짝에게 모든 것을 풀어버릴까 봐 매번 걱정을 했었다.

"아빠는?"

모니가 원진을 찾았다. 원진은 집에 없는 듯했다.

"설마…… 별거 중?"

현경이 어처구니가 없어 입을 벙긋하는데 다시 초인종 소리가 들려왔다.

"누가 왔, 하모니?"

"아빠?"

"하모니. 너!"

단단히 화가 난 모양이었다. 언성을 높이다 말았다. 따지고 보면 딸이 집을 나간 이유는 다 자신들 때문이었다.

모니가 한마디 상의도 없이 훌쩍 이탈리아로 떠나고 부부는 둘만 남았다. 그나마 훈기가 있던 집은 모니가 사라지고부터는 냉랭해졌다. 그때부터였을 것이다. 오히려 냉한 전선이 부부가 갈등한 이유를, 그 본질을 정확하게 직면하게 해주었다. 그리고 모니가 태어나기 전의 그 시절을 회상해 보는 계기가 되었다. 모니의 부재로 인해 부부는 더 이상 말도 안 되는 유치한 이유로 싸우는 일을 중지했다. 이십여 년이 넘도록 서로에게 준 상처로 인해 처음 만났을 때만큼의 애정이라기에는 미약했지만 회복되고 있었다.

"하원진 님. 모현경 님. 두 분 이리로 좀 앉아봐요."

부부는 모니의 명령 아닌 명령에 순순히 응했다. 일언반구하지 못했다.

"이혼, 해요. 나는 괜찮아. 그게 두 분 서로에게 좋을 것 같아."

"뭐?"

두 사람의 입에서 동시에 튀어나와 버린 말이었다. 1년 만에 나타난 딸은 자신의 근황을 보고하는 게 아니라 저를 보호해 주는 보호자들의 이혼을 허락했다.

"부모님이 이혼한 걸 내 흠으로 보는 집안으로 나도 시집갈 생각은 없어. 그러니까 내 걱정은 마. 나는 하모니야. 누가 뭐래도, 어디 가서도 사랑받는 짓만 하는 하.모.니."

딸의 한계를 모르는 자신감에 부부는 고개를 저었다.

"하모니, 지나치다."

현경이 검지를 뻗어 모니의 이마를 밀었다. 기분이 나빠진 모니의 눈이 하늘로 치켜올라 갔다.

"어른들 일에 내가 감 놔라 배 놔라 할 건 아니지만, 나도 둘 사이에서 당할 만큼 당했거든!"

"어이구. 딸내미. 네가 부부를 알아?"

이럴 땐 한마음이지. 둘에서 모니를 가운데 두고 눈짓을 주고받는 게 예사롭지 않았다. 번개를 맞은 것처럼 스치고 지나가는 것은 진웅과 벌거벗고 사랑을 나누는 장면이었다.

부부?

모니가 아찔한 듯 고개를 빠르게 흔들었다.

"무슨 상상을 하는 거야?"

현경은 모니가 무슨 상상을 하는지 짐작했다. 딸은 꽤나 깜찍했다. 거기다 별종.

"아, 아무것도."

"귀찮아. 이혼하는 것도, 절차도 귀찮고, '나 이혼했네' 하면서 주위에다 일일이 신고하는 것도 골치 아프고."

"아빠, 그게 귀찮아서 매일을 원수처럼 으르렁거리며 싸우고 싶어?"

"거기다, 새로운 섹스 파트너 구하는 것도 성가셔."

모니가 부끄러움에 두 손으로 얼굴을 가려 버렸다. 하는 일 자체가 뮤지컬이라는 종합 예술 분야에서 활약하는 두 사람인만큼 그들 세대의 사람들보다 외모며 생각이 지나치게 젊었다. 쿨해도 너무 쿨한 두 사람. 오늘 할아버지와 함께 집을 찾지 않은 것이 두 사람에게는 행운, 아니, 목숨을 건지는 일이었다.

"너무해. 둘 다 내가 없는 셈쳐. 나는 두 사람 때문에 얼마나 마음고생이 심했는지 알기나 해? 제발 철 좀 들어. 나는 이제 할아버지 할머니 딸 할 거야. 둘이서 지지고 볶든, 맘껏 섹스를 해서 늦둥이가 생기든 나는 이제 상관 안 해. 퉤."

"하모니, 또 어디 가? 우리 말은 듣고 가야지! 이게 다가 아니야. 돌아와!"

"내가 없으니까 아주 사이가 좋아졌더라고요."

"사이가 좋아져서 네 녀석은 심통이 난 게야?"

아침에 다 읽지 못한 신문을 퇴근 후에야 한가롭게 읽고 있던 하 교수는 안경 아래로 눈을 내려 모니를 바라보았다.

"그래서, 이혼은 안 한다니?"

차마 귀찮아서 이혼을 안 하겠다는 말은 전하지 못했다. 노발대발하실 할아버지와 마음 아파하실 할머니의 모습은 원치 않았다. 할머니의 물음에 모니가 적당히 얼버무렸다.

"둘만 있어보니 서로에 대해 다시 본 것이겠지. 할아버지, 할머니."

"왜?"

"저…… 복학 미뤘어요. 원주 갈 거예요. 방송국 인턴으로 뽑혔거든요."

"방송국 들어가려고? 아나운선가 뭐 그거 하려고?"

"아니, 할머니. 아직은 그 정도까진 아니지."

"언제는 대변인 한다면서?"

원진과 현경에 대한 이야기를 할 때도 놓지 않던 신문인데 하 교수는 모니의 방송국 인턴 소식에 보던 신문을 접고 모니를 향해 물었다.

"이것저것 경험도 해보고, 바쁘게, 치열하게, 헝그리 정신으로 한번쯤은 살아보고 싶어서요. 그럼 쓸데없는 생각도 안 할 테고. 할아버지, 할머니. 허락해 주세요. 네?"

쓸데없는 생각이라는 말이 하 교수 마음에 걸렸다. 필시 손녀에게 변화가 일어났다. 이탈리아에서 어떤 사건이 있었던 게 분명해 보였지만 묻지 않았다. 어쨌든 새로운 경험을 해보려는 시도 자체가 모니의 정신 건강에 이상이 없다는 걸 증명했다. 여름 내내 더위 먹은 병든 닭처럼 하던 모습이 점점 사라진 이유가 방송국 인턴 합격 때문이라면 하 교수는 더 이상 말릴 생각이 없었다.

"좋다."

"하 교수님!"

믿었던 사람에게 배신이라도 당한 양 정수경 여사가 하 교수를 쏘아보았다.

"할머니, 나는 잘할 수 있어. 걱정 마요. 네?"

하 교수와 정수경 여사는 원주에서 모니가 살 집을 구하는 것부터 살림살이까지 신경을 썼다. 특히 오피스텔의 보안은 경비원에게 몇 번이고 확인을 했다. 무슨 신접살림을 차리는 것도 아니고 최상의 좋은 것들로만 구해주시려 해 난감하긴 했지만 받아들였다. 고작 3개월여의 생활이지만 그렇게 해서 두 사람의 마음이 놓인다면 모니로서는 기쁜 일이었다. 원주에 얻은 오피스텔은 이제 모니의 몸만 들어가면 완벽했다.

"어디 나가는 거야?"

다음 주면 원주에서의 생활이 시작이었다. 원주에 가기 전에 꼭 들르고 싶은 곳이 있었다.

"으응. 친구 좀 만나려고…… 한동안 못 보니까요."

"그래, 그렇겠구나. 얼른 나가봐."

"할머니, 저녁은 들어와서 먹을게요."

"그래, 그러자꾸나."

마지막으로 들러야 할 곳. 모니는 두진건설의 본사 건물 앞에 왔다. 한없이 높은 빌딩. 저곳 어딘가에 그 사람이 일하고 있겠지?

"아저씨, 마지막으로 얼굴 봤으면 좋겠다."

모니가 건물 안으로 발을 들였다. 로비는 일반인들에게 개방이 되어 있었다. 건축물 모형 전시관과 작은 카페도 보였고, 두진건설이 이룩한 성과들이 곳곳에 설치된 LED 화면으로 보여졌다.

"아저씨?"

'신 중동건설 붐'이라는 제목의 보도자료에 그리운 얼굴이 나타났다. 중동건설 성과의 핵심인물 이진웅 전무.

그는 역시 높은 산이었다. 두진건설의 새로운 태양. 모니는 진웅이 나오는 영상에 시선을 빼앗겨 버렸다. 그 찰나였다. 회전문으로 들어오는 사람들 중 익숙한 목소리가 들려왔다. 모니가 웅장한 대리석 기둥 뒤로 몸을 숨겼다. 깔끔하고 완벽한 슈트 차림을 한 그는 근사하기만 했다. 그를 보자 숨어버리는 초라한 자신과는 비교가 되지 않을 만큼.

얼굴, 마지막으로 보여줘서 고마워요. 아저씨, 아니, 진웅 씨. 앞으로 좋은 일들만 있기를 기도할게요.

아버지의 호출이었다. 어떤 중요한 손님이라도 오셨는지 옷매무새를 가다듬고 오라는 메모까지 남겼다. 아버지의 말대로 진웅은 묻어나지도 않는 먼지를 털어내면서 회장실로 들어갔다. 문틈 너머 아버지가 아닌 다른 사람의 목소리도 들렸다.

"손님이 오셨습니까?"

"하인호 교수님 오셨습니다."

"교수님이?"

진웅은 아버지의 비서가 문을 열어주기도 전에 제 스스로 노크를 하고 회장실로 들어갔다. 진웅의 발걸음은 반가운 사람을 만나러 가는 양 가볍고 들떠 보였다.

"진웅아, 왔느냐?"

"어허, 이게 누군가?"

"교수님."

두진건설의 자문위원이자 아버지의 스승, 또한 진웅의 스승이기도 했다. 진웅이 존경하는 사람 중의 한 사람.

"2년 만이지? 자네, 남자가 다 됐구만. 중동이 사람을 이리 만들었어. 잘 견뎠어."

하 교수가 진웅에게 악수를 청했다. 인정을 받은 것이었다.

"교수님, 앉으시지요. 앉아서 말씀을 나누시는 게……."

하 교수는 진웅의 어깨를 정감 있게 두드리고 앉았던 자리에 다시 앉았다. 하 교수가 자리에 안착한 후, 이경수 회장과 진웅이 차례로 모두 자리에 앉자 업계 큰 획을 그은 세 사람의 묵직하고도 뜨거운 남자들의 이야기는 시작되었다.

"그래, 자네는 앞으로 두진건설을 어떤 방향으로 이끌어갈 생각인가?"

"아파트나 대형 건물의 시대는 이제 지나갔습니다. 외관적으로 완벽하나 내실이 없는 건축물은 소용이 없습니다. 사회적 건물과 유비쿼터스적 설계에 기반한 건물들이 나와야 합니다. 거기다 친환경적인 요소가 더해지면 이 업계에서는 가공할 만큼 성장하리라 봅니다. 또, 약자들을 위한 설계가 필요합니다. 이를테면 이동권을 보장해 주는. 장애인이나, 노약자, 임산부, 어린이들이 편한 설계가 기본이 되어야 합니다."

"정답이네. 사람들은 몰라. 장애인의 이동권을 보장해 주는 건물이나 시설들이 비장애인들에게도 편한 시설물이라는 사실을 말이야. 더불어 살아갈 수 있는 설계가 답이네. 아무리 큰 건물을 짓고 경영을 잘해봐야 이제 소용없지. 자네 아주 마음에 들어. 진국이야. 이 회장이 아들 하나는 잘 키웠네."

"과찬이십니다. 교수님 손녀딸도 이제는 꽤 컸겠습니다. 아주 꼬맹이일 때 우리 회사에 데려오신 게 엊그제 같은데."

"아, 우리 하모, 아니, 우리 지은이도 내년이면 스물셋이네. 지금은 휴학하고 원주 방송국에 인턴인가 뭔가 한다고 아주 바빠. 한 달이 다 되어가지."

하 교수가 모니의 이름을 감추었다. 행여나 막 지은 근본 없는 이름이라고 흠이라도 잡힐까 하 교수는 공공연하게 모니의 대외적 이름인 지은이라는 이름으로 모니를 대신했다.

"방송? 지은이가 건축 쪽 감각이 뛰어나다 들었습니다. 근데 결국은 방송으로 갔군요."

오며가며 하 교수에게 손녀에 대한 이야기를 들었을 때만 하더라도 할아버지의 뒤를 이어 건축계에서 두각을 나타낼 줄 알았지만 의외였다.

"말도 말게. 제 할머니와 부모들은 음악으로, 나는 건축으로. 한데 그놈이 결국은 제3의 길을 택하지 뭔가. 허허허."

진웅의 눈이 조금 전보다 빛이 나기 시작했다. 뭔가 촉이 섰다. 그걸 느낀 자신이 무서울 정도로 그 촉이 정확하다는 걸 감지해 버렸다.

"교수님 손녀분은 교수님을 닮았겠지요? 어떻게 생겼는지 궁금하네요, 교수님."

"왜? 내 손녀사위 할 텐가? 약속하면 사진을 보여주지."

진웅의 대답도 듣기 전에 손녀를 자랑하고픈 하 교수는 브리프케이스에서 스마트폰을 꺼내 들었다. 세련된 손가락 놀림으로 잠금화면 패턴까지 풀었다.

"교수님, 스마트폰을 사용하실 줄 알고 대단하십니다. 젊게 사시는 것이 아주 보기가 좋습니다."

이경수 회장이 혀를 내둘렀다. 집에 계신 어머니와 대학 동기인 하 교수는 어머니와 다른 세상에 살고 있는 듯했다.

"아, 나는 학생들을 가르치지 않나? 이런 걸 못하면 이야기가 안 통해. 늙은 퇴물 취급 받기 십상이지. 자, 우리 지은이. 어때? 곱지?"

하모니……?

인생은 이런 것이었다. 모든 것을 내려놓고 포기할 때쯤, 신은 돌파구를 마련해 놓았다. 진웅의 심장이 살갗을 뚫고 튀어나올 기세로 뜀박질을 했다.

　어디서 그런 믿음이 나온 것일까? 하 교수의 손녀가 하모니일 지도 모른다는 추측. 말도 안 되지만 걸어보았다. 사진을 본 순간 진웅은 '헉' 하는 놀라움을 급히 속으로 삼켰다.

　퍼즐 조각을 하나하나 맞추어가는 수고로움처럼 진웅은 그녀를 찾는 일에 많은 것들을 쏟아부었는데 이제 그 노력들과 인내가 빛을 발했다.

　약속했잖아, 내가 널 꼭 찾아낸다고. 조금만 기다려. 그냥 넌 그 자리에 있으면 돼. 넌 그냥 가만히 있으면 돼.

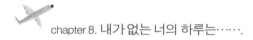

chapter 8. 내가 없는 너의 하루는…….

하모니가 하인호 교수님의 손녀였다니.

또 한 번의 기적은 그렇게 만들어졌다. 운명을 넘어선 기적. 하모니와의 인연은 이토록 가까운 것이었다. 강한 운명을 지닌 연인들은 어떻게 해서든 만나게 되어 있다고 진웅은 지금 이 순간을 홀로 조용히 만끽했다.

하모니가 곁에 없는 몇 달간, 이따금씩 '이태리에서 하모니를 만나지 못했더라면……' 하는 상상을 해본 적이 있었다. 그 끝은 언제나 악몽. 하지만 이제는 그런 상상조차 하지 않아도 됨을 안다. 그래서 진웅의 마음이 이전보다는 자유로워졌다.

보이지 않던 운명의 사슬, 너무 투명해서 진웅의 눈에만 흐릿하게 보이던 그녀와의 운명의 사슬은 단단한 금속의 모양을 하고 있는 것이 분명해졌다. 그리고 그 사슬은 이제 조금씩 선연히 제 존재를 드러내고 있었다.

과연, 하모니가 하인호 교수님의 손녀딸이라는 사실이 연인에게는 득이 될지 실이 될지가 벌써부터 염려가 되었다. 하인호 교수가 예전부터 진웅을 좋게 평가해 준 어르신이기는 했으나 그것은 오로지 제자 또는 대학 동기의 손자를 향한 도리일지도 몰랐다. 아무리 그에 대하여 좋은 인식을 갖고 있었더라도 손녀의 남편감으로 대면할 때에는 어떻게 돌변할지 모르는 일.

하인호 교수님 정도의 집안이라면 굳이 재벌가 사위를 두 손 들고 반기지만은 않을 듯해 보였다. 부족하지 않은 부와 명성, 게다가 손녀를 향한 사랑이 넘쳐 보였다. 진웅이 '국내 탑의 건설회사 후계자'라는 사실이 걸림돌이 되지 않을 거라는 장담조차 불가능한 상태.

괜한 걱정으로 그의 마음은 엉망진창으로 꼬인, 그 끝을 알 수 없는 실타래였다. 하지 않아도 될 걱정을 수백 번은 반복했다.

그리고 드디어 찾아낸 하모니.

막역하게 지낸 고등학교 동창 중에 스타 PD로 이름을 날리고 있는 친구에게 부탁을 하자 금세 그녀를 찾아냈다.

원주의 지역 방송국 NSB의 인턴으로 뽑혀 생활하고 있다고 했다. 하모니를 찾는 일은 불과 며칠 만에 해결되는 간단한 일이었다. 단서를 제공해 준 하 교수로 인해 몹시 순탄해졌다.

한순간만큼을 사랑하고, 또 그 한순간 만에 사라진 허상과 다름없었던 그녀인데 바로 앞에 손을 뻗으면 이제 그녀에게 닿을 수 있었다. 그것에 얼마나 감사를 했던지. 어쩌면 모니가 복학을 해 학교에 나타날 때까지 기다려야 했을지도 모를 일이었다.

하모니를 찾은 그날부터 진종일 환희로 들뜬 마음은 어떻게 해도 진정이 되질 않았다. 그 기쁨과 상반되게 심장이 조여들 것만 같은, 지금 당장이라도 그녀를 만나지 못하면 그녀는 또 어디론가 사라져 버릴지도 모른다는 조바심 때문에 일조차 손에 잡히지 않았다. 머리로는 지금 진웅은 원주에 수십 번 넘도록 왕복을 했다.

"아버지, 부르셨습니까?"

저도 모르는 사이에 하모니에 대한 생각으로 회사 일을 그르쳤다면 아마 자괴감에 빠졌으리라. 진웅은 아버지의 부름에 긴장의 끈을 놓지 않았다. 사랑 때문에 얼빠진 놈이라는 소리는 죽어도 듣기 싫었다. 그것은 어쩌면 하모니를 욕되게 하는 일이기도 했다.

"평창엘 좀 다녀오너라."

"평창이라면?"

2018년에 열릴 평창 동계올림픽의 선수촌 입찰을 따낸 두진건설은 건설부지 등의 결정을 올해 안에 확정지어야 했다. 중역의 책임자 중의 한 사람이 현장에 직접 투입되어야만 하는 일이 불가피해졌다.

"네가 생각하고 있는 그대로다, 진웅아. 한국에 들어온 지 얼마 되지 않아 또 너를 밖으로 나돌게 하여 미안하구나. 하지만 우리 일가가 먼저 이사진들에게 본보기가 되어야 하지 않겠니? 솔선수범을 해야 할 것 같구나."

잦은 지방 출장을 누군가는 맡아야 했다. 그 일을 다음 후계자인 진웅이 맡아준다면 훗날 탁상공론에만 능한 리더라는 소리는 일절 나오지 않을 것임을 염두에 두고 아버지는 그 책임 역시 진웅에게 맡기기로 결정한 것이었다.

"그렇게 하겠습니다."

이런 것을 하늘마저 도운다고 해야 할까? 하늘은 그들의 편이었다. 평창이라면 원주와도 어느 정도 가까운 거리. 그들의 물리적 거리가 가까워졌다.

3박 4일의 간단한 짐을 꾸렸다. 회사 측에서 출장 기간 동안 묵을 곳을 마련해 두었다지만 쓸모없는 일이 될 게 뻔했다. 평창에서의 업무가 끝이 나면 진웅은 당장에 원주로 차를 돌릴 계획이었다.

좋은 호텔에 묵는 것보다 차 안에서 쪽잠을 자는 한이 있더라도 진웅에게는 하모니가 고팠다. 하모니를 멀리서라도 바라볼 수 있는 현실이 스위트룸에서 잠을 청하는 것보다 몇 배는 천국인 것을.

"석훈아."

[짜식, 요즘 전화가 잦다.]

평창으로 향하는 차를 운전하면서 블루투스를 이용해 하모니를 찾는 데 일조한 PD 친구에게 전화를 걸었다. 며칠 전에는 그저 하모니를 찾아준 일에 대한 고마움의 인사만 건네고 전화를 끊었었다. 시간이 지날수록 걱정이 되는 건 이제 하모니의 안위였다. 염치불구하고 이런 부탁은 처음이었다.

"네가 찾아준 하모니라는 여자, 잘 좀 부탁한다."

[뭘?]

대충 눈치는 챘었다. 진웅이 하모니라는 여자를 찾아달라고 다짜고짜 전화를 걸었을 때 그의 목소리는 절박함이 가득했었다.

"형수님 될 분이다."

이제는 조금 웃음기를 머금고 이죽거리는 말투로 변했다. 어느 정도 도움이 되었음이 틀림없었다. 잘나가는 집안의 아들이면서 평소에는 그런 티를 내지 않다가도 결정적인 순간에는 곤란에 처한 친구들에게 물심양면으로 많은 도움을 준 살뜰한 친구가 진웅이었다. 그런 그에게 언젠가 꼭 한 번은 미약하게나마 도움이 되는 일을 해주고 싶었던 석훈의 마음도 한결 편안해졌다.

[도둑놈. 스물두 살을.]

"이것도 능력이다. 부러우면 부럽다고 할 것이지."

[미친놈. 그래, 부럽다 부러워. 사진으로만 봐도 어린 티가 팍팍 나던데?]

"잔말 말고, 대답부터 해."

[네, 네. 차기 두진건설 회장님 아니십니까.]

석훈이 부러 빈정거렸다. 역시 오래 살고 볼 일이었다. 사람을 찾아달라던 부탁도 의아했지만 그 사람을 위한 조치를 취해달라고 부탁을 하는 오래 두고 본 친구가 갑작스레 생소하게 느껴졌다. 해가 서쪽에서 뜨고도 남았다. 통화를 하던 석훈은 그럴 일은 없겠지만 확인 차원에서 창밖을 살폈다.

[진즉에 알아봐 놨지. 먼 훗날에 내가 하는 프로그램에 나올지도 모르잖아. 원주 NSB 쪽에 잘 말해뒀어.]

"역시 잘나가는 PD는 다르군."

[그, '원주 스토리'라는 프로그램에 리포터로 있더라. 다행히도.]

"그게 왜 다행인 건데?"

[같은 시사교양국에 클래식 큐의 PD가 아주 개 같거든. 서울에서도 성추행 같은 더러운 일에 휘말려서 모가지 될 운명이었는데 겨우 원주로 좌천됐거든. 그런 PD 밑에 있으면 야, 말도 마라. 제버릇 개 못 주지. 저가 개인데.]

"그래?"

모니가 그 파렴치한 PD 밑에 있지 않아도 같은 시사교양국에 그런 사람이 있다는 사실은 썩 마음에 들지 않았다.

[몇 다리 건너 아는 사람의 동생이라고, 잘 부탁한다고 말해뒀어.]

"영향력 있는 사람이지?"

[그럼, 간부급이지. 그래도 당사자가 자기 뒤를 봐주는 사람이 있다는 걸 모르니 고충을 말하기는 힘들겠지.]

"비상식적인 일이 생길 때만 도와주면 돼. 도저히 그 아이 힘으로 해결할 수 없는 무지막지한 뭐 그런 일에만 말이야. 편의를 봐주거나 특혜를 주는 그런 일은 하지 않아도 돼."

[뭐야? 그러면 부탁은 왜 하는 건데?]

보통은 그랬다. 잘 봐달라는 부탁이라면 편의와 특혜를 바랐다.

그걸 하지 말아달라니.

진웅은 마치 학부모 같았다. '우리 아이가 말을 듣지 않으면 체벌을 해도 좋습니다' 하고 생활 통신표에다 답신을 하는 그런 학부모.

"내 여자를 온실 속 화초로 만들 생각은 없으니까."

[얼씨구. 천하의 이진웅이가 아주 키잡물을 찍는구나.]

"키잡물?"

은어가 틀림없었다. 뭔가 끈적끈적하고 음탕함이 느껴지는, 진웅이 처음 들어보는 신조어였다. 미디어를 다루고 있어 빠르게 변화하는 세상을 제일 먼저 체감해야 하는 직업을 갖고 있는 석훈이기에 그의 입에서 나오는 단어들은 그 뜻을 알면 종종 천박한 것들도 있었다. 이번에도 그와 비슷한 부류라는 예감에 반듯하던 진웅의 표정에 구김이 갔다.

[키워서 잡아먹는 장르물. 너는 잡아먹는 포식자고, 이 음흉한 아저씨야.]

정곡을 찌르는 석훈의 표현력에 진웅은 당황을 숨기지 못하고 헛기침을 해댔다.

[이놈 보소. 벌써 잡아먹었냐? 왜 말을 못해?]

"인마, 넌 좀. 그런 천박한 표현은 삼가라. 어디서 방송PD가."

[도둑놈. 그 어린것을…… 쯧.]

"걔, 어린애 아니다."

암, 아니고말고. 천진하고 발랄한 이면에 또래답지 않은 지혜와 너그러움을 겸비한 어엿한 여인이 하모니인데.

[너 그럼 '낮져밤이' 타입이냐? '낮이밤져' 타입이냐?]

"도통. 너 그 외계어 좀 집어치워. 멀쩡한 말 놔두고. 세종대왕님 볼 면목은 있냐?"

[궁금하긴 하지? 이 엉아가 가르쳐 주마. 낮에는 이기고 밤에는 지는가? 아니면 그 반대인가? 밤은 굳이 설명 안 해도 안다고 믿는다.]

"나야 물론 낮에도…… 이기고 밤에도……."

[대답이 왜 이렇게 시원치 않아? 너 그 반대 아니냐? 낮에도 져주고 밤에도 져주는. 그래도 밤에는 지지 마라. 여자들이 안 좋아해.]

"어? 어."

석훈에게 말려들긴 했어도 그의 마지막 충고는 새겨들어야 했는지 진웅이 얼떨결에 수긍하는 눈치였다.

[그럼, 분부 받잡겠소. 하모니라는 여인네에게 그 어떤 편의도, 그 어떤 특혜도 주지 말고, 오로지 비상식적인 일들에 대해서만 관여하라 전하겠소.]

"고맙소."

[고마우면 나중에 하모니 양 친구들로 다리 좀 놔주던가?]

"감당 안 될 텐데."

[에라이, 그래 너 잘났다. 잊지 마라, 낮져밤이.]

다른 용무 중에 전화를 받은 것인지 뒤로 갈수록 석훈의 목소리는 바빠졌다. 마지막으로 전화를 마무리할 경황 없이 서른 줄에 들어선 아저씨 아닌 아저씨들의 통화는 끝이 났다.

"낮져밤이."

새로이 배운 은어가 맘에 들었는지 진웅이 설핏 웃었다.

나는 과연 너에게 어떤 사람일까? 사실 나는 너와 함께라면 이기고 지는 기 싸움 따위는 필요 없어. 그저 너와 평생 동행하는 것이 소원인, 사랑에 빠진 평범한 남자가 되고 싶을 뿐이야.

원주에서의 생활도 이제는 한 달을 넘기는 중이었다. 지역 방송국의 리포터 인턴 자리라는 것이 그랬다. 이미 고정을 맡은 선임 리포터가 있어서 모니는 제대로 된 카메라 마사지 한 번 받은 적이 없었다.

잠깐 짬이 나면 인턴들끼리 모여 빈 스튜디오에서 모의 방송을 해보는 것이 다였다. 열악한 지역 방송국의 환경 탓에 리포터로 뽑혔다고는 하나, 모니 역시 연출 보조 일이라던지 구분지어진 일의 경계 없이 '원주 스토리'라는 타이틀의 방송 프로그램의 팀원이 되어 매일을 동분서주했다. 그래도 '인턴을 마치기 전에 한번은 방송에 출연하겠지'라는 기대감으로 일했다. 그렇지만 아무래도 좋았다. 우선 바쁘게 살 수 있다는 게 중요했고, 지역 방송국이지만 기본적인 것들은 다 갖춰져 있어서 방송현장을 경험해 보는 중요한 밑거름이 되고 있었다. 더욱이 바쁘게 살다 보니 그는 잊히는 듯했다.

뜨겁던 여름이 지나고 가을이 완연해지자 밤은 길어졌다. 촬영이 있는 날에는 워낙 피곤해 베개에 머리를 대면 곧잘 잠들었는데 문제는 기획 회의가 잡혀 있을 때였다. 기나긴 마라톤 회의에는 커피가 빠지지 않았다. 차라리 몸이 고된 촬영이 있는 날이 훨씬 나았다.

혼자 보내는 밤, 낮에 섭취한 카페인의 여흥으로 한 번씩 잠들지 못할 때면 어김없이 그를 생각했다. 생각하려 하지 않아도 절로 생각이 났다.

희미해지기는 했지만 여전히 그의 소식도 궁금하고 그의 품이 그리웠다. 보고 싶은 마음도 밤의 깊은 감성 때문에 더했다. 지난밤도 그렇게 잠들지 못하고 뜬눈으로 날을 새다시피 했다.

그렇게 수면부족에 시달린 다음날 아침, 방송국으로 나설 때면 모니는 고민에 빠진다. 지금도 역시 그랬다. 현관의 신발장을 열면 제일 먼저 눈에 들어오는 것이 그가 선물한 플랫슈즈였다. 원주로 내려올 때 품에 안고 온 플랫슈즈.

아끼고 아끼는 마음에 신발장에 꽁꽁 숨겨둔 채로 한 번도 신어 보지는 못했다. 신고 거리를 활보하면 더러운 것들이라도 묻을까 봐, 신다 보면 점점 해지고 낡아져서 그가 몸에 새겨놓은 열꽃이 시간이 지나고 사라져 버린 것처럼 그가 전해준 추억도 사라질까 봐 신줏단지 모시듯 했다. 어김없이 플랫슈즈는 자신을 선택해 달라는 표정을 지어 보였다. 모니는 매번 하던 것처럼 둥근 앞 코를 다정스레 손으로 어르면서 살살 쓸어주었다.

기분 탓일까? 오늘은 달랐다. 모니가 달래면 잠자코 있던 녀석은 '자꾸 아끼면 똥이 되어버릴 거야' 하고 협박을 해 보였다. 아마 눈이 달렸다면 하늘로 치솟을 정도로 치켜떠졌겠지.

"넌 안 돼. 아직은 아니야. 오래도록 내 곁에 있어야 하니까, 조금만 참아."

모니는 익숙하게 컨버스 운동화를 집어들었다. 한 발을 넣었을 때, 앞에 보이는 전신거울을 바라보았다. 운동화와는 전혀 어울리지 않을 트렌치코트 차림이었다. 모니가 결정을 내렸는지 운동화는 도로 신발장에 넣어두고 눈길만 주던 플랫슈즈에 과감하게 손을 뻗었다.

"좋다. 오늘은 너로 결정. 대신 오늘 좋은 일만 생기게 해줘. 부탁해."

감탄을 하면서 방송국으로 들어왔다. 역시 고가의 신발이 다르긴 달랐다. 지원이가 왜 그렇게 명품 타령을 해댔는지도 조금 이해가 됐다. 발뒤꿈치가 까질 줄 알고 미리 준비한 반창고 밴드는 찾을 일이 없었다.

아저씨, 고마워요. 아저씨가 없는 동안 이 플랫슈즈 신고 다리 아프지 말라는 말, 정말이었어. 정말. 아저씨는 지금 뭘 하고 있을까? 내 생각은 하지 않겠지? 날 다 잊었을 거야.

이제는 진웅을 생각하면서 웃기도 했다. 좋은 추억을 만들어준 사람으로 기억하고 살면 되니까. 그가 고른 신발은 그가 주문이라도 걸어둔 것인지 방송국으로 오는 길 내내 날아다니는 기분이 들게 해주었다. 발도, 다리도 전혀 아프지 않았다.

약간의 허밍까지 흥얼거리면서 시사교양국의 문을 열었을 때,

모니의 기분은 매캐한 연기로 인해 한없이 구겨졌다.

시사교양국의 미친 개망나니, 박주환 PD. 여자의 얼굴에 대고 담배연기를 뿜을 수 있는 굳은 심지와 마초정신을 가장한 여성비하 발언과 은근한 성적 모독. 자신보다 아래인 남자들에게는 폭언과 폭력을 끊이지 않는 원주 NSB의 개망나니.

"비정규직이 봉이지, 쯧."

사람의 기분은 극단적이게도 최정점을 찍었다, 롤러코스터처럼 눈 깜빡할 찰나에 바닥을 칠 수도 있는 것이었다. 지금 시사교양국에 인턴으로 들어온 사람들과 비정규직의 직원들은 모두 모니와 같은 마음일 것이다.

똥이 무서워서 피하나? 더러워서 피하지.

애꿎은 FD 하나를 잡을 생각인지 십 분여 넘게 폭언은 계속되었다. 자신의 실수로 카메라 버튼을 잘못 눌러 엉뚱한 화면이 카메라에 잡히게 해놓고, 끝까지 FD에게 덮어씌우는 꼴이라니.

윗선에다 뭐라고 변명을 할 것인가를 먼저 자신에게 확인까지 받으라고 했다. 즉, 그럴듯하게 꾸민 이야기에 자신의 실수가 얼마만큼 첨가되었는가를 가늠해 보겠다는 처사였다.

잔인함과 안하무인은 그를 따라올 작자가 없을 듯했다. 뻔뻔함의 극치. 성희롱으로 인해 원주로 좌천까지 당하면서 아내와는 거의 이혼 직전의 상태라 들었다. 오늘도 그는 히스테리를 부렸다.

모니가 깨금발을 들고 원주 스토리 팀의 사전회의가 열릴 세미나실로 향했다. 최대한 그의 눈에 띄지 않는 게 신상에 좋다는 것은 인턴생활 하루 만에 간파했다. 클래식 큐 팀에 속했다면 아마 모니는 하루 만에 때려치우고 서울로 짐을 쌌을 것이다. 그에 반해 원주 스토리에서는 잡일을 많이 한다고는 하지만 최상의 팀워크를 자랑했다.

같이 일하는 동료가 좋아야 직장생활이 즐겁다는 말은 사실이었다. 공채에 뽑히고 얼마 안 된 신입 PD라서 입지는 좁았지만 젊은 감각과 평화주의자인 원주 스토리의 담당 PD는 개망나니에 비교하면 그야말로 천사였다. 가끔 우유부단한 면이 맘에 들지는 않았지만.

"허브팜과 사전 준비는 다 됐겠죠? 인터뷰할 시민도 사전에 섭외 확인을 했겠죠?"

오늘의 촬영지는 원주의 허브공원이었다. 지역뿐 아니라 수도권에도 지역 네트워크로 방송이 될 영상이라 꽤 중요했다. 그래서 오늘은 유 PD가 몇 번이고 준비사항들을 체크했다.

"오늘 회식하는 거 다들 들었습니까. 촬영 후에 방송국 앞 갈비집 예약해 뒀습니다."

팀원들의 환호성 소리가 들려왔다. 회식을 잊고 있었던 모니는 한숨을 쉬었다. 지난밤 수면부족에 시달린 통에 퇴근을 하자마자 저녁도 거르고 한숨 잘 계획을 벌써 출근하는 길에 세웠었는데 다 틀렸다.

모니가 인턴으로 온 후, 미루고 미뤄졌던 첫 회식이니만큼 집으로 돌아갈 수 있을지도 미지수였다. 그나마 방송국과 집이 엎어지면 코 닿을 정도로 가까운 게 다행이었다. 적어도 옷은 갈아입고 출근하는 일이 가능할 테니.

"옳지! 착하지, 얘들아."

모니가 어금니를 꽉 물었다. 유치원 원복을 입고 허브팜을 헤집고 다니는 아이들이 제 자식이었다면 흠씬 두들겨 패고도 남았다. 평생 새길 '참을 인'의 절반은 아마 오늘 새겼을지도 모르겠다.

일이기는 했지만 꽤 오랜만에 유원지에 오게 되어 들뜬 마음은 그리 오래가지 못했다. '가는 날이 장날'이라고 어느 유치원에서 허브팜으로 가을 소풍을 왔다. 겹쳐 버린 날짜에 허브팜에다 항의를 해봤자 소용이 없었다. 모니는 도저히 통제가 되지 않는 유치원생들의 뒤꽁무니를 쫓아다니느라 촬영을 마칠 무렵에는 발이 부르틀 정도였다. 미운 일곱 살은 옛말이고 미친 일곱 살이 따로 없었다.

누워서 휴식을 취하고만 싶은 마음이 간절했지만 이제 시작인 것을. 팀 회식이 기다리고 있는 이상 두 다리 쭉 뻗고 침대에 눕는 것은 꿈만 같은 일이었다. 나오는 것은 한숨뿐.

부어 있는 듯, 뭉쳐 버린 허벅지를 주먹으로 '통통' 내리치면서 휴식을 즐긴 것도 잠시, 이동을 준비하라는 외침에 모니가 씩씩하게 대답을 한 후 자리를 털고 곧장 일어섰다.

공사부지 문제가 가장 시급한 사안이었다. 내친김에 공사관계자까지 만나 공사 착공에 관한 상황까지 조율을 하니 하늘은 해를 집에 들여보낼 준비를 했다.

진웅은 회사에서 마련한 숙소에 짐을 풀고 곧바로 차를 몰아 모니가 있는 곳으로 향했다. 오늘은 그저 그녀를 지켜보기만 할 계획이었다. 그녀를 볼 수 있을지 없을지도 확실치 않았지만 그가 없는 그녀의 하루를 먼발치에서 지켜만 보고 싶었다. 그가 없이도 잘살고 있는지를 확인하고 싶었다.

무작정 차에서 기다리기를 한 시간여, 열 명이 채 안 되는 무리 속에는 그토록 기다린 얼굴, 하모니가 있었다. 차량에 잠자코 앉아 있던 진웅의 몸이 들썩였다. 그녀가 알 수 없도록 먼발치에서 그녀를 확인했다. 나의 하모니.

불러보고 싶은 이름 하모니, 많은 사람들과 함께 있어도 그녀를 찾을 수 있었다. 그녀만이 빛나는 존재였다. 그에게는.

눈앞에 나타난 그리운 얼굴, 그토록 찾고 찾았던 이름의 주인 하모니였다. 달려가서 무작정 안아버리고 싶은 걸 참느라 진웅은 안간힘으로 주먹을 쥐었다.

"하모니."

얼굴이 수척해 보였다. 지난여름과는 달라 보였다. 함께 시간을 보낼 때 그녀는 보기 좋은 날씬한 몸이었는데 몇 달 만에 보는 그녀는 조금 야위었다. 먼 거리임에도 불구하고 확실히 그랬다.

"어디가 아픈 거니?"

긴 웨이브가 로맨틱했던 머리는 이제 어깨에도 채 닿지 않는 길이가 되어 있었다. 그래도 구불구불한 웨이브가 사라지지 않은 단발머리는 그녀를 여전히 발랄하게 만들었다.

사람들과 어디를 가는 것인지 모니가 걷기 시작했다. 걸으면서도 연신 하품을 해대는 모습이 안쓰러웠다. 아예 눈을 감고 간다는 말이 맞을 것이다. 그러다 지나가는 행인과 부딪힌 모니는 갑자기 몸을 움츠렸다. 부딪힌 사람이 신발을 밟고 지나갔나 보다.

그녀는 꼭 울 것만 같은 표정으로 몸을 숙여 신발을 손으로 닦기 시작했다. 건너편에서 계속 모니를 따라가는 진웅을 결코 알아차릴 수 없을 것이다. 진웅은 모니의 눈이 향한 곳으로 자신의 눈을 돌렸다. 모니가 울 것 같은 표정을 한 이유는 다름 아닌 플랫슈즈 때문이었다. 자신을 향한 모니의 마음. 그녀도 마찬가지로 그를 그리워하는 것이 분명해 보였다.

바보 같은 우리들.

모니의 마음이 진웅에게로 스며들어 왔다. 진웅이 애써 높은 하늘을 바라보았다.

이제는 결코 너를 놓지 않을 거야. 끝까지 너를 따라갈게.

모니와 함께한 무리들이 방송국에서 얼마 못 가 나타난 갈비 집으로 들어갔다. 아무래도 회식이 있는 모양이었다. 진웅은 다시 발걸음을 방송국으로 옮겨 차를 가져왔다. 여기까지 온 이상 그녀를 두고 갈 수는 없었다. 회식자리가 끝나면 아마 아주 늦은 저녁이 될 게 분명했다. 그녀가 집으로 돌아가는 걸음의 안전을 지키기 위해서라도 그는 하염없이 그 자리에서 그녀를 기다렸다.

"그래서 그 불똥이 나한테까지 튀었다니까, 글쎄."

분명 시작은 원주 스토리 팀의 회식 자리였다. 어느 정도 시간이 흐르자 클래식 큐의 진행자가 회식자리의 특별 손님으로 합류를 했다. 아침에 FD를 쥐고 흔든 개망나니는 진행자마저 휘어잡았나 보다. 원주 스토리의 작가에게 전화를 걸어 신세한탄을 하다가 남의 팀 회식자리에까지 합류하게 되었다. 그녀의 신세한탄을 들어주면서 모두들 얼큰하게 취했다. 분위기는 무르익고 다들 개망나니에게 한 번씩 당한 사연을 토해내며 도토리 키 재기를 해댔다.

"아, 서럽다 서러워. 미친 개망나니 같으니⋯⋯."

몸이 피곤해서 그런지 모니가 평소 주량을 넘기지 않았음에도 눈앞의 사물들이 흔들려 보였다. 금세 취기가 올라 발음까지 부정확해지기 시작했다. 그렇게 한 잔, 두 잔을 연거푸 마시자 사리분별이 불가능한 상태까지 다다랐다.

"야, 하모니. 우리 막내 너도 당했냐?"

작가는 모니의 빈 잔을 채웠다. 먹고 풀라는 얘기였기에 모니의 손은 자동적으로 술잔으로 갔다. 더 취하고 싶었다.

"그럼요. 커피 타오라더니, 이건 물이 너무 적다, 다시. 또 새로 타가지고 가면 물이 많다, 너무 뜨겁다. 그날 한 다섯 번은 까였을걸요. 나보고 어쩌라고. 거기다 아래위로 기분 나쁘게 훑어대는데, 나 참. 미친 개망⋯⋯."

모니가 말을 잇지 못했다. 술잔을 든 채로 모니의 고개는 밥상으로 고꾸라졌다.

"쟤 왜 저래? 잠들어 버렸어?"

클래식 큐의 진행자는 아직 할 말이 태산 같아서 취하지 않기 위해 술잔에 든 술을 베어 물 듯 조금씩 삼키기를 반복했다. 박주환 PD의 그동안의 만행을 더 많은 사람들이 알아주면 좋겠는데 모니가 맥없이 '픽' 쓰러지자 허탈했지만 그래도 나머지 사람들은 아직 멀쩡해 보여 다행스럽게 생각했다.

"오늘 피곤할 거야. 허브팜에 갔더니 유치원생들이 가을 소풍을 왔지 뭐야. 말 안 듣는 애들 통에, 계속 카메라에 잡혀서 걔들 통제하느라 아마 죽어났을 테지. 자게 냅둬."

원주 스토리의 작가가 측은하고 대견스러운 눈빛으로 모니를 바라보았다. 클래식 큐의 진행자도 이해가 됐는지 고개를 끄덕이고 한 박자 쉬었던 이야기를 다시 시작했다.

나름 회식의 주인공은 하모니였다. 인턴으로 들어와서도 바쁜 촬영 스케줄 때문에 환영회를 미뤘던지라 모니는 가장 중앙의 자리에 앉혀졌다. 시간이 흐를수록 취기에 오른 사람들은 화장실에 다녀오기도 하고 흡연을 위해 바깥으로 나갔다 들어오는 사람들이 많아져서 잠들어 버린 모니가 장해물이 되어 이리저리 치이자 보다 못한 유 PD는 모니를 일으켜 세웠다. 모니가 약간의 잠투정을 하더니 눈을 떴다.

"하모니 씨, 집에 바래다줄게요. 일어날 수 있겠어요?"

"네에. 그러엄요."

"요 앞에 약국 가서 술 깨는 약 좀 사올게요. 여기서 꼼짝 말고 기다려요."

유 PD는 모니가 시원한 공기를 쏘이면서 술을 깨게 할 겸, 식당 앞에 비치된 간이 의자에 앉혀두고 밖으로 나온 김에 회식을 마치고 돌아갈 팀원들과 모니에게 줄 드링크제를 사러 약국으로 향했다.

모니가 주춤주춤거리며 남자의 부축을 받고 식당을 빠져나오는 게 보였다. 단둘, 그것도 외간 남자에게 의지해서 나오는 모니를 보자 진웅의 미간이 좁아졌다.

남자는 모니의 뺨을 붙잡고 술을 깨게 하려는 모양인지 계속해서 '톡톡' 두드렸다. 진웅이 도저히 참을 수 없어서 기다리고 있던 차에서 내렸다. 남자는 어디론가 뛰어갔다. 그가 사라진 방향을 보던 진웅이 바로 눈앞에 있는 하모니에게로 다가갔다.

"하모니."

술에 취해 고개를 푹 숙이고 있었다. 발을 보니 그녀가 맞다. 그가 선물한 플랫슈즈를 신고 있는 자그마한 발.

"모니야, 정신 좀 차려봐. 내가 왔어. 나 좀 봐."

진웅이 모니가 앉은 앞으로 다가가 몸을 낮추고 그녀를 올려다 보았다. 흐트러진 그녀의 머리를 하나하나 정리해 주었다. 그의 온기가 모니에게로 스며들어 갔다.

"어, 아저씨! 흐응응."

술기운에도 그의 얼굴을 알아보았다. 항상 꿈에만 나타나 연기처럼 사라지던 신기루였던 그가 만지고 안을 수 있는 실체로 다가오자 모니가 울음을 터트렸다. 와락 그에게 안겨들었다. 모니가 그의 목을 끌어안고 울어대기 시작했다.

"아저씨, 보고 싶었단 말예요. 왜 이제 나타나요. 왜요? 왜?"

"미안. 미안해. 이제 절대 너 포기 안 해. 도망가도록 내버려 두지도 않을 거야."

술에 취한 것 같은 모니는 그저 울기만 했다. 진웅이 그녀를 달래고 이내 그녀의 종아리 쪽으로 손을 넣어 안아 들었다.

"누구…… 신지?"

모니를 부축하고 나왔다가 사라진 남자는 약봉투를 들고 나타났다. 외모만으로도 낯선 진웅에게 압도된 남자는 목소리가 점점 작아졌다. 진웅은 먼저 모니를 자신의 차에 태웠다.

"하모니의 연인입니다."

모니의 뺨을 이리저리 쓰다듬는 손이 뇌리에 강하게 남았다. 하모니 주위에 있는 수컷이 누가 됐든 진웅에게는 경계 대상이었다. 진웅이 미리 영역표시를 하기 위해 지갑에서 명함을 꺼내 그에게 내밀었다.

"두진건설…… 전무?"

상대방 남자의 입이 놀라움 때문에 오히려 굳게 다물렸다. 명함을 받아 든 남자의 손이 덜덜 떨려왔다. 어쩐지 하모니라는 아이는 처음부터 범상치 않은 인물 같더니. 조금 전에 계속해서 얼핏 '우리 아저씨. 아저씨' 하던 것도 다 앞에 선 이 사람을 두고 한 말이 틀림없었다.

"우리 하모니, 잘 부탁드립니다."

남자의 고백은 절절했다. 같은 남자이지만 이런 남자에게 사랑을 받는 하모니가 부러울 정도였다.

"모니 씨가 소속된 팀, 원주 스토리의 담당 PD입니다."

"아, 그러십니까?"

진웅이 정중하지만 절도 있는 몸짓으로 모니가 몸담고 있는 프로그램의 PD에게 고개를 숙였다. 그러자 PD 역시 진웅에게 고개를 숙였다.

"모니를 제가 먼저 데려가도 되겠습니까?"

"네, 안 그래도 바래다줄 참이었습니다."

"감사합니다. 오늘 저를 만난 것이 방송국에 퍼지지 않았으면 합니다. 모니가 그만두는 날까지 말입니다. 부탁드리겠습니다."

"네, 무슨 뜻인지 알겠습니다. 이, 이…… 약을 가져가십시오."

"고맙습니다. 이만 가보겠습니다. 그리고 오늘 회식의 계산은 이 카드로 하십시오. 가장 막내인 이 사람이 먼저 회식자리를 뜨는 일에 대한 사죄입니다. 사양하지 마십시오."

진웅이 번쩍이는 카드를 남자에게 내밀었다. 극구 사양하던 남자는 하는 수 없이 카드를 받아 들었다.

"내일 모니가 출근을 하면 전달해 주시기 바랍니다."

"아, 알겠습니다."

"모니야, 집이 어디야?"

진웅의 눈매는 모니와 단둘이 있게 되자 부드럽게 풀려갔다. 얼어 있는 모니의 손을 쥐고 모니를 흔들어 깨웠다. 어느 정도 의식이라도 있을 때 그녀의 집을 알아내야 했다.

"응? 우리 집? 방송국에서 디이게 가까운데? 저어기 저 오피스……."

모니가 말을 끝내지 못한 채 다시 잠에 들었다. 진웅은 우여곡절 끝에 모니의 현관 앞에까지 다다랐다.

"다 왔어. 비밀번호."

"아, 그렇치이. 아저씨는 보지 마요. 사암 공용 이 이."

비밀이라더니 아예 대놓고 광고를 하려는 모니의 입을 황급히 틀어막았다. 그가 없는 사이 누군가가 침입이라도 할까 봐 진웅이 키패드를 열어 숫자마저 대신 누르고 잠금을 해제시킨 후 집으로 들어왔다.

"모니야, 옷 벗고 씻고 자자. 응?"

"부끄러워요. 히잉."

"부끄럽긴."

침대에 누워버린 모니를 일으켜 세웠다. 대충 겉옷을 벗기고 양치와 세수를 시키기 위해 흐느적거리는 모니를 변기 커버를 덮어놓고 앉혔다.

"정말, 정말 아저씨야?"

아직 술이 깨지는 않았지만 모니가 자신을 씻겨주는 진웅의 팔을 붙들었다. 술에 취한 상태였지만 눈에는 눈물이 그렁그렁했다.

"그래, 나야. 이 세상에서 하모니를 가장 귀하게 여길 한 사람."

"보고 싶었어요. 보고 싶어서 죽는 줄 알았어요. 매일매일 아저씨 생각만 했는걸. 아저씨가 매일 꿈에 나와서 미쳐 버리는 줄 알았어. 나는 더위 먹은 것처럼 밥도 못 먹고……."

"너는 꿈에서라도 날 만났구나. 나는 꿈에서조차도 네가 나타나 주지 않았어. 네 꿈에서는 우리가 만났구나."

"아저씨, 이제는 같이 있어요."

모니가 품으로 안겨들었다. 조금 전 모니가 인사불성이 되어버려 아무것도 할 수 없을 것이라 생각했지만 뜻밖에도 모니는 취중진담을 들려주었다. 진웅이 모니의 입술을 아프지 않게 함빡 물었다.

"흐음."

모니의 입에서 익숙한 신음 소리가 들려왔다. 눈물을 흘리는 모니의 얼굴을 두 손으로 잡고 그녀의 입술을 탐했다. 술에 취한 모니이지만 지금 이 순간만큼은 정신이 온전하다는 착각을 할 만큼 두 사람은 키스에 집중했다. 서로의 몸을 끌어당겨 잡고 의지했다. 입술만큼이나 서로의 체온을 갈구했다.

"불 끌게. 잘 자. 내 사랑."

진웅에 의해 말끔히 씻겨진 모니의 몸 어느 곳에서도 이제 술 냄새는 나지 않았다. 진웅이 손수 양치질까지 해줘 입안 구석구석까지 개운해졌다.

조금은 좁아 보이는 모니의 침대에서 두 사람은 한 몸처럼 붙어 있었다. 좁은 탓에 모로 눕긴 했어도 모니는 진웅의 품 안으로 밀착되었다. 진웅이 모니의 이마 위로 입술을 내렸다.

드디어 품 안에 들어온 하모니가 감격스러워 진웅은 그저 모니의 자는 얼굴을 내려다봤다. 모니와 함께 했을 때의 습관. 그녀의 잠든 모습을 지켜보다 잠이 드는 순서를 거쳐 그도 잠들었다. 이미 한 번의 재회를 한 진웅이지만 내일 모니의 정신이 온전해지면 다시금 재회의 감동을 치를 것이 분명했다. 진웅 역시 그것을 기대하며 잠에 빠져들어 갔다.

모든 것이 꿈이었나 봐.

심한 갈증이 느껴져서, 머리도 깨질 듯이 아파서 평소보다 이르게 눈이 떠졌다. 아직 창밖은 새벽녘이라 맑고도 푸른빛이 가득했다.

지난밤 그를 만난 것 같았다. 그가 손수 씻겨주고 그의 품에 안겨 잠이 든 것 같은 망상. 그래서 자신이 술자리에서 무슨 일을 했는지는 기억이 나질 않았다. 분명히 잠들기 전 마지막까지는 그와 함께였는데.

"아저씨……."

시트에는 두 가지의 향기가 섞여 있었다. 확실했다. 하나는 자신의 것, 나머지는 그의 향기가.

그에게 몇 번이나 안겼었는데, 그의 향기를 잊을 리가 없었다. 정확히 기억했다. 모니가 시트를 박차고 일어났다. 집 안을 살펴보아도 그는 없었다. 급기야는 밤에 입었던 옷을 그대로 입고 현관문을 열었다.

성미 급한 손길로 엘리베이터 버튼을 여러 번 눌러댔다. 마침내 모니는 오피스텔 로비에 내렸다. 그를 만나야만 했다. 미친 여자처럼 보여도 상관없었다.

사방을 두리번거려도, 그는 어디에도 없었다. 모니는 희망의 끈을 완전히 놓지 않았다. 모니가 막 회전문을 향해 달려나가려 할 때였다. 모니의 뒤에서 누군가가 모니의 몸을 제어했다. 한 팔로는 모니의 허리를 당기고 나머지 한 팔로는 쇄골 위를 가로질러 단단하게 품어주었다.

"아저씨?"

"사랑해."

chapter 9. 함께라면

그의 품에서 벗어나고 싶지 않았다. 이제야 심장으로 피가 돌고 살아 있음을 느낀다. 지금 모니의 심장이 한없이 팔딱였다. 모니의 등 뒤로 고스란히 느껴지는 그의 심장 역시 모니와 같은 속도로 뛰어대고 있었다. 이렇게나 그를 그리워한 것이었을까.

그가, 날 찾아주었어. 틀림없이 아저씨야.

이탈리아에서의 만남들이 우연의 일치라면 지금은 필연적이라는 것쯤은 모니도 잘 알았다. 그가 할 수 있는 것들을 동원하여 자신을 찾아낸 것이 분명했다. 그는 지금 그녀를 놓치지 않겠다는 의지를 보여주었다. 그의 단단한 두 팔은 모니를 강하게 감싸 안아주고 있었다.

그의 얼굴을 보지 않아도 '그'라는 것을 단박에 알아버린 모니가 한 번 몸을 휘청했지만 품 안에 가둬져서 넘어지지 않았다.

모니가 고개를 떨구고 눈을 감았다. 사랑을 말하는 목소리가 믿기지 않아서 온몸이 전율했다. 술에 취한 지난밤에 자신이 본 것이 환상이 아님을, 그리움이 빚어낸 환상이 아님을 확인하자 안도의 한숨이 연거푸 터져 나왔다. 허리를 감싸 안은 그의 손등 위에 맑은 물들이 흘러내렸다. 마음으로부터 진정으로 원한 것은 그와의 재회였음을, 이제야 모니가 자신의 진심을 정면으로 들여다보았다. 어떤 것이 진짜 마음인지 진의를 알 수 없었던 것이 명명백백하게 밝혀졌다.

우리가 무화과일 수밖에 없는 이유. 서로를 향한 염원과 그리움이 하나가 되어 지금 기적을 만들어냈다. 두 마음이 거부할 수 없는 하나가 되었다. 그리고 이제는 한곳만 바라보는, 서로만이 필요한 진실한 사랑을 시작하려 했다.

"보고 싶었어요. 정말요. 이런 장면, 매일 밤 꿈꿔왔어요."

진웅의 팔 힘이 약해진 틈을 타 모니가 몸을 돌려 그를 바라보았다. 여전히 그녀는 그의 품 안에 가둬져 있었다.

"하모니, 어딜 그렇게 숨어 지낸 거야? 내가 얼마나 찾아다닌 줄 알아?"

목소리에서 간절했던 지난날이 묻어 나왔다. 그 마음을 잘 알아서 모니는 아무런 말도 하지 못하고 손을 들어 그의 얼굴을 쓰다듬었다.

"그대로야. 전부……."

"내 눈 짓무른 거 보이지 않는구나."

진웅이 얼굴을 쓰다듬던 모니의 손을 움직여 자신의 눈가에 옮겨다 놓았다. 모니가 차근차근 그의 눈가를 어루만졌다.

"사라진 게…… 아니었구나. 꿈도 아니었어, 정말."

"사라진 건, 너야."

"그럴 수밖에 없었어요. 알잖아요. 나를."

"그래. 그래야 하모니지. 안 그래?"

모니를 찾으면 하고 싶었던 말들과 절절한 사랑고백의 말들을 계속 마음속에 간직했었다. 어떻게 하면 더 진실하게 마음을 내보일 수 있을까 고민하던 것들은 막상 모니 앞에서 토해내지 않았다.

이렇게 힘들어할 거면서, 이렇게 아팠으면서 자신만만하게 곁을 떠난 모니가 괘씸했던 그는 경직된 표정을 쉽사리 풀지 않았다. 진웅이 좋아했던 모니의 마냥 밝은 모습이 좀처럼 보이지 않아서일지도 몰랐다.

"너, 다시는 못 떠나."

"고마워요. 날 찾아줘서."

진웅이 모니의 머리 뒷부분을 끌어당겨 자신의 가슴팍에 얼굴을 묻게 했다. 진웅의 셔츠가 모니의 눈물로 인해 얼룩져 버렸다.

"왜 이렇게 눈물이 나는지 모르겠어."

"얼른 올라가자. 사람들이 다 우리만 보고 있어."

오피스텔 로비에는 이른 아침을 시작하는 사람들이 있었다. 운동을 하고 돌아오는 사람들, 일찍이 일터로 향하는 사람들, 그와 반대로 밤새워 일하고 이제야 오피스텔로 돌아와 휴식을 취하려는 사람들 사이로 두 사람은 격정적인 재회를 한 것이었다.

민망해진 모니가 눈물을 훔치고 그의 손을 잡았다. 다시는 미아가 되고 싶지 않은, 한 번의 지옥을 맛본 길을 잃었던 아이처럼.

"아저씨, 어디 갔다 왔어요?"

"간단한 아침거리 사러 갔었어. 그새를 못 참고 그 꼴을 해서 내려와?"

모니가 멋쩍게 소리를 내고 울었다. 조금 전까지만 해도 비련의 여주인공이었는데 지금 보니 몰골이 말이 아니었다. 머리는 부스스하고, 취기 때문에 얼굴도 조금 까칠해졌다. 그래도 그런 모습을 사랑해 주는 바보 같은 남자가 곁에 있었다. 그 사실은 의심할여지가 없었다. 사온 음식들을 쇼핑백에서 꺼내면서 식탁에 앉아있는 모니의 이마 위로 그의 입술이 내려앉았기 때문이었다.

"아저씨, 이제 화 풀린 거죠? 그렇죠?"

"하는 거 봐서."

"내가 어떻게 하면 되는데요?"

"날 그냥 받아들여. 머리 굴리지 말고, 재고 따지지 말고. 이제 그럴 필요는 전혀 없으니까."

"노력…… 해볼게요."

"착하다. 내 하모니."

이제야 진웅의 마음이 녹기 시작했다. 그걸 아는 하모니는 진웅의 손을 자신의 머리 위에 올려두었다. 쓰다듬어 달라는 말 없는 요구에 진웅이 완전히 녹았다. 그녀에게 조련당했다. 그녀가 하라는 대로 하고 있는 자신의 모습이 낯설었다. 명령 따위를 하달받는 위치에는 있어본 적이 거의 없었는데…….

불현듯 석현의 음성이 들려왔다. 낮져밤이.

그래, 낮에야 얼마든지 너에게 져주련다. 하모니.

"저녁에 이리로 퇴근할 거야."

진웅이 사온 통통한 유부주머니를 반으로 갈라 입으로 넣은 모니가 급히 음식을 삼켰다.

"나 이제 어디에도 도망 안 가요. 그러니까 그렇게까지 하지 마요. 아저씨 그건 무리예요."

"회사 일 때문에 평창에 출장을 왔어. 자주 올 것 같아."

"정말요?"

그와 원거리 사랑을 할 줄만 알았는데. 이제 인턴을 시작한 지도 한 달이 넘었으니 어림잡아 두 달 정도만 참으면 되는 일이었다. 그 짧은 시간조차도 떨어져 있는 날의 수가 줄어들었다.

"저녁에 데이트도 하고, 함께 잠들 수 있어. 출장이 없었으면 정말 무리했을 거야."

무리를 해서라도 네 곁에 있으려 했어. 여자 혼자 사는 집은 항상 위험에 노출되어 있으니 매일같이 서울과 원주를 오고 가는 미친 짓을 반복했겠지.

"그런데 머리는 왜 잘랐어?"

"여자들은 머리로 심경의 변화를 나타내거든요. 그래서 잘라봤어요. 비련의 여주인공 흉내 좀 내봤는데 어때요?"

"예뻐. 뭐든지 다."

진웅이 짧아진 그녀의 머리를 손끝으로 만져 보았다. 지금에야 웃으며 말하지만 머리가 잘려 나갈 당시에 그녀가 얼마나 힘들어 했을지가 짐작이 갔다. 그래서 여느 남자들처럼 멀쩡한 머리는 왜 잘랐느냐는 핀잔은 할 수 없었다.

"나…… 원주 오기 전에 두진건설 본사에 찾아갔었어요. 아저씨 보러."

"바보."

그때 진즉 그의 눈에 띄었으면 조금만 힘들고 말았을까? 그녀는 그날을 회상했다. 멀리서만 바라보던 사람, 그게 그녀가 할 수 있는 전부라고 믿고 그의 눈에 띄지 않도록 무던히도 노력했던 날이었다.

"나 여기 있는 건 어떻게 알았어요?"

"내가 너에 대해서 모르는 게 있기나 한 줄 알아? 그러니까 또 도망갈 생각은 일절 하지 마."

"부자니까 사람들 풀었죠? 심부름센터, 흥신소 뭐 그런 곳……."

"맹세코 그런 적 없음."

진웅이 오른손을 들고 모니를 향해 손바닥을 보였다.

"네가 만약 남극으로 도망가 버린대도 찾을 거야."

"그럼 내가 남극에 눌러 살겠다면 아저씬 어떻게 할까?"

"나도 눌러 살지 뭐. 남극에 그것도 빙하 위에다 축구 경기장 하나 떡하니 지으면 멋있을 거야. 그치?"

소소한 행복. 그 후에 출근을 하기 위해 나란히 욕실에 서서 칫

솔질을 할 때에도, 같은 몸짓으로 현관에서 신발을 신을 때에도, 꼬리에 꼬리를 물어 자신에게로 향하는 진웅의 사랑을 확인하려는 그녀였다. 아직 세상을 알지 못해 궁금한 것들, 알고 싶은 것들이 넘쳐 나서 '왜?' 라는 질문을 해대는 호기심 많은 아이 같았다. 진웅은 그게 질려서, 귀찮아서 그만하라고 할 만도 했지만 하지 않았다. 오히려 더 신이 난 쪽은 진웅이었다.

"저녁에 봐요."

모니의 오피스텔에서 방송국까지는 얼마 안 되는 걸음이었다. 한나절 가까이를 떨어져 있어야 하는 사실이 아쉬워 진웅은 걸어가겠다는 모니를 자신의 차에 태워 방송국 앞에 내려주었다. 사실상 술에 취해 있었던 모니였기에 두 사람의 재회 시간은 극히 짧게 느껴졌다.

"하루 종일 보고 싶을 거야."

"응. 나도 그래요. 그래도 할 일은 해야죠."

모니가 더 어른스럽게 진웅을 다독였다. 오늘 하루를 잘 견디라는 의미에서 모니는 입술에 살짝 닿았다 떨어지는 입맞춤을 잊지 않았다. 그 입맞춤이 사단이었다. 떨어져 있던 연인들이 격정적인 재회를 할 때 빠지지 않는 것이 키스였다. 그 과정이 몇 시간 전에는 생략이 되어버렸음을 잘 알아서 뒤늦은 키스에 열을 올렸다.

"좋은 아침입니다."

키스 때문에 평소보다 늦었지만 지각은 아니었다. 회식자리에서 막내 신분으로는 해서는 안 될 짓을 해버린 모니였기에 부러 더 크게 인사를 했다.

모니의 외침과는 다르게 팀원들의 얼굴은 밝지 못했다. 어제 얼마나 많이 마셔댄 것인지 아직 출근을 하지 않은 사람들도 있었고, 얼굴이 푸석푸석해진 사람들도 있었다. 평소라면 모니의 인사를 살갑게 받아줄 텐데 다들 제 몸 챙기느라 그럴 여가가 없는 줄로만 알았다.

"어제는 제가 죄송했어요. 너무 피곤해서 그만 먼저 일어났어요."

"아니야, 뭐 그럴 수도 있지."

지난밤 마신 알코올의 영향으로 머리가 지끈지끈 아파오는지 관자놀이를 눌러대던 작가는 힘겹게 웃어주었다.

"어, 어떻게 됐어요?"

기획회의를 진두지휘해야 할 유 PD가 보이지 않아서 모니는 그 역시 지난밤 회식의 여파로 지각을 하는 줄 알았는데 진즉 출근을 했던 모양이었다. 작가가 유 PD가 오기만을 기다렸는지 목을 쭉 빼고 그에게 물었다.

"무슨 일 있어요?"

"마지막 불똥은 우리한테 튀었다. 모니야."

"네?"

"클래식 큐의 진행자 김인하가 술병에 장염이 도져서 지금 병원에서 꼼짝을 못한댄다. 그러게 어제 작작 좀 마시지."

"그런데요?"

"진행자가 몸져누워 버렸으니 개망나니가 그 책임을 우리보고 지랜다. 우리 팀 회식에서 그랬으니, 우리도 할 말은 없다마는 당장 금요일에 중요한 촬영이 잡혔다지 뭐야. 지금 전국 투어 중인 피아니스트 유혜리가 원주 음악전당에서의 연주회 후에 인터뷰를 따야 하는데 진행자가 없어졌으니 우리보고 책임을 지라는 거야."

"말도 안 돼."

"이놈의 지역 방송국에서는 말도 안 되는 일이 종종 일어나요. 잘 보고 배워둬. 방송생활 오래하려면……. 워낙 버라이어티한 곳이 방송국이잖니."

"박 선배가……."

유 PD가 입을 열었다. 팀원들은 그 어느 때보다 팀을 이끌어가는 수장의 말에 집중했다.

"하모니 씨를…… 지목했습니다. 하모니 씨의 부모님이 뮤지컬 음악 감독이시라는 걸 어떻게 알았는지 이번 인터뷰는 음악을 알아야 한다면서 하모니 씨를 유혜리 씨 인터뷰어로 지목했어요. 할 수 있겠어요?"

"그게, 정말이세요?"

엉뚱한 곳에서 터져 버렸다. 리포터도 아니고 인터뷰어로 데뷔를 하게 될 줄이야. 모니에게 있어서는 영광이었다. 비록 개망나니와 이번 작업을 같이 해야 하지만 큰일을 맡게 된 것이 중요했다.

"하모니 씨, 가능…… 하겠어요?"

"박 PD가 걸리긴 하지?"

원주 스토리의 작가가 측은한 표정으로 어안이 벙벙한 모니를 바라보며 혀를 찼다.

"박 선배는 가지 않고 보조 PD가 가기로 했어요. 그날 박 선배는 본사 들어가 봐야 한대요. 슬슬 근신이 풀려가고 있어서 내년에는 상반기에 차기작까지 정해졌나 봐요. 뭐 원래 능력은 있었으니까……."

"그럼 잘됐네. 해, 한다고 해, 모니야. 오늘이 수요일이니까 조급할 거 없어. 준비하면 돼. 내가 도와줄게."

모니를 방송국에 데려다 준 뒤 진웅 역시 평창에 다다랐다. 그저 어제는 모니를 지켜보기만 하고 돌아올 것이라 예상을 했지만 그게 보기 좋게 빗나가 버리는 바람에 지난밤 홀로 자신의 짐만이 꿋꿋이 지키던 호텔 룸에 돌아왔다. 걸어둔 새하얀 셔츠를 갈아입고 슈트 역시 새 것으로 갈아입었다. 룸을 빠져나오면서 짐이 담긴 트렁크도 함께 그곳을 빠져나왔다. 더 이상 이곳에 있을 필요가 없어져서 나가는 김에 체크아웃까지 할 계획이었다.

"선배."

프런트에 카드키를 반납하고 체크아웃을 끝냈을 때, 더 이상 만나지 않기를 바랐던 여자의 음성이 호텔 로비를 채웠다.

"어머님이 선배 여기 묵고 있다고 하셔서 저도 이 호텔로 숙소를 잡았어요. 아침에 함께 식사라도 하면 좋았을 텐데, 이제야 마주치네요. 그래도 다행이다."

"저의가 무엇입니까? 계속해서 우리 어머니를 그쪽이 이용한다는 생각을 멈출 수가 없네요."

지난번, 어머니는 좋은 의도에서 여자와의 만남을 이어주셨음을 진웅도 알았다. 아직은 하모니의 존재에 대해 집안에 이야기를 하지 않아서 그날도 어머니에게 가타부타 여자에 대해 말하지 않았다. 그저 진웅의 선에서 끝내면 되는 일이라 믿었다. 그런데 이렇게 또다시 눈앞에 나타난 여자로 인해 좋았던 기분을 망칠 줄은 몰랐다.

그날 그 정도로 진웅이 차가운 태도를 하면, 그런 수모를 당하면 포기할 줄 알았다. 둘 사이의 진전도를 정확히 알지 못하고 있는 어머니를 이용해 계속해서 일을 만들어내는 여자에게 머리끝까지 화가 치밀었다.

"저, 금요일에 원주에서 공연이 있어요. 전국 투어 하고 있거든요. 지난번에 말씀드린 대로."

"마음에 둔 사람, 있다고 말씀드린 걸로 아는데요. 제 착각입니까? 제가 혼잣말한 겁니까?"

"한 번만 봐주면 안 되는 건가요? 선배라는 사람을 알고 난 후부터는 선배만 바라봤어요."

"유혜리 씨를 알 만한 사람들은 알아보지 않나요? 호텔 로비에서 이런 모습 보이고 싶지 않군요. 저는 체크아웃을 했습니다. 그럼 이만."

상대할 가치조차 없어 보였다. 매정하게 자르는 게 여자에게는 약이었다. 진웅은 여자를 다시는 만나지 않았으면 하는 바람으로 호텔을 나섰다. 아직은 바람에 연약하게 나부끼는 갈대 같은 모니이지만 온전히 모니의 마음을 가질 것이다. 그날이 곧 머지않았음을 아는 진웅이 집안 어른들에게 모니의 존재를 알릴 날도 그리 멀지는 않을 것이다.

❖

마트에서부터 신혼부부 놀이였다. 모니의 아스파라거스 볶음밥과 재료가 제대로 갖추어진 상태에서 만든 진웅의 궁중 떡볶이가 그들의 저녁 식사였다.

"내가 축하해야 할 일, 이제는 말해봐. 궁금해 미치겠어."

축하할 일이 생겼다면서 장을 볼 때 와인까지 구입했다. 아직은 말하지 않는 모니의 잔에 진웅이 와인을 찰랑일 정도로 부었다.

"나, 데뷔해요. 지역 방송국이긴 하지만 내 얼굴이 브라운관에 나온대요."

"그래? 정말이야?"

모니는 스스로가 자랑스러운 듯 고개를 끄덕였다. 그러다 모니의 고개가 우뚝 멈췄다.

"왜?"

"아저씨는, 아나운서 싫잖아요."

그가 싫어하는 것, 피하고 싶은 것들을 모니가 원하고 있었다. 또다시 그에게 자신이 없어졌다. 이런 저를 그는 온전히 받아들일 수 있을까?

"하모니가 아나운서인 건 괜찮아. 그냥 내가 사랑하는 여자의 직업이 아나운서다 생각하면 돼. 그리고 너 아직 아나운서 아니거든."

진웅이 미리 겁을 먹은 모니의 이마를 손가락으로 튕겼다.

"아저씨, 나는 왜 이렇게 자신이 없을까요? 아저씨를 행복하게 해줄 자신이 없어요. 딸은 엄마의 인생을 닮는, 흡."

모니가 어떤 말을 꺼낼지를 알아서 진웅은 모니의 입을 막고 고개를 저었다. 사실 모니가 아나운서를 꿈꾼다는 것은 아무런 문제도 되지 않았다. 그에게는 모니의 존재 자체가 중요하고, 모니가 자신의 곁에 있다는 그 사실이 중요했다.

"나와 함께 하면 다를 거야. 네 인생은 그렇게 되지 않을 거야. 내가 그렇게 되도록 그냥 놔두지 않을 거니까."

"아저씨, 자요?"

금요일에 있을 인터뷰 준비 때문에 모니는 거실에서 작업을 마치고 그가 먼저 잠들어 있는 침실로 돌아왔다. 시트를 젖히고 그의 옆에 나란히 누웠다. 그러자 그날이 생각났다. 수없이 서로를 가지고 가졌던 마지막 밤.

"이제 와?"

진웅은 그저 눈만 감고 있었다. 조용히 모니를 기다렸다. 그녀의 일을 방해하지 않기 위해.

"안 잤어요?"

"잠이 안 와서…… 누구처럼 예민해. 잠자리 바뀌면."

말을 하면서도 진웅은 자연스럽게 모니의 뒤통수에 팔을 넣어 모니가 머리를 고일 수 있도록 해주었다.

"아저씨."

"응."

"나는 그래도 아저씨 곁을 떠나지 않을 거예요. 내가 살기 위해서. 그리고 곧 내 마음도 아저씨처럼 온전해질 거예요. 그때, 내 마음을 다 받아줘요. 그리고 우리는 사랑하면 돼요."

"기다려 줄게. 곁에만 있게 해줘."

"응. 내 곁에 있어줘요."

"네 마음 온전히 얻기 전까지는 널 안지 않을 거야."

"그러지 않아도 돼요. 참을 수 있겠어요?"

"이제는 네 몸보다 마음이 갖고 싶어."

마음이 하나로 일치된 상태에서 서로를 안으면 얼마나 좋을까? 얼마나 행복할까? 나는 그날을 고대하고 있어.

하모니 너는 알까? 내 마음을. 이제껏 사랑이라 믿었던 그 마음들이, 너를 만나기 전까지 불변의 진리처럼 믿고 있던 그 마음들이 모조리 거짓이 되어버렸다는 것을. 너와 만나 사랑하는 순간만이 진정한 사랑으로 정의 내려졌다는 것을 너는 알까?

chapter 10. 빼앗기고 싶지 않아, 그 누구에게도

그가 없는 빈자리는 일이 차지했다. 내일, 코앞으로 다가온 인터뷰를 준비하기 위한 마지막 점검이 한참이었다. 퇴근 시간마저 훌쩍 넘겼고, 끼니마저도 걸러 버렸다. 아직도 준비할 것들이 산더미였다. 그러니 그를 생각할 여유가 없었다. 왠지 모를 쓸쓸함은 혼자 집으로 향하는 길에 그녀를 엄습해 왔다.

3박 4일로 예정되어 있던 그의 출장은 미국에서 들어오는 중요한 손님 때문에 하루가 앞당겨져 마무리되었다. 그 소식을 낮에 휴대전화로 전해 들었다. 워낙에 일이 바빠서 그가 돌아갔다는 사실도 어영부영 잊어버리고 일에 몰두했었다.

[어디야?]

"이제 막 집에 도착."

[늦게 퇴근했구나. 저녁은?]

"아직이요. 대충 챙겨 먹으려구요."

[대충이라니? 든든하게 먹어. 꼭 밥으로. 먹고 힘내서 인터뷰 해야지?]

"응. 그럴게요. 역시 내 생각 해주는 건 아저씨뿐이야."

[시장하겠다. 얼른 식사부터 해. 문 꼭 잘 잠그고, 자기 전에 다시 한 번 확인하는 거 잊지 말고. 인터뷰 잘해. 끊을……]

"잠깐만요! 아저씨."

모니의 목소리가 다급하게 흘러나왔다. 그는 끊으려던 전화를 붙잡고 모니의 말을 듣기 위해 잠시간의 침묵을 유지했다. 그녀 역시 말이 없었다. 침묵을 먼저 깨버린 건 진웅이었다.

[무슨 일이야?]

"아저씨가 날 이렇게 만들었어. 길들여 버렸어. 이게 뭐야? 아저씨가 없으니까 아무것도 하기 싫어. 아무것도, 아무것도 의미가 없어져 버렸어."

모니가 신발을 벗던 현관에서 주저앉아 버렸다. 작은 기대를 했었다. 그가 집에서 기다리고 있을 것이라는 기대를. 그 기대가 무너지자 그 빈 공간에는 상실감이 차지해 버렸다. 바보가 되어버린 기분, 복잡한 감정. 제 마음인데도 제 마음을 알지 못해 답답하기만 했다. 그래서 투정을 부렸다. 처음으로 그에게.

[심통 났구나. 내가 없어서.]

"책임져요."

[그래, 미안해. 조금만 기다려. 다음 주 중반께 다시 원주로 갈게.]

"자기 전에 전화할 거야. 자기 전까지 아저, 아니, 진웅 씨 목소리 들을 거야."

[황공하옵니다. 진웅 씨?]

"왜냐하면…… 나는 진웅 씨가 좋으니까."

서투른 고백이었다. 곁에 있었으면 듣지 못했을 고백을 듣고만 진웅은 천천히 눈을 감았다. 모니가 그를 향한 자신의 마음을 천천히 인지하고 있는 중이었다. 생각보다 그 시간은 빨리 다가오고 있었다. 모니의 고백은 약한 불에서 타지 않게 졸이고 있는 과일 잼 같았다. 불에 익히면 익힐수록, 시간이 더하면 더해질수록 달콤하게 녹아드는 그녀의 마음. 조금만 더 바짝 졸이면 사랑한다는 말을 들을 수 있을 것 같은 기대감이 진웅의 온몸을 휘감았다.

[사랑한다, 하모니.]

"끊어요. 자기 전에 진짜 다시 전화할 거야. 진웅 씨 목소리 들을 거니까 잠들지 마요."

[네에.]

진웅이 대답을 함과 동시에 모니의 전화는 '뚝' 하고 끊어졌다. 아마도 쑥스러웠을 테지. 진웅에게 처음으로 진지하게 마음을 드러내 보였으니까. 그녀에게는 진웅이 첫사랑이라는 것쯤은 잘 안다. 첫사랑의 고백에 마음은 벅차올랐다. 아무도 차지하지 못한 그녀의 마음은 그가 점령해 버렸다.

모니에게서 다시 전화가 온 것은 자정을 훌쩍 넘긴 후였다. 아마도 저녁을 먹고 다시금 인터뷰 준비의 마무리를 하고 전화를 걸었을 것이다. 진웅 역시 그녀의 전화를 기다리면서 설계에 열을 올렸다. 직접 설계를 한 포르데 데이 마르미 해변의 풀빌라처럼 한국에도 특별한 자신만의 건물을 갖고 싶었다.

소박하지만 따뜻한 집. 대궐 같은 저택에 살고 있는 것이 무색하게 군더더기 없지만 온기가 흐르는 집의 설계를 구상하고 있을 때 기다리던 전화가 울렸다.

"이제 자려고?"

[네. 오이 마사지 하고 있어요. 내일 카메라 잘 받아야 하니까.]

마사지를 하면서 오이를 섭취하고 있는 것인지 '서걱서걱' 씹히는 소리가 첨가되어 들려왔다.

"누워서 음식물 먹지 마. 큰일 나, 그러다."

얼마 전, 형과 통화를 했을 때 들려오던 형이 형수를 한 경고의 말과 같은 말을 자신이 모니에게 하고 있었다. 진웅의 입가가 잔잔하게 호선을 그렸다. 이상한 성취감에서 비롯된 것임을 스스로는 알지 못했다.

[네, 진웅 씨.]

한 번으로 끝날 줄 알았던 호칭은 이제 계속되었다. 하모니는 그랬다. 단 한 번도 그의 마음의 끈을 느슨하게 풀어주지 않았다. 오히려 아무것도 못하게 된 쪽은, 훨씬 전부터 그렇게 되어버린 쪽은 그였다.

"졌다, 졌어."

[뭘요?]

"낮에도 져, 밤에도 져."

[무슨 말이에요?]

"아냐, 모르면 됐어. 내일 카메라 잘 받으려면 어서 자."

[보고 싶을 거예요. 수요일까지 어떻게 참지?]

"그러게 좀 일찍 나타났으면 좀 좋아?"

[그래도 확인했잖아요. 우리 두 사람 모두 서로가 간절했다는 걸.]

"말해 뭐해. 그건 내가 더 했어."

[잘 자요. 꼭 내 꿈 꿔요. 내가 꿈에 찾아갈게요.]

서로가 서로에게 채워졌다. 짧은 시간 만나 사랑에 빠졌다는 사실이 상관이 없어졌다. 그것은 아무런 거리낌도 되지 못하고 있었다. 하모니가 섣불리 다가가지 못했던 걸음이 빨라지기 시작했다. 언제나 같은 자리에서 기다려 주는 그를 향해 오늘은 전보다 큰 보폭으로 그에게 가까워졌다.

"오, 하모니. 이름값 하는데?"

고대하던 하모니의 데뷔는 맥이 빠질 대로 빠져 버렸다. 스태프들 말로는 사전 미팅 때부터 유혜리가 깐깐했다고 한마디씩 보탰다. 인터뷰 장소부터 스태프들의 인원과 시간 등, 그 어느 것 하나 양보하는 것이 없었다고 했다. 개망나니 박 PD조차도 '유혜리는 약도 없는 스타병에 걸렸다' 하며 혀를 차고 비방을 했다고 한다.

그러니 오늘 부러 본사에 들어가는 날짜로 잡은 게 분명했다. 스태프들은 그 사실을 반가워하면서도 한편으로는 아쉬워했다. 각자의 분야에서 스타병 양대 산맥의 만남을 기대했건만 진기한 구경은 불발되고 말았다.

일찌감치 스태프들과 유혜리의 연주회부터 관람을 했다. 그것이 인터뷰를 하는 사람들의 도리라는 생각에서였다. 연주회 관람은 꽤 도움이 되었다. 유혜리의 연주를 들으면서 하모니는 추가적인 것들을 꼼꼼하게 메모했다.

오후 5시에 시작된 연주회는 90여 분의 시간이 흐르자 막을 내렸다. 연주회가 끝나고 삼십 분의 휴식 시간을 가진 뒤 유혜리의 웨이팅 룸에서 이어질 예정이었던 인터뷰는 두 시간여 가까이 흐르도록 시작되지 못했다. 유혜리의 스케줄 매니저로부터 어처구니없는 일방적인 통보가 전달되었다. 해외에서 온 지인들과의 저녁 식사를 이유로 인터뷰를 몇 시간 미루자고 했다. 정확한 시간도 예고하지 않은 상태라 스태프들과 모니는 한없이 기다리고 또 기다렸다. 시간이 많을수록 좋았던 모니가 홀로 리허설을 하다가 지쳐 버렸다. 준비한 원고는 하도 많이 읽어서 너덜너덜해지고 있었다.

지루한 시간을 참다못해 모두들 걸출한 욕을 뱉어내도 인터뷰이는 오지 않았다. 그녀는 모두에게 인내심 테스트라도 하는 모양이었다. 모니는 분위기가 험악해지는 것을 막기 위해 피아노를 열었다. 연주회장에서 옮겨진 유혜리가 사용한 그랜드피아노에는 손을 대지 못하고 구석에 방치되어 있는 먼지 앉은 세컨드 피아노에 앉았다. 조율이 되지 않은 피아노를 모니가 '뚱땅' 거리기 시작했다. 다들 '건반 몇 번 두드리다가 말겠지', '모니도 많이 지루하구나', '기껏해야 젓가락 행진곡 정도겠지' 했다.

모니가 연주를 시작하자 스태프들의 눈과 귀가 모니에게로 집중이 되었다. 모니에게서는 바라만 봐도 빛이 났다. 사람을 즐겁게 해주는 아이였다. 동요 메들리를 동요답지 않게 만드는 풍부한 애드리브가 돋보이는 편곡 연주였다.

작은 피아노 연주회에 기다리다 지친 사람들의 눈동자는 생기가 있어지고 맑아졌다. 연주를 마치자 사람들의 박수가 이어졌다. 모니는 연주를 끝내고 피아노를 덮고는 격식을 갖춘 인사를 마쳤다.

"뭐 이 정도야. 우리 할머니가 피아노 교본을 몇 개나 편찬하신 피아노계의 '대모' 이시거든요."

"대박. 어쩐지. 이름부터가 다르더니."

"야, 하모니 네가 이 시건방진 프로보다 낫다. 실은 아까 연주회도 지루해 죽을 뻔했지 뭐야. 다 알 만한 레퍼토리에 헝그리 정신이 영 부족해. 그 실력으로 어떻게…… 쯧. 말해 뭐하겠어?"

스태프들이 한마디씩을 덧붙였다. 음악을 업으로 하여 사는 사람들은 아니었어도 클래식 관련 방송에 몸담고 있는지라 그들의 귀는 열려 있었다.

푸념들이 무성히 쏟아질 때쯤 드디어 주인공이 등장했다. 순식간에 찬물을 끼얹은 듯 아무도 말이 없었다.

"죄송해요. 오래 기다리셨죠?"

늦게 나타난 그녀가 내민 것은 초밥세트와 커피였다.

"불금이 이렇게 막을 내리나?"

조명 스태프가 초밥이 든 종이가방과 테이크아웃 커피를 전해 받고 뇌까렸다.

"저, 제가 시간이 없어요. 이다음에 이어서 바로 인터뷰가 진행될 예정이라서 빨리 진행을 했으면 좋겠네요."

참다못한 보조 PD가 '욱' 하는 성질을 이기지 못해 언성을 높이려 했지만 곧 촬영감독의 손에 저지를 당했다. 이러지도 저러지도 못하던 모니가 그녀 곁에 다가가 앉았다.

"안녕하세요, 유혜리 씨. 인터뷰를 맡은 하모니라고 합니다."

"풋. 하모니?"

앳된 여자였다. 햇병아리나 다름없는. 이름마저도 어이없도록 만들었다. 우월감에 사로잡힌 유혜리는 알게 모르게 하모니라는 아이에게 질투심이 생겨났다.

웨이팅 룸으로 돌아오는 복도에서 피아노 소리가 울렸다. 평소 평론가들에게 영혼이 없다는, 감정이 없는 연주라는 소리를 많이 들었었다. 조금 전 복도에서 들은 피아노 소리는 오만 가지 감정과 표현력이 돋보였었다. 엿들은 말로 피아노 연주는 하모니라는 아이가 한 것이 틀림없었다. 그래서 한껏 밟아주고 싶었다. 고작 지역 방송국의 십 분도 채 안 나가는 분량의 인터뷰를 맡은 이름 모를 그녀와, 세계적으로 도약하려는 피아니스트인 자신은 다르다는 것을, 어디 가서 함부로 피아노 연주를 할 수 없도록 만들고 싶은 고약한 마음이 저도 모르게 피어올랐다.

"네, 다들 그래요, 제 이름을 들으면. 부모님이 뮤지컬 음악 감독이시거든요. 그래서 이름을 이렇게 지으셨어요."

모니는 당황하지 않았다. 이미 유혜리라는 여자는 모니의 관점으로 보면 어른이 아니었다. 저보다 여섯 살이나 위였지만 그것은 어디까지나 숫자에 불과한 것으로 여겨졌다. 자신을 무시하는 느낌을 받았지만 프로가 되기 위한 과정이라 여기며 쏘아붙이고 싶은 마음을 내리눌렀다. 말이라면 그녀에게 지지 않을 자신이 있었지만, 인터뷰를 하면서 부아가 치밀어 오르게 할 수는 없었기에 참았다. 조금이라도 빨리 인터뷰를 끝내고 싶은 마음에 이제는 완벽히 외운 질문들을 그녀에게 쏟아냈다.

질문 자체가 틀에 박힌 질문이었다. 그럴 수밖에 없는 것이 유혜리 측에서 이미 사전 인터뷰 내용을 전해 받고 걸러낸 것들이라 그랬다. 그저 앞으로의 계획과 원주라는 도시에서의 간단한 에피소드들, 연주곡 몇 곡을 소개하는 게 다였다. 아무래도 부족하다고 여긴 모니는 입을 달싹이더니 마침내 하고 싶은 말을 내뱉고 말았다.

"추가 질문입니다. 원치 않으시면 편집해 드리겠습니다."

모니가 보조 PD를 바라보자 그는 수용하는 뜻으로 고개를 끄덕였다. 유혜리 역시 어디 한번 해보자는 듯 모니에게 턱짓을 해 보이자 모니의 머릿속에만 있던 질문은 목소리를 통해 전달되었다.

"유혜리 씨에게는 성장 계획이 있으신가요? 몇몇 평론가들에게 들은 악평들, 예를 들면 '영혼이 없는 연주다'라는 평을 듣지 않기 위해 세우신 성장 계획 같은 것이요. 프로들은 성장을 멈추지 않는다고들 하던데, 유혜리 씨의 성장 계획을 듣고 싶어요."

당황하는 기색이었다. 허를 찔린 듯 어쩔 줄 몰라 하는 표정을 하면서 매니저를 바라보았다.

"말 그대로 악평이죠. 그들의 요구에 맞게 나를 맞추고 싶지는 않아요."

"클래식도 이제는 대중화 되는 시대가 되고 있습니다. 크로아티아의 막심 므라바차만 봐도 그렇구요. 대중과 소통하는 것이 얼마나 중요한지를 보여주고 있는데 혹시 유혜리 씨도 대중들에게 좀 더 다가갈 생각은 없으신가요?"

"저의 철학은 '근본 없는 귀는 상대하지 않는다' 입니다."

"그렇다면 대중들은 근본이 없다는 말씀이신가요? 재미있는 대답이시네요."

"죄송합니다만, 추가 질문은 편집하십시오."

팔짱을 낀 채로 인터뷰를 지켜보던 매니저의 표정이 험상궂어짐을 모니는 진즉에 느꼈었다. 더 듣고 있자니 유혜리의 입에서 어떤 폭탄이 던져질지 예상이 가능한 매니저가 수습차원에서 인터뷰를 끊고자 나선 것이다.

"아니요. 그대로 방송에 내보내도 상관없어요. 그렇게 해주세요. 예술가가 대중들 반응에 이리저리 휘둘린다면 예술가라 할 수 없죠."

"제정신이야?"

"더 이상 내 결정을 번복하려 하지 마. 그건 월권이야."

지켜보는 사람들마저 싸늘하게 식어가는데 당사자인 매니저는 아마 자존심에 난도질을 당했을 것이다. 가까운 친구가 매니저를 맡고 있다고 들었다. 인지도를 얻고 난 후 연주회 외에도 많은 대외적 활동을 하고 있는 유혜리는 언제부턴가 연예인처럼 매니저를 두었다. 그녀는 석 달도 채 안 되어 매니저를 갈아치우기로 유명했다. 그나마 현재 매니저는 그런 유혜리를 잘 알기에 유혜리의 구미에 맞게 행동을 해주었는데 이제 그것도 한계에 다다른 상태처럼 보였다.

'마음대로 해' 라는 영혼 없는 마지막 말을 남긴 매니저는 고단해 보였다. 바람을 쏘이기 위해 웨이팅 룸을 나서는 그는 문손잡이를 잡을 힘도 없어 보였다.

모니는 그런 매니저가 측은했다. 제 사람들을 아낄 줄도 모르는 여자. 아무리 재능 있는 피아노 연주자라도 다 덧없는 일.

모니는 속으로 혀를 찼다. 매니저를 대신해 한마디 쏘아붙이고 싶은 마음을 겨우 억누르고 인터뷰는 그렇게 끝이 났다. 모니에게는 이 하루가 꽤 길고 피곤했다. 보지 못하는 그가 더 보고 싶은 하루는 이제 끝을 향해 간다.

"어머. 다 쏟았네."

소지품들을 양손에 쥔 모니가 커피를 떨어뜨리고 말았다. 아직 클래식 큐 팀이 철수도 하지 않았는데 신문기사 인터뷰를 할 기자가 들어와 자리를 차지했다. 꽤 친분이 있는 것인지 조금 전까지는 보이지 않던 웃음까지 보여주며 농담을 주고받았다.

자신을 대하던 것과는 확연히 다른 태도에 기분이 상한 모니는 여자의 뒤통수를 노려보다 커피를 떨어뜨렸다. 다른 인터뷰를 준비하던 여자는 아니꼬운 표정으로 이죽거렸다.

"청소하는 아주머니들도 퇴근하고 없을 텐데……."

"죄송해요. 제가 치워 드릴게요."

모니가 재빨리 웨이팅 룸을 빠져나가 화장실로 갔다. 청소도구함을 찾아낸 모니가 대걸레를 들고 복도에 나타났다. 철수를 준비하고 방송장비들을 나르던 스태프들은 돌아갈 채비를 마쳤다.

"여기서 퇴근하는 거 맞죠? 먼저들 가보세요. 저는 덜렁대는 바람에……."

모니가 스태프들을 돌려보내고 다시 유혜리가 있는 곳으로 왔다. 인터뷰에 열을 올리고 있는지 모니는 투명인간 취급이었다.

"사적인 질문인데, 두진건설 차기 회장이 유력한 이진웅 전무와의 열애설이 기자들 사이에서 돌고 있더라구요."

"아니, 어떻게 아셨어요? 이 바닥 소문도 빨라. 네, 맞아요. 그이도 평창으로 출장을 왔어요. 실은 어젯밤과 그제 밤에도 내내 함께 했어요. 기자님이니까 믿고 말씀드리는 거예요. 우리끼리 얘기니까 이건 절대 기사로 내지 마세요. 올해 안으로 기자회견이나 기사가 터지면 인터뷰 제일 먼저 해드릴게요."

"약속하신 겁니다."

"하모니 씨, 아직도 안 갔어요? 남의 얘기 엿듣는 취미 있나 봐."

거짓말. 그 여자의 말은 모두 거짓이었다. 그제 밤에 그와 함께 보낸 사람은 자신인데, 게다가 어제 그는 출장을 마무리 짓고 서

올로 가버린걸. 그조차 모르고 마음대로 지껄이는 걸 보면 진웅과는 아예 연락조차 하지 않는 게 틀림없다는 소리였다. 그런데 의심하지 말자 하면서도 의심은 꼬리에 꼬리를 물고 진행되었다.

"역시 재벌들은 그런 거야?"

유혜리를 인터뷰하기 위해 지난 며칠 동안 그녀에 대한 자료를 모았다. 그녀가 장관의 딸이라는 것도 알게 되었다. 지금은 장관직에서 물러나긴 했지만 정치적으로 영향력이 있는 집안의 딸이었기에 진웅과의 혼사도 충분히 가능한 일이었다.

집으로 돌아와 아무것도 하지 못하고 휴대전화만 바라보던 모니는 자리에서 박차고 일어났다. 원주 시외버스 터미널에 도착한 그녀는 서울행 막차를 탔다.

인터뷰에 방해가 될까 봐 전화를 자제했다. 끝날 시간이 훨씬 넘었다고 생각했는데 이상했다. 그녀에게서 전화가 없는 것이. 그가 아는 그녀라면 인터뷰가 끝났다고 자랑을 하면서 들뜬 목소리로 그에게 전화를 할 것이 분명했다. 벌써 자정이 넘은 시간이었지만 그녀에게서 전화가 없었다. 인내심이 바닥이 난 그는 서둘러 휴대전화를 들었다. 화면을 터치하려는 순간 그녀에게서 전화가 걸려왔다.

"인터뷰 잘 끝났어? 왜 이제야 전화해?"

[아저씨 미워!]

꼭 하루 만이었다. 진웅 씨에서 다시 아저씨로 호칭이 격하된 것은. 다짜고짜 밉다고 하는데 무슨 일인가 했다. 술에 취한 것 같지는 않은데…….

"무슨 일이야?"

[나 좀 봐요. 당장.]

"너 어디야?"

[서울. 시외버스터미널.]

"꼼짝 말고 있어."

[흥. 내가 꼼짝 말고 있으라면 그럴 줄 알고?]

"내 속 까맣게 타들어가는 꼴 보고 싶으면 그렇게 해."

"하모니."

어디론가 또 도망갈 것 같았다. 사라지고 없을 줄 알았다. 그녀를 찾느라 한참이나 애를 먹을 줄 알았는데 그녀가 그를 잠자코 기다리고 있었다.

"아저씨."

그를 보더니 의자에서 벌떡 일어나는 모니를 보자 진웅은 그녀의 팔을 낚아채다시피 해 둘만이 있을 수 있는 차로 데려갔다. 이동 중에도 그는 아무런 말을 하지 않았다. 다시는 잃어버리고 싶지 않아서 팔이 아프다고 하는데도 자신의 차에 도착할 때까지 그녀를 붙든 팔을 놓아주지 않았다.

"미워. 미워요."

보조석에 앉은 그녀가 그의 가슴을 주먹으로 내리쳤다.

"도대체 무슨 일이야? 말을 해야 알지."

"아저씨도 그런 거죠? 연애 따로 결혼 따로. 나 같은 건 데리고 노는 거야."

일부러 부릅뜬 눈이라는 건 어둠 속에서도 확인이 됐다. 깜빡이지 않는 눈망울에는 맑은 물이 가득 고여 있었다. 그녀의 말에 반박이라도 하듯 진웅은 모니의 턱을 자신에게로 당겼다. 고개를 돌리려는 모니의 입술을 그대로 머금었다. 이제껏 이토록 거칠게 그녀의 입술을 탐한 적은 없었다. 숨을 가파르게 내쉬며 달아나려는 그녀의 붉은 살점을 억지로 끌어당기자 그녀가 참지 못하고 자신의 뺨을 감싼 그의 한쪽 팔목을 의지하듯 꼭 쥐었다.

"누가 그래, 널 데리고 노는 거라고. 말해. 어서."

그의 목소리는 잠잠했지만 노기로 가득했다.

"유혜리."

"유혜리? 네가 그 여자를 어떻게 알아?"

"내가 오늘 인터뷰 한 사람이 유혜리인걸."

"뭐?"

그가 손바닥을 이마에 가져갔다. 조금 전보다 더 화가 난 모양인지 심호흡을 했다.

"결혼하기로 했다면서요? 올해 안으로 기사까지 난다면서요?"

"미친. 다 거짓이야. 넌 그걸 믿어?"

"터진 입으로 잘만 얘기하더라 뭐. 어젯밤도, 그제 밤도 당신과 함께였다던데요."

"정신이상자가 따로 없군."

"그럼 아저씨는 정신이상자와 결혼하는 거네?"

"잘 들어, 하모니. 우리 집에선 네 존재를 몰라. 그러니 어머니가 몰래 선 자리를 만드셨어. 아무것도 모르고 간 자리였고, 나는 그 자리에서 얘기 끝냈어. 내가 찾은 다이아몬드가 있다고, 그 다이아몬드 다듬고 가꾸기도 모자란 시간이라고, 똑똑히 일러뒀어."

진웅이 모니의 뺨에 흐르는 눈물을 정성스럽게 닦아주면서 천천히 말했다. 모니는 그의 손을 치우고 스스로 눈물을 닦기 시작했다.

"그…… 다이아몬드가 나인 거죠?"

"그래."

"아저씨 빼앗기기 싫어. 그 여자한테 안 줄 거야."

모니가 그의 목을 두 팔로 안았다. 그에게 매달려 소리쳤다.

그의 향기에 안심이 되었다. 그가 그녀의 곁에 있다는 사실이 좋았다. 하루 만에 만난 그가 사무치도록 그리웠다. 곁에 있는 지금도.

"나는 하모니 외에는, 다른 누구에게도 가지 않아."

"아저씨, 정식으로 사귀자고 해요."

"그런 말이 필요해?"

"여대생은, 아니, 여자들은 그런 말이 필요해요."

"하모니, 정식으로 사귀자. 결혼을 전제로."

"이게 소유욕이면 어쩌죠? 아저씨를 갖고 싶은 마음이 사랑이 아니라 소유욕이라면 아저씨에게 내가 상처를 주는 거잖아요."

"그런 생각은 하지 마. 그런 말도 안 되는 소릴 듣고 이 시간에 이렇게 찾아온 게 사랑이 아니면 뭐야?"

"두렵지만, 시작…… 할래요. 진웅 씨. 사랑…… 해요. 사랑하게 되어버렸어. 나도."

"널 찾아서 정말 다행이다."

모니의 입술이 그의 입술에 살짝 닿았다. 한참이나 서로의 입술이 나눠주는 온기를 느꼈다. 조금 전의 격정적인 키스가 아니어도, 수줍은 모니의 입맞춤만으로도 진웅은 세상을 다 가진 듯했다. 그녀에게서 사랑한다는 말을 들어버렸으니까.

"둘만의 언약식을 하자."

"언약식?"

진웅이 고개를 끄덕였다. 그녀의 대답을 듣지 않고 진웅이 차를 몰았다. 도착한 곳은 심플한 외관의 쥬얼리샵이었다.

"그럴 줄 알았어. 어서 내리자."

문을 닫았다는 푯말이 걸려 있는데도 그는 무슨 영문인지 쥬얼리샵으로 들어갈 기세였다. 블라인드 사이로 불빛이 새어 나오는 걸 보면 안에 사람이 있기는 한 모양인데.

"문 닫은 거 아니에요?"

"안에서 아마 디자인하고 있을 거야. 잘 아는 곳이니까 걱정 마."

그가 통화를 끝내자 안에서 문이 열렸다.

"어서 오세요."

"사장님은 어디 가셨습니까?"

"오늘 해외에서 물건이 와서요."

"아, 반지 좀 보여주십시오."

"커플 반지로 보여 드리면 되나요?"

두 사람이 깍지를 낀 채 손을 맞잡고 있는 모습을 본 점원은 웃음을 머금은 채 물었다.

"약혼반지입니다."

 chapter 11. 둘만 아는 약속

도시를 벗어나 얼마간을 달렸다. 교외의 한적한 곳에 위치한 어느 별장에 도착을 했을 때에는 세상이 잠든 것마냥 조용했다. 오직 둘만의 시간과 공간에 다다른 그들은 아무런 말이 없었다. 땀이 배인 맞잡은 두 손을 놓지 않았다.

숲 속에 감추어져서 어두컴컴했던 별장은 어느새 두 사람이 밝히는 촛불만으로 채워졌다. 단순한 양초들에 불을 밝혀 두 사람이 지나갈 길을 만들었다. 앞으로의 삶을 예견하듯 촛불은 환하게 피어올라 주변을 은은하게 밝혀주었다. 더불어 따뜻한 온기로 연인들의 앞길을 축하하듯 아름답게 흔들리고 있었다.

촛불로 양쪽에 길을 만들고 그 끝에 두 사람이 마주 보고 섰다. 여자는 촛농이 떨어지기 시작하는 초들을 따라서 눈물을 흘리기 시작했다.

"왜 울어?"

"모르겠어요. 그냥, 눈물이 나는 걸 어떡해요."

지나간 시간을 떠올렸다. 운명처럼 타국에서 만나 사랑에 빠졌다. 그리고 먼저 떠난 자신을 그는 다시 찾아주었다. 모든 것들이 우연이 아닌 이제는 운명으로 뒤바뀔 시간이 다가오자 여자는 감격스러움에 맑은 샘물이 끊임없이 눈가를 적시고 두 뺨을 타고 흘러내렸다.

그와 사랑만 한다고 해도 충분히 좋을 텐데, 사랑을 약속하는 맹세의 의식까지 바로 앞두고 있는 그녀의 가슴이 터질 듯이 벅차올랐다. 마음을 주체할 수가 없어서 계속해서 아무런 말도 못한 것이었다. 한마디라도 하면, 그의 이름이라도 부른다면 자신의 감정선을 도저히 붙잡을 용기가 없어서 여태껏 답지 않게 잠자코 있었다.

그는 울지 말라는 말 대신 그녀를 품 안에 끌어들였다. 그러자 그녀의 울음은 더없이 커졌다. 그의 마음도 덩달아서 널뛰기를 하고 있었다. 그는 애써 눈물을 삼켰다. 아픔과 고통, 슬픔의 눈물은 아니었다. 행복과 사랑과 믿음을 동반한 여러 가지 감정들이 섞인 눈물을 흘릴 수도 있었지만 두 사람 모두 울어버리면 언약식을 치를 수 없기 때문에 그가 가만히 그녀를 안아서 등을 어루만졌다. 한참이나 지난 후에 그녀의 울음은 잦아들었다.

"이제 다 울었나 보네. 얼굴 좀 보자, 얼마나 못난이가 됐는지."

"못난이라도 사랑해 줄 거죠?"

이제야 그를 올려다보았다. 아직도 두 눈가에는 물기가 어려 있어서 모니의 눈동자는 더 맑아졌다. 눈물로 한껏 정화된 투명한 눈동자에 이제는 반 토막만 남은 촛불들이 비쳐왔다.

"울지만 않는다면."

"다 울었어요."

겨우 진정이 된 가슴 위로 모니가 두 손을 겹쳐 모아 심호흡을 했다. 얼른 옅은 미소를 만들어 그를 바라보았다.

"촛불이 다 꺼지기 전에 맹세를 하자."

"그래요. 어서 해요."

그가 한 쌍의 반지가 나란히 잠들어 있는 케이스를 열었다. 그녀 몫으로 주어진 반짝이는 반지를 네 번째 손가락에 끼웠다. 주인을 찾은 반지는 마치 생기를 불어넣은 것마냥 그녀의 손가락을 감싸고 살아났다.

"내 마지막 여자, 하모니. 당신만을 사랑하겠습니다. 약속합니다. 언제나 당신 편에서 생각하고, 배려하겠습니다. 당신을 위해, 당신을 사랑하기 위해 이 세상을 살아가겠습니다. 지금부터 하루하루를 인생의 마지막 날이라고 생각하며 그렇게 사랑하겠습니다. 말보다는 행동으로, 가슴으로 보여주는 사랑을 하겠습니다."

두 눈을 꼭 감고 그의 손을 잡았다. 가만히 그가 주는 맹세를 귀 기울여 들었다. 그리고 그의 맹세를 심장에 새겼다. 그는 맹세를 마친 후 그녀의 뺨에 가만히 입을 맞추었다. 이제는 그녀가 맹세를 할 차례. 그녀가 눈을 뜨고 나머지 반지를 그의 손가락에 끼웠다. 반지의 둘레를 한 번 어루만진 후 그녀가 입술을 뗐다. 그를 수초간 가만히 올려다보았다.

"나는, 진웅 씨만을 사랑하겠습니다. 너무나 부족한 나를 사랑해 줘서, 당신의 마음이 제게로 닿았습니다. 사랑 때문에 겪는 아픔 없이 한 번에 내게 와준 당신을 어제보다 더 사랑하겠습니다. 내 마음을 속이지 않겠습니다. 두려워하지도 않겠습니다. 이제부터는 나의 처음이자 마지막 사랑인 당신만을 믿고 사랑하겠습니다."

그녀가 맹세를 끝낸 후 까치발을 해서 그의 입술에 입을 맞추었다. 그는 그녀의 두 뺨을 살며시 감싸 안고 그녀의 사랑고백에 화답했다. 두 입술이 열리고 서로를 맞이했다. 뜨거운 두 개의 혀가 만나 서로 엉켜들었다. 그녀가 그의 허리를 두 팔로 감싸 안아 밀착시켰다.

엉켜들었던 혀가 떨어지고 그는 그녀의 입술을 가만히 가두었다. 아랫입술과 윗입술을 차례대로 빨아 당기고 맛보았다. 그의 애달픈 행위에 그녀는 가슴이 에어왔다. 그가 원하는 것이 무엇인지를 잘 알 것 같아서 그녀가 그의 허리에 둘렀던 팔을 풀고 그의 목을 감싸 안았다. 그에게 매달려 두 다리를 허리에 감자 그가 입술을 머금은 채로 그녀가 떨어지지 않도록 두 손으로 그녀의 엉덩이를 받쳐 주었다.

"사랑해요. 우리."

그녀가 그의 얼굴을 어루만졌다. 그녀가 사랑으로 가득 찬 욕망의 얼굴을 내비치자 그가 고개를 끄덕였다. 그녀의 입술이 그의 입술을 열고 파고들자 송곳처럼 예리한 쾌감이 그를 휘몰아쳤다. 작은 혀가 그를 버겁게 감싸 안았다. 열락으로 초대하는 그녀의 손길을 거부할 힘이 이제는 바닥나 버린 그는 그녀를 소중히 감싸 안고 그만이 아는 침실로 향했다.

그녀의 몸이 푹신한 침대에 뉘어졌다. 그가 그녀의 티셔츠를 벗기고 속옷에 얌전히 감싸인 뽀얗고 탐스러운 가슴을 완전히 드러내기 위해 손을 등 뒤로 돌려 훅을 풀었다. 그녀가 여전히 수줍은 듯 두 팔로 자신의 어깨를 교차시켜 가렸다.

"아직도 부끄러워?"

"조금."

그가 그녀의 팔을 어깨에서 떼어내고 자신의 어깨에 올려두었다. 그가 고개를 숙여 그녀의 양 가슴을 번갈아 촉촉이 적셔갔다. 붉게 살아난 정점은 그의 타액으로 반짝였다. 그가 다시 그녀의 바지로 손을 내리자 얼마 후 그녀의 다리를 꽉 감싸 안았던 바지는 저 멀리 던져졌다. 그녀가 걸치고 있는 것이라고는 이제 아래를 겨우 가려주고 있는 속옷뿐.

"반칙이에요. 진웅 씨는 그대로야."

그녀의 작은 토라짐에 그가 그녀의 팔을 당겨 침대에 앉게 했다.

"내가 했던 것처럼, 벗겨줘."

그녀의 손이 그의 타이에 먼저 닿았다. 감색 타이를 어설픈 손길로 풀고 그의 새 하얀 드레스 셔츠의 첫 단추를 풀었다. 고요한 가운데 단추를 여는 소리가 꽤 크게 들리자 두 사람 모두 긴장과 설레임으로 떨리기 시작했다. 그녀의 끈질기고 대담한 손길에 그의 상체가 드러났다. 슬림하면서도 보기 좋은 잔근육을 가진 상체를 바라보다가 더 큰 용기를 내 그의 벨트로 손을 가져갔다.

"못하겠어."

그녀가 고개를 저었지만 그는 그녀의 손을 놓아주지 않았다. 그녀가 다시 눈을 질끈 감았다 뜨고서 벨트를 풀고 그의 바지 지퍼를 열었다.

"이젠 내가 할게."

그가 그녀의 머리를 쓰다듬었다. 누운 채로 잠잠히 기다리고 있는 그녀처럼 그의 몸도 어느새 그녀 앞에 낱낱이 드러났다. 그가 그녀에게로 몸을 겹쳐 오는가 싶더니 그녀의 몸을 뒤집었다. 곧바로 그녀의 팬티까지 벗겨내고 그녀의 자랑인 순백의 몸을 눈으로 먼저 더듬었다.

"으응. 진웅 씨."

그가 보이지 않는 두려움에 그녀가 보챘지만 그는 아랑곳하지 않고 그녀의 어깻죽지부터 움푹 파인 등허리까지 입을 맞추었다. 마침내 입술이 탐스럽고 보드라운 엉덩이에 닿자 그녀가 몸을 뒤챘다. 참지 못할 간지러운 감각에 기어코 그녀가 엎드린 몸을 돌려 제 스스로 그에게 보였다.

"낮엔 기꺼이 져줄 수 있어. 하지만 밤엔 아니야."

그는 곧장 그녀의 깊은 샘에 얼굴을 들이밀었다. 그녀의 양쪽 골반을 꽉 움켜쥐고서 적셔진 그녀의 깊은 곳을 그의 타액으로 한 번 더 적셔갔다. 그녀가 약하게 흐느끼기 시작하면서도 그를 거부하지 않았다. 그의 머리칼을 만지면서 그가 주는 쾌감을 고스란히 받아들이고 있었다.

"하아, 진웅······."

꼿꼿이 세운 혀가 쾌감의 근원지에 도착했을 때에 비로소 그녀의 호흡이 가파르게 오르기 시작했다. 떨려오는 감각에 허벅지를 모으려 했지만 번번이 그에게 막혔다.

"그만, 제발. 이제 그만하고······."

어서 들어와 달라는 말은 그의 입술에 묻히고 말았다. 그가 땀이 배인 그녀의 얼굴을 입술로 식혀주고 그녀의 손과 자신의 손을 맞잡게 했다. 그녀에게 밀착된 몸의 감촉을 더 느끼고 싶어서 한참이나 움직이지 않던 그가 부풀어 오른 자신의 중심부를 그녀의 촉촉이 젖은 꽃길에 몇 번이고 스치게 했다. 그사이 그의 중심은 그녀가 더 또렷이 느껴지도록 위용을 갖추어갔다.

"너무 오랜만이라 네가 아플지도 모르겠다."

그가 천천히 그녀의 안으로 진입했다. 도저히 잊을 수 없었던 그 따뜻함이 그를 잠식했다.

"아, 아."

그녀의 미간이 모아졌다. 찡그릴 때 생기는 주름조차 아름다웠다. 결코 그 외에는 어떤 누구도 받아들이지 않고 기다리던 그녀의 몸은 오랜만에 그를 받아들이자 약간의 통증이 쾌감과 함께 밀려들어 왔지만 오래가지 않았다. 그저 약간의 이물감 때문에 놀랐을 뿐.

"아팠어?"

완전히 들어온 후 그가 물었다.

"오랜만이라."

"이렇게…… 빨리, 널 안을 줄은 몰랐어."

"하아. 사랑해요. 진웅 씨."

그녀의 사랑고백에 천천히 움직이며 그녀의 가슴을 감싸 쥔 그의 움직임이 빨라지고 목소리 또한 높아졌다.

"하모니. 내 여자."

"으응. 진웅 씨 여자야."

"넌 정말, 예측 불허야."

그가 그녀의 벌어진 그녀의 허벅지를 모으고 무릎을 접게 해 허리와 엉덩이가 허공에 조금 뜨도록 만들었다.

"좀 더 깊게 들어갈게. 놀라지 마."

그녀가 그의 조용한 경고에 약한 떨림을 느끼고 손을 아래로 내려 그의 팔목을 붙잡았다. 마침내 그의 예고대로 그가 더 깊이 들어왔다. 숨을 쉴 수 없을 정도로 그가 가득 채워졌다.

"아, 도저히 숨을 못 쉬겠어요."

그의 입에서 가벼운 한숨과 함께 가느다란 웃음이 배어 나왔다. 그가 그녀의 다리를 어깨에 둘러매듯 올렸다.

"느껴봐. 내가 얼마나 깊이 있는지를."

"흡."

그가 움직이기 시작했다. 그녀의 머리가 흔들리고 사방이 흔들려 보이기 시작했다. 그의 땀방울이 연속해서 그녀의 가슴골에 닿았다가 아래로, 아래로 내려갔다. 그의 눈이 그녀를 향한 욕망으로 휩싸여 숨소리마저도 점점 탁해져만 갔다.

마침내 서로의 호흡이 이보다 더 빨라질 수 없을 것이라는 생각이 들 정도로, 심장이 타들어갈 정도의 완벽한 일치감이 두 사람을 지배했다. 거칠 대로 거칠어진 상대방의 숨소리는 달콤하고도 치명적인 사랑고백을 대신하기에 완벽했다.

"모니야, 날 봐."

눈을 감고 그를 느끼는 그녀에게 속삭였다. 그녀가 가느다랗게 눈을 떴다.

"다리가, 아파."

그가 어깨에 닿은 그녀의 다리를 풀어주고 그녀의 한쪽 어깨 근처로 얼굴을 내렸다. 그녀가 본능적으로 그의 허리에 다리를 단단히 감았다. 그가 한층 더 속도를 내어 움직이자 소용돌이로 빠져드는 깊은 짜릿함이 몇 번이나 반복되었다. 이대로라면 기절을 해버릴 정도로 그는 그녀를 몰아붙였다.

"진, 진웅……."

그가 그녀 안에서 모든 것을 쏟아냈다.

"하아. 모니야. 미치도록…… 사랑해."

"나, 이대로 기절할래."

그가 엄청난 행복감의 여운으로 인해 그녀의 안에서 쉽사리 빠져나가지 못했다. 그녀가 그런 그를 감싸 안고 등을 토닥였다.

"그럴래?"

"응. 힘이 하나도 없어요."

"네 안에서 나가는 일이 너무 싫어."

"그렇다고 이대로 있을 수도 없잖아요. 대체 낮에 뭘 먹은 거야."

모니가 감겨져 오는 눈을 겨우 뜨고 물었다. 그는 대답하지 않고 소리 내어 웃기만 했다.

"이탈리아에서보다…… 더 좋아졌어요. 힘든데…… 계속하고 싶어."

진웅이 두 사람의 몸을 일으켰다. 모니가 그와 연결된 그대로 앉은 자세가 되어버렸다.

"왜 그런지 가르쳐 줘?"

"응."

"마음까지도 하나거든. 아무런 두려움 없이."

모니가 그의 손길을 받아 엉덩이를 살며시 움직였다. 그가 허리를 받쳐 주어 훨씬 편해지자 그에게 자신의 몸을 최대한 떨어지지 않게 만들었다.

"움직이지 않아도 돼. 좀 쉬자. 우리에게 시간은 아주 많으니까."

그의 품 안에서 죽은 듯이 잠을 잤다. 수마가 그들을 덮어버렸다. 먼저 깨어난 건 그녀였다. 속옷만 겨우 챙겨 입고 방에서 나와 거실의 소파 위에 있는 모포를 이용해 몸을 감싸 안았다. 가방을 찾아낸 모니는 그 속에서 알약을 꺼냈다. 그대로 주방으로 가서 컵을 찾아 정수기의 물을 받아 알약을 삼켰다.

"뭐 해?"

곁에 그녀가 없는 허전함에 그 역시도 깨버렸다. 도망가는 게 주특기인 하모니가 도망이라도 갈세라 그녀의 뒤를 따라왔다.

"아무것도……."

그가 다가와 모포에 감싸인 그녀의 몸을 그대로 안아 들고 침실로 돌아왔다.

"실은."

"실은?"

"피임약 먹었어요."

"그래?"

"기분…… 나빠요?"

"아니, 왜? 나빠야 해?"

모니가 진웅을 바라보고 고개를 저었다. 모니가 그의 품 안으로 파고들어 갔다.

"난요, 바람직한 임신을 할 거예요."

"바람직한 임신은 뭔데?"

"배불러서 결혼식 하는 건 절대 안 할 거야. 아이를 뱃속에 넣고 결혼은 안 할 거예요. 나중에 아무것도 모르는 아이를 바라보면서 한순간이라도 '너만 없었으면' 하는 생각은 너무 끔찍하잖아요."

"알 것 같아. 네 마음."

"고마워요."

"내가 더 고마워. 그런데 이탈리아에서도 피임약 먹었어?"

"아니, 그전에 여행하는 데 신경 쓰일까 봐 생리 늦추는 약 먹었었거든요. 아마 그거 때문에 진웅 씨와 허니문 보내고도 괜찮았던 것 같아요."

"그렇구나. 이제부터는 약 먹지 마. 내가 조치를 취할게. 어쨌든 피임약도 약이야."

"알았어요."

"늦은 아침 먹고 여길 떠나자."

진웅이 그녀의 두 눈에 번갈아가며 입을 맞추고 말했다.

"그래요."

"어디로 갈 거야? 원주?"

"아뇨, 오랜만에 부모님 댁에 가려구요. 이탈리아에서 돌아와서도 계속 할아버지 할머니 댁에 있었거든요. 그리로 데려다 줘요."

"알았어. 그럼 저녁에 다시 나올래? 소개시켜 줄 사람이 있어."

"누군데요?"

"있어. 너와 비슷한 냄새를 가진 사람."

"여자?"

"여자."

"질투나."

"유혜리. 그 여자 일은 내게 맡겨줄래? 결혼기사까지 나도록 내버려 둘 참이야. 내게 생각이 있어. 믿어줄래?"

"무슨 생각인지 모르겠지만 믿을게요."

"참, 부모님은 어떻게 됐어?"

"이혼 보류 상태. 내가 없으니까 이상하게 사이가 좀 달라지긴 했……."

모니의 말끝에 하품이 달리자 진웅은 모니의 배를 두드렸다. 말하지 않아도 된다고 속삭이고 그녀를 재웠다. 그녀의 속눈썹에 입을 맞춘 후 진웅도 다시 잠에 빠졌다.

"무슨 생각 하는 거야?"

"아…… 미안해요. 뭐라고 했어요?"

어젯밤 도착을 했을 때는 캄캄한 밤이라 주변 풍경을 볼 수 없었다. 돌아가는 길의 경치를 구경하느라 넋을 잃은 줄 알았다. 진웅은 운전을 하다가 차창 밖에 시선을 고정시킨 모니의 머리칼을 헝클었다.

"인턴 끝나면 부모님께 인사드리러 가자고."

"너무…… 이르지 않나?"

"당장 결혼하자고 할까 봐 무서워?"

"그렇지 않아요. 서로가 간절하다면, 일찍 결혼하는 것도 나쁘지 않다고 생각해요."

그를 바라보았다. 정면을 향해 운전을 하는 그의 모습은 바라만 봐도 든든한 모니의 사람이었다. 무엇이든 그와 함께라면 이제는 두렵지 않았다. 그녀를 향한 무한한 사랑을 보여준 사람.

부모님의 영향으로 결혼 따위의 생각은 유쾌하지 않았다. 매일 서로를 헐뜯고 싸울 바에는 아예 하지 않고 혼자 살아가는 일이 훨씬 나은 삶이리라 생각을 해왔었다. 그런 생각들이 지난밤의 언약식을 통해 완전히 뒤바뀌었다. 이제껏 자신을 힘들게 한 생각은 돌이켜 보면 단순한 것이었다. 부모님의 결혼생활과 자신의 결혼생활을 마치 짝패처럼만 인식해 왔었다. 부모님이 그런 결혼생활을 했으니 자신의 결혼생활 역시 마찬가지일 거라는 지나친 일반화였다. 그 생각을 그가 고쳐주었다. 일깨워 주었다.

"정말…… 그렇게 생각해?"

"진웅 씨가 무슨 생각 하는지 알아요. 자긴 결혼 적령기의 남자, 거기다 기업을 이끌어갈 사람이죠. 운명의 상대를 만나면 결혼도 서둘러야 하는데 내가 너무 어려서 미안해하는 거 다 알아요. 한창 나이의 날 데려가는 거니까."

뜻밖의 말이었다. 속 깊은 모니의 말은 진웅조차도 예상하지 못한 것이기에 가만히 운전만 하고 있을 수 없었다. 모니와 언약식을 치르긴 했어도 모니에게 먼저 결혼 허락을 받으려면 고생깨나 할 줄 알았다.

마냥 청춘을 즐기는 철부지는 아니었어도 이십대 초반의 여대생에게 결혼이란, 누군가의 아내라는 자리는 쉽게 결심할 수 있는 것이 아닌 걸 잘 알고 있었다. 견디기 힘들겠지만 적어도 모니가 스물다섯 정도가 되기까지는 기다려 주겠다는 결심도 지난밤에 했었다.

"적어도 네가 스물다섯이 될 때까지는 기다릴 생각이었어."

갓길에 차를 세운 진웅은 모니를 자신의 품으로 끌어당겨 안았다.

"할머니가 그러셨어요. 시집은 아무것도 모르는 나이에 가는 게 제일 좋다고."

"해 바뀌면 바로 결혼하고 싶어. 마음은 지금 당장이라도 하고 싶은데 꾹 눌러 참고 있어."

진웅 씨, 우리의 결혼이 조금 빨라질지도 모르겠어요.

피임약을 챙겨 먹고 다시 그의 곁에서 잠들었을 때 꾼 꿈이 생생했다. 햇살이 비추어 물결이 일렁이는 냇가에 손을 담글 때, 모니도 모르는 사이에 금덩이가 물결을 타고 손안으로 들어왔다. 너무 빛이 나서 꿈임에도 불구하고 모니의 눈이 시릴 정도였다. 금덩이를 손안에 넣은 직후 바로 꿈에서 깨났을 때에는 태몽이라는 것을 직감했다.

좋으면서도 두렵고 무서운 꿈이었다. 만약 태몽이 아니었어도 그와의 꿈결같은 밤을 보낸 후 그의 곁에서 꾼 꿈이라 더욱 귀했다. 진웅의 차에 오르고 창밖을 살피는데 또 그 꿈이 생생해졌다. 그래서 진웅이 하는 말도 듣지 못한 것이었다.

"인턴 끝나면, 우리…… 허락 받아요. 진웅 씨가 맞았어요. 우린 무화과야."

"천생연분이라는 말, 전에는 믿지 않았어. 중동에 있다가 한국으로 들어오면 적당히 집안끼리 아는 여자와 선을 보고, 연장선으로 결혼을 하는 줄로만 알았지. 태어나서 이토록 뜨거운 사랑을 하리라고는 상상조차 하지 못한 일이야."

"걱정이에요."

사랑이 깊어지면 깊어질수록 고민이었다. 그 고민 때문에 모니의 얼굴이 시무룩해졌다.

"뭘 걱정하는 거야?"

"진웅 씨 집에서 날 싫어하면, 반대하면?"

"그럴 리 없어."

양가의 할머니와 할아버지가 대학 동기였다. 모니의 할아버지는 여전히 진웅 일가의 기업에 자문위원을 할 정도로 돈독한 사이를 유지하고 있다는 걸 까맣게 모르고 있는 그녀는 그와의 결혼문제에 기쁨보다는 걱정이 앞서는 모양이었다.

"넌 어디서나 사랑받는 하모니잖아."

"그래서 더 불안해요. 사람 일이 매번 다 잘될 수는 없잖아요."

"이 맹꽁이 아가씨야. 아무 걱정 말아요."

기우였으면, 지금 하는 모든 걱정이 쓸데없는 걱정이기를. 모니는 믿음직스러운 그의 눈을 들여다보았다. 행여 그의 집안에서 모니를 반대하더라도 모니는 그의 손을 잡고 헤쳐 나갈 작정이었다. 아무 걱정 말라는 그의 말에는 아마 모니의 손을 끝까지 놓지 않겠다는 다짐도 함축되어 있을 것이다.

"오히려 내가 더 걱정이야. 어린 너를 데려가겠다는 말을 어떻게 쉽게 할 수가 있겠어?"

모니가 긴 한숨을 내쉬었다. 진웅에게 아직은 꿈 이야기는 하지 않기로 했다. 진웅은 한 손으로는 모니의 손을 잡고 한 손으로는 다시 핸들을 잡았다. 그리고 곧장 차를 출발시켰다.

아가야, 아직은 아닌 것 같아. 아직은…… 오면 안 돼. 나는 여전히 두렵거든. 네 할머니가 나를 가진 채로 결혼을 했기 때문에 너 역시 지금 와서는 안 돼. 그럼 평행이론 같잖아.

"다 왔어."

꿈 때문에 제대로 잠들지 못했었다. 그 여파였을 것이다. 저도 모르는 사이 차창에 살며시 기대어 깊은 잠에 들었는지 어느새 그의 차는 부모님이 살고 계신 곳에 다다랐다. 익숙한 풍경이 시야에 들어와 마음이 저절로 편안해졌다. 그가 살며시 뺨을 톡톡 두드리는 바람에 단잠에서 깨어나 기지개를 켜는 순간 놀라움에 입을 가리고 그를 바라보았다.

"난 우리 집 주소 말한 적 없는 것 같은데?"

모니의 안전벨트를 풀어주기 위해 진웅의 몸이 모니에게로 기울어지는 순간 그가 귓가에 속삭였다.

"지난 몇 달간, 널 찾느라 이 동네도 익숙해졌어. 넌 할아버지 댁에 숨어 지내서 여기 나타나지 않았지만 난 매일 밤, 이곳으로 퇴근을 했었거든. 네 그림자도 나타나지 않은 슬픈 역사가 있는 곳이기도 해."

"나, 많이 보고 싶었겠구나."

그런 줄도 모르고. 그가 먼저 그녀를 다 잊었을 것이라고, 그는 그럴 수밖에 없는 위치에 놓인 사람이라고 철석같이 믿고 있었다.

잠시간의 헤어짐을 아쉬워하는 두 사람의 손이 겹쳐졌다. 같은 디자인의 반지가 한낮의 빛나기 시작하는 햇살을 받으며 더욱 반짝였다.

"저녁 약속 잊지 않았지?"

대체 누굴 소개시켜 주려는 걸까? 저녁 약속을 말하는 그의 눈빛은 들떠 있었다.

"그럼요. 점점 궁금해 죽겠는 걸 간신히 참고 있어요. 도대체 누굴까? 진웅 씨가 소개시켜 줄 사람."

"기대해도 좋아. 저녁에 다시 올까?"

"아니, 내가 알아서 갈게요. 너무 붙어 있어서 서로에게 싫증나면 어떡해. 괜찮으니까 주소 정도만 메시지로 전해줘요."

초인종을 누르자 원진의 목소리가 들려왔다. 보통 뮤지컬 공연이 주말에 많아 원진과 현경 두 사람 중 누구라도 주말에 있는 건 드문 일이었다. 초인종을 눌러보고 답이 없으면 열쇠로 문을 열고 들어갈 참이라 모니의 검지 손에는 열쇠고리가 달랑달랑 매달려 있었다.

"아빠 집에 있었네."

인터폰으로 간단히 신원조회가 끝이 나자 철제로 된 대문이 딜커덩 하고 열렸다.

"모니야, 웬일이야?"

모니의 얼굴을 눈앞에서 확인한 원진은 간간이 전화로 생사확인을 시켜준 모니가 반가워 물었다.

"섭섭해지려고 해. 내 집에 내가 못 오나 뭐."

"섭섭한 건 이 아빠다."

"모니 왔어요, 여보?"

이상했다. 현경이 원진을 부르는 목소리가 지난번 집에 들렀을 적보다 훨씬 더 부드러워져 있었다. 이혼하는 게 새삼스러워서 평생을 그저 섹스 파트너로 서로를 대할 줄 알았는데 그것과는 좀 달랐다. 더 놀라운 건 두 사람 모두 주말에 함께 집에 있다는 사실이었다.

"뭐야? 엄마도 있었어?"

모니가 눈을 동그랗게 뜨고 거실로 다가갔다. 폭신한 러그 위의 호두나무 테이블에는 배냇저고리부터 각종 육아용품이 늘어져 있었다. 갑자기 추억팔이를 하는 것인지 모니는 늘어놓은 물건들이 처음엔 자신이 갓난아기였을 적에 쓰던 물건인 줄 알았지만 그런 것치고는 너무 최신식이었다.

"이게 다 뭐야? 누가 애 가졌어? 선물할 거야?"

"모니야, 이리 좀 앉아봐."

원진과 현경이 나란히 앉고 반대편으로 모니가 홀로 앉았다. 드디어 올 것이 왔다. 이번에야말로 이혼을 선언하려는지 두 사람의 분위기는 사뭇 진지했다. 이혼을 얘기하려는 분위기치고는 그 느낌이 너무나 따뜻했지만 악감정들을 풀고서 좋게 헤어지기로 결심을 했다고만 생각했다.

"잠깐만, 나 마음의 준비 좀 할게."

모니가 명상을 하는 것처럼 숨을 들이마시고 뱉고를 반복할 때, 두 사람은 서로 먼저 이야기를 하라고 미루는 모습이었다. 어쩐지 그 모습이 닭살스럽게 느껴졌다. 특히 생김새와는 반대로 남자들과의 싸움에서조차 지지 않았던 현경은 드물게 수줍어하는 모습이었다.

"아니, 왜 말을 못해? '우리 이혼하겠다. 갈라서겠다' 왜 말을 못하냐구."

"지지배. 말하는 본새 좀 봐."

"여보, 얼른 귀 막아. 울림이 듣지 못하게."

원진이 급히 현경의 귀를 두 손으로 막았다.

"울림이?"

어디 개라도 키우는 것인지 모니가 주위를 둘러보았지만 두 사람 외에는 그 어디에도 다른 생명체가 없었다. 모니가 답답함에 '울림아' 하고 소리를 쳐보아도 울림이의 정체는 보이지 않았다.

"얘, 아직 태어나지도 않은 애를 왜 불러?"

현경이 아직은 변화가 없어 보이는 자신의 배를 감싸 안았다. 모니의 눈이 경악했다. 숨이 넘어간 채로 말은 하지 못하고 검지로만 현경의 배를 가리키자 두 사람은 동시에 고개를 끄덕였다.

"어, 어떻게……."

"그게…… 모니야, 너 동생 생겨."

모니가 그제야 정신을 차리고 소리를 질렀다. 현경은 급히 원진의 품 안에 감싸였고, 원진은 그런 아내를 보호하는 완벽한 남편의 모습이었다.

"배신이야. 이건 배신이라고!"

그렇게 동생 낳아달라고 할 때는 콧방귀만 뀌어대더니, 모니가 죽을 때까지 불가능한 일이라고 생각한 일은 원치 않는 시점에 터지고 말았다.

이걸 좋아해야 해, 말아야 해?

"모니야, 네가 지난번에 듣지 못한 이야기가 있어."

"무슨 이야긴데, 아빠."

"모니야, 우리가 그동안 미안했어. 너한테는 몹쓸 짓을 많이 했더구나, 우리가. 우리 둘 다 자의식 과잉의 사람들이었어. 그게 가족인 아내와 남편의 시선에도 신경을 쓰고, 오해하고 있는 우리 자신을 네가 없는 동안 발견했어. 그리고 우린…… 치료를 받았어. 우리의 문제를 인정하는 순간 속는 셈치고 전문가의 도움을 받았어. 우린 지난날을 돌아보게 되었고, 특히 네게 저지른 문제에 대해서 반성하고 사죄의 눈물을 흘렸단다."

"그럼, 지난번에 하려던 말이……."

"우리 딸, 미안해. 우리가 미안하다. 정말. 널 가진 걸 후회하는 말은 주워 담을 수 없겠지? 잊어달라고는 말하지 않을게. 우리를 용서해 줄 수 있겠어? 내 사랑스러운 아가. 그건 절대 진심이 아니었어."

현경이 모니를 바라보고 모니의 손을 붙잡았다.

"이혼, 안 할 거지? 그렇지?"

두 사람이 고개를 끄덕였다. 가족들의 손이 하나로 맞잡아졌다. 오늘은 다시 시작하는 날이었다. 하모니 가족이 새 출발을 하는 기적적인 날.

성인이 되어도, 어른들의 세계를 이해해 주겠다 마음먹었어도 여전히 모니에게 부모님의 이혼은 끔찍하고도 불안한 일이었다. 그것은 모니에게 고아와도 같은 심정을 갖게 하는 그런 일이었다. 겉으로는 괜찮은 척했어도 어린아이처럼 그것이 늘 불안했다. 그래서 외면하고 애써 회피하는 마음으로 두 사람이 살고 있는 집에는 머물지 않았던 것 같다. 의식하지 못하는 사이 저도 모르게 피해왔던 것이었음을 오늘 알았다.

"네 엄마랑 이혼 못해."

모니에게서 뜨거운 눈물이 흘러내렸다.

"진작 이랬음 얼마나 좋아? 그동안 왜 그랬어? 왜? 나는 무서웠단 말이야. 나 혼자 표류하는 유빙 위에서 언제 가라앉을지 모르는 공포를 엄마 아빠가 알기나 해?"

"모니야…… 우리의 하모니. 네 이름이 얼마나 귀한 이름인지 모르지? 음악은 우리 두 사람 인생의 전부였어. 그래서 네 이름이 귀한 거야. 아무렇게나 막 지은 이름, 아니야. 우리의 이름을 한 글자씩 따와서 지었단다. 우리를 용서해 줘."

"다시는, 다시는 이혼한다는 말 꺼내지 마. 그럴 거면, 미안한 말이지만 뱃속에 든 내 동생도 불쌍하게 만들지 말고 차라리……"

"이번엔 내가 육아휴직을 하기로 했어. 전엔 네 엄마가 희생을 했다면 이번에는 내 차례인 것 같아서."

"둘이 사랑하는 거지? 진짜지?"

"속는 셈치고 믿어봐. 응?"

현경의 간절한 눈빛을 보고 모니는 그제야 마음을 풀었는지 보일 듯 말 듯 고개를 끄덕여 주었다.

"그럼 그게 동생 태몽이었어."

"태몽?"

두 사람 모두 어지간히 반가운 건지 소리를 쳤다.

"오늘 새벽에 꿈을…… 꿨는데 내가 시냇물을 손을 담그고 있었거든. 그런데 나도 모르는 사이에 금덩이가 손안에 들어와 있지 뭐야. 그걸 들고 냅다 뛰었지. 다행이다. 내 태몽이 아니었어."

"여보, 모니 아빠. 금 태몽은 뭐야?"

"글쎄…… 그건 그렇고, 네 태몽이라니. 인석아, 처녀가."

듣고 보니 그랬다. 현경이 가만히 원진의 말을 듣는가 싶더니 모니의 손가락에 끼워진 반지를 발견했다.

"너, 이게 뭐야? 만나는 사람 있어?"

"어. 결혼할 거야. 반대할 생각은 하지 마. 나한테 진짜 미안하다면……."

"보여주고나 말해."

"안 그래도 인턴 끝나면 할아버지 댁에 먼저 선뵈고 데려올게. 여전히 내 보호자는 할아버지 할머니니까. 그 정도는 이해하지?"

현경의 입이 삐죽거렸지만 이내 체념하는 눈치였다. 원진 역시 이해한다는 표정을 짓고 있었다.

"그나저나 태명이 울림이야? 하울림? 그래, 하울링 아닌 게 어디야."

어쨌든 한 분야에서 크게 될 아이라는 게 분명해 보였다. 태몽도 범상치 않은데다, 두 사람이 머리를 맞대고 지은 태명마저도 독특한 아이였다.

"널 음악계로 진출시키는 데 실패했지만 얘는 달라."

"엄마는 은근히 날 디스하더라. 내가 음악하지 않는 거."

"알면 됐어."

"아무튼 입이 방정이지. 내가 전에 그랬잖아. 늦둥이를 가지던지 마음대로 하라고. 조금 남우세스럽긴 하다. 내 남편 집 쪽에서 이런 걸로 흠 잡지는 않겠지?"

"우리도 그런 걸 흠으로 아는 집으로 널 시집보낼 생각은 없다."

원진은 모니가 지난날 부모님 이혼한 걸 흠으로 여기는 집으로 시집갈 생각이 없다던 말투를 흉내 내고 있었다.

그날을 돌이켜보는 세 사람의 입에서 웃음이 터졌다. 모니가 은근슬쩍 몸을 앞으로 내밀어 현경의 배를 어루만졌다.

"조금 늦게 찾아온 내 동생 하울림아, 고맙다. 사랑해."

뒤늦은 부모님의 사랑의 결정체인 생명이었다. 그래서 더 귀하고 귀했다. 부끄럽다기보다는 어린아이가 된 기분이었다. 동생이 태어나면 뭐든지 다 해줄 거라고 다짐하는 사랑스러운 아이.

"원주에서는 어때? 할 만해?"

"어떻게 알았어?"

"아버지가 전해주셨지."

"넌 언제 텔레비전에 나와? 이 엄마가 얼마나 기다리는데."

"어제 피아니스트 유혜리 인터뷰 했어. 곧 전파를 탈 예정이지요."

모니가 자랑스러움에 두 손으로 V자를 해 보였다.

"오늘은 자고 가."

"응. 내일 원주에 가려고."

"이 아빠에게도 이탈리아에서 어떻게 보냈는지 좀 얘기해 줘."

"왜 나는 빼?"

"그래, 네 엄마한테도 얘기 좀 해봐. 원주에 갈 때 바래다줄게. 우리 딸이 어떻게 살고 있는지 살펴볼 겸. 당신도 같이 가지?"

"물론이지요."

"두 사람, 일 안 해?"

"당분간은 일 없어. 제작사 허락도 받았어. 좀 쉬어도 좋대."

"아빠도 쉬어?"

"당연하지. 네 엄마 보필하려면 24시간도 모자라. 저녁에 뭐 먹고 싶어? 이 아빠가 해줄게. 네 엄마는 입덧 때문에……."

"약속 있어. 먹고 싶은 건 내일 말해도 되지?"

"남자친구구나? 통금시간은 지켜라."

"우리 집에 언제부터 통금이 있었지?"

"하모니."

갑작스럽게 근엄한 아버지 코스튬이라도 하는 것인지 원진이 벌써부터 딸 단속에 들어갔다. 그게 싫지 않았다. 이제야 평범하게 행복한 보통의 집 같았다. 참 오랜만에 만끽해 보는 기분이 나쁘지가 않았다.

❖

약속 시간에 겨우 딱 맞출 수 있었다. 진웅이 소개시켜 준다는 사람은 그의 뉘앙스로 봐서는 예비 시어머니일 게 분명했다. 그래서 작은 선물을 준비하느라 시간을 허비해 버렸지만 제시간에 도착했다.

진웅이 일러준 이탈리아 식당에 도착하고 창가 쪽에 앉은 그를 바라보았다. 무심코 바라본 맞은편의 여자는 생각보다 몇 배나 젊었다. 진웅이 모니에게만 보여주었던 웃음을 앞의 여자에게도 흘리고 있었다.

"진웅 씨."

[어, 모니야. 다 와가?]

"그 여자 누구예요?"

목소리에 살기가 느껴졌다. 분명히 다 와서 진웅을 보고 있는 게 틀림없었다.

[하모니. 당장 안 튀어와? 원주에서부터 드라마를 너무 많이 보더니. 불륜 드라마 찍지 말고 어서 들어와. 빨리.]

불륜 드라마? 웃기시네. 불륜 드라마는 지금 진웅이 찍고 있었다. 방귀 뀐 놈이 더 성을 낸다는 말이 있듯이 진웅은 자신만만했다. 모니는 마치 전투를 준비하는 전사처럼 어깨와 허리를 곧게 펴고 안으로 들어갔다.

진웅의 앞에 앉은 여인은 불륜 드라마의 주인공이라고 하기에는 모순이었다. 단아하면서도 사랑스러운 모습의 여인은 모니를 보자 더욱 환한 미소로 맞아주었다. 얼굴을 붉히고 서 있는 불퉁한 모니에게로 친히 일어서서 손을 내밀었다.

"안녕하세요. 오솔길이라고 해요. 반가워요."

"네, 저는…… 하모니라고 합니다."

목소리도 나긋나긋했다. 살짝 적대적인 감정이 있는 상대방을 녹일 정도로 편안함을 실어주는 목소리에 어느덧 모니 역시 매료되어 버렸는지 라이벌 모드에서 동경의 대상으로 변화하고 있었다.

"하모니. 정말 예쁜 이름이네요. 누가 지어주셨는지 참 아름다워요."

오솔길이라는 여자의 이름도 만만치 않게 드문 이름이었다. 동지애가 느껴졌는지 여자는 모니의 이름을 듣고 비웃거나 놀리기는커녕 감탄을 했다.

"부모님이 지어주셨어요."

"자, 일단은 앉으시지요. 두 공주마마. 아니, 한 분은 왕비마마인가?"

아직은 어색한 두 여인의 첫인사가 꽤 길어질 것 같아 진웅이 두 여인을 자리에 앉혔다. 모니는 당연한 듯 진웅의 옆자리에 앉혀졌다. 이미 진웅의 옆으로 세팅이 된 자리였다.

모니가 자리에 앉자 음식들은 줄지어서 나왔다. 진웅은 야속하게도 모니보다 오솔길이라는 여자를 더 챙기는 모습이었다. 모니의 입이 삐죽이 튀어나왔다. 예비 시어머니와의 만남인 줄 알고 한껏 얌전하게 차려입고 나온 것이 소용없게 되어버렸고 준비한 선물도 도로 물릴 생각까지 약삭빠르게 마친 모니의 속마음을 읽기라도 한 것처럼 맞은편의 여자가 좀 큰 소리로 웃기 시작했다.

"이제 그만해요, 도련님. 모니 씨 울겠어."

"도련님?"

이 무슨 조선시대도 아니고 도련님이라니.

"안녕, 예비 동서."

"예비 동서?"

"내가 불륜 드라마 찍지 말라고 했지? 우리 형수님이셔."

"정말요?"

"미안해요, 모니 씨. 도련님이 모니 씨 놀려주고 싶어 해서요. 이렇게 아직도 소년 같으셔."

"뭐예요? 난 그런 줄도 모르고. 이게 뭐예요."

혼자서 상상의 나래를 펼쳤던 것이 민망했다. 불륜 드라마까지는 아니어도 두 사람의 사이를 서로의 첫사랑 정도로 짚었었다. 알고 보니 모니가 한 짓은 시동생과 형수의 금단의 사랑을 의심한 것이었다.

모니가 자신을 놀려준 진웅의 팔을 주먹으로 두드리자 진웅이 아픈 시늉을 하면서 모니를 끌어안았다. 모니가 솔길을 의식해 진웅의 품에서 벗어나려고 안간힘을 썼지만 진웅은 꿈쩍하지 않았다.

"하모니, 내 복수극에 좀 동참해 줘야겠어. 부부는 일심동체니까."

다행히도 그들이 앉은 곳은 한갓진 곳이었다. 진웅은 주변의 눈치를 살피더니 모니의 이마에 입을 맞추고 모니를 풀어주었다.

"형수님, 형님이 그동안 저를 얼마나 약 올렸는지 아십니까?"

가장 잔인한 복수는 당사자에게 직접 하는 것보다 당사자의 가장 소중한 사람에게 하는 것임을 아는 진웅이 익살스러운 표정으로 솔길을 바라보았다.

"풋. 보기 좋기만 하네요."

"쯧. 김샜다. 천사표 형수님 때문에."

"모니 씨, 우리 도련님 잘 부탁해요."

"네, 죄송해요. 진웅 씨가 철이 없네요. 휴."

길게 한숨을 내쉬는 모니를 바라보던 솔길이 이번에는 입을 가리고 웃기 시작했다. 진웅이 임자를 만났다 생각한 것이었다. 평생을 함께 할 배필은 따로 있다더니, 자신이 이든을 만나 사랑하게 된 것처럼 두 사람도 틀림없는 서로의 짝이었다. 그런 아우라가 미약하게 피어오르기 시작한 것이 솔길에게는 보였다.

미국에서 한국으로 오기 전 이든에게 사사를 받은 것이 있었다. 아우가 걱정이 된 형님은 솔길에게 언질을 해주었다. 진웅이 사랑하는 여자가 많이 어린 것 같다고. 그렇지만 그것에 대해 편견을 가지지 말고 어떤 사람인지 꼭 보고 와서 자신에게도 이야기를 해달라고 부탁했다.

솔길은 당장에라도 이든에게 전화를 걸고 싶었다. 오늘부터 두 다리 쭉 뻗고 자도 될 것 같다고.

"모니 씨 정말 재미있어. 그리고 예뻐요. 우리 그이도 같이 왔으면 좋았을 텐데."

"저기…… 뭐라고 부르면 되죠? 호칭이요."

"음, 언니 어때요? 아직 날 형님이라고 부르기에는 이른 것도 같고. 나도 모니 씨 같은 여동생을 갖는 게 소원이었어요."

"그럼 말씀 낮추세요. 솔길 언니."

"그래, 모니 씨. 결혼하기 전까지는 언니가 돼줄게. 도련님이 속 썩이면 망설이지 말고 콜."

"네, 솔길 언니."

"얼씨구. 지금 둘이서 나 따돌리는 상황이지, 이거?"

두 여자의 몫으로 나온 스테이크를 일일이 조각내고 있던 진웅이 맘에 들지 않는 듯 포크와 나이프를 내려놓았다. 형이 항상 스테이크를 먹을 때 솔길의 몫을 이렇게 일일이 먹기 쉽도록 잘라주었다. 그런 형이 곁에 없는 솔길을 위해 솔길 몫의 스테이크를 자르고 이어서 모니가 질투를 할까 봐 모니의 몫까지 스테이크를 썰던 진웅은 두 여자의 대화에 오래도록 끼지 못한 것을 푸념했다.

식사 시간 내내 화기애애함이 끊이지 않고 이어졌다. 몇 번 입을 풀자 십년지기들처럼 가까워진 솔길과 모니를 바라보는 진웅은 흐뭇하기만 했다. 역시 그의 예상대로 두 사람은 비슷한 냄새가 나는 사람들이었다. 전직 베이킹 스튜디오 대표였던 솔길은 물론이고 모니도 달콤한 가나슈 케이크가 디저트로 나오자 두 여자 모두 사랑에 빠진 행복한 얼굴들을 했다.

"모니야, 형수님 전직이 베이킹 스튜디오 대표였어. 파티시에."

"정말요?"

"형 만나서 미국으로 시집갔지만 한국에서는 꽤 잘나갔지."

솔길은 옛 이야기에 쑥스러운지 어깨를 들어 올렸다가 내렸다. 예전에는 잘나가는 디저트계의 여왕이었지만 지금은 일개 대학생일 뿐.

"그럼, 이런 케이크도 다 만드셨겠네요. 어머, 신기하다."

모니가 포크로 케이크를 가리켰다.

"아마도?"

"진웅 씨 형님도 한번 뵙고 싶어요."

"안 그래도 같이 나오고 싶어 했는데 학교에 중요한 전시 일정이 잡혀 버려서 혼자 나왔어."

식사 시간 내내 서로의 사랑 이야기를 쏟아냈었다. 모니는 솔길과 이든의 사랑 이야기를 듣고 나니 이든이라는 사람이 더 보고 싶어졌다.

"모니 너, 아마 우리 형 보면 반할지도 몰라."

한국인과 미국인의 피가 절반씩 섞여 조화된 완벽한 작품 같은 그의 형은 외모에 걸맞게 미대의 교수였다. 이든만의 분위기는 그 누구도 따라올 자가 없다고 자부하는 진웅이 솔길을 보면서 한쪽 눈을 찡긋했다.

"그러니까 더 궁금해."

"사진 있어, 모니 씨. 보여줄까?"

솔길이 가방에서 이든의 사진이 저장된 휴대전화를 찾으려 하자 모니는 궁금하다고 할 땐 언제고 손을 훼훼 저었다.

"아뇨. 내가 상상하는 모습과 얼마나 다른지는 직접 확인할래요."

"하여튼."

진웅이 못 말린다는 말을 덧붙이고 고개를 저었다.

"형수님, 할머니께서 몇 달 전에 태몽 꾸셨다던데 들으셨나?"

"네, 어제 할머님 방에서 함께 잤어요. 그때 주무시기 전에 말씀해 주셨어요. 그 태몽의 주인공은 누굴까요?"

"당연히 형수님이겠죠."

"이든 씨가 그런 꿈도 못 꾸게 해요. 졸업하기 전까지는 안 된다고, 학업에 전념하라고 학과 교수님으로서 못 박던걸요. 그치만 정말 그 태몽은 탐이 나요. 도련님이랑 모니 씨한테 빼앗기는 거 아닐까 몰라."

"어떤 꿈인데요?"

솔길이 눈을 반짝였다.

"소복이 쌓인 흰 눈 위로 분홍빛 장미 봉오리가 피어나는 꿈. 정말 아름답지 않아? 아름답고 강인한 아이가 태어날 것 같아."

"모니, 너 혹시 욕심내는 거야?"

자신이 더 욕심내면서 진웅은 표리부동한 눈빛으로 모니를 바라보았다.

"아, 아뇨. 처녀가 무슨. 그건 그렇고 이거 선물이요."

모니가 리본으로 장식된 선물상자를 솔길에게로 내밀었다. 솔길은 작은 것에도 기뻐할 줄 아는 사람이었다. 상자 안에 든 가죽

장갑을 보며 진심으로 기뻐하자 모니 역시 흐뭇해졌다.

"모니 씨, 나랑 같이 찜질방 가자."

헤어지는 줄 알았다. 식당에서 나와 함께 진웅의 차를 타고 돌아가려는데 솔길이 영 아쉬웠던지 즉흥적으로 2차를 결정했다. 어쩌면 속으로는 몇 번이나 말하고 싶었는데 계속 망설인 것일지도 몰랐다.

"찜질방이요?"

"응. 한국에 나왔는데 찜질방 한 번 못 가보고 돌아가면 두고두고 아쉬워서 병 날 것 같아. 마땅히 같이 갈 사람이 없어서 못 가겠거니 했거든. 친한 단짝도 홍콩으로 시집가 버렸고……."

"저도 찜질방 좋아해요."

"그래?"

"네."

"그럼 몇 시간만 몸 좀 지지고 오자."

"좋아요, 언니."

"난 어떻게, 빠져 줄까요?"

"그럼 좋죠. 여자들끼리 오붓하게. 대신 오늘 모니 씨 만난 건 어른들께는 비밀로 해줄게요."

진웅이 내려준 곳은 여성 전용의 고급 찜질방이었다. 외관 자체가 호텔에서 운영하는 스파 시설처럼 고급스러웠고 웅장했다. 덕분에 솔길의 비행으로 인한 피로가 씻겨 내려가고도 남았다.

"그렇게 좋아요, 언니?"

"그러엄."

적당히 찜질을 즐긴 모니와 솔길은 야외에 마련된 족욕 시설에 나란히 앉아 발을 담그고 있었다. 역시 친해지려면 목욕탕에 함께 가야 한다는 말이 맞았다. 목욕탕과 엇비슷한 찜질방에 함께 온 두 사람은 조금 전보다 더 가까운 사이가 된 듯했다.

"모니 씨, 정말 고마워."

"네?"

"우리 도련님 사랑해 줘서. 우리 도련님 앞에 나타나 줘서."

가족이기 때문에 진웅이 안타까웠다. 그것보다 더한 이유도 있었기에 솔길은 진웅을 생각할 때마다 마음이 무거웠다.

"있지, 우리 도련님. 마음이 많이 아팠던 거 알아?"

"알아요. 아나운서 이야기."

"알고 있구나. 이건 몰랐지? 그 사람…… 우리 사촌 언니야."

"네?"

"많이 놀랐구나."

"그럼, 그 자서전에 쓰여 있던 구박만 당하던 고아 사촌동생이?"

"그래, 나야."

솔길은 놀라움을 감추지 못했다. 오정은 아나운서의 자서전을 읽으면서 내내 마음이 쓰였던 사람은 그녀의 사촌동생이었다. 사고로 부모님을 잃고 어린 시절부터 오정은의 집에서 더부살이를 하면서 구박만 받았던 그 사람이 바로 눈앞의 솔길이라니. 전혀 매치가 안 되는 이야기였다. 이렇게 아리땁고 지적이고 마음씨도

고운 사람이 그 불쌍한 사람과 동일 인물이었다는 사실이 믿기지
않았다.

모니는 눈물이 나려 하는 걸 애써 참았다. 당사자인 솔길은 그
런 상상을 할 수 없게 만들 정도로 눈부시고 행복해 보이는 사람
이었다.

"내내 생각했었어요. 자서전을 읽으면서 그 사촌동생이라는 사
람은 어떻게 됐을까? 딱한 마음에 눈물이 날 정도였는데……."

"그랬어?"

"내 생각과 정반대인걸요."

"그래?"

"언니, 참 행복해 보여요. 눈부실 정도로."

"응. 행복해, 아주. 그렇게 어려운 시절이 있어서 지금 보상 받
는 것 같아. 모니 씨, 우리 도련님도 정은 언니 때문에 많이 힘들
었어. 눈앞에서 잔인하게 두 번이나 확인시켜 줬어, 진정한 사랑
이 아닌 이용당했다는 걸 말이야. 그래서 사랑에 다쳐서 다시는
사랑 같은 거 하지 않기로 결심한 사람 같았어, 도련님은. 중동에
서 돌아오면 그저 집안끼리 아는 사람과 사랑 없는 결혼을 했을
거야. 나와 그이는 그게 너무 안타까웠어. 우린 이렇게 만나 매일
매일을 사랑하는데 도련님도 그런 삶을 살 수 있기를 바라고 또
바라고 기도했었거든. 그런데 모니 씨가 나타난 거야."

솔길의 손이 모니의 손등 위로 겹쳐졌다. 다시는 사랑을 할 수
없었던 남자가 자신을 만나 사랑에 빠졌다. 진웅이 힘들었을 당시
의 모습을 고스란히 지켜본 증인의 말은 모니의 심장에 묵직한 고

통을 가져왔다. 갑자기 숨이 잘 쉬어지질 않았다. 가슴이 벅차오르기 시작했다. 그의 마음은 오직 모니의 것이었다. 오직 모니만이 그의 마음을 열 수 있는 열쇠를 가지고 있었다.

"많이…… 고통스러워했어요?"

"남들 앞에서 티내는 성격 아닌 거 알지? 내가, 정은 언니와 가족이라는 이유로 죄책감을 안고 살아갈 정도였어. 오히려 괜찮다고 묵묵히 자기 일을 하는데 내 가슴이 아팠어. 나와 이든 씨는 결혼을 앞두고 있었거든. 우리더러는 정은 언니 일에 상관 말랬어. 좋은 일 앞두고 그러는 거 아니라고. 그런 사람이야, 우리 도련님."

"이제, 걱정 마요. 죄책감 가지지도 마세요. 언니 역시 피해자인걸요. 진웅 씨, 이제 행복할 거예요. 지금…… 보상 받고 있어요."

"고마워."

"나도 언니만큼은 아니지만 많이 힘들었어요. 우리 부모님, 사회적으로는 성공했지만 쇼윈도 부부였어요. 매일 싸움을 반복하고 이혼을 앞둔. 그것 때문에 난 이탈리아로 도피하듯 떠났어요. 그리고 진웅 씨를 만났어요."

하모니라는 사람은 생각보다 어른이었다. 마냥 밝게만 자란 줄 알았는데 이런 어려움이 있을 줄은 몰랐다.

"힘들었겠어."

"언니, 가족을 소중히 여길 줄 아는 사람은 사랑도 결코 함부로 하지 않는 걸 알죠?"

솔길이 가만히 고개를 끄덕였다.

"우린 모두 그런 사람들이잖아요. 나와 진웅 씨도 행복해요. 내가 행복하게 해줄 거예요. 그러니 이제 훌훌 털어버려요. 죄책감과 걱정일랑."

"모니 씨, 정말 다시 봤어. 어른이구나."

"그래도…… 더 어른인 언니가 식혜랑 삶은 달걀 쏘는 거죠?"

진지한 이야기 끝에 모니의 우스갯소리가 매달렸다. 솔길의 눈망울에 눈물이 맺히려 하는 걸 봐버려서 더 이상은 과거에 얽매여 솔길을 울게 하고 싶지 않았다. 그녀가 그동안 알게 모르게 했던 마음고생을 이제는 덜어줄 수가 있어서 모니 역시 다행스러웠다.

"그래. 내가 사줄게. 먹고 싶은 건 다 말해."

"기회가 되면, 언니에게 베이킹 배웠으면 좋겠다."

"해 바뀌면, 내년 초에는 그이랑 같이 들어올 거야. 좀 오래 머물다 갈 계획이야. 우리 둘 다 방학이니까. 그때 원없이 가르쳐 줄게."

"신난다. 정말요?"

"약속할게. 그땐 모니 씨를 동서라고 부를 수 있으면 더 좋고."

"정말 헤어지기 싫다."

두 사람이 찜질을 즐길 때까지 기다려 준 진웅은 솔길을 집에 내려주고 모니와 단둘이 남았다. 모니의 집 앞에 다다르자 그녀를 들여보내야 하는 시간이 점점 고통으로 다가오기 시작했다.

"조금 더 있다가 들어갈게요."

손만 잡고 있어도 좋았다. 이대로 시간이 멈추길 바라는 진웅의 마음이 보이는지 모니는 가만히 그의 손을 거머쥐고 있었다.

"형수님 어때?"

"정말 좋은 분 같아요. 내 소울 메이트야, 이제부터."

"그 정도야?"

"마음이 잘 맞아요. 어쩜 유혜리와 동년배인데 그렇게 달라요?"

"얻다 대고, 어딜 비교해?"

유혜리라는 말만 들어도 어지간히 싫은지 진웅은 '습' 하는 소리를 내며 모니를 야단치는 시늉까지 했다.

"솔길 언니, 오정은 아나운서의 사촌이라면서요?"

"다…… 들었어?"

표면적으로는 그 얘기일지 몰라도 아마 모니는 그의 아픔을 더 구체적으로 솔길에게서 들었을 것이다.

"언니, 진웅 씨에게 많이 미안했대요. 죄책감도 가지고 있었구요. 단지 오정은 아나운서와 사촌이었다는 이유로."

진웅은 가만히 지난날을 떠올렸다. 형 내외의 행복을 빌어주어야 하는 시간이 너무도 아팠었다. 부러우면서도 아픔이 떠올랐기에 더 그랬다. 그런데 솔길이 자신에게 죄책감을 가지고 있었다니, 전혀 생각지 못했었다.

"진웅 씨 이제 행복하니까 그러지 않아도 된다고 했어요."

"그래?"

"이제 그 아픔은 내가 감당할 몫이잖아요. 내게 오려고 진웅 씨가 그렇게 힘들었던 거니까."

힘들었던 지난날은 이제 무지개가 되었다. 오롯이 모니가 그를 품어주는 한 진웅은 지난날이 더 이상 아프지 않았다. 상처는 사라진 지 오래된 것처럼 무감각해져만 가고 있었다. 이제는 상처라고 내보이기 어려울 정도로 흉진 곳이 희미해져만 갔다.

그녀와의 사랑은 아무런 오해도 없고, 엇갈림도 없었다. 그 사실이 너무 신기하기만 해서, 신이 그를 위해 준비해 준 그녀는 억겁의 세월 전부터 그의 짝으로 정해놓았을 것이다. 그런 확신이 이전보다 더 강하게 밀려들어 오자 진웅은 가슴이 터지기 직전처럼 뜨거워지고 부풀어 올랐다. 그래서 참지 못하고 그녀를 품 안에 꼭 가두었다.

제 것임에도 불구하고 또다시 표식을 새겨두고 싶은 수컷의 욕망이 피어올랐다. 단순히 본능적인 육욕이 아니었다. 그 속에는 샘솟는 사랑을 스스로 주체하지 못함이 더 컸다. 진웅은 몸을 그녀에게로 기울여 그녀의 카시트 레버를 눌러 뒤로 꺾이도록 했다. 위안을 찾고 싶어 그녀의 살결을 쓰다듬었다. 코트의 단추를 열고 도톰한 스웨터 안으로 손을 집어넣었다. 속옷에 감싸인 그녀의 가슴을 가만히 쥐고만 있었다.

"앗, 차가워."

운전을 하느라 차가운 공기와 계속 맞닿았던 진웅의 손은 그 어느 때보다 자극적이었지만 그는 그녀의 살결을 가만히 쓰다듬기만 했다. 그리고 가볍게 입을 맞춰왔다. 새들이 부리를 부딪치는 것처럼 가볍게 닿았다가 떨어지는 입맞춤이 지속되었다.

"널 만나려고, 그렇게 힘들었나 봐."

"내가, 행복하게 해줄 거야. 진웅 씨를."

"그래, 우리 행복하자."

"내일 원주로 가는 거지? 몇 시에 갈래?"

모니의 집 앞에 도착해 진한 애정행각을 한 시간가량 즐기고서야 모니는 진웅의 차에서 내릴 준비를 했다.

"아, 부모님과 함께 가기로 했어요. 내일은."

"그래? 한발 늦었네."

"빅뉴스가 있긴 한데…… 창피해 죽어."

모니가 두 손으로 얼굴을 가렸다.

"뭔데?"

"하울림. 진웅 씨의 처제가 될지, 처남이 될지 아직은 모르지만, 그런 생명체가 생겨 버렸어요."

"어? 그게 무슨."

"우리 부모님, 내가 없으니까 갑자기 금슬이 좋아지셨어요. 늦둥이까지 생겨 버렸어."

"와! 축하해, 모니야."

"정말 그렇게 생각해요?"

"물론이지. 생명은 소중하잖아. 하울림? 작명 센스는 타고나신 것 같아."

"맞아요. 하울링 아닌 게 어디야."

"그나저나 다음 주 수요일까지 어떻게 기다리지? 너 보고 싶어서."

내일 원주에 모니를 바래다줄 계획까지 세워놓고 있었던 터라 예상치 못한 상황에 진웅의 아쉬움은 더없이 컸다. 그때였다. 모니의 입술이 진웅의 입술에 날아들고 '찰칵' 하고 사진이 찍히는 소리까지 났다. 단 몇 초 만에, 순식간에 일어난 일이었다.

"이 사진 보면서 견뎌요."

모니가 찍은 두 사람이 입을 맞추는 사진이 진웅의 휴대전화로 전달되었다. 죽고 못 사는 연인들의 헤어지는 시간이 아쉬움을 더할수록 그들이 하나가 되는 날이 머지않았음을, 점점 차오르는 달덩이가 환하게 빛을 내며 말해주었다.

chapter 13. 우리 집

"순 거짓말이야."

[거짓말이긴. 보고 싶어 죽겠는 걸 꾹 눌러 참고 있는 한 남자의 순정을 짓밟다니…….]

연인들은 꽤 오래도록 만나지 못했지만 서로를 향한 애정은 식지 않았다. 사랑에 빠진 한 남자와 한 여자는 또한 사회에 속하여 그 기대치만큼의 역할을 수행해야 하는 사람이기도 했다.

딴에는 자신을 보러 오지 못한 그를 의심하는 말투였지만 귀여움이 뚝뚝 묻어났다. 얄밉지 않은 투정을 부리는 여자의 말투에 남자는 죽는 소리를 해댔다. 만나지 못함을 더 참을 수 없는 쪽은 남자가 7할 정도는 거뜬히 차지하고도 남았다.

"믿어줄게요."

진웅의 절절함이 묻어나는 답변은 모니가 기대했고 생각했던
것과 일치했다. 그를 향한 그리움과는 상반되게 모니를 기분 좋게
만들었다.

[드디어 다음 주면 끝이구나.]

"응?"

[하모니의 인턴.]

"나 인턴 끝나기만 기다리고 있죠?"

[물론이죠.]

"그럼 뭐 해? 매일 바쁘잖아요."

[바쁜 건 어떻게 알았어?]

"지지난 주도 무슨 프로젝트 한다고 전화로 내 아이디어만 쏙
빼가고, 그 뭐냐…… 어떤 집에서 살고 싶은 게 로망인지 묻고 급
하게 끊고."

[그래서 화났어요?]

"존대하지 마요."

[왜요?]

"오히려 더 놀리기나 하는 것 같아."

[모니 씨, 이 프로젝트가 잘돼야 우리도 잘되는 거야.]

　넌 아마 상상도 못하겠지. 내가 지금 어떤 프로젝트를 준비하고
있는지를.

"무슨 운명공동체도 아니고."

[이를테면, 운명공동체일 수도?]

"하긴. 진웅 씨가 흥해야 날 먹여 살리지."

먹여 살린다는 말이 진웅의 가슴을 들썩거리게 했다. 한 여자의 인생을 책임질 수 있다는 일이, 먹여 살린다는 일이. 더 나아가 한 여자의 인생뿐 아니라 두 사람 사이의 사랑으로 창조된 작은 존재들까지도 진웅의 어깨에 달려 있을 미래가 눈앞으로 펼쳐졌다.

"듣고 있죠?"

[응.]

잠깐의 침묵이었다. 진웅이 모니의 목소리에 머릿속으로 그림을 그리던 것을 멈췄다.

[인턴 마지막 날은 같이 보낼 수 있어. 11월의 마지막 밤 말이야.]

"괜찮아요. 무리해서 올 필요는 없어요. 견딜 수 있으니까. 이렇게 통화만으로도 좋은걸요."

그가 또 무리를 해서 원주로 오는 게 아닐까 하고 모니는 이내 새치름하던 태도를 고쳤다.

[평창 일 마무리해야 너 인턴 끝난 후로는 계속 같이 보낼 수 있지. 아니면 너는 또 서울에 나는 평창에, 생각만으로도 지긋지긋한 원거리 사랑을 또 해야 할지도 모르잖아.]

"그래도, 난 어느 쪽이라도 좋으니까 무리는 하지 않았으면 좋겠어요. 혼자 있는 시간을 잘 보내는 사람이 사랑도 잘한다고 하잖아요."

[그래. 이쪽도 혼자서 잘 지내고 있으니까 걱정 마.]

"나도 잘 지내고 있으니까, 몸이 멀어지면 마음도 멀어진다는 데 예외도 있는 것 같아…… 우리."

나지막하지만 정확하게 내뱉은 단어, 우리.

사랑한다는 말보다, 어쩌면 더한 확신을 심어주는 고백이었다. 그래서 떨어져 있지만 떨어져 있지 않았다. 볼 수 없지만 볼 수 있었다. 서로를.

[프러포즈하면 무조건 받아주기다.]

"음, 하는 거 봐서?"

[빅 스케일.]

"와, 예고하는 거예요?"

[긴장하는 게 좋을 거야. 내가 언제 어디서 프러포즈를 하게 될지 모르니.]

전화를 끊으면서 진웅은 주변을 살폈다. 부쩍 추워진 날씨가 심술을 부렸다. 실외에서 작업을 하는 인부들을 위해 최대한의 지원을 하면서 늦은 시간까지 그들을 독려했다. 이진웅 전무로서의 업무를 마치면 그는 이곳으로 와서 하모니의 예비남편이 되어 남은 에너지들을 쏟아냈다. 그럼에도 불구하고 모두들 열심히 일을 하는데 혼자서 잠시 통화를 한 것이 미안하기만 했다. 기한을 맞추려면 빠듯했지만 그만큼의 임금과 충분한 인력으로 옛스러운 집의 리모델링 작업은 한 땀 한 땀 그들의 정성이 배어들어 갔다.

하모니, 네가 이 집을 보면 어떤 표정을 지을까?

우리 집. 우리들의 안식처, 우리들의 피난처, 우리들이 사랑할 곳, 우리들의 아이가 자라날 곳. 많지 않은 우리의 추억은 이곳에서 한이 없도록 쌓이고 쌓일 테지.

그녀를 위해 어떤 일을 하면 좋을까를 생각했다. 사랑을 하면 사랑하는 대상에 모든 것들이 집중이 되었다. 창의적인 생각들과 아이디어들이 샘솟았다. 조금 전 모니가 말했듯이 혼자 있는 시간을 잘 보내기 위해 시작한 설계 작업들이 쌓이고 쌓여 실행에 옮기는 단계까지 이르렀다.

쌀쌀해지자 개인적인 외출 시간이 줄었다. 점잖게 집 안에만 있을 노마님이 아니었지만 아들을 걱정시키고 싶지는 않았다. 나이든 어르신일수록 가벼운 감기도 금세 폐렴으로 발전할 수 있었고, 또 추운 날씨에 어디 한군데 다치기라도 한다면 가벼운 타박상도 잘 아물지 않는다는 아들의 단속에 잠자코 집 안에만 머물렀다.

책을 보는 것도, 식구들을 위한 뜨개질도 지칠 무렵, 며느리와 나란히 앉아 텔레비전 시청을 하는 게 낙이었다. 시모를 혼자 집에 두고 출타를 할 수 없다는 효심이 지극한 며느리도 어지간히 무료한지 시모와 함께 브라운관을 뚫어지게 바라보았다. 뉴스나 교양채널로 시작한 텔레비전 시청은 어느새 연예계의 가십거리만 주야장천 방송해 주는 채널이 선호채널로 등록되는 경지에 이르렀다. 이화가 몇 번 리모컨을 누르자 흥미로운 화면이 그들을 사로잡았다.

"저 아이…… 맞지?"

소령이 이화를 바라보았다.

"그러네요. 혜리 양이 맞네요."

"피아노쟁이 맞지?"

"어머님, 피아니스트요."

"그게 그거지."

"어머님, 혹시 집안의 원수 중에 피아니스트…… 라도?"

'피아노'라는 단어에 유달리 과민반응이었다. 나이가 들었어도 여전히 시모는 이화 그녀에게는 든든한 버팀목이자 또 다른 어머니였다. 그런 강단 있는 분에게도 애틋한 첫사랑이 있었다. 첫사랑을 이루지 못한 이유도 피아노 선생 때문이라는 공공연한 비밀을 남편에게 들은 후로는 시부와 함께 건설 회사를 이끌었던 여장부인 시모와의 정서적 거리가 꽤나 가까워졌다. 그래서 알면서도 은근슬쩍 넘겨짚으면서 버릇없다고 할지는 몰라도 어르신의 반응을 즐겼다. 자신의 말에 백발이 성성해져 가는 시모는 얼굴이 벌게지면서 헛기침을 해댔다.

"원수는 무슨. 내가 원수 질 짓을……."

"어머님, 혜리 양이 나올 차례네요."

이화가 시모를 난처하게 하는 질문은 멈추었다. 진웅과 연이 맺어질지도 모를 얼굴이 썩 좋은 일로 화제가 되고 있는 것 같지는 않았다. 남의 일이야 '뜨악' 할 만한 일도 강 건너 불구경 하듯 하겠지만 어디 그게 제집과 연관이 있다면 대놓고 즐길 수만도 없는 일.

고부간의 대화는 단절되고, 오직 평면의 직사각형에만 그들의 이목이 집중되었다.

"예끼. 저, 저런……."

"어머나……. 뭔가 잘못된 게 아닐까요?"

두 사람 모두 식은땀이 흐르는 것처럼 작은 움직임마저 멈췄다.

한 지역 방송국에서의 몇 분 안 되는 인터뷰를 놓고 사람들은 유혜리를 비난했다. 그녀의 연주회마저도 보이콧 하겠다는 움직임이 감지되고 있다고 부연설명을 덧붙인 리포터의 음성을 입힌 유혜리의 인터뷰가 자료화면으로 나왔다.

[유혜리 씨에게는 성장 계획이 있으신가요? 몇몇 평론가들에게 들은 악평들, 예를 들면 '영혼이 없는 연주다'라는 평을 듣지 않기 위해 세우신 성장 계획 같은 것이요. 프로들은 성장을 멈추지 않는다고들 하던데, 유혜리 씨의 성장 계획을 듣고 싶어요.]

[말 그대로 악평이죠. 그들의 요구에 맞게 나를 맞추고 싶지는 않아요.]

[클래식도 이제는 대중화 되는 시대가 되고 있습니다. 크로아티아의 막심 므라바차만 봐도 그렇구요. 대중과 소통하는 것이 얼마나 중요한지를 보여주고 있는데 혹시 유혜리 씨도 대중들에게 좀 더 다가갈 생각은 없으신가요?]

[저의 철학은 '근본 없는 귀는 상대하지 않는다'입니다.]

"에미, 저런 개똥철학을 잘도 지껄이는 아이를 며느리로 삼겠다면, 내 반대는 하지 않으마."

"설, 설마요. 섬뜩하게 그런 말씀 마세요."

소령은 화가 났고, 이화는 공포스러웠다. 인터뷰 내내 에두르기는 했지만 지역 방송국이라고 무시하는 발언이 종종 있었고, 표정 또한 밝지 못했다. 그 정도야 혜리의 유명세와 실력 등으로 봤을 때 어느 정도는 유명한 피아니스트 유혜리의 귀여운 건방짐으로 봐줄 수 있었다. 그러나 진행자가 심도 있게 준비한 마지막 두 번의 질문으로 '유혜리'라는 사람의 됨됨이는 파악이 되어버렸다. 유혜리의 옆에서 기분 나쁠 만도 한데 끝까지 생글생글 웃어가면서 야무지게 인터뷰를 이끌어가는 앳된 진행자가 애처로울 정도였다. 오히려 그녀 쪽이 더 곱게만 느껴지고 부각될 정도였다.

"저 아이와 진웅이가 만나고 있는 게야?"

"애비에게 말해뒀어요. 요즘 진웅이가 워낙 바쁘니 회사에서라도 혜리 양과 진전이 있는지 살짝 떠보라고요."

"아직 집안끼리 이야기가 오고 가지 않은 게 다행이구만."

이화 역시 십년감수했는지 두근대는 심장에 손을 갖다 대고 진정을 시키는 중이었다.

"어찌 저리 무지할꼬. 어리석은 것."

소령이 혀를 끌끌 찼다. 남들은 '재벌가'라고들 하지만 두진건설 일가는 재벌 같지 않은 재벌이었다. 사회적으로 옳은 일에 앞장서기를 머뭇거리지 않았고, 권력을 허투루 이용하지 않았다. 그저 집안이 조금 큰 사업체를 움직이고, 조금 더 많은 직원을 뒀다고만 생각하고 살아왔다. 그래서 소령과 이화도 오히려 대중에 가까웠다. 자연스럽게 유혜리의 발언에 발끈할 수밖에.

귀하게 여겨지고 싶으면 다른 사람들을 귀히 여길 줄 알아야 하는 법이었다. 기업을 대표하는 남자를 남편으로 두고 싶다면 그정도 지혜는 있어야 했다. 유혜리의 무지한 발언은 만약 며느리였다면 집안의 수치로 두고두고 사람들의 입에 오르내렸을 것이다. 근본이 없어도 한참 없는 것은 그녀였다. 대중들을 기만하고도 멀쩡할 줄 알았다면 그녀는 정말 멍청한 것이다.

"옆의 아기가 참 마음에 드는구나. 여물게 생겼어. 곱구나."

그 와중에 꿋꿋이 인터뷰를 하는 앳된 여자가 눈에 쏙 들었다.

"그러게요. 침착하면서도, 화낼 만도 한데 제 속을 여간해서는 드러내질 않네요. 혜리 양보다 한참이나 어려 보이는데……."

이름조차 알지 못하는 예쁜 여자아이에게서 맑은 기운이 흘러나왔다. 주변을 정화시켜 주는 이로운 식물처럼 작고 여려 보이지만 제 역할을 충실히 해내는 모습이 대견하고 사랑스러웠다.

"저런 아이가 며느리로 들어온다면 얼마나 좋을까요? 딱 어머님이 말씀하신 귀염성이 흐르네요."

"그렇지?"

"이름이라도 알아볼까요?"

"됐다. 뭐 하러."

한껏 불쾌해진 기분과 덩달아 거북해진 몸을 이끌어 소령은 방으로 발걸음을 옮기기 시작했다.

"에미, 유 장관 집에다 가타부타 아무 말도 말게나. 그냥 무시해."

"부쩍 바쁜 것 같구나. 집에서도 얼굴 보기가 힘드니 원."

며칠 전, 막 잠자리에 들기 위해 누웠을 때에 아내는 불현듯 생각이 난 사람처럼 부탁을 해왔다. 아들 얼굴 볼 시간이 없으니 일을 좀 줄여달라는 염려 섞인 부탁과 연애 사업의 진전을 알아봐 달라고 했다. 경수 역시 아들에게 궁금한 점이 한두 가지가 아니었다. 오늘에야 잠시 짬을 내어 자신의 집무실에 아들을 앉혀두고 먼저 아내가 부탁한 일부터 운을 띄웠다.

"죄송해요."

"죄송하긴, 백이화 여사는 우선 네 일부터 줄여달라더구나."

"어머니도 참."

"그나저나 유혜리 양과는 진전이 있는 게냐?"

"아버지, 저와는 상관없는 사람입니다. 어머니가 자리를 만드셔서 딱 한 번 얼굴을 봤지만 그 뒤로는 서로 전화조차도 주고받는 사이가 아닙니다."

아들은 꽤나 단호했다. 딱 잘라 그 자리에서 거절을 한 것이 틀림없으니 아내의 희망은 사라진 것이나 다름없었다.

"흠, 그래?"

경수 역시 알게 모르게 기대를 했던 모양인지 하릴없이 마음이 착잡해졌다. 턱을 괸 손가락 끝으로 이제는 조금씩 주름이 느껴지려 하는 얼굴을 두드렸다.

"옛집은 리모델링 중이라지?"

경수의 아버지이자 진웅의 할아버지께서 특별히 진웅에게 남기신 그곳은 지금 살고 있는 집으로 이사하기 전에 살던 좀 작은 집으로 어린 시절 할아버지를 곧잘 따르던 진웅에게 유산으로 남겨졌다. 아버지는 그 집을 팔아버릴 수도 있었지만 그리하지 않았다. 지금의 집과 꽤 가까운 곳에 있어 생전에 아버지는 진웅을 데리고 그 집엘 자주 들르셨다. 아무도 살고 있지 않은 집이었지만 손볼 곳이 생기면 손수 연장을 들고 손을 보셨다. 진웅이 학교에 다닐 무렵에는 항상 그 작업을 함께 하곤 했다. 그래서 그 집은 아들인 경수가 아닌 진웅의 몫으로 돌아갔는지도 모르겠다.

"알고 계셨군요."

"왜? 어디서 손님이라도 오느냐?"

"마음에 깊이 담아둔 사람이 있습니다. 그 사람을 위해서 그 집을 다듬고 있는 중입니다. 집에는 아직까지……. 남자로서 부탁드립니다, 아버지."

"영악한 녀석."

경수에게서 호탕한 웃음이 번졌다. 이리도 소리 내어 웃는 것이 얼마 만인지. 아들의 영악한 술수가 싫지 않았다. 이런 부탁이라면 언제든 환영할 수 있었다. 진웅의 혼사에 별 관심 없는 척, 물 흐르는 대로 맡겨두자 하며 자식을 조급하게 만들지 말자고 스스로 다짐했지만, 슬슬 주변의 친우들은 품 안에서 갖은 애교를 떠는 손주 녀석들 자랑하기에 바빴다. 그것이 부러워질 참이었다.

"어떤 아이냐? 예뻐?"

"네."

묵직하고 비장함을 잃지 않았던 아들의 얼굴은 기분 좋게 떨리기 시작했다.

"중동서 들어온 지 얼마 됐다고, 사내 커플?"

"이탈리아 여행 중에 만났습니다."

"오호. 보통 인연은 아닌가 보구나. 외국인은 아니겠지?"

"한국인이요."

경수의 궁금증은 커져만 갔다. 대체 어떤 아이가 진웅의 마음을 녹인 것인지 달려가 안아주고만 싶었다. 단지 지금은 진웅을 응원만 할 수밖에 없는 노릇이었다. 당장이라도 집으로 들어가 이 사실을 알려주고 싶은데 아들의 일을 그르칠까 봐 그날부터 이경수 회장은 말할 수 없는 비밀을 간직한 채 집 안에서도 숨을 죽였다.

오랜만에 애인을 만나러 왔건만 제대로 된 데이트를 하려 했던 진웅의 꿈은 조각조각 났다. 모니의 인턴 마지막 날을 축하하기 위함이 가장 큰 이유였는데, 그놈의 회식이 문제였다. 진웅은 회식을 마치는 대로 모니를 태워가기 위해 그들의 단골식당인 갈비집 앞으로 왔다. 이전보다 몇 배는 더 많은 인원이 빠져나오는 걸 보니 교양국의 단체 회식이었던 모양이다. 그 속에 모니의 모습도 섞여 있었다.

그동안에 쌓인 무서운 정 때문에 모두들 아쉬워하는 모습이 먼발치에서도 확인됐다. 모니는 한 사람 한 사람에게 정중하게 인사를 하고 진웅이 기다리는 자동차 앞으로 다가왔다. 많은 인파들과 헤어지고 오직 그를 향해 손을 흔들면서 달려왔다. 진웅은 부러 차에서 내리지 않고 잠자코 기다렸다. 모니에게 더 많은 보상을 받기 위해.

"진웅 씨. 내 사랑, 보고 싶었어요."

조수석에 앉자마자 그의 목을 끌어안았다. 이어서 얼굴 곳곳에 무자비한 입맞춤 세례를 쏟아냈다.

"술, 많이 마셨어?"

"아뇨. 진웅 씨 오니까, 밑으로 조금씩 버렸지 뭐야."

"축하해. 인턴 무사히 마친 것을. 수고했어요, 하모니 씨."

"네에."

모니가 진웅에게로 머리를 들이밀었다.

"왜에?"

"쓰다듬어 줘요."

모니의 원대로 부드럽게 머리를 쓰다듬던 손은 모니의 두 볼을 잡았다. 그녀가 고개를 들어 그를 바라보았다.

"나, 사고 쳤어요."

"사고?"

"미래에 만날지도 모르는 개망나니 PD님께 술 취한 척하고 그 동안 쌓인 것들 다 쏟아냈어요."

"뭐라고 했기에?"

"갑이면 다냐고."

"풋."

"웃지 마요. 거기다가 유혜리가 명예훼손으로 소송 걸지도 몰라."

진웅 역시 세간에 화제가 되고 있는 유혜리의 안하무인 인터뷰를 확인했다. 내내 혜리를 며느릿감으로 어느 정도 점찍어둔 어머니 역시 단단히 실망을 한 눈치였다.

"소송 건데? 방송국에? 엄연한 공중파 본사가 있는 방송국을 상대로, 무고한 방송국에 소송을 거는 건 무리일 거야. 제가 한 짓이 있는데. 걱정 마."

"그렇…… 겠죠? 마지막 질문 두 개는 하지 말 걸 그랬어. 분명히 편집의사를 내비치면 편집하겠다고 했는데 그런 말 없었어요."

"대중들도 알 권리는 있어."

"아, 편안하다. 난 역시 진웅 씨가 곁에 있으니까 든든해요."

"보고 싶었어."

"나도."

모니의 집으로 돌아와 둘만의 파티를 했다. 작은 케이크에 초를 꽂아두고 촛불을 켜고 샴페인을 부딪쳤다. 하모니의 인턴 축하를 위한 그들만의 파티. 그리고 당연한 수순처럼 입술과 입술이 맞닿았고, 불이 꺼진 방의 일렁이는 촛불을 핑계 삼아 서로의 몸을 더듬었다. 순식간에 달아오른 분위기는 걷잡을 수 없었다. 옷가지들은 켜켜이 쌓이고 그리움을 이기지 못해 서로의 몸에 취해 버렸다. 몇 번이나 만족함에 차올랐던 시간이 지나갔다. 소강상태를 맞은 두 사람의 몸. 여자는 남자가 내어준 팔을 베고 그를 한참이나 바라보았다.

"나, 진웅 씨와 결혼한 후에도 계속 일하고 싶은데……."

"일?"

"응. 꿈이자 목표가 생겼어요. 최고의 인터뷰어가 되는 것. 인터뷰이를 최고로 만들어주는 능력 있는 인터뷰어. 겉모습만 화려한 이들을 취재하는 게 아니라 진짜 사람을 취재하는 거. 진정성 있는 한 편의 자서전을 영상으로 담는다는 생각으로 사람을 취재하고 싶어."

사람이 모든 걸 가질 수 없다는 사실을 알면서도 '그'라면 다를 거라는 기대감을 가지게 한다. 진웅이라는 사람이 그랬다.

"네 꿈을 막을 생각은 없어. 넌 어떻게든 할 거잖아. 뭐든지 내 곁에서만 해. 그러면 돼. 그러면. 넌 지혜로우니까."

"당신 없이 꾸는 꿈은 꿈이 아닌걸요. 그건 악몽일 뿐이야."

그래, 내 곁에서 언제나 좋은 꿈만 꾸길. 악몽 따위는 없을 거야.

'하암' 하고 하품을 해대는 모니를 품 안으로 끌어들였다. 춥지 않도록 시트를 목 근처까지 단단하게 여며준 진웅 역시 오랜만에 그녀의 체온과 체향을 마음껏 탐하면서 달달한 수면으로 빠져들었다.

날씨는 겨울치고 포근하기만 했다. 인턴이 끝난 후에도 진웅의 업무는 야근으로 이어졌다. 원주에서 돌아오면 자주 만날 수 있을 것 같았는데 그는 여전히 바쁜 모양이었다. 다행스럽게도 주말인 오늘 그는 드디어 일에서 해방이 되었는지 데이트 신청을 했다.

"예쁘다, 오늘."

진웅의 차에서는 따뜻한 바람이 흘러나왔다. 답답함을 느낀 모니가 도톰하고 부드러운 울 소재의 아이보리 색 코트를 벗자 허리에 가느다란 리본이 묶인 크림 핑크색의 얌전한 원피스가 그녀를 더욱 여성스럽게 보이도록 했다. 무릎 위에 가지런히 모인 모니의 손을 진웅이 잡아주었다. 그를 기다리느라 얼어붙은 듯 모니의 손은 냉랭했다.

"왠지 오늘 특별한 일이 생길 것 같아서요."

진웅이 알 수 없는 표정으로 검지를 뻗어 모니의 콧등을 두어 번 두드렸다.

"글쎄……."

차는 근사한 식당가도 아니었고, 영화관 같은 데이트를 할 수 있는 장소가 즐비한 번화가도 아닌 주택가로 들어섰다.

"어, 어디 가는 거예요?"

모니가 차창 밖을 살폈다. 잔뜩 겁을 먹은 모니의 모습을 진웅은 즐기면서 아롱거리는 웃음만 흘렸다.

"우리 집."

"네에?"

모니의 눈은 거의 흰자위가 다 드러날 정도로 커져 버렸다. 딴에는 진웅의 집으로 첫인사를 가는 날인 줄로 착각을 했던지 운전을 하는 진웅의 팔목을 잡고 흔들어댔지만 진웅은 묵묵히 운전만하는 게 차를 멈출 생각이 없어 보였다.

"이 꼴로 어떻게 인사를 드려요? 마음의 준비도 안 됐는데."

"그 꼴이 어때서? 이제껏 보여준 모습 중에 베스트인데, 게다가 매도 먼저 맞는 게 낫다고……."

"너무해."

잔뜩 토라진 모습으로 진웅을 바라보던 모니는 가방에서 주섬 주섬 화장도구를 꺼내고 옅은 화장을 수정해 나갔다.

"너무 긴장하지는 마. 너만 허락하면 되는 일이야."

"무슨 뚱딴지같은 소리예요?"

"내려."

"벌써요?"

모니의 말이 채 끝나기 전에 진웅은 벌써 차에서 내렸다. 차를 반 바퀴 돌아 모니가 앉은 조수석으로 간 진웅은 모니의 안전벨트를 풀어주었다. 풀어두었던 머리를 언제 반으로 잡아 핀을 꽂았는지 그녀의 모습은 조신해 보였다. 그녀를 속인 것이 미안했지만 진웅은 그녀가 자신의 부모님들께 잘 보이고 싶어 하는 모습이 몹시 사랑스러워서 조금 더 즐기기로 했다.

"어떡해요. 처음 뵙는데 아무것도 준비를 못해서."

"괜찮아. 그런 거 신경 쓰지 마."

"어떻게 그래요?"

"괜찮아. 트렁크에 꽃 있어."

진웅이 트렁크에서 파스텔 톤의 자나 장미 꽃다발을 모니의 품에 안겨주었다.

"이걸로 돼요?"

진웅이 고개를 끄덕이고 모니를 집으로 이끌었다. 진웅의 집은 모니가 상상했던 것과는 달랐다. 텔레비전에서 보던 재벌 집과는 사뭇 다른 분위기였다. 제일 먼저 육중한 강철로 만든 대문에 압도될 것이라 예상했지만 올망졸망한 울타리와 낮은 대문이 그들을 반겼다.

"여기가 집?"

"왜?"

"아, 아뇨."

낮은 대문을 열자 양옆으로 누런 겨울잔디가 있었고 사람이 지나갈 수 있도록 중앙에는 돌다리 같은 둥근 돌이 박힌 작은 길이 그들을 현관으로 안내했다.

"응? 집에 아무도 안 계셔요?"

진웅이 현관문에 달린 도어 록의 커버를 열고 키패드를 눌렀다.

"삼공이이?"

진웅이 비밀번호를 누르는 손가락의 방향을 고스란히 지켜보았다. 원주에서 살던 오피스텔의 비밀번호와 일치했다.

"우리 집, 이라니깐."

모니는 도저히 이해가 되지 않아서 있는 힘껏 얼굴을 일그러트렸다. 그러다 모니가 두 손으로 얼굴을 가려 버렸다.

"설…… 마."

진웅은 두 눈을 감고 모니를 향해 고개를 끄덕였다.

"진웅 씨."

그는 대답도 안은 채 그녀의 손을 잡고 집 안으로 들어섰다. 그는 울먹이는 모니의 손을 잡고 아무렇지도 않게, 마치 부동산 업자처럼 집 안 곳곳을 소개했다.

"게스트 룸까지 총 다섯 개의 방이 있고, 욕실이 세 개 있는 복층 구조의 집입니다. 지은 지는 오래됐지만 리모델링을 막 끝내서 새로 지은 집이나 마찬가지입니다. 참, 다락방까지 합하면 삼 층이겠네요. 이 집 안주인이 가장 신경을 쓴 공간을 소개해 드리죠."

진웅은 모니의 손을 잡고 먼저 선룸으로 그녀를 이끌었다. 1층의 테라스 공간을 넓게 확장시켜 온실하우스처럼 햇볕이 그대로 들어올 수 있도록 투명한 공간을 만들었다. 볕이 좋은 오늘의 날씨가 진웅은 고마웠다. 선룸으로 햇살이 강하게 밀려들어 왔다. 그때까지도 모니는 놀라움에 가득 차 아무런 말도 하지 못했다.

"따뜻한 햇살을 즐기는 넌 이곳에 작은 티 테이블을 설치하고 소담한 화원을 가꾸겠지. 또 비가 오는 날이면 일광욕을 하지 못하는 안타까운 빨랫감들을 가져와 노래를 흥얼거리며 빨랫감들을 탈탈 털면서 널어둘 테지. 그리곤 다시 해가 쨍쨍해질 내일을 그리워하다가 선룸의 창문을 열어 손끝으로 비를 느끼며 감사해할 거야."

"어떤 집을 원하냐고 물었을 때, 상상했던 것과 너무 비슷해요."

"자, 다음은 부부가 비밀스럽게 사랑을 나누기도 한 야외 자쿠지로 가보겠습니다."

진웅이 2층의 발코니를 열자 모니가 꿈꾸던 것과 거의 흡사한 분위기의 야외 자쿠지가 그들을 반겼다.

"마음에 드십니까?"

"네, 제가 상상하던 집이에요."

"그럴 줄 알았습니다. 정말 다행이군요. 이 집 바깥양반이 손수 리모델링을 한 곳이라 모든 곳이 다 정성이 들어가 있는 공간이랍니다."

"정말 비싸겠네요. 이 집을 사려면 어떻게 해야 하죠?"

"저의 프러포즈를 허락하시면 됩니다."

진웅은 모니가 들고 있는 장미 꽃다발의 가장 중앙 부분으로 손을 넣었다. 주먹을 쥔 손바닥을 펴자 반짝이는 반지가 들어 있었다.

"왜 날 울려요?"

모니가 진웅의 목에 매달렸다. 그의 가슴을 아프지 않게 주먹으로 내리치자 그가 아픈 소리를 냈다.

"하모니의 허락을 받으려면 이 정도는 돼야 한다고 생각했어."

"나는 아무것도 해준 것이 없는데⋯⋯."

"넌 날 다시 살게 했어. 나는 너 하나로도 내가 가진 모든 걸 버릴 수 있어. 받아⋯⋯ 줄래?"

"내가 받아주지 않으면 이 집은 어떻게 되는 건데요?"

"천년만년 사람 온기 하나 담지 못하고 지내겠지."

"진웅 씨, 정말 나와 결혼할 수 있겠어요? 나는 최고의 인터뷰어가 될 거예요. 그렇담 당연히 방송을 해야 하고 당신에 대해서 세상은 제멋대로 지껄일지도 몰라요. 또 아나운서냐고. 나는 당신에게 상처 주기 싫은데, 내 꿈이 어쩌면 당신을 상처 입힐지도 몰라요."

"너, 나 포기할 수 있어?"

모니가 강하게 고개를 양옆으로 흔들었다.

"상처 입을 일 없어. 그리고 너 아직 아나운서 아니거든?"

"그래도."

"믿어. 네 꿈은 날 상처 입게 하지 않아. 나는 널 믿고, 또 너를 내게 보내준 세상을 믿어보기로 했어."

"사랑해요. 정말로."

"대답은?"

"응?"

"결혼해 줄래?"

모니는 대답 대신 그에게로 손을 내밀었다. 언약식을 치르면서 나눠 가진 반지가 손가락을 벗어나고 이제는 새로운 반지가 모니의 손가락을 빛나게 했다.

"결혼…… 해요."

"너무 빠르다는 걸 알아. 하지만 우리 관계의 도착지점이 결혼이라면, 빨리 그곳으로 가고 싶었어."

"내가 정말 당신을 행복하게 해줄 수 있을까요?"

"널 행복하게 해줄게. 그게 내 행복이니까."

진웅의 입술이 눈을 감은 모니의 눈에 내려앉았다가 입술로 내려왔다. 두 입술이 겹쳐졌다. 진웅은 모니의 뒷목을 받쳐 주었다. 모니의 손은 그의 허리를 의지했다. 그는 너무도 따뜻했다. 그의 품 안에 있는 지금이 모니에게 있어서는 가장 행복한 시간이었다. 그가 주는 확신과 행복으로 결혼에 대한 막연한 불안감은 이내 멀리 달아나 버렸다.

"진웅 씨가 가장 맘에 드는 공간은 어디죠?"

모니가 그의 프러포즈를 받아들이자 진웅은 비로소 긴장감이 해소되었다. 그녀가 받아들이리라고는 생각했지만 은근히 걱정을 하고 있었던 것이다. 편안한 마음으로 연인들은 다시 그들이 살아가게 될 집을 구석구석 돌았다.

"다락방."

"와, 이런 다락방, 어렸을 때 진짜 갖고 싶었는데."

"우리 아이가 태어나면 이 공간을 채워주자."

집의 모든 공간에는 아직 많은 것들이 채워지지 않았다. 진웅이 내부의 공간은 모니의 몫으로 남겨두었다. 그녀가 '우리 집'이라는 공간을 자신의 꿈으로 채워갈 수 있도록 한 그의 배려였다.

이어서 그녀가 가장 좋아하는 선룸을 다시 살펴보고 두 사람은 위층을 둘러보다 빈 자쿠지에 어제 그가 했던 것처럼 나란히 발을 넣었다.

"여기서 부부가 비밀스럽게 사랑을 나누기도 했다구요?"

부동산 중개인이 되어 진웅이 소개한 대사를 모니가 다시 읊었다. 손을 뒤로 해 나무 데크에 지탱하던 진웅이 옆에 앉은 모니를 품 안으로 끌어들였다.

"기대해."

진웅의 입술이 모니의 이마 위에 닿았다가 금세 떨어졌다.

"어, 눈 온다!"

행복에 젖어 있던 모니가 눈을 뜨자 일기예보에도 없던 눈이 내리기 시작했다.

"이것도 당신이 준비한 이벤트? 정말 빅 스케일이다."

"하모니."

내리는 눈에 정신이 팔려 있던 모니의 얼굴은 그의 부름에 다시 그의 얼굴로 고개를 돌렸다. 그러자 그가 강하게 입술을 부딪쳐 온다. 말할 수 없는 벅차오름은 두 사람이 동시에 느끼는 감정이었다. 하늘마저도 그들의 날을 축하해 주었다.

눈이 내리던 날, 그들의 입술은 한참이고 떨어질 줄을 몰랐다.

chapter 14. 허락해 주세요

네 번째 손가락에서 번쩍이는 반지의 종류가 다시 바뀐 사실을 눈썰미가 좋은 현경에게 들켜 버렸다. 선심 쓰듯, 임신을 한 현경을 보필하기 위한답시고 인턴이 끝나고 조부모가 계시는 곳이 아닌 부모님과 함께 보내는 것이 후회스러웠다. 어렸을 적부터 그저 원진과 현경이 싸우지만 않아도 좋겠다는 오래된 소원을 하나님은 너무 크게 들어주셨다. 그들은 마치 바퀴벌레 한 쌍 같았다. 그 모습도 처음에는 말도 못하게 좋았지만 계속 보니 어딘가 모르게 마음고생을 한 것이 억울해지기 시작하면서 급기야는 눈꼴 시린 단계에까지 이르렀다. 또 프러포즈를 받고 얼마 안 되어 대번에 현경은 프러포즈를 받았다고 확신을 했는지 이것저것 캐묻는 바람에 진웅이 모니의 집에 인사 오는 것을 앞당겼다. 그래 봤자 일주일 정도였지만.

처음 마음먹은 대로 모니는 제 부모가 아닌 조부모께 먼저 진웅을 선뵌다는 결정을 번복하지는 않았다. 그래서 진웅을 조부모님 댁으로 초대했다. 어제부터 하 교수와 정수경 여사, 모니까지 합세해 귀한 손님을 맞을 준비를 했다.

하 교수와 정수경 여사는 그저 모니가 진지하게 사귀는 사람을 초대하는 줄로만 알았다. 손녀가 결혼할 사람이라고 말을 했지만 영 믿지 않는 눈치였다.

번쩍번쩍, 온 집 안에는 광이 났다. 밖에서 냄새를 맡노라면 어디서 잔치를 하나 싶을 정도로 고소하고 노릇한 갖가지 음식 냄새가 진동을 했다.

딩동딩동. 예상보다 좀 일찍 초인종이 울렸다.

"벌써 왔나?"

부엌에서 나란히 음식 맛을 보는 조부모님은 아직 초인종이 울렸다는 걸 알지 못했다. 모니는 얼른 인터폰을 들었다.

"그럼 그렇지."

완벽한 바퀴벌레 한 쌍이었다. 인터폰 화면에는 궁금함을 참지 못하는 원진과 현경이 나란히 서 있었다.

"온 게야?"

하 교수가 뒷짐을 지고 거실로 나왔다. 정수경 여사 역시 급히 앞치마를 벗어두고 뒤따라 나왔다.

"아뇨. 웬 바퀴벌레 한 쌍이요."

"쯧. 못된 것. 부모가 온 것이 그리도 못마땅해?"

"할아버지, 그게 아니라 내가 예상한 시나리오를 한 치도 빗나가지 않아서요. 재미없다."

"내가 오라고 했어."

하 교수가 막 들어오는 원진과 현경을 반겼다. 이혼을 하지 않겠다 결정을 한 것도 부모로서는 고마운 일이었다. 그런데 사고뭉치 자식들은 늘그막에 효도 아닌 효도를 하고 있었다. 내년이면 다시 이 집에서 아이 울음소리가 그치지 않는다 생각하니 원진과 현경이 대견스럽기까지 했다.

지난밤, 원진에게서 전화가 걸려왔다. 뱃속에 있는 울림이가 예비 매형이 보고 싶어서 울고 있다는 말도 안 되는 망언 역시 말이 되게 만들어 버렸다.

"아버님, 어머님. 저희 왔어요."

"오냐."

"에미 왔어? 입덧은 잦아들었고?"

정수경 여사가 다 늦게 임신을 한 현경을 살뜰하게 챙겼다. 현경은 곧장 음식 냄새를 맡고 입덧을 하기는커녕 주방으로 갔다.

"못 살아, 정말."

처조부모와 장인 장모까지. 진웅이 좀 힘들긴 하겠지만 아마 그는 기꺼이 견딜 수 있을 것이라는 밑도 끝도 없는 믿음이 생기려 할 때 다시 초인종이 울렸다.

이번에는 진짜다.

그는 양손 가득 선물을 들고 인터폰 안에서 조금 긴장된 모습으로 웃고 있었다.

"진웅 씨."

모니는 대문을 열어주고 그를 맞이하기 위해 정원으로 나갔다.

"어떡해. 부모님까지 오셨어요."

"그래?"

다행히도 그는 당황하는 기색이 없어 보였다. 모니가 그의 얼굴을 살피고 선물을 나눠 들면서 현관문을 열었다. 안에서는 네 사람의 목소리가 왁다그르르 하게 들려왔다. 다들 한 성격 하는 사람들이라 소위 말하는 '백년손님'이 오는데도 조심스러운 소곤거림은 없었다.

"어서 들어와요, 진웅 씨."

현관에 다다르자 긴장이 물밀듯 몰려온 진웅이 다시 한 번 옷매무새를 고치고 현관으로 발을 들였다. 순식간에 정적이 흘렀다. 다들 모니 또래의 남학생이겠거니 예상을 했지만 생각보다 번듯한 모습을 한 남자에게 홀린 듯 아무런 말을 하지 못했다. 그 가운데 하 교수가 입을 열었다. 그것은 모니가 미처 예상하지 못한 시나리오였다.

"아니, 자네!"

"그동안 별고 없으셨습니까, 교수님."

"자네가 무슨 일로…… 우리 모니와 만난다는 사람이 자네였나?"

"그렇습니다."

"이런, 이런. 어서 들어오게, 어서."

일이 어떻게 돌아가는지도 모르는 사람들이 막고 서 있는 것을 하 교수는 홍해를 가르듯 길을 터주었다. 그 안에는 모니 역시 포함되어 있었다.

"아버지, 이 청년과 아는 사이입니까?"

거실 소파에 앉은 사람들 중 원진이 먼저 입을 열었다.

"알다마다. 허허. 이 무슨 운명의 장난도 아니고. 자네가 정말 우리 모니의 신랑감인가?"

눈앞에 있는 진웅의 존재가 믿을 수 없는 듯 하 교수는 묻고 또 물었다. 볼 때마다 탐이 나는 진웅이었다. 그렇지만 일종의 희망사항이었다. 모니의 신랑감이 딱 저 정도만 되면 좋겠다는 생각을 그를 볼 때마다 하긴 했었다. 물론 그의 든든한 백그라운드는 감히 욕심낼 수 없는 것이었기에 성품이 진웅 정도라면 모니를 믿고 맡길 수 있겠다는 바람 아닌 바람을 가지기는 했었지만 선전수전을 다 겪은, 인생의 겨울을 맞이하려 하는 하 교수도 지금 이 순간만큼은 심장박동수가 몇 배는 빨라질 정도로 놀라운 일이었다. 너무 좋아서 주책없이 춤이라도 출 뻔했지만 곧 참아냈다. 진웅의 집에서는 모니를 반대할 게 뻔했다. 꼬장꼬장한 '윤소령'이라는 여자가 버티는 한.

"그렇습니다."

"진웅 씨, 우리 할아버지와 아는 사이였어요?"

옆에 나란히 앉은 모니가 눈을 크게 뜨고 진웅을 바라보았다. 진웅은 긍정하는 듯 모니의 손등을 살짝 두드려 주었다.

"인사들 해야지."

겨우 침착해진 하 교수가 어안이 벙벙해서 자신이 무슨 말이라도 해주길 바라는 가족들의 욕구를 채워주었다.

"처음 뵙겠습니다. 이진웅입니다. 모니와 결혼을 전제로 만남을 이어왔습니다."

"우리 바깥양반과는……."

인물부터가 훤칠했다. 키도 시원시원하게 쭉 뻗었다. 남편과 안면이 있어 보이는 건실한 청년은 호락호락하지 않은 남편에게 이미 인정을 받은 사람이라는 게 틀림없어 보였다. 오래 살고 보니 혜안이 빛나기는 한 모양이었다. 모니 옆에 있는 청년이 건설업계 사람이라는 것을 단박에 알아보았다.

"내가 자문위원으로 있는 두진건설의 전무야. 이진웅 전무."

"전, 전무?"

원진이 전무라는 말을 듣자마자 아내를 바라보았다.

"저 나이에 전무…… 라면?"

틀림없었다. 그는 두진건설의 일가 사람이라는 것이. 설마 그래도 승계 1순위는 아니겠지 하고 더 묻지 않았지만 하 교수는 진웅이 할 말을 대신 해주었다.

"이변이 없는 한, 두진건설의 후계자 1순위지, 자네 말이야."

"그렇습니다."

간단하게 차를 마신 후에 그들은 자리를 옮겼다. 진웅은 손을 씻겠다는 핑계로 어른들의 시야에서 벗어나자 꽉 조여놓은 타이를 풀 듯 겨우 숨을 돌렸다. 그마저도 잠시였다. 욕실 문을 열자 코앞에서 모니가 눈을 가느다랗게 뜨고 허리에 두 손을 짚고 추궁이라도 할 기세로 기다리고 있었다.

"못됐어. 내가 얼마나 긴장했는지 알아요? 그런데 할아버지와 아는 사이였다니, 것도 할아버지가 엄청 맘에 들어하는 사람이었다니. 흥. 이따가 봐요."

"좀 봐주라. 나 지금 몹시 긴장했어."

"말만 잘하더라."

모니의 말과 행동은 달랐다. 그를 타박하면서 나름대로 무서운 표정을 하고 있지만 흐트러져 있는 진웅의 타이와 셔츠를 바로잡아 주었다.

"정말 영화다. 영화야."

식사 시간의 분위기는 손님이 끼여 있다고는 생각할 수 없을 정도로 가족적이었다. 공공연하게 하 교수에게 인정을 받은 진웅이라는 것을 다들 알아버렸기에 더 말할 것이 없었다. 그래서 진웅을 거의 허락한 분위기였다.

기업의 후계자 자리에 있는 사람이라 비범하긴 해도 속으로는 어지간히 긴장을 했을 진웅을 알기에 너나 할 것 없이 살갑게 대했다. 식사를 하면서 두 사람이 연인이 되어가는 과정을 말하자 소녀감성에 젖어들던 현경은 진웅이 모니를 찾아낸 대목이 제일 큰 감동이라며 창작 뮤지컬의 소재로 써도 되겠다는 말까지 꺼냈다. 모니를 찾는 데에는 하 교수가 일조를 했다는 진웅의 말에 하 교수는 사람 좋게 웃었다.

"우리 집하고 인연은 인연인가 봐. 하 교수님과 친분이 있는 것도 그렇고……."

집안의 가풍이 담긴 음식은 배제하고 보편적으로 좋아할 만한 음식들을 차려놓았지만 유독 그런 사람들이 있었다. 제집 음식이 아니면 안 되는 사람들. 진웅은 그렇게 보이지 않아서 다행이었다. 정수경 여사는 자신이 정성스럽게 준비한 음식들을 맛있게 먹는 진웅을 알게 모르게 은근슬쩍 관찰을 했다. 특히 어떤 음식에 자주 손이 가는지를 봐뒀다가 다음번에도 해주겠다는 생각에까지 다다랐다. 벌써 손녀사위가 된 양.

"모니가 제게 과분한 줄은 알지만 결혼하고 싶습니다. 오늘 찾아뵌 이유도 그 때문입니다."

식사자리를 물리고 후식을 할 때, 진웅은 자신이 온 목적을 밝혔다. 모니의 가족들에 동화되어 어느새 가족이 되어버린 줄 착각을 할 뻔했다. 모든 눈동자는 이제 가장 어른인 하 교수에게로 향해 있었다.

"모니야……."

두 사람이 이미 결혼을 약속했다는 것은 짐작을 했지만 그래도 손녀의 의견은 중요했다. 하 교수는 모니의 말이 듣고 싶어 모니를 불렀다.

"저, 진웅 씨와 결혼하고 싶어요. 철없이 결정 내린 것이 아니라는 걸 알아주셨으면 좋겠어요. 알잖아요, 저 많이 외로웠어요. 그런데 이 사람이 모두 다 채워줬어요. 내 아픔도, 외로움도……. 그리고 중요한 건, 내가 많이 사랑한다는 거예요. 단지 옆에 있을 사람이 필요해서가 아니라 진짜 사랑이요."

"허락해 주십시오."

"허락…… 하겠네."

"할아버지!"

모니가 하 교수의 목에 매달렸다. 진웅 역시 감사의 말을 잊지 않았다.

"그대들은?"

반대를 하면 두고 보자는 눈빛이었다. 어차피 모니를 키운 건 하 교수와 정수경 여사의 공이 컸기에 그걸 잘 아는 자식과 며느리는 갑자기 객식구처럼 몸을 옹송그렸다. 진웅은 그 모습에 하마터면 웃음이 터질 뻔했지만 여우 같은 하모니는 언제 눈치를 챈 것인지 웃음을 참기 위해 거짓 기침을 해대는 진웅의 손을 깍지를 끼고 꽉 잡아주었다. 무언의 압박이었다.

"저희야 무슨 할 말이 있겠어요. 아버님, 어머님께도 죄인이고 모니에게도 죄인인걸……."

"우리 모니, 많이 아껴주게나. 한참 자랄 때 우리가 주지 못한 사랑까지도 염치없지만 대신해 주길 바라네. 모니에게 들어서 잘 알 거야. 우리처럼만 살지 않으면 돼. 명심하게."

이른 나이이긴 했어도 모니가 행복하다면 기꺼이 허락할 생각이었다. 이제껏 모니에게 제대된 부모 역할을 한 일이 손에 꼽을 정도였다. 현경은 그래서 잠자코 있었다. 진웅이 꼭 재벌이라서, 그 타이틀이 마음에 들어서 허락을 한 것이 아니었다. 오히려 그것은 현경에게는 마이너스 요인이었지만 진웅의 사람 됨됨이가 마음에 들었다. 예의범절은 물론이고 세심하고 자상함은 감추어지지 않는 천성이었다. 나쁜 남자가 대세라고들 하지만 사윗감으로 나쁜 남자는 결사반대라고 여겨왔기에 착한 남자인 진웅은 현경의 맘에 차고도 넘쳐흘렀다. 그래서 시아버지가 내린 결정에 잠자코 있었다. 그래도 원진은 할 말은 해야 했는지 염치 불구하고 나섰고, 부부관계를 잘못 해온 그야말로 살아 있는 교과서나 다름없는 자신들을 닮지 말라는 진심 어린 당부가 예비부부의 마음을 강하게 꿰뚫고 들어왔다.

허락이 떨어지자 바로 다음 관문으로 이어졌다. 모니 신랑감의 술버릇이 어떤지를 알아보겠다는 핑계로 안방에는 남자들만의 술상이 차려졌다. 귀한 손님을 맞이하느라 어제는 집안 대청소로, 오늘은 음식 준비로 고단한 몸을 당장이라도 누이지 않으면 며칠간 몸살로 고생할 것이라던 정수경 여사는 설거지와 나머지 일은 제게 맡기고 아랫목에서 뜨뜻하게 몸을 누이라는 며느리의 채근에 못 이겨 일찌감치 누웠다.

"했네, 했어. 얌전한 고양이 부뚜막에 먼저 오른다더니. 옛말 틀린 거 하나 없다."

"뭘?"

나란히 서서 설거지를 하던 모녀는 사랑에 대해 알콩달콩 이야기를 하던 것이 발전하여 남녀 간의 은밀한 일에까지 이르렀다.

"모른 척하기는, 엉큼하다. 하모니."

설거지를 하면서 팔꿈치로 옆에 있는 딸을 툭툭 건드리자 딸 역시 엄마를 툭툭 건드렸다. 그걸 꼭 말로 해야 알아먹겠냐는 듯.

한참 꾸미고 싶어서 안달이 나고, 남자친구도 사귀고 싶어 하던 그 시절, 사춘기를 겪을 때에도 딸은 그런 점이 없었다. 이성에는 아예 관심이 없는 듯했고, 하다못해 남자 연예인을 우상으로 삼는 일도 없었다. 저러다 결혼조차 못하는 게 아닐까 싶어 상담이라도 받게 할까도 했지만 곧장 접었다. 누굴 탓할 수 없었다. 그건 바로 하모니의 부모인 자신의 잘못이었다. 눈만 마주치면 싸우는 부모를 보고 어떤 여자아이가 사랑을 꿈꿀까 했는데 그런 딸이 이제는 사랑을 알아가고 있었고, 사랑에 빠졌다.

"엄마, 여기 미국 아니거든. 어떻게 딸한테 그런 걸 물어?"

"우리 집은 그래도 되는 집이야. 몰랐어?"

하긴 딸 앞에서 서로를 섹스 파트너라고 당당하게 말했었지. 모니가 대답을 피한 채로 접시들만 야무지게 헹궜다.

"그래도 이 군이 나이가 있으니 피임은 제대로 하는 모양이야. 안 그래?"

현경이 은근슬쩍 눈을 아래로 하고 모니의 납작한 배를 바라보았다.

"저질, 엄만 진짜 짓궂어. 내가 집에 들어가나 봐라."

"미안, 미안. 엄마가 신기해서 그랬어. 우리 딸이 결혼을 한다는 게 신기하기만 해서. 대학 가서도 영 남자들한테는 관심이 없는 줄 알았는데, 그래서 이 엄마가 얼마나 걱정이었다구."

"정말 그랬어?"

"그래, 이것아."

하 교수와 예비 장인어른의 술상 배틀은 생각보다 길지 않았다. 다들 술에 강해 보였던 것치고는 빨리 막을 내렸다. 진웅의 입장에서는 이제 막 주흥이 오르려고 하는 순간에 끝이 나 오히려 다행이었다. 하 교수와 예비 장인어른이 술기운으로 인해 자리에 누워버리자 진웅은 두 사람의 잠자리를 봐주고 슬그머니 안방에서 나와 버렸다. 결혼 허락을 받는 큰 산을 잘 넘겼으니 또 다른 큰 산을 넘기 위해 모니를 찾아 나섰다.

"여기 있었어?"

"내 방이니까."

모니는 자신의 침대에 무릎을 모으고 얌전히 앉아 있었다.

"실망…… 했어?"

"조금. 나빴어 정말."

토라졌다고 단단히 광고를 할 작정으로 모니가 고개를 돌려 버렸다. 그러자 진웅은 슬그머니 모니의 뒤로 가 앉았다. 모니의 등이 진웅의 가슴에 닿았다.

"고민…… 했었어. 혹시나 하 교수님이 아끼고 아끼는 당신 손녀딸을 데려가겠다고 하면 반대하실까 봐. 내가 사랑에 실패하는 모습까지도 고스란히 지켜보신 분 중 하나잖아. 그래서 두려웠어. 그런데 이기적일지 모르겠지만 너와 같이 있을 땐 그런 고민을 하기는 싫더라. 그냥 너와 같이 있는 시간에는 행복하고만 싶었어."

"그래도 너무해. 행복하기만 하면 다야? 아픔도 함께 해야 하는 거잖아요."

"그래, 이제부터는 그럴 거야. 그치만 알아둬. 내 과거의 문제 때문에 네가 아픈 게 싫어서, 그래서 그랬어. 널 무시하고 그저 너와 마냥 행복하기만 하려고 널 사랑하는 게 아니야."

"이제는 고민이 있거나 걱정이 있으면 함께 공유해요. 나 유리 인형 아니야. 그러니까 깨질세라 염려하지 마요. 난 정말 강해지고 있으니까."

모니가 몸을 돌려 진웅을 바라보았다. 아직까지도 조금 서운하긴 해도 오늘 많이 긴장하고 수고한 진웅의 볼에 살짝 입술을 붙였다 떨어뜨렸다.

"유리인형이 아니라고?"

"응."

진웅이 모니의 얼굴을 양손으로 붙잡고 자신을 정면으로 바라보게 했다.

"그래도 난 네가 아픔 같은 건 몰랐으면 좋겠어. 내 품 안에서."

"아프길 원하는 사람은 없지만 성장하기 위해서는 아픔도 필요하단 걸 잘 알잖아요. 아마 우리가 결혼하면 서로 때문에 아픈 날도 있을 거예요."

"그래, 그렇겠지."

"그래도 우리 이렇게 서로 잡은 손, 놓치지는 마요."

"한 사람의 손힘이 느슨해지면, 꼭 상대방이 이렇게 힘 있게 잡아주기로 하자."

"이렇게요?"

자신의 손을 힘 있게 잡아주던 진웅의 손을 모니가 힘주어 맞잡았다. 진웅은 눈을 감고 고개를 끄덕였다.

고요한 토요일 아침이었다. 긴장이 풀어져 버린 것인지 해가 저만치 떴는데 인기척이라곤 없었다. 무려 3대가 짝을 지어 이 집에 머물러 있다는 사실이 하 교수의 마음을 든든하게 했다. 안방에서는 남자들이 나란히 지난밤 술기운에 의해 의도치 않게 한방에서 잠이 들었고 여자들 역시 작은 방에 옹기종기 붙어 잠들어 있는 모습을 확인한 하 교수는 평화롭게 잠들어 있는 그 누구에게도 게으르다고 호통하며 깨우고 싶지 않았다. 혼자서 조금 더 이 풍경을 만끽하고 싶은 마음에 어울리지 않게 까치발을 들고 주방으로 갔다.

자신 있는 요리라고는 라면뿐이라지만 하 교수는 손을 걷어붙이고 조금 크다 싶은 냄비에 물을 끓였다. 냉동실에서 몸에 좋다는 재료는 다 냄비 안으로 투하되었다. 전복부터 시작해서 아껴두었던 대게와 대하까지 남김없이 물속으로 뛰어들었다. 면이 익어가고 식욕을 무척이나 자극하는 라면 스프 냄새가 온 집 안을 진동했다. 거기다 귀한 재료는 다 들어갔으니 진국이나 다름없었다. 하 교수는 국물 맛에 감동을 하여 절로 '캬' 소리를 냈다.

"그나저나, 윤소령이가 허락을 하지 않으면 어쩐담…… 모니가 분명 내 손녀라고 하면 치를 떨 터인데."

"지연이지 거절이 아니셔요, 할머님은."

벌써 2주일째, 모니는 진웅의 집으로 출퇴근하다시피 했다. 두 사람의 결혼을 유일하게 반대하는 오직 한 사람, 소령의 마음을 돌리기 위해 모니는 매일매일을 고군분투했다.

모니가 그의 집으로 인사를 왔던 그날은 할머니가 제일 좋아하셨다. 모니의 얼굴을 보자 곧 알아보셨다. 유혜리의 인터뷰를 했던 그 진행자라고 먼저 알아보시면서 환대를 하셨다. 당장 내일이라도 상견례를 하자던 할머니께 모니가 하 교수의 손녀라는 것을 말하자 할머니의 표정은 싸늘하게 식어갔다.

차라리 싸가지 없는 유혜리가 더 낫겠다면서 모니를 집으로 돌려보내라는 말을 하시고는 방으로 들어가 버리셨다.

"이쯤에서 그냥 내가 나설게. 내가 너 없으면 안 된다고, 손자를 총각귀신으로 만들 생각이 없으."

모니를 위로하기 위함인지 진심인지는 몰라도 결혼 허락을 받아내기 위해 하다못해 할머니께 겁박이라도 하겠다는 진웅의 입을 모니가 두 손으로 막았다.

매일 진웅의 집에서 반나절이 넘도록 머무는 모니였다. 그래도 할머니의 허락은 떨어지지 않았다. 진웅은 매일 이렇게 자신의 집에서 나오는 모니를 차에 태워 데이트를 하거나 모니가 피곤해하는 날에는 바로 집으로 바래다주었다. 오늘은 그녀의 표정을 보니 아무래도 집으로 가 쉬게 해주어야 할 것 같았다. 추워서 그런 것인지는 몰라도 그녀의 볼은 발그레 물들어 있었다.

"날 위해서 아무것도 하지 마요."

결혼 반대라는 것이 드라마에서나 나오는 단골 소재인 줄로만 알았는데 막상 당해보니 깨닫게 되었다. 참 지치고 힘든 일이라는 것을. 이제 겨우 2주째이지만 모니는 조금씩 지쳐 갔다. 마음을 열었다 싶었는데 오늘 역시 진웅의 할머니는 모니의 가슴에 비수를 꽂았다.

어제 모니가 돌아갈 때쯤, 분명히 찐빵이 잡수시고 싶다면서 특히 어디가 맛있다고 상호까지 대셨다. 그 자리에는 모니와 단둘이 있었기에 모니는 자신에게 말씀하신 것이라고 확신을 했다. 빨리 잡수시게 하고 싶어서 아침 댓바람부터 집을 나섰다. 앉을 자리 하나 없는 허름하고 좁은 점포의 외관과는 달리 김이 모락모락 나는 찜 솥의 찐빵은 게 눈 감추듯이 팔려 버렸다. 하는 수 없이 모니는 그 추위에도 손을 호호 불어가면서 다시 찐빵이 쪄지길 기다렸다가 한 아름 가슴에 품고 온 찐빵을 할머니께 내밀었지만 거부당했다.

정말 눈물이 핑 돌아서 급히 화장실을 간다는 핑계로 숨어버렸다. 눈물을 삭이고 나와서도 자신을 투명인간 취급을 하는 할머니 옆에서 미주알고주알 친조부모에게 하듯 그렇게 했다. 처음 인사를 드리러 간 날부터 모니를 아끼고 예뻐하는 이화가 모니를 안아주고 조금만 더 힘을 내자고 격려를 해주어 그나마 견딜 수 있었다.

"그새 야윈 것 같다."

모니가 안쓰러운 진웅은 모니의 볼을 두 손으로 감싸 안았다. 차가운 기운 때문에 발그레한 것인 줄 알았던 모니의 볼은 많이 뜨거웠다.

"모니야, 너 어디 아파?"

볼에서 손을 떼고 이마를 짚은 진웅은 가슴이 '철렁' 하고 내려 앉았다. 오늘따라 기온이 급격히 떨어진 날씨에 할머니께 드릴 찐빵을 사러 간다는 소리에 그만두라고 했지만 하모니의 고집은 알아줘야 했다. 기어코 제 몸을 혹사시켰다는 말이다.

"으항. 진웅 씨, 사실 나 힘들어, 힘들어 죽겠어. 올해 안에 허락 받고 싶었는데, 정말 기쁜 마음으로 진웅 씨랑 크리스마스 보내고, 새해도 맞고 싶었는데 다 틀렸어. 우씨. 할머니 미워."

다정스러운 진웅의 손길에 모니가 스르륵 녹았다. 단단하게 먹었던 마음이 그의 앞에서는 소용이 없었다. 이렇게 사랑하는데, 이대로 영영 할머니의 허락을 받지 못하면 헤어질지도 모른다는 공포가 모니를 힘들게 했지만 무색하게도 그는 여전히 따뜻하고 그녀를 사랑하는 마음에는 변함이 없다는 사실을 확인하니 마음이 풀어져 버렸다. 그래서 그의 품 안에서 마음껏 울었다. 언젠가 한 번은 울게 될 것이라 예상을 했지만 그건 아마 혼자서 잠들기 전이라고만 믿었었다.

"미안, 미안해."

"진웅 씨가 왜요?"

"그냥, 너 힘든데 아무런 해결책도 못 돼서."

"내가 가만히 있으라고 해서 그런 걸 뭐, 진웅 씨가 나서면 아마 날 더 미워하실 거야. 오늘도 내가 사간 찐빵은 거들떠보시지도 않고, 내가 아무리 재미있는 얘기 해드려도 투명인간 취급하시고, 마지막엔 우리 할아버지를 원망하라고 하신걸."

"그래서 넌 뭐라고 했는데?"

"어떻게 우리 할아버진데 원망할 수가 있냐고, 반대로 우리 할아버지가 진웅 씨에게 할머니를 원망하라고 하셨다면 할머니 마음은 어떻겠냐고……."

"요, 여우. 아마 우리 할머니 뜨끔하셨을 거다."

"응. 오늘은 내가 너무 힘들어서 뜨끔하시라고 그랬어."

소매로 눈물자국을 지우는 모습조차도 너무나 사랑스러웠다. 진웅이 입을 맞추려 다가가자 모니는 그의 얼굴을 두 손으로 밀었다. 경계하는 눈빛에 진웅의 마음이 내려앉았다. 할머니에 대한 미움 때문에 설마 자신에게까지 정나미가 떨어진 것일까?

"안 돼요. 나 아무래도 감기 걸린 것 같아. 입 맞추면 감기 옮을 거야."

"그런 거야? 난 또."

"난 또?"

"할머니 때문에 나까지 미워졌나 해서."

"말도 안 돼. 감기 걸려도 난 몰라."

엄포를 놓고서 모니가 그의 턱을 잡아 제 앞으로 끌고 왔다. 작은 입술이 덮치듯 진웅의 입술을 덮었다. 살살 입술로만 어루만지길 몇 번, 모니는 참지 못하고 작은 혀로 그의 입술을 가르고 그를 순식간에 달아오르게 만들었다. 모니의 혀는 전에 없이 뜨거웠다. 키스도 좋지만 아무래도 멈춰야 했다. 모니가 아픈 게 확실해졌다.

"당장 병원 가자."

"오늘은 일찍 자고 내일 가려고 했는데, 어차피 이 시간이면 병원 문도 닫았을 텐데."

"응급실은 폼으로 있어? 급한 대로 응급실에라도 가."

그의 차는 그대로 대형병원 응급실로 향했다. 도착해서 체온계로 온도를 재니 이제 미열에서 고열로 오르기 직전이었다. 응급실의 당직 의사가 처방을 내리자 모니의 팔에는 주사바늘이 꽂히고 수액이 핏줄을 타고 흘러 들어갔다. 진웅은 깜빡 잠이 든 모니의 곁을 지키면서 몇 분 간격으로 모니의 이마를 짚어보며 자신의 이마와 비교를 했다. 약효가 이제야 듣는 것인지 모니의 체온이 조금씩 떨어지는 것을 확인했다. 진웅의 손길에 모니가 선잠에 들었다 깨났다. 그녀의 목소리는 잠 때문이 아닌 감기로 인해 잠겨 있었다. 맑았던 목소리는 탁해졌다.

"손잡아줘요."

모니가 내민 손을 진웅이 굳게 잡았다. 이제는 아프지 않다고 흐릿한 미소까지 진웅에게 만들어 보였다.

"할머니께 스마트폰 사용하는 방법은 괜히 가르쳐 드렸어."

"왜?"

"하루 종일 스마트폰만 만지시고, 인터넷 검색 삼매경에 빠지셨어. 안 그래도 내가 하는 말은 들은 척도 하질 않으시는데 스마트폰 때문에 더해. 점수 따려고 가르쳐 드렸는데……."

"할머니도 아마 속으론 고마워하실 거야. 당신이 강경하게 반대한다고 해놓고 스마트폰 때문에 결혼을 허락한다면 너무 모양 빠지지 않아? 우리 할머니 왕년에 여장부셨어. 두진건설을 이끌어가시던."

"정말 그랬음 좋겠다. 말로만 나 믿고 하셨으면 좋겠어. 할머니 마음속에, 진웅 씨 자리 옆에 내 자리도 있겠죠, 이제?"

"그럼. 어디서나, 누구에게나 사랑받는 하모니인데."

"그래도 우릴 반대하시는 이유가 가끔 재미있어요. 할머님의 첫사랑 때문이라니. 할머니의 첫사랑이 이루어졌다면, 우린 아마 친남매나 사촌쯤 됐을 거야."

"끔찍한 소리 마. 그럴 바에야 반대를 하시는 지금이 훨씬 행운이야."

진웅이 모니에게 좀 더 자두라는 말을 하고 시트를 끌어 올려 덮어주자 진웅의 손은 끝까지 놓치지 않은 채로 다시 잠에 빠졌다. 아직 수액은 반 정도나 남아 있는 상태였다. 진웅은 오늘 낮에 아버지와, 모니의 할아버지와 함께 대책회의를 한 사실을 모니에게는 알리지 않았다. 어찌 됐든 내일은 결전의 날이 될 것이다.

금세 적적해졌다. 바로 앞에서 쉴 새 없이 지저귀던 아기 새가 집으로 돌아가면 성가시던 것이 좀 나아질 줄 알았는데 오히려 마음이 헛헛해졌다. 2주일을 쉬지 않고 자신을 찾아왔던 아이는 포기라는 것을 몰랐다. 외모도 성격도 굳은 심지도, 성정도 모두 다 소령이 원하던 손부감임에는 틀림없었다.

처음에 모니가 하 교수의 손녀딸임을 알고 순간적으로 불같이

화를 내긴 했었지만 보면 볼수록 모니가 마음에 들었다. 그래서 첫사랑을 핑계로 모니라는 아이와 진웅을 조금 시험해 보기로 한 것이었다.

너무 어린 나이라 그 아이가 사랑 하나만 믿고 결혼을 하려는 건 아닐까 했다. 진웅과 결혼을 하면 지금의 결혼 반대보다 더 힘든 일이 기다리고 있을지 몰랐다. 그러니 소령 딴에는 모니라는 아이가 얼마나 강인한 아이인지를 알아야 했다. 진웅 역시 너무 쉽게 양가의 결혼 허락을 받으면 제 사람과 사랑이 얼마나 소중한 것인가를 쉽게 잊을 것 같아 두 사람에게 약간의 어려움을 첨가하기로 했다.

조금은 고약한 심보일지는 몰라도 그 과정이 꼭 필요하다고 생각했기에 소령이 총대를 멘 것이었다. 이제는 소령이 그 총을 내려놓으려 했다. 더 이상의 시험은 필요하지 않았다.

"에미야, 그 찐빵 좀 다오."

소령이 헛헛한 마음을 달래보려고 정말로 속을 채우기 위해 주방으로 왔다. 주방에서는 도우미와 함께 저녁 식사 준비를 하는 며느리가 당신이 좋아하는 아욱 된장국을 끓이고 있었지만 당장에 찐빵을 먹고 싶었다.

"찐빵이라뇨?"

"모니가 사 온 그 찐빵 말이다."

"어머님이 갖다 버리라고 하셨잖아요."

"그래서 버렸어?"

"찜 솥에 넣어두었어요. 아깝게 우리 모니가 사온 걸 버릴 수야

있나요. 어머님이 잡수시지 않으신다니 아범이랑 진웅이 오면 주
려고……."

"그래? 그럼 그것 좀 다오."

"네? 곧 저녁 식사는 어쩌시구요. 입맛 없으실 텐데."

"시장해서 안 되겠어."

"그러세요, 어머님."

찐빵 하나로 이렇게 큰 포만감을 느낄 수가 없다고 감탄을 했을
때, 소령의 첫사랑에게서 전화가 걸려왔다.

"올 때가 됐는데."

"어머님, 왜 그러세요? 뭐 찾으시는 거라도……."

이쯤이면 모니가 집에 들어와 '할머님' 하고 우렁차게 부르고
도 남을 시간이었다. 혹시 오다가 사고라도 난 것은 아닐까 하고
소령은 대문 밖이 훤히 보이는 큰 창문에 서서 밖을 바라보았다.

"아, 아니다. 에미는 일 봐."

"네, 어머님."

이화가 뒤로 돌아서서 손으로 입을 가리고 소리가 새나가지 않
게 웃었다. 소령이 모니를 기다리는 게 뻔했지만 그녀의 반응을
살피기 위해 말하지 않고 있었다. 아침 일찍 모니에게서 전화가
걸려왔다. 감기 몸살로 인해 지난밤에 고생을 했다고, 하여 오늘
은 부득이하게 할머님을 찾아뵙지 못한다고 알려왔다. 딴에는 금
방 포기해 버리는 낙오자로 소령에게 찍힐까 봐 걱정을 했지만 이
화는 결혼 허락에도 밀당이 필요하다는 명언을 남겼다. 모니는 영

못 알아들었는지 계속 걱정을 하며 오후에라도 찾아뵙겠다고 했지만 괜히 소령을 찾아왔다가 감기를 옮았다는 호통을 듣고 싶지 않다면 오늘은 푹 쉬라는 말을 남겼다. 이화는 모니를 오지 못하게 말린 것이 두 번 생각해도 잘한 일이라 믿었다. 소령이 저리도 안절부절못하는 걸 보면.

"어머님, 모니가 많이 아프다네요. 감기요. 어제 응급실까지 갔었대요. 그래서 괜히 어머님 감기 옮으실까 봐 제가 못 오게 했어요."

"그래? 잘했구나. 에미는 모니가 있는 집으로 과일들을 좀 보내. 비타민C를 많이 먹어야 빨리 기운을 차리지."

"네, 어머님. 네?"

잠자코 듣던 이화가 놀라서 소령을 바라보았다. 소령의 얼굴에는 자애로운 미소가 돌고 있었다. 마치 처음부터 결혼 반대 같은 것은 하지 않았던 사람처럼.

"많이 아픈 게야? 아가 이제 다 됐어. 잘 견뎌주어 고맙구나."

자신에게 스마트폰의 사용법을 쉽게 설명해 주기 위해 나름대로 예쁜 짓을 하던 그 아이의 말갛던 웃음이 자꾸만 눈에 밟혔다. 곧 소령은 자리에서 일어나 외출을 할 준비를 했다. 첫사랑을, 이제 만나러 간다.

 chapter 15. 진심은 통한다

　약속 장소는 호텔의 커피숍이었다. 화려한 로비를 지나 커피숍
으로 들어서자 한가한 실내는 사람이 몇 없었다. 그곳에는 희끗희
끗한 머리의 노신사가 소령을 기다리고 있었다. 일 관계로, 학회
관계로 몇 번 그를 보기는 했지만 대학 졸업 후, 단둘이 만남을 갖
는 것은 거의 처음이었다.

　약속 시간보다 십 분 정도 일찍 도착한 소령보다 그는 더 일찍
왔다는 말이었다. 그는 그랬다. 매사에 여유가 넘치고 어느 장소
에 있든 자연스러움이 돋보이던 사람이 하인호였다. 그와 이렇게
만나 손자 손녀의 결혼에 대한 담화를 나누게 될 줄은 몰랐다. 이
유야 그들의 자손에 관한 이야기겠지만 어느새 소령은 그에게 한
뼘씩 다가설수록 십 년씩 과거로의 회귀를 시작하고 있었다.

"흠, 흠."

소령의 인기척에 인호의 얼굴을 가리고 있던 커다란 신문은 사라졌다.

"왔는가? 오지 않을 줄 알았더니."

인호가 일어서서 소령을 맞이했다. 어제 통화를 할 당시에도 소령의 반응은 시큰둥했다. 약속 장소에 일찌감치 도착한 인호는 반쯤은 체념한 상태로 있었다. 첫술에 배부르겠냐는 심정으로 어쩌면 오지 않을 소령을 기다리고 있었다.

"하 교수가 쩔쩔매는, 그것도 손녀 때문에 안달이 난 모습은 꽤 구경거리겠지."

"안달? 누가 안달이 났다는 건가?"

제발 손녀딸을 받아달라고 할 것이라 짐작하고 왔건마는 '하인호'라는 사람은 전혀 그렇지 않았다.

"여유로운 척 보이고 싶겠지만 상대를 잘못 고른 것 같구먼. 당신을 호랑이로 아는 학생들에게나 통하는 걸 모르는 건 아닐 테고."

"내가 왜 안달이 나야 하나? 딸자식 가진 게 '죄'라는 말은 이제 사라져야 할 말 중에 하나지. 윤소령이도 별수 없군. 케케묵은 시대착오적 계산을 하고 나를 만나러 왔다면 말이야. 한때 나는 윤소령이를 여성운동가로도 봤는데 내 눈이 틀린 건가?"

아직도 인호는 에스프레소를 즐긴다. 새카맣고도 맑은 액체를 마시면서도 쓴웃음 하나 짓지 않는 남자는 칭찬인지 괄시를 하는 것인지 분명치 않은 태도였다.

"나는 여자이기도 하지만 어미이기도 한 걸 모르고 있는 것 같은데?"

"그렇군."

"본론부터 이야기를 하는 것이 도리 아닌가? 빙 둘러 말하는 것 어차피 어울리지 않지."

"우리 아이. 모니 말이야. 내 손녀라서가 아니라 참 괜찮은 아이지. 밝고, 싹싹하고 씩씩한 게. 사람은 생각이 곧 재산이라는 말이 있지 않은가? 우리 아이 곧고도 맑은 아이야."

"그렇더구만. 사람 하나만 놓고 봤을 땐, 내 눈에 차고도 넘쳐. 처음에는 하 교수가 좀 걸리긴 했어. 그렇지만 어디 그런 보물 같은 아이를 놓칠 수가 있겠어?"

"그, 그게 무슨 말인가? 반대를 하지 않았어?"

"설마 날 첫사랑 하나 때문에 아이들을 반대한 노친네로 본 건 아니지?"

"그럼 연기를 하고 있다는 건가?"

"정확히 말하자면 시험이지. 하 교수 쪽에서 흔쾌히 허락을 했다고 하니 나라도 나설 수밖에."

"굳이 아이들을 시험하는 이유가 뭔가?"

"우리 진웅이 역시 하 교수도 잘 알다시피 사랑에 단단히 실패를 했어. 그리고 모니 또한 결혼을 하기에는 어린 나이지. 너무 쉽게 허락하면 안 된다는 생각이 날 지배했어. 나도 늙었나 봐. 괜한 노파심에서 이런 고약한 짓이나 벌이고. 특히 하 교수에게는 더 미안해. 이제 모니에게 더 잘해주겠네. 나도 자네 손녀를 품 안에 넣고 물고 빨고 싶은 걸 간신히 참고 있다는 것만 알아줘."

"그러면 내게 언질이라도 주지 그랬나?"

"내 작은 복수라고 생각해 주게. 내게 처음으로 실연의 아픔을 준 게 하 교수 아닌가?"

복수라는 무시무시한 단어를 내뱉는 사람치고는 그 표정에 장난스러움이 가득했다.

"이제 와 하는 이야기지만, 철성 선배, 자네의 부군이 부탁을 했었지. 내가 왜 그렇게 자네를 매몰차게 대했는지 아는가? 내게 사랑을 고백할 당시 나는 이미 결혼을 한 몸이었네, 지금의 아내와. 자네를 아낀 철성 선배는 부디 결혼을 했다는 말은 하지 말아달라고 했지. 윤소령이 성격에 유부남을 남몰래 좋아했다는 사실을 알았다가는 엄청난 자괴감에 빠져 버릴지도 모른다고. 대신 희망고문은 더 이상 하지 않길 바란다는 철성 선배의 말을 듣고 나도 깨달았네. 친구로서는 곁에 두고 싶었던 윤소령이었지만 철성 선배는 그마저도 허락하지 않았지. 그래서 그날부터 나는 윤소령을 매몰차게 대했던 거였네."

"사, 사실인가?"

"꽤 오래된 이야기지만 아직도 귓가에 생생하다네. 그런 철성 선배 밑에서 자란 진웅을 믿고 우리 모니를 보내는 거네. 우리 이제 가족으로서 잘해보세."

"내일자 조간에 실릴 기사다. 신문사에서 홍보실에다 직접 알렸다더구나. 유 장관 쪽에서 먼저 기사 요청을 해왔다고 하더라."

경수가 내민 신문기사를 이미 알고 있는 사람처럼 진웅은 약간의 흔들리는 모습도 없었다. 아들에게 모든 일을 일임한 경수였지만 진웅의 의중이 궁금하기만 했다.

"조금 늦은 감이 있지만 결국 기사가 나오는군요."

그것은 진웅과 유혜리의 결혼을 예견하는 기사였다. 터무니없게도 두 사람의 결혼날짜까지 예측했다.

"알고 있었느냐?"

"알고 있는 일입니다."

"이 기사가 엠바고를 걸기 위한 미끼였다는 것도?"

"유 장관의 아들들이 병역비리의 수사망에 올라 차기 대선을 준비하는 유 장관의 앞날에 누가 될 것을 염려하여 기사를 막기 위해 딸을 이용한 것으로 보입니다."

"사람 그렇게 안 봤는데."

자신의 권력을 위해 딸을 희생했다. 먹지도 못하는 감 찔러보자는 심정으로 딸을 꼬여내 진웅과의 결혼을 성사시켜 주겠다는 달콤한 말로 딸을 줄 달린 인형처럼 이용했다는 것에 같은 부모로서 경수는 치를 떨었다.

"바로 다음날 모니와의 약혼 기사를 낼 생각입니다."

"그렇담 유 장관 쪽에는 모든 것이 물거품이 되겠구나. 삼일천하도 아니고 일일천하겠군."

얄팍한 술수로 감히 두진건설을 이용하여 자신의 치부를 막고

자 한 유 장관에 대한 응징은 진웅이 철저히 준비를 한 모양이었다. 이미 모니와의 약혼 기사를 꾸밀 자료들도 신문사로 넘어가 있다는 것을 경수는 짐작했다.

"유혜리 양도 이번 기회에 알게 되겠구나. 자신이 얼마나 어리석고 허영심이 강한 사람이었는지를."

"문제는 할머님의 허락을 받기도 전에 그런 기사부터 내야 한다는 게 걸립니다. 그 기사 때문에 어영부영 모니를 허락하는 것보다 확실히 허락하는 쪽이 좋을 것이라 생각했는데……."

"곧 허락하실 게다. 조금 전에 하 교수님이 어머니를 만나셨다고 했다."

"저희 왔습니다, 어머니."

경수와 진웅이 나란히 퇴근을 했다. 약간의 술 냄새가 풍기는 걸 보면 부자가 술이라도 한잔하고 온 모양이었다. 조금은 의기소침해 보이는 진웅은 소령에게 가볍게 인사를 하고 횡하니 이층으로 올라가 버렸다. 소령이 무슨 일이냐고 묻기도 전에 며느리가 먼저 나섰다.

"어머, 진웅이 왜 저래요? 무슨 일 있어요?"

"시원한 꿀 차 한 잔만 타주겠어?"

"무슨 일이죠?"

잠시 후 이화는 경수에게 꿀 차를 내밀었다. 소령도 심상치 않은 분위기에 그대로 방으로 들어갈 수 없어 경수의 말을 기다렸다.

"글쎄, 내일자 신문에 유혜리 양과 진웅이의 결혼기사가 뜰 거라더군."

　"그게 가능해요?"

　"유 장관 집의 아들들이 죄다 병역비리 수사에 들어갈 수도 있다더군. 내년 3월까지 관련 기사를 엠바고로 걸어두기 위해 우리 진웅이와의 기사를 미끼로 걸어두었다더라고."

　"그럼 이제 어쩌죠?"

　"어쩌긴, 뭘 어째. 당장 진웅이와 모니의 결혼기사를 터트려. 어디서 그런 배워먹지도 못한 인간들이 있나."

　듣고 있던 소령이 경수 몫의 꿀 차를 빼앗아 들고 단번에 들이켰다. 경수와 이화는 불같이 화를 내는 소령을 바라보고 아무런 말도 하지 못했다. 설마 잘못 들은 건 아닌가 하고 자신들의 귀를 의심하고 있는 게 틀림없었다.

　"허락하신 겁니까, 어머니?"

　"것 봐요. 난 어머님께서 모니네로 과일 보내라고 하셨을 때부터 알았다니까."

　"애비, 에미는 웃음이 나?"

　"어머니, 기사는 걱정 마세요. 진웅이가 다 알아서 한다고 맡겨달라고 했습니다."

　"애비는 진웅이에게 단단히 이르게. 이번 일로 모니가 상처받지 않도록 주의를 하라고 말이야."

　"그래도 어머님, 유혜리보다는 모니가 낫다고 생각하신 거죠?"

　"나는 처음부터 모니를 반대하지 않았어. 그저 아이들을 시험해 본 거네."

사랑스러운 모니를 떠올리며 소령이 인자하게 미소 지었다.

"당신 거기는 춥지 않아요?"

방으로 들어온 소령은 고인이 된 남편의 영정을 손수 닦으며 듣는 이 하나 없는 대화를 했다.

"당신과 결혼하길 참 잘했어. 내내 행복했습니다. 진웅이와 그아이, 인호 그 양반의 손녀와 결혼시켜도 되겠습니까?"

근 50여 년간 비밀에 부쳤던 말을 들으니 소령은 오늘따라 남편이 더 보고 싶었다. 옛 생각으로 인해 눈시울이 붉어질 뻔했지만 요란한 전화 벨소리에 산통은 깨졌다.

[할머니!]

답답한 코맹맹이 소리에도 불구하고 그 아이는 밝게 '할머니'를 외쳤다. 반가운 마음에 입을 뗐다가 다시 닫은 소령은 모니의 목소리를 가만히 들었다.

[할머니, 제가 몸이 좀 안 좋아요. 핑계가 아니라 할머니 감기 옮으실까 봐 못가는 거니까 포기했다고는 생각하지 마셔요. 네?]

"너란 아이가 언제 포기가 있더냐?"

[헤, 헤. 헐머니도 실은 나 예뻐하시는 거 다 알아요. 할머니 저다 나으면 맛있는 거 사주셔야 해요. 할머니 안녕히 주무세요. 감기 조심하세요. 이불은 꼭 덮으시고요.]

"넌, 아가 넌 몸이 좀 괜찮아진 게야?"

[어, 할머니 왜 이렇게 다정하세요? 역시 사람은 아파야 하나

봐. 이제 많이 좋아졌어요. 보내주신 과일 먹구요.]

"그래 아가, 아프면 안 된다. 빨리 널 보고 싶구나. 긴히 할 말이
있어."

유혜리와의 기사가 나고 두진건설에는 전화가 빗발쳤다. 그건
진웅과 경수, 이화, 소령에게도 마찬가지였지만 다음날 또 다른
기사가 터졌다. 유 장관은 그야말로 일일천하를 누렸다. 유 장관
이 운영하는 사업체의 주가는 하루 만에 훌쩍 뛰어올랐다가 날벼
락을 맞은 듯 바닥을 쳤다.

진웅이 이미 지난 7월경에 이탈리아에 있는 자신의 리조트에서
유혜리가 아닌 다른 여인과 약혼을 했다는 소식과 함께 아름다운
사진 한 장이 기사로 꾸며져 일면을 장식했다. 진웅의 곁에 있는
여자의 얼굴은 강렬한 해변의 태양에 반사되어 흐릿하게 나왔지
만 누가 봐도 유혜리가 아니라는 것을 알게 해줬다.

"어멈, 점심은 나가서 먹는 게 어때? 이 기사를 좀 불러줘. 모니
를 데리고 가자꾸나."

"어머님, 모니는 왜?"

"상견례 날짜랑 이것저것 의논을 해야 하지 않겠어?"

"어머님, 정말 허락하시는 거예요?"

"어멈, 내가 언제 반대를 했어? 그 아이를 시험해 본 것이니 그
렇게 알고 있으라고 몇 번을 말했지 않아?"

"어머님, 그런데 어쩌죠? 제가 선약이 있어서요. 오늘은 오붓하게 모니와 단둘이서 보내시면 안 될까요?"

"어멈 없이 나 혼자?"

"어머님, 모니에게 얼른 허락한다는 기쁜 소식을 전해야죠. 그 아이 애가 탈 거예요. 아마."

이화가 소령을 바라보며 미소 지었다.

아쉽지만 약속을 깰 수 없었던 이화는 그 어느 때보다 격식 있게 차려입고 사람을 만나러 왔다.

"어머님."

"앉아요."

자신을 보고 울먹이면서 기다리던 자리에서 일어서려는 혜리를 앉혔다.

"기사 봤어요. 진웅 씨가 약혼을 했다고…… 전 정말 어머니만 믿었어요."

적반하장도 유분수지. 이화는 울컥하는 태도를 고쳐먹고 교양 있는 표정과 몸짓을 유지했다. 그리고 조곤조곤 그녀가 알아들을 수 있도록 차분하게 이야기를 했지만 그 어떤 불호령보다 더 따끔하고 냉정한 말투였다.

"이봐요, 아가씨. 우리 아들을 내가 먼저 만나게 해주기는 했지만 그건 순전히 아가씨가 그럴 수밖에 없게 만들었잖아요. 그리고 우리 아들이 그 자리에서 바로 결혼할 사람이 있다고 했다는 것 같던데 아가씨 청력에 문제가 있는 것 같군요. 그 상태로 어떻게 음악을 하나요? 먼저 이비인후과에 가서 청력검사부터 받아봐요. 그리고 우리 아들에게 사랑하는 사람이 없었다 하더라도 아가씨는 아니에요. 인터뷰 잘 봤어요. 혜리 양이 대중들에게 그런 철학을 가지고 있다는 걸 몰랐는데 참 다행이에요. 그 인터뷰로 알게 해줘서. 그럼 이만."

"어, 어머님."

할 말만 하고 자리에서 일어서는 이화를 붙잡기 위해 그녀가 일어섰지만 이화는 두 번 다시 돌아보지 않겠다는 결심을 한 사람처럼 결코 그녀를 돌아봐 주지 않았다. 그녀에게서 분을 이기지 못한 눈물이 흘러내렸다.

도대체 뭐가 문제인 것일까? 뭘 그렇게 잘못했다고.

모니가 아팠던 시간 동안, 며칠 상간으로 많은 것들이 변했다. 예상은 했지만 유혜리와 진웅의 결혼기사로 모니는 간담이 서늘하다는 말을 몸으로 경험했다. 하지만 다음날에 바로 자신과 진웅의 약혼기사가 정정되어 보도되기 시작했다. 이제는 소령도 어느 정도 두 사람의 결혼을 허락한 것으로 보여 모니가 빠르게 안정을 되찾아갔다. 급기야 오늘은 소령이 먼저 나서서 모니에게 만나자고 전해왔다.

"많이 먹어."

"할머니."

고급 한식당에 마주 보고 앉은 두 사람, 사이좋은 조모와 손녀의 모습이었다. 소령은 연신 모니의 앞 접시에다 몸에 좋은 것들을 놓아주기 바빴다.

"할머니도 좀 잡수셔요."

"그래, 나도 먹고 있으니 걱정 말거라."

"너무 맛있어요. 힘이 막 불끈불끈 해요."

"그동안 이 할미가 미웠지."

"네…… 조금요."

모니는 감정을 숨길 줄 모르는 아이였다. 소령이 괜찮다고 말하며 고개를 끄덕였다.

"결혼하면 진웅이 내조를 잘할 수 있겠니?"

"그럼요. 그렇지만 저는 제 일도 중요해요. 할머니 전, 대한민국 최고의 인터뷰어가 될 거예요. 할머니, 절 허락하시는 거예요?"

"이미 널 처음 본 순간에 허락했단다."

"정말, 정말이세요? 저는 오늘 이 식사가 최후에 만찬인 줄 알았어요."

모니가 참아왔던 눈물을 밥상 아래로 뚝뚝 떨어뜨렸다.

"최후의 만찬이라니?"

"할머니께서 강경정책에서 회유정책으로 노선을 바꾸신 줄로만 알았어요. 저한테 맛있는 것 많이 사주시고 이제는 그만하라고 하실 줄 알았어요."

"그럴 리가. 오늘 널 이렇게 만나는 건, 내 입으로 직접 허락을 말하고 싶어서였어. 그동안 잘 견뎌주어 고맙구나."

"할머니, 정말 허락해 주시는 거예요?"

"그렇단다. 우리 진웅이를 잘 부탁한다. 네 말대로 내조와 너의 꿈을 이루는 두 마리 토끼를 다 잡길 바란다, 아가."

"할머니, 저 결혼하고도 일을 해도 괜찮아요?"

"그럼, 괜찮고말고. 나도 일하는 여성이었단다."

"할머니, 정말 감사드려요. 정말요."

"자식들을 아끼는 내 입장에서는 당연히 너희를 시험할 수밖에 없었어. 너무 쉽게 허락한다면 그만큼 소중함의 의미를 쉽게 잊을까 봐 노파심에서 그런 것이니, 전에 내가 매몰차게 했던 것들은 잊어야 한다."

"믿기지 않아요. 정말 반대하신 게 아니라 저희를 위함이었다는 게."

"믿어도 돼, 이제는. 완전히 회복되면 에미와 셋이서 함께 다니자꾸나. 어디든지."

소령의 제안에 모니의 마음이 완전히 녹아들었다. 안심이 됐는지 앞 접시에 놓인 음식들을 입에 넣고 그 식감을 즐겼다.

"네, 할머니. 꼭 그렇게 해요. 어디든지 저는 좋아요."

"너, 아까 그 피아니스트만큼 피아노 칠 수 있는 게지?"

"네? 네. 그야 그렇죠. 저 사람만큼은 아니어도……."

모니의 감기가 완전히 물러가자 소령은 이화와 모니를 대동하고 해외 아티스트가 내한을 해 연주하는 연주회를 감상하기 위해 아트센터로 데려왔다. 세 사람은 공연을 즐기고 점심식사 겸 쇼핑을 하기 위해 백화점으로 갈 생각이었다. 그사이 이화는 두 사람을 남겨두고 잠시 화장실로 갔다.

둘만 남게 된 소령과 모니는 공연에 대한 이야기와 감상평들로 로비에 잠시 앉아 이야기꽃을 피웠다.

"당신이지?"

소령과 모니의 대화 사이로 모든 걸 얼려 버릴 것 같은 음성이 섞여들었다.

"어?"

유혜리였다. 이곳에서 다음 주부터 전국투어 마지막 공연을 한다고 들었는데 아무래도 대관부터 시작해 협의를 하기 위해 온 걸로 보였다. 때 마침 모니를 발견한 그녀는 화를 참지 못하고 다짜고짜 모니에게로 달려온 듯했다. 모니 옆에 앉은 어르신은 안중에도 없이 말이다.

"다 너 때문이야. 너 때문에 다 망했어. 네가 한 인터뷰 때문에 내 결혼을 망쳐 버렸어."

유혜리의 손이 저만치 올라갔다. 방어를 하지 못한 모니는 그저 눈을 질끈 감았지만 곧 익숙한 호통이 들려왔다.

"뭐 하는 짓이야? 남의 손자며느리에게!"

위로 향해 있던 여자의 팔은 갑작스러운 호통 소리에 아래로 내려왔다. 호통 치는 목소리의 주인공은 어느새 애송이 같은 아이를 보호하듯 살짝 뒤로 감추는 모습이었다. 차림새는 깔끔하고 소박했지만 기품이 흐르면서도 기백이 넘치는 여장부 같은 노부인에게 여자는 압도당해 버렸다. 노부인이 애송이를 칭하는 호칭은 무려 '손자며느리'였다. 발랑 까진 애송이가 어떤 남자를 잘 물어서 벌써부터 시할머니에게 저런 대우를 받는 것인지 한 수 배우고 싶을 정도였다.

"감히 누구 손자며느리에게 손찌검을 하려는 게야?"

하모니를 뒤로 한발 물렸다. 든든한 방패막이가 되어주어야겠다는 생각이 행동으로 표현되었다. 안경을 고쳐 쓴 소령이 상대방을 자세히 들여다보았다. 연예인은 아닌데 꽤 눈에 익은 얼굴을 집중해서 바라보니 생각이 났다.

"이, 이 몹쓸 인간이 아니냐? 옳다구나, 그치가 틀림없지, 아가?"

소령의 물음에는 여러 가지의 것들이 함축되어 있었다. 단박에 알아들은 하모니가 연신 고개를 끄덕였다.

"절 아세요?"

보통은 넘는 집안의 사람임이 틀림없는 노인마저도 자신을 알아보는 듯해 우쭐해진 여자는 숙였던 고개를 빳빳이 들었다.

"당장 사과하시오. 우리 손자며느리에게, 그리고 우리 손자에게도."

"어르신, 이해가 좀 되도록 말씀해 주시겠어요? 물론 제가 폭력을 쓰려 했다는 점은 잘못되었네요. 그 점은 손자며느리 될 사람에게 사과하겠지만 손자에게도 사과를 하라니요."

"어머님, 아가. 무슨 일이야?"

멀리서 다가오는 이화가 보이자 혜리가 깜짝 놀라면서도 반색하는 눈치였다. 든든한 지원군이 나타난 줄로 착각을 했는지 저가 먼저 이화에게로 다가갔다.

"어머님은 역시……."

하지만 이화는 그녀를 스쳐 지나 모니의 곁으로 다가갔다. 이제 유혜리는 이화와 정면으로 마주 보았다.

"모니야, 아가 무슨 일이야?"

"그…… 그게."

"처자는 내가 누구의 할미인지 모르고 있는 것 같군. 나는 이진웅의 할미올시다."

모니가 아무런 말을 하지 못하고 가만히 서 있자 소령이 대신하여 입을 열었다.

"설…… 마, 당신이 약혼녀?"

신문의 일면을 장식한 그의 약혼식 사진은 연일 화제였다. 신부 될 사람의 얼굴은 기가 막히게 지중해의 태양에 반사되어 흐릿하게 보여졌다. 그게 이 애송이라니. 별것 아닌 애송이라고 생각했던 하모니라는 아이는 자신이 가지지 못한 것을 죄다 가지게 되었다. 그것도 집안의 전폭적인 지지를 받고 있다는 것은 노부인과 이화의 태도만 봐도 훤히 보였다. 그야말로 이제는 게임 끝이었다.

처절하게 부서지고 너덜너덜해지는 느낌이었다. 유혜리라는 기품이 흐르는, 소위 엄친딸의 존재는 이제 대중들에게 거짓말쟁이 또는 '허세녀'라는 불명예스러운 별칭을 받고 있었다.

"혜리 양, 혜리 양을 인터뷰 한 모니가 우리 며느리예요. 그러니 더 이상 구차하게 일을 만들지 말아요. 내가 전에도 얘기했잖아요. 어떻게 사람이 이럴 수가 있어. 일이 잘못되면 다 남의 탓을 하는 게 혜리 양의 주특기인 것 같군요."

"언제까지 부모만 믿고 살 작정이야? 이 허영심 많은 사람 같으
니라고. 나 같으면 그 재능 매일 갈고닦기만 해도 하루가 부족할
것을. 허영심이 많으니 제 부모에게도 이용을 당하는 거지."

며느리가 하는 말에 말을 보탠 소령이 한숨을 푹푹 쉬어댔다.
한시라도 빨리 이곳을 벗어나고 싶어 하는 소령에게 모니가 조용
히 생수병을 내밀었다. 소령은 그것을 받아 들고 꽤 많은 양을 들
이켰다.

"이용당하다니요?"

"더는 말하지 않겠네. 다시는 우리 아이들 앞에 나타나지 말게
나. 처자에게도 처자만의 인연이 있을 걸세. 내 말 명심하게, 지금
이라도 처자의 삶을 살아. 누구에게도 휘둘리지 않는 독립된 삶을
말하는 거네. 이만 가보겠네."

노부인은 더 이상 이야기해 주지 않고 며느리와 손부의 손을 이
끌어 그곳을 벗어나고자 했다. 다정한 음성으로 '아가, 가자꾸나'
라고 말하며 저만치씩 멀어져 갔다. 시할머니의 손에 이끌려 나가
면서도 애송이는 몇 번 뒤를 돌아봤다. 안쓰럽고 미안함과 민망함
을 담은 눈빛을 애써 부정한 여자는 오늘 철저히 확인당하고 말았
다. 안 되는 건 안 된다는 사실을. 아무런 노력 없이 거저 얻을 수
있는 것이 하나도 없는 게 삶이라는 것이었다. 이제껏 부모의 그
늘 아래서 부족한 것 하나 없이 안락한 삶을 산 대가를 그녀는 치
러야만 했다.

이런 통쾌한 장면, 유혜리에게 전에 인터뷰를 하면서 당한 멸시

와 조롱들을 한 번에 갚아주었는데, 홀로 남은 유혜리의 모습이 내내 모니의 마음에 걸렸다. 하지만 그녀가 더 성장하기를 바라는 마음에서 모니 역시 별다른 말을 하지 않고 돌아섰다.

"너, 피아노 좀 칠 줄 안다고 했지?"

"네."

"그럼 내게 피아노를 가르쳐다오. 내 과외비는 톡톡히 계산해 주마."

"할머니, 피아노 배우시게요?"

"어머님, 어떻게 그런 생각을. 멋있으셔요."

"으응. 다 늙어서 주책이지?"

"아, 아뇨. 뭐든지 배우는 건 좋은 거잖아요. 기꺼이 가르쳐 드릴게요."

"어려서부터 아버지 따라다니면서 연장이나 쥘 줄 알았지…… 피아노 못 쳐보고 세상 떠나면 천추에 한이 될 것 같아서……."

"걱정 마세요. 할머니는 잘하실 수 있을 거예요. 악기도 음악을 연주하는 연장이나 다름없는걸요."

"그러냐?"

"그럼요."

"너, 날 놀리지 않을 거지?"

"제가 왜요?"

"뭐 첫사랑 때문에 피아노 배운다느니, 잘 못 친다느니 그런 말, 하기만 해봐라."

"에이, 제가 왜 그러겠어요? 그런 걱정은 마셔요."

"어머님, 파이팅!"

"그래, 파이팅이다."

어린 며느리를 맞이하더니 이화 역시 한층 젊어지고 생기 있는 모습으로 변해갔다. 점잖을 빼던, 다소 소령이 마음에 들지 않던 부분들이 깨어지고 있었다. 그게 나쁘지 않았다.

양쪽에 자부와 손부를 거느린 든든한 노마님이 오늘은 사치를 좀 부리기로 했다. 백화점에 들러 자부와 손부에게 고가의 백 하나씩을 선물한 뒤, 세 여자가 나눠 갖는 징표 또한 갖고 싶어서 쥬얼리 샵으로 향할 계획을 머릿속으로 마쳤다.

"그러니까, 결혼을 하고 몇 년간은 분가해서 살겠다?"

"진웅…… 씨."

다 된 밥에 코 빠뜨리는 격이었다. 할머니의 허락을 받아낸 게 엊그제인데 모니가 급히 진웅의 손을 잡았지만 그는 뜻을 굽힐 생각이 없어 보였다. 단지 프러포즈용인 줄 알았던 집에서 정말로 살게 될 줄은 몰랐다. 살아도 결혼을 하고 한참 뒤의 일이겠거니 했었다. 진웅은 집안의 어른들 앞에서 꽤 어려워했지만 차근차근 어른들을 설득하려 했다.

"모니, 아가 네가 시킨 게냐?"

"아, 아뇨. 설마요."

소령의 표정이 언짢아진 걸 확인했다. 모니가 두 손을 흔들며 부정했지만 진웅은 꿈쩍하지 않았다.

"저, 남들이 사는 평범한 삶을 살아보고 싶습니다. 단 몇 년만이라도 단둘이 살아보고 싶습니다. 허락해 주십시오."

"아범과 에미 생각은?"

"저희야 어머니가 허락하신다면 그 뜻에 따르겠습니다."

"내일 당장 옛집으로 가보자꾸나. 가서 확인을 해야겠다. 얼마나 수리를 잘해놓았는지 말이다. 가서 부족한 것도 채워놓고 하자꾸나."

"할머니."

할머니를 설득하려면 오랜 시간이 걸릴 것이라 예상했지만 소령의 시원시원함에 진웅이 되려 놀랐다.

"옛집이면 걸어서 5분 거리니 우리가 적적하게 만들지는 말거라."

"매일매일 올 거예요. 할머니 피아노 가르쳐 드리러."

"약속 지키거라. 이 할미가 지켜보겠어."

크리스마스와 연말에도 허락을 받아내느라 아픈 날을 보낼 줄 알았지만 모니의 원대로 온 가족이 상견례를 하며 크리스마스를 보냈다. 그리고 그 자리에서 결혼날짜가 잡혔다. 조촐하게 가족들과 지인들만을 초대해 두진건설 일가의 풀빌라에서 두 사람의 결혼식이 치러지는 것으로 정해졌다. 두 가족이 하나가 되는 날은 민족의 큰 명절이기도 한 구정연휴였다. 연휴를 휴가지에서 보내게 된 가족들은 정작 두 사람들보다 더 좋아하는 눈치였다.

크리스마스는 왁자지껄하게 가족들과 보냈으니 한 해의 마지막 날은 예비부부들에게 오롯이 양보되었다. 새로운 해는 채 열 시간도 남질 않았다. 결혼을 약속한 예비부부는 어른들의 허락을 받아 한 해가 지나가기 직전인 오늘, 혼인신고를 했다. 마침내 서로의 몸과 마음이 묶이다 못해 법적으로도 묶이게 되었다. 오늘을 기념하기 위해 두 사람은 정동진으로 왔다. 희망을 가득 안고 새롭게 떠오르는 태양을 바라보기 위해 그들은 서둘러 이곳으로 왔다. 감기로 고생한 지 얼마 되지 않은 모니를 배려해 바깥바람을 쏘이며 뜨는 해를 바라보는 것을 포기하고 절벽 위에 지어진 호텔을 잡았다. 일출이 가장 잘 보이기로 유명한 룸에서 두 사람은 해가 뜨기를 기다렸다.

하루 온종일 일을 했고 모니와 번갈아가며 운전을 하기는 했지만 진웅은 꽤 지쳐 있었다. 모니는 고단함에 깊이 잠들어 있는 그를 품 안에 끌어들여 계속해서 토닥여 주다가 잠이 들었지만 곧 일출시간에 맞춘 알람 소리를 듣고 한 번에 일어났다. 그리고 진웅을 깨웠다.

"잠꾸러기 아저씨, 어서 일어나요. 해 뜰 시간이야."

시간이 지남에 따라 자연적으로 거뭇하게 올라온 진웅의 까칠한 턱수염에 자신의 턱을 부볐다. 그래도 진웅이 일어나지 않자 살짝 입술에 자신의 입술을 가져갔다가 떨어뜨리려는 순간, 모니는 그에게 당했다. 벌써 알람을 듣고 깨어난 그가 모니가 자신을 깨우는 그 행복함을 만끽하려고 그대로 있었던 것이다.

'꺄악' 대는 모니의 비명은 이내 진웅의 입술로 인해 묻혀 버렸다. 깊은 키스로 새로운 해를 시작하는 연인들은 한참이고 떨어지지 않았지만 일출을 보고 말겠다는 모니의 의지로 인해 겨우 멈춰졌다.

"어? 어, 해 뜬다."

대형 창으로 보이는 바다와 수평선 위로 거짓말처럼 떠오르는 태양이 그들을 사로잡았다. 뒤에서 모니의 허리를 감싸 안고 그녀와 한 방향을 바라보는 진웅 역시 아무런 말을 하지 못했다. 이제껏 바라보았던 태양 중에서 가장 환하고 가장 장엄했으며 신비로운 붉은빛을 띠고 있었다.

"새로운 해가 떴네. 우릴 축복할 거야."

진웅이 모니의 정수리에 살며시 입을 맞췄다.

chapter 16. 오리지널 허니문

신혼집도 소령의 지원을 받아 소담하지만 아름답게 그 공간이
채워졌다. 공간을 채우는 일을 온전히 모니에게 맡긴 진웅이었기
에 흔히 결혼을 앞둔 커플들의 신혼살림으로 인한 스트레스와 전
쟁 따위는 없었다. 그리고 결혼식은 다가왔다. 3일 후에는 이탈리
아로 온 가족과 함께 출국을 해야 했다. 대부분의 준비는 포르데
데이 마르미 리조트의 웨딩 패키지 담당 부서에서 진행하기로 하
여 양가의 가족들 역시 스트레스가 적었다.

부부는 출국 전에 해야 할 가장 중요한 일을 앞두고 있었다. 가
봉이 완료된 신부의 드레스와 신랑의 예복을 확인하기 위해 웨딩
드레스 샵으로 왔다.

"변신하고 만나요."

서로의 피팅룸으로 들어가 완벽히 가봉된 예복을 입고 나타나기로 했다. 모니는 자신의 피팅룸으로 들어가면서 진웅을 향해 한쪽 눈을 찡긋했다. 드레스를 고르고 중간중간 가봉을 확인할 때에 진웅이 함께하지 않았던 터라 오늘에서야 진웅은 그녀의 웨딩드레스 입은 모습을 보게 되는 것이었다.

"기대해도 되는 거겠지?"

이미 이탈리아에서 웨딩촬영을 한 경험이 있었기에 웨딩드레스를 입은 모니의 모습도 아직은 진웅의 머릿속에 살아 있었다. 그래서 진득하게 참을 수 있었다. 그의 여유로운 모습에 김이 샌 모양인지 모니가 그에게 혀를 내밀고 커튼이 쳐진 피팅룸으로 사라졌다.

"신부님, 너무 잘 어울리네요. 아름다우세요."

"정말요?"

전신거울을 통해 제 모습을 확인했다. 완벽히 가봉된 드레스는 모니의 몸에 꼭 맞았다. 과감하게 어깨를 드러내긴 했지만 순백의 드레스는 그 어떤 장식도 없었다. 허리 아래로 펼쳐진 치맛자락 역시 과하게 부풀지 않았다. 단순 그 자체인 웨딩드레스는 깔끔했다. 그래서 모니의 미모를 한층 더 돋보이도록 해주었다.

"슈즈는 일단 저희 쪽에 준비된 것으로 신고 나가실까요?"

"저기 죄송한데 웨이팅 룸에 제 쇼핑백이 있어요. 그걸 좀 가져다주실 수 있으세요?"

"아, 슈즈가 따로 준비됐나 봐요. 가져다 드릴게요."

드레스 샵의 직원이 커튼을 살짝 열고 나왔다. 벌써 예복을 입고 나온 진웅은 모니가 나온 줄 알고 움찔했다가 직원이 나오는 걸 보고 다시 자리에 앉았다. 직원은 모니가 가져온 쇼핑백을 들고 다시 피팅룸으로 사라졌다.

"별것 아닌데 피 마르게 하는군."

이미 모니의 웨딩드레스를 입은 모습은 이탈리아에서도 본 기억이 남아 있어서 진웅이 드레스 샵으로 올 때까지도 별 기대를 하지 않았는데 밀폐된 공간에서 아직 나올 생각이 없는 모니를 기다리는 일이 점점 떨려왔다. 기대를 하게 만들었다. 진웅이 침착하고자 긴 다리를 꼬고 앉았다.

"신부님 나오십니다."

직원의 말에 진웅의 몸이 벌떡 일어섰다. 촤르르 하는 소리에 커튼이 걷히고 눈부신 그녀가 나타났다.

"진웅 씨."

청순함이 가득한 웨딩드레스 덕분인지 어딜 가나 통통 튀는 모니의 모습도 사라지고 우아함만이 존재했다. 배꼽 아래로 가지런히 두 손을 겹친 모습이 수줍은 신부가 따로 없었다.

"모니야."

직원들은 두 사람만 남겨두고 사라졌다. 아직도 피팅룸에서 나오지 못하고 둥그런 단상 위에 서 있는 모니에게로 진웅이 다가갔다.

"이탈리아에서보다 몇 배는 아름답다."

진웅이 수줍어하는 모니의 이마 위로 입술을 내렸다.

"진웅 씨도 멋져요. 내 신랑."

모니가 진웅의 목에 둘러진 보타이로 손을 뻗어 만지작거렸다. 순간적으로 뻗어진 손은 그대로 진웅의 손아귀에 잡혔다. 진웅은 훤히 드러난 그녀의 어깨를 감싸 안고 그녀와 자신의 몸을 밀착시킨 후 그대로 입을 맞췄다. 도저히 그러지 않고는 넘쳐흐르는 행복감을 참을 수 없을 것만 같아서 그녀의 입술을 가르고 서로의 존재를 확인해야만 했다. 이미 서로가 서로의 것임을 알고 있었지만 계속해서 확인하고 싶었다.

"이 힐 기억나요?"

모니가 치맛자락을 살며시 들어 올려 신고 있는 힐을 보여주었다.

"당연하지. 이걸 가져왔던 거야?"

모니의 손에 들고 있던 쇼핑백 안에 자신이 선물한 힐이 들어 있을 줄은 몰랐다. 그리고 그날의 기억이 자연적으로 떠올랐다. 그는 그녀에게 구두를 선물하면서 돌아올 때 신으라고 말했었다. 이제 그녀는 그가 선물한 힐을 신고 영원히 자신에게로 온다.

"정말 당신 말대로 됐어요. 나는 이걸 신고 당신에게 가는 거야."

"그래, 영원히 날 떠나면 안 돼."

모니가 소리 없이 웃음을 지으며 고개를 끄덕였다.

"나중에 딸 낳으면 이 드레스랑 힐을 그대로 물려줘야지."

"하모니와 이진웅 사이에서 태어날 딸은 어떻게 생겼을까?"

진웅이 슬며시 모니의 팔을 들어 자신의 팔에 끼웠다. 전신거울로 비쳐진 둘의 모습은 완벽했다.

❖

격식과 형식 따위에 연연하지 않기로 한 그들의 결혼식은 해가
지고 어두컴컴한 저녁에 진행이 되었다. 1부의 본식은 결혼식답게
엄격하게 진행이 될 예정이었지만 2부는 분위기를 전환시켜 파티
형식을 취하기로 했다.

본식을 앞둔 모니가 드디어 그가 기다리고 있는 버진로드 앞에
섰다. 식이 진행되는 홀은 전면이 유리로 둘러싸여 칠흑 같은 어
둠이 고요하게 내린 망망대해가 훤히 보였다. 망망대해 위에 선
인생이라고 생각했는데, 어둠이 짙게 깔린 외롭고 두려운 바다 위
의 위태로운 유빙 조각이었던 자신을 향해 등대가 되어준 사람에
게로 걸어갔다. 이제 모니는 원진의 품에서 벗어나 진웅의 품으로
들어간다. 원진이 마지막으로 모니를 품에 안았다.

"사랑한다, 딸. 행복해야 해."

원진의 품에 안겨 고개를 끄덕였다. 더는 시간을 지체할 수 없
던 원진이 서둘러 모니를 진웅의 손에 이끌어주었다.

"잘 부탁하네."

원진이 진웅의 어깨를 두드렸다. 원진의 품에서 벗어나던 순간
부터 모니는 울기 시작했다. 진웅이 부드러운 손길로 연신 모니의
눈물을 지워갔다.

"울지 마."

"너무 행복해서……."

이제 조금 부풀어 오른 배를 끌어안고 앉아 있는 현경의 눈에서도 눈물이 흘러내렸다. 민망해진 현경은 손수건으로 눈물을 훔치기 바빴다.

"에미야, 내가 언젠가 얘기했었지?"

"네?"

식이 한참 진행되고 있었다. 진웅과 모니는 서로 반지를 나누어 끼는 의식을 하고 있었다. 그걸 지켜보는 소령은 옆에 앉은 이화의 귀에 살짝 속삭였다.

"모니가 바로 그 아이였어. 내가 꿈속에서 봤던."

진웅이 중동에서 한국으로 돌아오기 전 유럽을 돌고 있을 때 소령이 꾸었던 그 꿈이었다. 진웅의 결혼식, 신부가 잘 보이지 않았는데 오늘 확인이 됐다. 틀림없이 모니다.

"기분 탓이겠죠?"

이화는 믿을 수 없다는 눈치였지만 소령은 기분 탓이어도 그저 좋았다.

"흠, 그때 같이 꾼 태몽이 저 아이들의 것이라면 좋겠구나. 그, 그 뭐냐…… 허니문 베이비."

"그러면 얼마나 좋겠어요. 하지만 그 태몽의 주인공은 지금 솔길이 뱃속에 있는 아이가 아닐까요?"

이화가 환한 얼굴로 결혼식을 축하하고 있는 솔길을 한 번 바라보고 소령에게 말했다.

"안 그래도 물어보니 지들이 태몽을 꾸었다더구나."

"그래요? 그래도 어머님, 무슨 태몽을 몇 개월이나 앞서서 꾸어요. 말도 안 돼요. 욕심이 과하셔요."

이화가 입을 가리고 웃었다. 모니가 결혼을 하기는 하지만 아직은 학생 신분이었기에 적어도 졸업을 하기 전까지는 아이를 재촉하지 않기로 다짐을 했던 이화의 눈이 기대로 빛이 났다. 시모의 말을 믿을 수 없다는 듯 말했지만 은근히 바라고 있는 자신을 발견했다.

"곧 좋은 소식 있을 게야. 이제 백이화도 할머니가 되겠구나."

"이제 동서라고 해야겠네. 축하해, 동서. 너무 예쁘다."

"축하드립니다. 제수…… 씨."

엄숙했던 결혼식의 본식이 끝이 났다. 긴장하지 않을 줄 알았는데, 가족들과 서로의 친구와 지인 몇 명만이 초대된 결혼식이라도 결혼식은 큰일을 치르는 것이었다. 2부의 파티를 위해 모니와 진웅 역시 옷을 갈아입었다. 진웅은 블랙 색상의 하의에 흰 드레스 셔츠를 허리 안으로 넣은 자유로우면서도 세련된 차림이 되었고 모니는 어깨에 가느다란 끈이 달린 발레리나의 투투 스커트를 닮은 블랙미니드레스를 입고 있었다.

솔길과 이든 부부가 막 탄생한 부부에게로 다가왔다. 오늘 처음으로 동생의 부인 되는 사람을 만난 자리였다. 결혼식이 첫 만남인지라 이든의 호칭은 영 어색하기 짝이 없었지만 이든은 모니에게로 호의적인 미소를 보여주었다.

"어때, 동서. 아주버님이 상상했던 것과 비슷해?"

"아주 흡사해요. 정말 멋있으세요, 아주버님."

솔길밖에 모르는 이든이었다. 마음을 내준 사람에게만 호의를 베푸는 이든이었는데 이든이 싫지 않은 듯 자신의 손에 들고 있던 샴페인 잔을 모니의 잔과 부딪히게 하며 경쾌한 소리를 내고 살짝 고개를 숙였다가 들었다.

"진웅이를 잘 부탁합니다."

"형 축하해."

"아, 고맙다. 너도 분발하길 바란다. 허니문 베이비."

축하의 의미로 진웅과 가벼운 포옹을 한 이든이 진웅의 귓가에 말했다. 진웅은 슬며시 솔길과 이야기를 나누는 모니를 향해 곁눈 질을 했다.

"아이, 간지러워요."

싫은 듯 요리조리 피하면서도 본심은 싫지 않은 게 틀림없었다. 그래서 진웅은 찰박이는 물 위로 반쯤 드러난 모니의 가슴을 움켜 쥐면서 자극했다.

모든 식이 끝이 나고 하객들은 각자의 이름으로 예약된 리조트 객실에 머물렀다. 신혼부부는 그들만의 허니문을 보내기 위해 최초의 허니문 장소였던 풀빌라로 왔다. 오직 둘만의 장소. 허니문 기간 동안 그들의 동의 없이는 그 누구도 발을 들일 수 없었다.

피곤한 몸을 우선 노곤하게 하기 위해 불편했던 옷을 훌훌 벗어 던졌다. 풀빌라 안으로 들어서자 허니문이 시작되었다. 그것과 동반하여 몇 달 전 이곳에 머물며 행복했던 시간을 보낸 자신들을 기억해 내자 몸이 먼저 반응했다. 욕실로 이어지는 길 위에 허물 같은 옷들이 길게 이어졌다. 마침내 욕조에 나란히 들어가 서로의 몸을 만지고 입을 맞추고 서로를 느끼는 중이었다. 뒤에서부터 모니를 안은 자세인 진웅의 중심부는 모니가 이리저리 피하는 순간부터 단단해지고 있었다. 모니가 몸을 돌려 과감하게 그를 바라보았다. 그의 목에 팔을 두르고 멀찌감치 상체를 떨어뜨리고 그를 한참이나 바라보았다.

"꿈만 같아요. 우리가 이곳에서 다시 허니문을 보내다니."

"꿈 아니야."

"맞아, 꿈 아니야. 사랑해요."

"사랑해."

모니가 엉덩이를 살짝 들었다. 진웅은 그녀를 도와 서로의 중심이 가까워지도록 했다. 마침내 정지시켜 놓았던 비디오가 재생을 하듯 그날의 연장선 같은 허니문이 시작되었다.

모니의 단아한 이마에 약한 주름이 잡혔다. 그를 받아들이기 위해.

"하아."

마침내 그녀의 내부가 그로 가득 찼다. 그 버거움에 모니의 숨이 길고도 가늘게 새어 나왔다. 진웅은 그녀의 몸을 가득 안고 서로에게 맞물린 충만한 감정을 표현하듯 모니의 콧등 위로 입을 맞췄다.

"윽."

모니가 서서히 움직였다. 작은 엉덩이를 이리저리 움직이고 그를 꽉 쥐고 놓아주지 않자 그의 신음이 욕실을 울리기 시작했다.

"흐응. 너무 따뜻해요."

그녀의 봉긋한 가슴이 그의 입속을 유영했다. 격정적이기보다는 아기자기하고 아름다운 서로의 몸짓이었다.

"나가자. 더 이상은 감질나서 못 참겠어."

진웅은 서로가 연결된 상태로 욕조에서 일어났다. 모니가 소리나게 웃으면서 그에게서 떨어지지 않기 위해 꽉 매달렸다. 몸을 닦기 위해 잠시 서로의 체온이 멀어졌지만 물기가 사라지자 진웅은 모니를 들고 처음 그녀를 안았던 그 침실을 향해 걸어갔다. 밖에서부터 새어 들어오는 작은 조명과 곳곳에 조도를 아주 낮게 맞춘 조명들이 낭만적이기만 했다. 모니의 작은 몸은 이제 침대에 뉘어졌다.

"생각나요?"

"응?"

그녀의 몸 곳곳을 입술로 탐하고 있는 진웅을 향해 모니가 물었다.

"오리지널 허니문."

"오리지널 허니문?"

"우리가 처음으로 보낸 허니문이 오리지널이지."

"그럼, 지금은 세컨 허니문인가?"

"아마도?"

"중요한 건, 난 그때보다 더 널 사랑하게 됐어."

진웅이 모니와 눈을 맞췄다. 손을 아래로 내려 그녀의 숲을 가르고 젖어 있는 진주를 엄지손가락을 이용해 문지르듯 누르는 행동을 반복하자 여유롭던 그녀가 보채기 시작했다. 진웅은 그녀의 표정을 살펴가며 더 달콤한 자극을 반복했다. 그녀의 허리가 뒤틀리고 그의 손길도 한층 빨라졌다.

"하악, 제발, 멈춰요. 멈춰줘요."

"사랑해."

진웅도 더는 참을 수 없는 듯 그녀의 떨리는 허벅지 사이로 자리를 잡았다. 그러다 뭔가 잊은 것이 있는 듯 상체를 들어 올려 협탁 쪽으로 손을 뻗었다. 피임을 하기 위함인 것을 아는 모니가 두 다리를 들어 올려 그의 허리 부근을 꽉 틀어쥐었다.

"하모니."

"괜찮아요. 다 줘요. 괜찮아요."

투명한 눈동자로 그와 눈을 맞추며 고개를 끄덕였다. 진웅이 그녀의 흐트러진 머릿결을 손가락 사이로 지나가게 했다. 그녀의 고개를 들어 올리자 상체 역시 딸려 올라왔다. 진하게 입을 맞추고 그녀의 허리 쪽으로 베개를 밀어 넣었다. 그리고 그가 움직이기 시작했다. 조금 들려진 몸의 자세로 인해 서로의 몸은 더 깊이 맞닿았다. 중심부를 둘러싸는 얇은 막 없이 모니에게로 들어가는 것은 최고의 쾌감을 선물했다.

진웅이 느긋하게 움직이던 것을 멈추고 모니의 깊은 곳에 진동을 일으키며 빠르게 움직이자 자신의 어깨를 쥔 모니의 두 손도 덩달아 땀이 가득 배어들었다. 오리지널 허니문이 마치 죄를 지은 것처럼 은밀하고도 비밀스러운 것이었다면 지금 이 순간은 온전히 하나였다. 모든 것이. 이제는 죄책감도, 상대방이 언제 떠날지 모르는 그런 불안감에 휩싸이지 않아도 된다. 그런 불행은 이제 영원히 없었다.

"하아, 행복해요."

그의 땀방울이 자신의 가슴골로 떨어지는 것을 그대로 느꼈다. 모니가 그의 몸으로 손을 내밀어 땀을 손끝으로 만졌다. 자신을 향한 열정으로 인해 이성을 잃어가고 땀을 흘리는 남자는 미치도록 관능적이었다.

그녀의 손길을 참지 못한 남자는 그녀의 가슴을 힘껏 움켜쥐고 빨아대길 반복하면서 아래를 움직였다.

"넌 신이 내게 주신 최고의 선물이야."

질퍽이는 아래를, 서로가 연결된 아래를 눈으로 확인하자 더한 자극이 그를 휩몰아쳤다. 그리고 곧 그의 안에 있던 열매가 될 씨앗은 그녀의 깊은 곳으로 흘러 들어갔다.

chapter 17. 무화과 커플의 열매

[정말 너무하는군. 우리 신혼부부야, 알아? 눈만 마주쳐도 불타오르는.]

2주간의 달콤하고 진한 허니문을 보낸 신혼부부는 마침내 새로운 일상으로 돌아왔다. 새집, 그리고 부모의 곁을 떠나 두 사람만의 삶을 즐기리라고 기대하던 남자는 현재 지독한 욕구불만에 시달리고 있었다.

그의 어린 아내는 그보다 더 그의 본가를 사랑하고 있었다. 이제는 헷갈릴 정도였다. 자신을 사랑해서 그의 본가도 사랑하는 것인지, 아니라면 그의 본가를 사랑하기 위해 그를 사랑하는 것인지. 그야말로 닭이 먼저냐, 달걀이 먼저냐 하는 뫼비우스의 띠 같은 풀리지 않는 문제를 안고 있었다.

"우린 계속 함께 있을 수 있지만 형님은 이제 좀 있음 다시 미국으로 가셔야 하잖아요. 난 정말 형님이 좋단 말이야."

[하모니, 너. 나랑 결혼한 거 맞아?]

"그럼요. 내가 제일 사랑하는 이진웅 씨."

[그럼 오늘 밤에 보여줘. 그 사랑을 말이야.]

신혼여행지에서 돌아오니 방학을 맞은 형 내외가 본가에 머무르고 있었다. 결혼 전부터 형수를 잘 따르던 모니는 마치 자매처럼 형수를 따랐다. 며칠 전에는 임신을 한 형수가 입덧을 하는 것을 보고 헛구역질을 장난스럽게 따라 하던 모니는 급기야 체한 것인지 감기까지 동반해 며칠간 자리에 누웠었다. 약을 먹으라는데 말도 듣지 않고 처갓집에서 보내준 매실액만 들이켰었다.

또 어제는 자신이 임산부라도 된 것처럼 졸음이 쏟아져 할머니 방에서 초저녁에 잠들어 버린 형수 옆에서 나란히 잠들어 깨어나질 않았다. 원치 않게 독수공방 신세가 된 게 기가 막혀 오늘은 벼르고 별렀다. 내일이면 출장을 가야 하기에 오늘 밤에는 기필코 그녀를 재우지 않기로. 배려 따위는 없는 진정한 짐승으로 거듭나기로 마음먹었다. 절륜한 남자가 어떤 것인지 확실히 보여주기 위해 체면불구하고 사무실에서 몰래 다양한 체위가 묘사된 잡지까지 정독하는 중이었다.

"음, 일단은 여기로 와요. 와서 저녁 먹고 우리 집으로 가요."

[확실하지?]

"그럼요. 오늘 아버님 어머님 부부동반 모임 있으셔요. 시할머님과 입덧을 하는 손윗동서를 외면하고 우리끼리 밥 먹으면 목구

멍으로 넘어가겠어요?"

[알았어. 나 내일 출장 가, 평창으로. 확인할 일이 좀 있어서.]

"어머, 그래요?"

[어째 목소리가 너무 밝아.]

"에이, 그럴 리가."

[찬 음식 먹지 마. 또 감기 들어. 튼튼한 줄 알았는데 올겨울만
몇 번째야?]

"그야, 자기가 만날."

[만날?]

"만날 벗겨놓고, 옷도 못 입게 하니까 그렇죠. 내 잘못 아냐."

누가 듣기라도 할까 봐 마치 진웅의 귓가에 속삭이듯 목소리를
죽였다. 누가 듣는 것도 아닌데 민망한지 조금 있다 보자는 말을
남긴 모니였다.

수화기 너머로 뚱땅거리는 소리가 나는 걸 보니 할머니의 피아
노 레슨 중이었던 모양이었다. 아내에게 투정을 하기는 했어도 제
집 식구를 진심으로 아끼는 모습은 늘 진웅에게는 감동으로 다가
왔다. 그래서 그도 그녀가 모르게 생명을 잉태한 장모를 위해 좋
은 음식들을 하루가 멀다 하고 처가로 보내는 정성을 보였다.

아내와 통화를 마친 그의 입가에 느긋한 미소가 걸렸다. 잠시
하던 일을 멈추고 회전이 가능한 의자를 한 바퀴 돌려 두 손을 깍
지 끼고 그대로 뒤통수에 붙였다.

블라인드가 걷힌 창밖의 풍경은 차가워 보였지만 청아했다.

곧 봄이 오는 소식이 들려오겠지. 그녀와 처음 맞는 계절, 봄을

기대하는 그의 눈에 여전히 세상이 아름답게만 보였다.

"할머니, 정말 멋져요. 그렇지 않아요, 형님?"

매일 레슨을 받은 소령은 일취월장이었다. 피아노를 한 번도 만져 보지 않은 사람치고, 나이가 들어 손이 굳어가는 중임에도 불구하고 열의는 대단했다. 간단한 동요들을 양손으로 치는 것이 가능해졌다. 조금 떠듬떠듬하기는 했지만 손부들의 박수를 받기에 충분했다. 모니와 손을 겹쳐 도레미파솔라시도를 치던 게 생생한데 말이다.

"동서 말이 맞아요. 할머니, 정말 멋지세요. 오늘 저녁 식사 후에 작은 음악회를 열어요."

"그거 좋은 생각이에요, 형님."

"아버님, 어머님이 계시지 않아서 좀 아쉽긴 하지만 할머니 꼭 연주해 주세요. 네? 우리 아이 태교에도 도움이 될 거예요."

아직은 누구 앞에서 연주를 할 만큼의 실력이 되질 않았던 소령은 거부했지만 태교에 도움이 될 거라는 말에 솔깃하여 마지못해 고개를 끄덕였다.

"할머니, 형님. 저녁에 뭐 드시고 싶으세요?"

"왜? 오늘 저녁은 네가 준비하는 게야?"

설거지를 하는 폼이나 밥상을 준비하는 손이 야무진 것을 확인은 했지만 모니의 요리 실력을 한 번도 확인해 보지 못했던 소령은 오늘에서야 모니의 실력을 확인할 수 있게 되었다. 안 그래도 엊그제 이화와 이야기를 나누었다. 진웅과 모니가 어떻게 살아가고 있는지, 특히 먹는 것은 잘 해먹고 사는지가 걱정이었다. 아무래도 모니가 어린 나이다 보니 살림을 잘 꾸려 나갈지도 걱정이었지만 모니가 도움을 청하기 전까지는 지켜보기만 하는 것으로 고부간의 결론을 지었다.

"네, 저밖에 할 사람이 없잖아요. 어머님께 부탁드리려고 해도 모임 때문에 벌써 뷰티 샵에 가신걸요."

"흠, 그렇구나. 나는 상관없다. 입덧을 하는 임산부에게 맞추자꾸나."

"실은…… 차돌박이가 들어간 얼큰한 고추장찌개가 먹고 싶어요."

어지간히 먹고 싶었는지 솔길은 말을 하면서도 침을 꿀꺽 삼켰다.

"작은 아가, 할 수 있겠어? 아니면 내가 하마."

"아뇨, 저 할 수 있어요. 걱정 마세요."

"고마워, 동서. 디저트는 내가 준비할게."

"괜찮으시겠어요? 입덧."

"응, 디저트 정도야 괜찮아. 신기하게도 아기가 엄마가 좋아하는 일을 아는 것 같아."

"정말 신기하네요. 아, 형님 저 베이킹 가르쳐 주신댔잖아요, 전에."

"아, 그렇지. 그럼 동서가 내 조수가 되어줘."

느지막한 오후가 되자 주방에서는 달콤한 냄새와 함께 손부들은 도란도란 정겹게 식구들이 먹을 후식을 만드느라 분주했다. 소령이 먼발치에서 둘을 지켜보았다. 손윗동서와 손아랫동서의 사이가 여간 의좋은 형제보다 더했다.

"후식으로 단팥 케이크와 오미자와 유자가 주재료인 푸딩을 만들 거야."

주방에는 여러 가지 베이킹 도구들이 줄지어져 있었다. 아기자기한 도구들은 솔길과 잘 어울렸다. 베이킹 도구를 든 솔길은 그야말로 전문가였다. 그런 전문가에게 베이킹을 배울 생각으로 들뜬 모니는 솔길을 돕기 위해 먼저 팥 앙금이 보관된 잼 뚜껑을 열었다.

"우욱."

팥 앙금의 냄새를 맡자 곧바로 모니가 소매로 코를 막았다.

"동서, 왜 그래? 팥이 상했나? 그럴 리가 없는데…….."

솔길이 고개를 갸웃거리며 팥 앙금을 확인했지만 상하기는커녕 달큰한 향이 가득했다.

"냄새를 못 맡겠어요. 토할 것 같아요."

"동서 혹시 또 체한 건 아니지? 걱정이야. 요즘 자주 체기가 있는 것 같아서."

"아침까지는 멀쩡했는데, 우욱."

"동서…… 혹시, 아기 가진 것 아냐?"

솔길이 모니를 식탁에 앉혀두고 바깥을 살피더니 조심스럽게 모니에게 물었다.

"아닐…… 걸요. 허니문 초반에는 가임기가 아니어서 피."

모니가 말을 아꼈다. 민망함에 솔길의 눈치만 살피자 솔길은 괜찮다며 말을 해보라고 했다.

"초반에는 가임기가 아니라 피임은 하지 않았지만 그 뒤로는 계속 조치를 취한걸요."

"가임기가 아니어도 임신하는 경우가 있어. 더군다나 서방님도 동서도 신체 건강한 남녀잖아."

임신. 그것은 자신과는 먼 나라의, 꼭 알아듣지 못하는 외국어와 같은 단어였다. 요즘 체기가 있긴 했어도 임신은 아닐 것이다. 달거리 기간이 다가오니 며칠 전, 약간의 피가 비쳤던 걸 확인한 모니는 아닐 거라 확신하면서 허공으로 고개를 휘저었다.

"아니에요. 확실해요."

"정말이야?"

"순간적으로 팥 앙금이 똥처럼 보였나 봐요."

"뭐야? 하여튼 동서 참 재미있어."

임신이 아닌 게 확실하다 믿었다. 그러니 저녁 식사 준비를 하는데도 아무 탈이 없었다. 솔길의 디저트를 도와준 모니처럼 솔길 역시 모니가 저녁 식사 준비를 하는 것을 도왔다. 마침내 입맛을 돋우는 붉은 식감의 고추장찌개가 식탁 위에 올려졌다.

"이걸 정말 제수씨가 하신 겁니까?"

고추장찌개의 국물을 한술 뜬 이든이 감탄을 했다. 아내가 한국으로 입국하자마자 찾은 음식이 고추장찌개였는데 아내를 데려간 가게마다 아내는 거르지 않고 구역질을 해댔다. 그런데 지금 아내는 아무렇지도 않았다.

"정말 동서가 한 게 맞아요. 손끝이 얼마나 야무진지, 서방님은 좋겠어요."

"작은 아가, 정말 맛있구나. 텁텁하지가 않아."

소령 역시 입에 잘 맞는지 계속해서 고추장찌개로 숟가락을 가져갔다.

"고추장찌개이긴 한데, 텁텁함을 없애려고 된장도 조금 풀었어요."

"그래?"

"이런 건 이제 우리 집에서 좀 하는 게 어때?"

"알았어요. 집에 가서도 해줄게요."

모니가 진웅을 달래려 진웅의 숟가락 위에 반찬을 얹어주었다. 소령은 밥을 먹지 않아도 배가 절로 불렀다. 아들 내외가 없었지만 손자 내외 두 쌍과 함께 저녁을 먹는 풍경은 아무나 누릴 수 있는 눈요기가 아니었다. 저마다 좋은 제 짝은 찾았고 이제 증손주를 볼 생각에 소령은 벌써부터 들떠 있었다.

그나저나 은근히 걱정이 되는 일은 시간이 지날수록 손에 땀을 쥐게 했다. 바로 손자들 앞에서 피아노 연주를 하려니 무슨 일에도 강심장인 소령이 긴장 때문에 한 그릇 더 먹으려던 밥을 한 그릇으로 끝내 버렸다. 아이들이 후식을 먹으러 나오시라는 말을 하기 전까지 방으로 들어가 계속해서 손가락을 허공에다 움직이며 시뮬레이션을 하는 것은 아무도 보지 못했다.

"반,짝, 반,짝, 작,은, 별……."

생애 처음으로 하는 작은 연주회, 소령이 선택한 곡은 '작은 별'이었다. 응접실과 주방 사이의 공간에 위치한 피아노에 옹기종기 모여들었다. 피아노 의자에 앉은 소령의 곁에는 선생님인 모니가 든든히 지키고 있었다. 부드럽게 이어지는 연주가 아니었어도 듣는 사람들은 소령이 한 음을 칠 때마다 따라 불러주었다. 마침내 짧다고도 할 수 있고, 길다고도 할 수 있는 연주가 끝이 나고 박수가 이어졌다.

"할머니, 정말 대단하신데?"

진웅이 소령을 향해 엄지손가락을 들어 보였다.

"좋은 선생님을 두셨어요. 할머니."

이든 역시 할머니와 모니를 동시에 높여주었다.

"감사합니다, 여러분. 이제 우리의 파티시에가 준비한 디저트를 먹으러 갑시다."

완벽한 연주가 아님에도 아이들은 그녀를 격려했다. 그게 낯간지러워서 소령이 후식을 핑계로 방청객들을 응접실로 이끌었다.

"참, 출장 간다면서요?"

부부가 나란히 침대에 누웠다. 어린 아내는 불현듯 생각이 나버렸는지 다 늦은 저녁에 남편의 출장 채비를 하겠다고 일어나려 했다.

"1박 2일 짐인데 뭘, 내일 아침에 준비해도 돼."

"그래도……."

"것보다 더 급한 건 따로 있어."

모로 누운 모니의 파자마 원피스는 이제 허리께로 올라왔다. 진웅의 손길이 작은 모니의 엉덩이에 머물렀다.

"피곤해요. 오늘은 그냥 자요."

"피곤해?"

진웅이 피곤하다는 아내의 말에 원피스 자락을 제자리에 내려 주었다. 그제야 모니가 진웅에게로 몸을 돌렸다. 막무가내로 진웅의 품 안으로 파고드는 모니를 이상하게 여겼지만 피곤이 내려앉은 눈은 확실했다. 진웅은 그저 그녀의 등을 토닥여 주었다.

"나에게 숨기는 것, 없지?"

집으로 돌아오고 욕실에서 샤워를 하고 나온 후부터 모니는 정신이 없어 보였다. 넋이 나간 사람처럼 보였다. 왜 그러냐고 묻는데도 매번 괜찮다고 했다. 하지만 그게 신경 쓰여서 진웅은 눈을 감은 모니에게 물었다.

"없…… 어요. 정말 피곤해서 그래요. 출장 다녀오면 정말, 정말 사랑 많이 나눠요."

"그래, 그러자."

아직은 그에게 말하지 못했다. 아닐 거라 믿었는데 테스트기로 확인해 본 결과 두 줄이 나왔다. 분명 한 줄이라 예상했지만, 유비무환이라고 확인하고 넘어가는 게 좋을 것 같아 임신테스트기를 시험해 본 결과는 충격적이었다. 그게 너무 놀라워 아직은 어린 모니가 그 누구에게도 말하지 못했다. 그리고 좀 더 확실해지면, 그때 말해도 늦지 않을 것이다. 그러면 될 거라 믿었는데 그는 그녀와의 거리를 느꼈나 보다. 그녀를 향한 손길은 다정했지만 그는 그녀가 잠에 든 줄 알고 계속해서 한숨을 쉬어댔다. 내일 출장을 앞두고 있는데 이리저리 뒤척였다.

그가 잠이 든 후에도 잠들지 못한 모니는 그가 비로소 깊은 잠에 빠져든 걸 알고 침대에서 몰래 빠져나와 그의 출장 준비를 대신했다. 1박 2일의 출장이지만 잘 다린 와이셔츠며 생필품들을 챙기고 트렁크 위로 작은 편지도 준비했다. 그 후로도 잠이 오질 않아 그를 위한 아침을 차려두고 밥상보를 덮은 후에야 조금이라도 눈을 붙이기 위해 다시 침실로 돌아왔다. 그는 모로 누워 등을 보인 자세로 잠들어 있었다. 모니는 살며시 이불을 들추고 그의 등 뒤에 딱 붙어 그의 허리를 감싸 안고 평온한 잠에 빠져들었다.

"다녀올게."

햇살에 눈을 떴다. 등 뒤에서 그를 가득 안고 있는 생명체가 곤히 잠든 걸 깨울세라 진웅은 소리 없이 일어났다. 회사에 출근하지 않고 곧바로 평창으로 가면 되는 진웅은 모니가 그의 출장 준비를 해놓은 걸 보았다. 식탁 위에는 정갈한 음식들이 차려져 있었다.

—다녀와요. 사랑해요. 기다릴게요.

트렁크 위에 그녀가 남긴 작은 편지를 본 진웅은 다시금 침실로 들어가 곤히 잠들어 있는 모니의 뺨 위로 입술을 내렸다. 요즘 들어 잠을 이기지 못하는 모니였다.

"임신 증상도 옳나?"

모니에게 이불을 덮어주고 방에서 나오면서 그가 작게 말했다.

"축하합니다. 임신 4주째네요. 다음에는 꼭 아기아빠와 함께 오세요. 초음파 사진을 찍을 겁니다."

모니의 손에는 산모수첩이 들려 있었다. 아기가 왔다. 기대하지도 생각하지도 않은 생명체가 모니의 뱃속에서 자라고 있단다. 임신이라는 말을 듣자 기쁨보다는 두려움이 그녀를 사로잡았다. 2학기에 복학을 해야 하는 학교, 그래야만 내년에 졸업이 가능했다. 그리고 아줌마 소리를 들으면서 학교에 다니기는 싫었는데, 철없는 생각 끝에 모니의 가슴이 철커덩 했다. 축복받아야 할 아기가 자신의 못된 마음가짐으로 인해 사라져 버릴지도 모른다는 불안감에 그녀가 바뀌어 버린 신호를 보지 못했다.

"어, 신호가 바뀌었네."

끼이익—

신호를 무시하고 지나가려던 차가 건널목을 건너는 그녀를 발견하고 채 1센티미터 정도를 남기고 겨우 그녀 앞에서 급정거했다.

"괜찮아요? 이봐요, 아가씨. 괜찮아요?"

다행히 신체적 접촉은 없었지만 보행자는 그 자리에서 기절을 했다. 운전자가 급히 내려 쓰러진 보행자를 흔들어 깨우는데 일어날 기미가 보이질 않았다.

"교통사고로 입원한 환자요. 하모니."

타이어가 타는 듯한 냄새에도 불구하고 진웅은 속력을 늦추지 않았다. 연락을 받았을 때에는 그저 기절한 상태라고 들었지만 진웅의 속은 까맣게 타들어갔다. 그녀가 무사한 걸 눈앞에서 확인을 해야 했다. 미친 야생마처럼 험하게 운전을 하고 평소보다 몇 시간을 단축시켜 돌아왔다.

"아, 그 환자 벌써 일반 병실로 옮겼어요. 임산부가 많이 놀랐던 모양이에요."

이름이 하도 특이해 기억하고 있었다. 그녀의 보호자로 온 남자는 반쯤 풀어헤쳐진 모습임에도 불구하고 멋있기만 했다. 환자가 누워 있는 병실을 알려준 간호사는 입이 헤벌어져 있었다.

"사람을 잘못 알고 계신 것 같군요. 임산부라니요?"

"하모니 씨 맞아요. 산모수첩도 가지고 계셨구요. 저희 병원에서 이미 검사를 끝냈습니다. 임신 4주째로 접어들고 계십니다."

그녀가 기절한 것 외에 무사하다는 것과는 별개로 진웅의 가슴이 또다시 터질 듯이 뛰어댔다. 임신이라니. 그녀가 임신을 했다니. 이렇게나 빨리 아이가 찾아올 줄은 몰랐던 진웅의 다리가 아이의 안전에 대한 걱정으로 후들거렸다.

"아이는, 아이는 무사합니까?"

"네, 이제 곧 안정기에 들어갈 때까지만 조심하시면 됩니다. 그럼."

그녀는 인형처럼 곤히 잠들어 있었다. 바보같이 그동안의 임신 징후들을 그냥 지나쳤다. 침대에 누운 그녀에게로 다가갔다. 의자를 끌어당겨 그녀 앞에 앉아 머리를 넘겨주었다.

"우리에게 아이가 왔어, 모니야. 얼른 일어나 봐. 네가 얘기해 야지."

그녀를 바라보고 있는데 병실 문이 조심스럽게 열렸다. 담당의사로 보이는 사람이 들어오자 진웅은 자리에서 벌떡 일어났다.

"보호자 되시죠? 놀라지 않으셔도 됩니다. 잠시 혼절을 한 상태입니다. 환자의 의지가 강하더군요. 쓰러질 때도 배를 감싸고 있었답니다."

"아이는……."

"걱정 안 하셔도 됩니다. 잠시 후 일어날 겁니다. 하루 정도 입원을 한 후에 퇴원을 하십시오. 그럼."

몇 시간을 잔 것인지 눈을 떠보니 생전 처음 보는 낯선 배경이었다. 더군다나 출장을 간 사람이 바로 눈앞에 있었기에 꿈인 줄만 알았다.

"진웅 씨?"

그는 아무런 말이 없었다. 화가 난 표정으로 눈을 뜬 그녀를 바라보았다.

"언제까지 숨기려고 그랬어? 어제 넋이 나간 이유, 임신 때문이지?"

"아이, 아이 어떡해요. 나 때문에, 나 때문에."

침대에서 벌떡 일어난 그녀는 그제야 몇 시간 전 일어난 일이 모조리 기억이 난 것인지 팔뚝의 핏줄을 타고 들어가는 수액 바늘조차 뽑아낼 기세였다.

"아이 어떻게 될 리 없어. 우리들의 아이잖아. 걱정 마. 무사해. 너도, 우리 아기도."

가녀린 그녀가 울음을 터트리고 이성을 잃어가려는 모습을 본 진웅은 두 팔로 단단하게 그녀가 빠져나가지 못하도록 끌어안았다.

"미안해요. 미안해요. 숨길 생각 전혀 없었어요. 확실해지면 얘기하려고 했어. 그런데 내 자신이 너무 소름 끼쳤어요. 아이 때문에 복학하지 못한다는 생각에 사로잡힌 무서운 날 발견했어. 그런데 어떻게 그걸 당신에게 이야기해요? 내가 어떻게."

"넌 아이를 지켰어. 그러니까 그런 말 하지 마. 지금도 아이가 잘못됐을까 봐 걱정만 하잖아."

"처음엔 그런 생각을 했지만 그 뒤에는 설레고 행복했어요. 정말이에요. 믿어줘요."

"믿어, 널 사랑해."

"아이 지우라는 말, 안 할 거죠."

그는 그녀를 위해서라면 아이를 포기하겠다는 말도 서슴없이 할 게 분명했다. 모니가 울면서 그에게 매달렸다.

"미치지 않고서야 제 자식을…… 그만 울어. 그만. 또 실신하겠어, 응?"

"아이 가지게 해서 미안하다는 말 하지 않을 거야."

그녀가 평정을 되찾았다. 그녀는 너른 그의 품을 원했다. 그는 기꺼이 그녀가 누운 좁은 침대에 그녀의 원대로 함께 마주 보고 누웠다. 아직도 울음의 여운이 남은 그녀가 한 번씩 숨이 넘어가는 것처럼 보였다.

그녀는 대답을 않고서 그의 셔츠 자락을 꽉 쥐었다.

"우리에게는 당연하게 일어날 일이었어. 미안해한다면 그건 우리 아이에게 죄를 짓는 거야."

"나는 그런 생각을 한 내가 무서워요. 아직도."

"산모는 누구나 다 두려워한대, 그러니까 너도 마찬가지야. 더 이상 그런 말도 안 되는 죄책감에 널 가두지 마. 이 아이는 우리에게 축복이잖아."

"허니문…… 베이비예요."

"맞아. 우리들의 가장 달콤하고 행복한 시간에 찾아와 준 축복이라니까."

"다시는 당신에게 그 어떤 것도 숨기지 않을게요."

"그래, 어제는 조금 서운했어."

"그래서 내가 사죄의 의미로 출장 준비까지 해놨잖아요."

진웅이 소리 없이 모니의 이마에 입을 맞추었다.

"우리 열매예요. 아기 태명."

"이 맹꽁이 아줌마야. 태명을 혼자 짓는 게 어디 있어?"

"내가 지은 것 아닌데? 예전에 당신이 지어준 거잖아요. 우린 무화과 커플이고 열매를 맺을 거라던, 당신 입으로 한 말 잊은 거 아니죠?"

"그래, 무화과 커플의 열매, 우리 열매."

진웅이 아직은 납작하기만 한 모니의 배를 한참이나 쓰다듬었다. 그들이 기다리던 행복은 조금 일찍, 아무도 예상하지 못하는 시간에 찾아왔다. 부부는 오늘을 계기로 또 한 번 더욱 단단한 껍질로 그들을 에워쌌다. 사랑이라는 껍질 위에, 믿음이라는 두터운 껍질이 그들을 지켜줄 것이다.

"그때, 할아버지와 이미 잘 아는 사이였다는 걸 숨긴 당신 심정이 조금은 이해가 가요."

"그래? 그래도 이건 다른 문제야. 비교 자체가 불가능한 문제라고."

"미안해요. 정말로."

"이제 그만해. 열매가 무사해서 다행이야."

"응."

이놈의 입덧은 가라앉을 기미가 보이질 않았다. 급기야는 진웅이 회사에도 병가를 신청하고 아예 드러누웠다. 그 옆에서는 모니가 시댁과 친정에서 보내온 온갖 산해진미들을 먹으며 웃음 아닌 웃음을 짓고 있었다. 남편이 자신을 대신해 입덧을 하는 게 마냥 재미있기만 한 어린 신부는 이러지도 못하고 저러지도 못했다.

"진웅 씨, 차라리 우리 잠시 본가에 들어가서 지낼까요?"

"그건 왜?"

며칠간 제대로 먹지를 못해 때꾼해진 눈으로 모니를 바라보는 진웅이 안쓰러워 야윈 얼굴을 쓰다듬어 주었다.

"그야, 본가에 가면 그나마 당신이 기운을 좀 차리지 않을까 해서요."

"그런 소리는 아예 꺼내지도 마. 날 더 찬밥 신세로 만들 작정이 아니라면. 차라리 장인어른 댁으로 들어가는 게 백번은 나아. 그나마 동지잖아. 입덧은 하시지 않지만."

"내 친정인데……."

"그러게 말이야. 내 신세가 어쩌다."

"자기가 날 너무 사랑하나 봐. 그래서 내 입덧까지 대신해 주고."

"그런데 모니야, 넌 그게 목으로 넘어가?"

밥을 먹은 지 얼마 안 돼서 또 치즈케이크를 덜어 먹고 있는 모니를 보고 진웅이 혀를 내둘렀다.

"아니, 아기가 먹고 싶다잖아요."

"너 원래 치즈케이크 좋아하는 거, 내가 다 알거든?"

"내가 잘 먹는 게 그렇게 배 아파요?"

모니가 입을 내밀고 훌쩍이며 치즈케이크를 포크로 떠서 진웅에게로 내밀었다. 그러자 진웅이 또 한 번 '우욱' 소리를 내며 욕지기를 참아냈다.

"네가 안 당해봐서 그래. 넌 겨우 형수님 계실 때 팥 냄새 맡고 하루 입덧을 한 게 전부겠지만 나는 지금 사는 게 사는 게 아니라고."

"뭐 먹고 싶은 거 있어요? 구미가 당기는 것도 없어요?"

"있긴 해."

"뭔데요?"

모니가 당장 소라도 잡을 것처럼 눈을 반짝이며 진웅에게로 얼굴을 들이밀었다.

"지난번에 장인어른이 술안주 겸으로 해주신 꽃게볶음."

"하, 정말요? 그럼 아빠 오시라고 해야겠다."

"아, 아니야. 우리가 가자. 장모님이 만삭이신데 어떻게 혼자 두고 오시게 해?"

"그럼 운전은 내가 할게요. 얼른 준비해요."

평소 같았으면 절대 모니에게 운전을 맡기지 않을 텐데 진웅이 '그럴래?' 하며 몸을 일으켰다.

"자네도 참 별나. 어떻게 남자가 입덧을 하나? 내 살다 살다 사위 입덧 수발은 또 처음이네. 장모나 모니는 입덧이라고는 없었는데."

겨우 장인어른 댁에 도착했을 때의 파리했던 모습은 금세 사라지고 원진이 만든 꽃게볶음을 게 눈 감추듯 먹어 치웠다. 마지막으로는 남은 양념에 밥까지 슥슥 비벼 두 그릇을 뚝딱 비웠다.

"이제야 살 것 같습니다."

"자네가 고생이 많아. 우리 모니 대신 입덧까지 하고 말이야. 아빠 되는 게 쉬운 일이 아니지?"

"네, 그래도 모니가 입덧을 해서 이 지경이 돼 있으면 아마 전 그게 더 고통스러웠을 겁니다."

"맞아. 그랬을 테지. 또 먹고 싶은 건 없는가? 병가를 냈다고 하니 여기서 며칠간 푹 쉬었다 가게. 그게 좋을 것 같아."

"그래도 될까요?"

"그럼. 되고말고."

두 남자는 자신의 아이를 가진 부인들을 바라보았다. 동시에 생명을 잉태한 모녀는 마치 친구 같았다. 뭐가 그리도 재미있는지 임산부들이 하는 체조를 텔레비전으로 틀어놓고 깔깔거리고 웃어가면서 따라 하고 있었다.

"모니야, 힘들어도 꾸준히 운동을 해야 해. 그래야 숨풍숨풍."

"나도 알아, 엄마."

"그나저나 이 서방 불쌍해서 어쩐담. 입덧이. 풋."

현경은 아직도 진웅의 입덧이 우스웠다. 말로만 듣던 남자의 입덧을 바로 앞에서 지켜보자 웃음이 먼저 났다.

"엄마도 참. 나는 진웅 씨 입덧이 빨리 지나갔으면 좋겠어."

"그래, 그래야지. 나도 딱해서 더는 못 보겠다, 야. 장인어른이 입덧 수발을 들어주는 집안은 여기밖에 없을 거야."

"이제 좀 괜찮아요?"

진웅은 물리지도 않는지 삼시 세끼를 원진이 해준 꽃게볶음으로 식사를 해결했다. 진짜 한 가지 음식에 꽂힌 임산부처럼 진웅에게도 맞는 음식이 있다는 게 모니의 걱정을 잦아들게 만들었다.

"응. 좀 살 것 같아."

"안 왔으면 어쩔 뻔했어, 정말."

"모니야, 이야기는 그만하고 나 좀 재워주라. 입덧 때문에 며칠

고생하고 간만에 배부르게 먹었더니 잠이 쏟아져."

"그래요. 이리 와요."

모니가 몸을 옆으로 해서 눕자 진웅은 몸을 아래로 움직이고 그녀의 품 안으로 안겨들었다. 그런 남편의 등을 모니가 찬찬히 쓰다듬었다.

"잘 자요."

언제나 진웅은 모니가 잠든 모습을 지켜보다 잠이 들었다. 지금은 그 반대의 상황이었다. 고요하게 잠든 그의 모습도 좋았다. 가끔은 일방적으로 그를 바라보는 것도 근사한 일. 잠든 와중에도 그는 모니를 바라보는 방향을 향해 몸을 뉘었다. 눈을 뜨면 바로 앞의 그녀를 발견할 수 있는 그런 위치.

오르락내리락하는 그의 숨결이 평화롭기만 했다. 자신을 한없이 사랑해서 입덧까지 대신 해주는 남자와 그 남자의 분신이 모니의 뱃속에서 자라나고 있다는 사실이, 그들의 존재가 여전히 모니에게는 여전히 현실감각을 잃게 만들었다.

"열매야, 아빠 잠드셨네. 너도 얼른 자야지."

아직은 임신한 표시도 잘 나지 않는 배를 스스로 쓰다듬어 보았다. 그러다 그녀는 '하암' 하고 하품을 한 뒤 무거워져 오는 눈을 감았다.

오늘 꿈에서는 단란한 세 가족이 함께하길 바라며…….

에필로그

　'Face to Face'의 세트장에 설치된 조명이 모두 꺼졌다. 저마다의 정해진 곳으로 돌아가기 위해 장비와 도구를 정리하는 사람들의 손과 발이 촬영을 할 때보다 어쩌면 더 빨리 움직이는 것처럼 보였다.

　27살의 그녀는 또래의 27살 여느 여성들보다 많은 이름을 가지고 있었다. 대한민국 최고의 인터뷰어의 길을 걷고 있는 진행자이자, 딸, 아내, 엄마, 며느리 그리고 누군가가 동경하는 대상. 이 모든 것들이 하모니라는 여자의 이름을 대신할 수 있는 이름이었다.

　경기도의 한 지역방송국에서 시작된 'Face to Face'는 지역 방송국이지만 좋은 성과를 이뤄냈다. 처음에는 파일럿 방송으로 시작한 것이 드물게 지역 방송국 프로그램이지만 시즌 1을 어느 정도 성공시켰고 시즌 2를 제작하는 것으로 방향이 정해졌다.

오늘은 시즌 1의 마지막 방송으로 한류스타 아이돌들을 게스트로 초대했다. 이제껏 모니가 인터뷰를 한 사람들 중 가장 거물급이기도 했다. 하지만 모니는 인터뷰 내내 그들의 진솔한 인간미를 끌어내기 위해 노력했고, 마침내 성공했다.

지켜보는 스태프들조차 그들을 어린 나이에 성공한 철없는 아이들로 봐온 이미지가 탈피되고 인간적으로 보여졌다.

"역시 하모니야."

촬영이 끝나자 PD는 하모니에게로 다가왔다. 프로그램의 총책임은 PD였지만 프로그램을 살리는 것은 오롯이 진행자인 모니의 몫이었고, 그런 면에서 프로그램을 성공을 이끈 모니는 대성할 재목이었다.

"뭘요, 저는 그들의 진실된 모습을 끌어내는 것밖에 없어요."

"겸손하기는. 아무튼 푹 쉬고, 휴가를 맘껏 즐기다 와. 시즌 2가 기다리고 있으니까."

"예썰."

화려한 의상을 벗어던지고 평상복을 입은 그녀가 방송국을 나와 자신의 차에 올라탔다. 강렬한 한여름의 태양을 피하기 위해 선글라스를 쓴 하모니는 서둘러 뜨겁게 달궈진 아스팔트를 달렸다. 화장기 없는 얼굴이 아직도 나이를 가늠할 수 없게 만들었다. 그녀는 남편이 좋아하는 백옥 같은 피부가 그을리는 것을 방지하기 위해 신호가 멈추었을 때 재빠르게 선 스프레이를 공중에 분사

시킨 후 얼굴 전면에 스머들게 만들었다.

먼저 집으로 돌아가 딸과 딸의 친구이자 외삼촌인 울림이에게 먹을 간식을 만들어놓은 후, 서로 다른 유치원에 다니는 두 아이를 데리러 가야 했다.

매년 시댁식구들과 친정식구들이 모두 함께 즐기던 휴가는 올해 처음으로 소령이 단독 휴가를 명령했다. 하여 소령과 하 교수, 정수경 여사가 함께 황혼의 크루즈 여행을 떠났고, 시부모님과 친정 부모님도 현재 각각의 휴가가 진행되었다. 그 마지막 주자가 진웅과 하모니 부부였다. 친정 부모님은 상부상조를 하자며 먼저 울림을 모니에게 맡기고 떠났다. 내일은 드디어 그들이 휴가를 떠날 차례, 떠나기 전 싱가포르에 들러 울림이와 열매를 맡기고 둘만의 휴가를 떠나게 되었다.

참 오랜만인 둘만의 여행에 벌써부터 들뜬 그녀가 콧노래를 흥얼거리며 집 앞에 도착했다. 차고에 차를 보관하려는데 출근할 때 타고 간 남편의 차량이 주차되어 있었다.

"뭐야, 벌써 왔나? 설마 조기퇴근?"

그녀에게 말도 없이 조기퇴근을 할 사람이 아니었다. 고개를 반쯤 기울인 채로 그녀가 도어 록의 커버를 열어 급히 비밀번호를 누르고 들어갔다.

"울림이 삼촌이가 아빠 해, 내가 엄마 할게."

이열매. 햇수로 다섯 살, 11월생이라 아직 만 나이로는 4세를 향해 가고 있는 3세 말의 꼬마숙녀는 엄마의 뽀얀 피부를 닮았다.

티 하나 없는 맑은 피부에 다갈색의 고운 머리카락을 포니테일 스타일로 묶자 엄마를 쏙 빼다 박은 외모가 빛났다.

고사리 같은 손이 아직은 여물지 못한 발음으로 제 삼촌에게 검지를 뻗어 역할을 정해주었다.

이목구비가 뚜렷하고 눈매가 서늘한 남자아이는 친구이자 조카인 여자아이의 말에 수긍하는 듯 고개를 끄덕였다. 그 가운데 아직 슈트 차림인 진웅이 난감한 눈빛을 했다.

"그럼, 아빠는?"

"응, 아빠는 아기 해."

"아기?"

말도 안 된다는 듯 이미 정해 버린 역할놀이에서 엄마를 맡은 딸에게 반항을 해봐야 소용이 없었다. 벌써부터 제 엄마가 하는 것처럼 울림이의 팔짱을 끼고 '여보' 하면서 획 돌아서 버렸다.

"울림이 처남, 바꾸면 안 될까?"

"안 돼요."

아빠처럼 잘 놀아주는 매형이라면 사족을 못 쓰는 울림이 고개를 끄덕이려 했지만 열매는 꽤나 앙칼진 목소리로 대신 야무지게 진웅의 손 등을 '찰싹' 하고 때렸다.

제 아빠가 체념을 한 것처럼 보이자 열매는 증조부모가 심혈을 기울여 손수 만든 소꿉놀이용 싱크대로 가, 음식을 만들기에 여념이 없었다. 얼마 후 열매는 음식이 다 되었다며 유아용 테이블로 진웅과 울림을 불렀다. 진웅은 자신이 유아용 의자에 앉으면 박살이 날 것을 잘 알고 있어 엉거주춤하게 테이블에 앉았다.

"여보, 어때요? 맛있어요?"

"얌, 얌. 맛있어요."

"자, 아기는 우유 먹어요."

열매로부터 플라스틱 컵을 받아 든 진웅이 우유를 마시는 시늉을 하며 소리를 내자 열매는 엄격한 엄마가 되어 잔소리를 한다.

"엄마가 뭐라고 했쩌요? 먹을 때는 소리 내지 말라고 했쩌, 안 했쩌?"

"이래서 애들 앞에서는 찬물도 못 마신다니까."

"너 이 녀석, 엄마가 말씀하시는데 유치원에서 그러케 배웠쩌?"

믿었던 울림마저 재미가 들렸는지 열매와 똑같이 자신에게 핀잔을 주자 참을 수 없었던 진웅은 열매가 차려놓은 식사를 망가뜨리고 괴성을 질러 버렸다.

"이노옴들아, 아기가 괴물이 됐다. 잡아먹을 테다."

아기 흉내를 내느라 움츠렸던 몸을 펴자 아이들에게는 정말 괴물 같은 존재가 되어버렸다. 깔깔거리며 웃기도 하다가 진웅이 '쿵쿵' 거릴 때마다 두 아이는 날카로운 소리를 지르고 다락방을 뛰어다니며 진웅을 피해 멀리 달아나기 바빴다. 느릿느릿하게 움직이던 진웅을 '잡아봐라' 하며 아이들이 약을 올리자 진웅은 단번에 두 아이를 들어 올렸다.

"잡았다."

"살려줘요. 아빠."

"살려줘요. 매형."

"어림없다. 잡아먹을 테다."

두 아이를 움직이지 못하게 하고 장난스럽게 토실토실한 엉덩이 부분을 아프지 않게 물자 아이들은 숨이 멎을 정도로 웃어댔다.

집 안으로 들어와 남편을 불렀지만 인기척이 없었다. 현관에는 미처 정리되지 못한 3켤레의 신발이 늘어져 있었다.

"뭐야? 이 사람이 정말."

남편만 조기퇴근을 한 줄 알았는데 그는 아이들까지 조퇴를 시켜 버린 모양이었다. 그녀가 한층, 한층 계단을 오르자 아이들의 웃음소리가 들려왔다. 그녀가 온 줄도 모르고 소꿉놀이에 다들 집중을 했다. 다 큰 어른이 아기가 되어 엉거주춤하는 모습은 혼자 보기 아까운 광경이었다. 그런데 딸이 제 남편을 괄시하는 모습은 은근히 부아가 치밀어 오르는 것이었다. 아이들을 조퇴시킨 것에 조금 화가 난 것은 기억조차 나지 않았다. 남편이 괴물로 변하자 저도 모르게 모니는 남편을 응원하고 있었다.

"엄마 왔다."

아빠에게 꽉 잡혀 품에서 벗어나지 못하던 열매가 엄마가 온 것을 확인하고 외치자 나머지 두 남자들의 눈도 열매가 향한 쪽을 향했다.

"누나."

"모니야."

급한 대로 냉동실에 얼려둔 블루베리로 시원한 셔벗을 만들어

먹인 후, 물놀이를 하고 싶어 하는 아이들에게 2층 발코니의 자쿠지를 수영장 삼아 내어주었다. 아이들은 그곳에서 첨벙첨벙하며 싱가포르에서 보내게 될 휴가 전야제를 치르고 고단했던지 단잠에 빠져들었다.

"조기퇴근 한 것도 모자라서 아이들까지."

아이 앞에서는 남편에게 큰 소리를 지르거나 핀잔을 주지 않던 모니가 아이들이 잠든 틈을 타 눈을 흘기자 진웅은 슬며시 모니의 뒤로 다가가 허리를 끌어안았다.

"이런 날도 있어야지."

"전적이 화려하니까 그렇죠. 거기다 오늘은 울림이까지."

딸바보 진웅은 육아 휴직을 실행에 옮겼었다. 3개월간을 그와 함께 열매를 키웠다. 그 사실이 세간에 화제가 되었었다. 기업의 중직에 앉은 사람 중에서는 진웅이 육아 휴직을 쓰는 최초의 남자였다. 그 후 두진건설의 아빠들은 눈치를 보지 않고 육아 휴직을 쓰게 되었고, 바람직한 기업으로 뽑히는 영애를 얻었다.

열매가 복덩이였는지, 진웅이 추진하던 유비쿼터스적인 설계가 각광을 받아 두진건설이 업계에서 최고자리를 선점하는 데 큰 기여를 했다. 서른 중반의 나이를 달리고 있는 진웅, 원숙함과 카리스마, 진중함이 더해져 유부남임에도 불구하고 사내의 최고 인기를 구가하고 있었다. 그런 남자가 아내와 딸에게는 꼼짝 못하는 걸 세상은 알지 못했다.

올해부터 유치원에 등원하게 된 딸을 몰래몰래 조퇴시켜 이렇게 둘만의 데이트 시간을 가졌었다.

"질투해?"

"질투는 무슨."

콧방귀를 뀌고 돌아서는 아내의 팔을 당겨 품 안으로 끌어들였다. 숨도 못 쉴 정도로 그는 아내를 끌어안았다.

"사랑이 식었어, 그렇지?"

"아니거든!"

"어허, 버릇없이."

"이제 열매 앞에서 당신 흉 만날 볼 거다 뭐, 그리고."

"그리고?"

"당신이 크리스찬 베일보다 더 멋있다는 말 취소."

'Face to Face'를 진행하기 전, 모니는 먼저 정식 리포터로 일을 했었다. 그때 영화제를 취재하면서 먼발치에서 본 크리스찬 베일에게 살짝 반했었지만, 그래도 언제나 진웅이 모니에게는 최고의 남자였다. 오늘은 모니가 그 법칙을 깨뜨렸다. 그러자 진웅의 표정은 일그러졌다.

이 남자, 질투의 화신인데 아무래도 모니가 실수를 한 것 같다.

"우리 열매. 외할아버지, 외할머니 말씀 잘 들어야 해."

울림과 함께라면 어느 곳이든 좋은 열매가 며칠간 부모와 떨어져 있어야 한다는 사실에도 덤덤했다. 혹시나 잠을 잘 때 엄마를 찾지는 않을지가 걱정이라 모니와 진웅의 발걸음이 쉽게 떨어지지 않았다.

"알았쪄, 할머니가 꼭대기에 있는 수영장 데리고 간다고 했어. 열매랑 울림이 삼촌이랑. 그렇죠, 할머니?"

"그러엄, 엄마 아빠 빨리 가세요, 해."

싱가포르에서 먼저 휴가를 보낸 원진과 현경이 아이들과 이곳에서 남은 휴가를 보내기로 했다. 진웅이 보여준 호텔 꼭대기에 있는 수영장을 신기해하던 열매가 그곳에 가게 되자 부모와 떨어지는 것은 안중에도 없어 보였다.

"빨리 가세요."

"열매야, 밤에 잠 못 자겠으면 할머니한테 '쭈쭈 주세요' 해, 알았지?"

"응."

"열매야, 수영장에서 너무 오래 놀면 안 돼요."

진웅도 열매에게 마지막 당부를 하고 부부는 다시 공항으로 향했다. 비행기 안에서도 진웅은 어제 아내가 한 말에 충격을 받았는지 퉁퉁 부어 있었다.

"진웅 씨."

"왜?"

"아무것도 아니에요."

"말해."

"나 Face to Face 말고 다른 방송 인터뷰 한 거, 벌써 인터넷에 돌아다니네."

"그래?"

바로 인터넷을 찾아다닐 줄 알았던 진웅은 비행기에서 내리기 전까지도 실시간으로 업무를 보고받기 위해 테블릿 PC에서 눈을 떼지 않았다.

지난밤, 비행기는 그들을 이탈리아 땅에 내려주었다. 비행으로 인한 피곤으로 풀빌라에 도착하자마자 두 사람은 곯아떨어졌었다.

먼저 깨어난 남자는 자신의 허리를 꼭 붙들고 잠들어 있는 아내를 바라보고 빙그레 웃었다. 그녀 앞에서 토라진 척했지만 진심은 그게 아니었다. 자신의 기분을 풀어주는 그녀가 예뻐서 조금만 더 즐기자고 하던 것이 여기까지 와버렸다.

"모니야, 좀 더 자도 돼."

둥그런 이마에 입을 맞추고 먼저 일어난 진웅은 굳이 그녀를 깨우지 않았다. 오랜만에 단둘이 있을 수 있는 시간이 아직 많았기에 그는 참을 수 있었다. 그녀를 대신하여 싱가포르에 있는 열매와 통화를 하고, 대충 끼니를 해결하고 풀빌라에 마련된 수영장 썬베드에 수영복을 입고 앉아 그녀가 인터뷰를 당했다는 영상을 찾아 재생시켰다.

[아내, 그리고 어머니, 며느리, 딸, 대기업의 차기 안방마님 등 하모니 씨의 많은 이름들이 부담스럽지는 않나요?]

[가끔 부담될 때도 있어요. 하지만 내가 선택한 길에 책임을 진다는 생각으로 최선을 다하고 있어요. 저에게는 제가 실수를 한다 하더라도 따뜻하게 맞아줄 가족이 있거든요. 특히 남편에게 감사

해요. 언제나 저를 이해해 주고 배려해 주려 노력하는 것이 보여요.]

[남편이 아주 미남이시더라구요. 이른 나이에 결혼을 하셨던데 어떻게 만나게 되셨나요?]

[우리는 이탈리아에서 우연히 만났어요. 그리고 사랑에 빠졌죠.]

[남편을 Face to Face에서 인터뷰 할 생각은 없으신가요?]

[가족이라고 꽂아주면 안 되죠. 좀 더 글로벌한 리더가 된 후에 남편에게 인터뷰 요청을 할 계획입니다. 곧 그렇게 될 거라고 믿어요.]

[가장 기억에 남는 인터뷰이가 있다면요? 그리고 앞으로 꼭 이 사람을 취재하고 싶다고 생각하는 사람은 있나요?]

[모든 분들이 기억에 남습니다. 그리고 제가 직접 인터뷰를 한 것은 아니지만 꼭 한 번 인터뷰를 하고 싶은 사람은 크리스찬 베일이요. 정말 멋있더라구요. 제 남편보다는 아니지만, 이거 망언인가요?]

[결혼 5년차시라던데 아직도 콩깍지가 벗겨지지 않았군요. 뭐 그럴 수도 있죠. 끝으로 여름 휴가 계획은 있으신가요?]

[허니문을 보냈던 곳으로 갈 계획입니다. 정말 아름다운 해변이 펼쳐져 있죠. 그곳 해변에 누워 남편과 칵테일을 마시려구요. 섹스 온 더 비치 칵테일요.]

"섹스 온 더 비치?"

모든 것이 흡족했다. 진웅이 테블릿 PC의 화면을 끄고, 막 수영을 즐기려 할 때 비키니를 입은 그녀가 눈앞에 나타났다.

"뭐야? 치사해요. 당신 혼자."

"섹스, 온 더 비치?"

하모니에게로 한 발짝 다가가자 그녀는 한 발짝씩 멀어졌다. 그것을 참지 못하고 진웅은 하모니를 낚아채 안아 들었다.

"내려줘요. 어디 가는 거야?"

"사유해변. 이유는 알 테지?"

"설, 설마?"

풀빌라에서 몇 걸음 안 되는 사유해변에 다다르자 그녀의 가슴은 튀어나올 정도로 뛰어대고 있었다.

낮에 해변에 있을 거라는 그의 말에 리조트 직원이 준비를 해둔 것인지 카바나도 정리되어 있었고, 해변 구석진 곳에는 양탄자가 깔려 있었다. 진웅이 그곳에 그녀를 내려두었다.

"누가 오면?"

"아무도 안 와."

진웅이 그녀를 내려놓자마자 급히 그녀의 비키니 상의 끈을 풀어버렸다. 누군가가 볼 것만 같은 느낌 때문에 스릴이 넘쳤다. 그는 자신의 가슴과 그녀의 가슴을 밀착시켰다. 서로의 맨살이 닿자 스파크가 일어나듯 서로의 몸이 반응을 했다. 진웅이 그녀의 입술을 삼키고 혀를 뽑아버릴 듯한 강렬한 키스가 끝이 나자 진웅은 그녀의 비키니 팬티 안으로 손을 넣었다. 이미 젖어버린 그녀를 확인했다. 더 이상의 전희가 필요 없다는 사실을, 그녀가 원하는 것을 주기 위해 그는 그녀의 팬티를 반쯤만 내렸다. 그도 자신의 수영복 팬티를 반만 내리고 곧장 그녀를 가졌다.

서로의 가장 깊은 곳에 닿자 그들은 이곳이 해변이라는 것에도 아랑곳하지 않고 서로를 안았다.

"진웅, 흐응 씨의 열망이……."

"이루어졌어."

"사랑해요."

"널 사랑해."

THE END

‖ 작가 후기 ‖

　대학 시절, 전공과목 수업 시간이었습니다. 교수님께서 뜬금없이 내주신 과제는 전공과 전혀 관련 없는 버킷리스트를 작성해 오라는 것이었습니다.

　저는 원래 플랜을 짜둔 대로 움직이는 사람이 아니었습니다. 심지어 중간, 기말고사 시험을 준비할 때조차 계획이란 없었습니다. 친구들은 대부분이 계획을 짜는 것에서부터 시작을 하는 것과는 대조적인 아이였습니다. 그런 저에게 버킷리스트를 작성하고 그것을 이루기 위한 과정을 작성하는 과제는 곤혹이었지요. 남들은 여행이다 뭐다 해서 버킷리스트를 슥슥 작성하고 있었는데 저는 펜만 돌리며 그야말로 '킬링 타임'이었습니다.

　그러다 단 한 가지의 이루고 싶은 일이 떠올랐습니다. 그건 바로 책을 출판하는 것이었습니다. 그때는 그저 연재사이트에서 글 장난 비슷한 것을 하던 시기였지요. 하다못해 이북 제의도 들어오지 않던 때인데 제가 어떻게 그런 생각을 했는지 저도 제가 이해가 되질 않았습니다.

그런데 지금, 저는 '작가 후기'라는 것을 쓰고 있습니다. 버킷리스트 중 하나를 이뤄가는 과정 중에 있습니다.

『오리지널 허니문』은 제가 2권의 이북을 낸 후 얻게 된 인생에서 가장 큰 행운입니다. 물론 전작들도 마찬가지입니다. 그 작품들이 있었기에 『오리지널 허니문』이 탄생하게 된 것이니까요.

『오리지널 허니문』을 쓰던 시기는 제가 가장 아픈 시기이기도 했습니다. 아무것도 할 수 없고, 아무런 희망도 가질 수 없었던 그 시기에 악착같이 이를 악물고 글을 썼습니다. 그렇게라도 내 존재를 확인하고 싶었으니까요. 그러면서도 어디서 그런 자신감이 나왔는지 '이건 꼭 종이책으로 출간하게 될 거야'라는 생각을 가지고 글을 썼습니다. 그런 생각들이 아무래도 원동력이 된 것이라 믿습니다. 얼마 후에는 예원북스에서 출간 제의가 들어왔으니까요. 제게 있어서는 신의 한 수라고도 할 수 있지요. 그래서 그날을 잊을 수가 없습니다. 행복하고 떨리기도 했지만 출판하게 되기까지의 여정이 너무 걱정되었습니다. 하지만 시간에 몸을 맡기니 이렇게 후기까지 쓰게 되었습니다.

이제부터 시작이겠지요. 저는 되도록 아름다운 글을 쓰고 싶습니다. 누군가는 변화가 없고 안주하고 있다는 말을 할지도 모르겠네요. 하지만 제 이야기를 읽고 차가워진 마음이 따뜻해질 수 있다면, 웃을 수 있다면 그것으로도 제게는 큰 위안이 될 거라고 믿습니다.

어려울 때 힘이 되어준 친구들과 사랑하는 가족들, 연재 때 힘을 주신 독자님들과 『오리지널 허니문』이 탄생하기까지 수고해 주신 예원북스 관계자분들께도 감사의 인사를 드립니다.

지금부터 시작될 저의 느리지만 아름다운 달팽이 레이스에 함께 하시겠습니까? 기꺼이 달팽이집을 내어드리겠습니다.

새 봄이 오길 기다리며…

은세명(허드슨) 드림.